LAS AGUAS INDÓMITAS

‣ **Título original:** *The Perilous Sea*
‣ **Dirección editorial:** Marcela Luza
‣ **Edición:** Leonel Teti con Erika Wrede
‣ **Coordinación de diseño:** Marianela Acuña
‣ **Diseño:** Tomás Caramella sobre maqueta de Julián Balangero
‣ **Arte de tapa:** © 2014 Colin Anderson
‣ **Diseño de tapa:** Erin Fitzsimmons

un sello de
V&R Editoras

© 2014 Sherry Thomas
© 2017 V&R Editoras
www.vreditoras.com

ARGENTINA:
San Martín 969 piso 10 (C1004AAS)
Buenos Aires
Tel./Fax: (54-11) 5352-9444
y rotativas
e-mail: editorial@vreditoras.com

MÉXICO:
Dakota 274, Colonia Nápoles CP 03810,
Del. Benito Juárez, Ciudad de México
Tel./Fax: (5255) 5220–6620/6621
01800-543-4995
e-mail: editoras@vergarariba.com.mx

ISBN 978-987-747-333-9
Impreso en México, octubre de 2017
Litográfica Ingramex S.A. de C.V.

Thomas, Sherry
Las aguas indómitas / Sherry Thomas. - 1a ed. - Ciudad Autónoma
de Buenos Aires: V&R, 2017.
504 p.; 21 x 15 cm.

Traducción de: Daniela Rocío Taboada.
ISBN 978-987-747-333-9

1. Literatura Juvenil China. 2. Novelas Fantásticas. I. Taboada, Daniela Rocío,
  trad. II. Título.
CDD 895.19283

TRILOGÍA **LOS ELEMENTALES**
-LIBRO DOS-

LAS AGUAS INDÓMITAS

SHERRY THOMAS

Traducción: Daniela Rocío Taboada

Para Donna Bray,
quien es simplemente la mejor.

C A P Í T U L O   0 1

LA CHICA RECOBRÓ LA CONSCIENCIA, SOBRESALTADA. La arena la golpeaba sin cesar. Estaba en todas partes. Abajo, sus dedos se hundían en la arena caliente y áspera. Arriba, el viento la arremolinaba y bloqueaba el cielo, lo que hacía que el aire fuera rojo como la superficie de Marte.

Una tormenta de arena.

La chica se incorporó. La arenisca se arremolinaba a su alrededor en millones de partículas color sepia. Por reflejo, las empujó para obligarlas a mantenerse lejos de sus ojos.

La arena permaneció lejos de ella.

La muchacha parpadeó... e hizo otro movimiento de empuje con la mano. Las partículas voladoras retrocedieron más lejos de su persona. La tormenta de arena en sí misma no daba indicios de amainar. De hecho, estaba empeorando: el cielo se oscurecía de un modo amenazante.

Ella controlaba la arena.

En una tormenta de arena, era mucho mejor ser un mago elemental que no serlo. Sin embargo, había algo desconcertante respecto al descubrimiento: el hecho de que *fuera* uno; de que ella no tuviera idea de la existencia de esa habilidad que debería haberla definido desde el instante de su nacimiento.

Tampoco sabía dónde estaba. Ni por qué. Ni dónde había estado antes de despertar en un desierto.

Nada. Ningún recuerdo del abrazo de una madre, la sonrisa de un padre o los secretos de un mejor amigo. Ninguna remembranza del color de la puerta principal de su hogar, del peso de su vaso favorito ni de los títulos de los libros que plagaban su escritorio.

Era una extraña para sí misma, una extraña con un pasado tan estéril como el desierto; cada característica definitoria estaba enterrada profundamente, inaccesible.

Cientos de ideas revoloteaban en su cabeza como una bandada de pájaros asustados que alzaba vuelo. ¿Hacía cuánto tiempo se encontraba en ese estado? ¿Siempre había sido así? Si no sabía nada sobre sí misma, ¿no debería haber alguien que cuidara de ella? ¿Por qué estaba sola? ¿Por qué estaba sola en el medio de la nada?

¿Qué había ocurrido?

Colocó dos dedos contra su esternón. La presión en su interior le dificultaba la respiración. Abrió la boca, intentando que el aire ingresara más rápido, intentando llenar sus pulmones para que no se sintieran tan vacíos como el resto de su ser.

Pasó un minuto antes de que tuviera la compostura suficiente para inspeccionar su persona en busca de pistas (o respuestas concretamente) que le dijeran todo lo que necesitaba. Sus manos no eran comunicativas: tenía algunos callos en la palma derecha y no mucho más que valiera la pena mencionar. Cuando levantó las mangas, sus antebrazos inexpresivos aparecieron. Asimismo, el vistazo a la piel de su abdomen no reveló nada.

–*Revela omnia* –dijo, y se sorprendió al oír una voz grave y casi áspera.

»*Revela omnia* –repitió, con la esperanza de que el sonido de sus propias palabras causara una cascada repentina de recuerdos.

No funcionó. El hechizo tampoco reveló ninguna escritura secreta en su piel.

Seguramente, su aislamiento era solo una ilusión. Debía haber alguien cerca que pudiera ayudarla; un padre, un hermano, un amigo. Quizás esa persona ahora mismo estaba dando vueltas, llamándola, ansiosa por localizarla y asegurarse de que ella estuviera bien.

Pero no podía oír ninguna voz por encima de los aullidos del viento; solo la turbulencia de partículas de arena arrojadas de un lado a otro por fuerzas que estaban fuera de su control. Y cuando expandió la esfera de aire a su alrededor, lo único que descubrió fue más y más arena.

Por un momento, enterró su rostro entre las manos. Después respiró hondo y se incorporó. Su intención era comenzar por su propia ropa, pero cuando se puso de pie, se hizo evidente que tenía algo dentro de su bota derecha.

Su corazón dio un vuelco cuando notó que era una varita. Desde que los magos notaron que las varitas no eran más que conductos para el poder de un mago (amplificadores que no eran estrictamente necesarios para la ejecución de hechizos), las varitas habían pasado de ser herramientas veneradas a accesorios adorados, siempre personalizadas y, a veces, a un grado ridículo: al diseño se le dibujaban nombres, hechizos favoritos, o la insignia de la ciudad o de la escuela del portador. Algunas varitas incluso poseían toda la genealogía de sus dueños talladas en letra microscópica.

A la muchacha le hubiera encantado ver su historia familiar desplegada ante ella, aunque habría sido más que suficiente si la varita hubiese tenido inscripto en alguna parte: *En caso de pérdida, devolver a* _____.

Sin embargo, la varita era tan sencilla como un tablón del suelo, sin ninguna talla, ni incrustaciones ni diseños decorativos. Y permaneció igual de vacía cuando la inspeccionó con un hechizo aumentador. No tenía idea de que se fabricaran varitas semejantes.

Un peso opresivo se instaló en su pecho. Unos padres amorosos no le darían a un niño una varita como esa, al igual que no lo enviarían a la escuela en prendas hechas de papel. Entonces ¿era huérfana? ¿Alguien que había sido descartada al nacer y que había crecido en una institución? Los magos elementales niños padecían un índice mayor de abandono, dado que causaban muchos problemas durante la infancia.

Sin embargo, las ropas que tenía puestas, una túnica azul larga hasta la rodilla y debajo una prenda blanca, estaban hechas de una tela excepcionalmente elegante: liviana, pero resistente, con un resplandor sutil. Y aunque su rostro y sus manos sentían el calor del desierto, donde fuera que las túnicas cubrieran su cuerpo, estaba perfectamente cómoda.

Las túnicas no tenían bolsillos. Sin embargo, los pantalones que llevaba debajo de ellas, sí. Y en uno de esos bolsillos halló una tarjeta algo arrugada, pequeña y rectangular.

> **A. G. Fairfax**
> *Rancho Low Creek*
> *Territorio de Wyoming*

Tuvo que parpadear dos veces para asegurarse de que estaba leyendo correctamente. ¿Territorio de Wyoming? ¿El oeste estadounidense? ¿La parte *nomágica* del oeste estadounidense?

La chica intentó hacer varios hechizos reveladores, pero la tarjeta no le entregó ningún mensaje oculto. Exhaló despacio, y guardó nuevamente la tarjeta en el bolsillo de sus pantalones.

Había creído que lo único que necesitaba era un nombre, la más diminuta de las pistas. Pero ahora tenía un nombre y una pista, y era peor que no haber sabido nada. En vez de estar frente a un muro en blanco, ahora miraba solo seis centímetros de pared de color y textura prometedoras, mientras que el resto del mural (las personas, los lugares y las decisiones que la habían convertido en quien era) permanecía rotundamente fuera de vista.

Sin querer, agitó la varita en el aire, por poco gruñendo. La arena flotante retrocedió aún más lejos. Inhaló con rapidez: a dos metros y medio de distancia yacía un bolso de tela medio hundido en la arena.

Se lanzó sobre el bolso y lo desenterró de un jalón. La tira estaba rota, pero el resto del objeto no tenía daños. No era demasiado grande: mediría cincuenta centímetros de ancho, treinta de largo y ocho de profundidad. Tampoco era demasiado pesado: tendría aproximadamente siete kilos. Pero resultaba llamativa la cantidad de bolsillos que poseía: al menos doce en el exterior y muchísimos más en el interior. La muchacha abrió la hebilla de un gran bolsillo exterior: contenía un cambio de ropa. Otro de tamaño similar tenía un rectángulo de tela empacada con firmeza; ella supuso que se expandiría y se convertiría en una carpa pequeña.

Los bolsillos interiores estaban cuidadosa y perfectamente etiquetados: *Nutrición: cada paquete dura un día. Refuerzo teletransportador: cinco gránulos por vez, no más de tres veces al día. Manta cálida: en caso de que precises calentarte, pero necesites permanecer oculta.*

"En caso de que *precises calentarte*".

¿Se habría dirigido a sí misma en la segunda persona? ¿O aquello era evidencia de que alguien más había estado íntimamente involucrado en su vida, alguien que supiera que un bolso de emergencia semejante podría resultar útil algún día?

Treinta y seis bolsillos de un compartimento interno entero estaban llenos de remedios. No eran medicinas para curar enfermedades, sino que eran para heridas: desde extremidades rotas hasta quemaduras causadas por el fuego de un dragón. A la muchacha se le aceleró el pulso. Ese no era un bolso para ir de campamento: era un bolso de emergencia preparado para enfrentar un peligro importante, y quizás abrumador.

Un mapa. La persona que había llenado meticulosamente el bolso debía haber incluido un mapa.

Y allí estaba, en uno de los bolsillitos exteriores, hecho de hilos de seda tan delgados que a duras penas podrían distinguirse a simple vista, con los reinos mágicos en verde y los nomágicos en gris. En la parte superior tenía escrito: *Colocar el mapa sobre el suelo; o sobre un cuerpo de agua de ser necesario.*

Ella apoyó el mapa extendido contra la arena, la cual estaba perdiendo con rapidez su calor debido a que el cielo turbulento bloqueaba el sol. Prácticamente de inmediato, un punto rojo apareció en el mapa, en el Desierto del Sahara, a unos ciento sesenta kilómetros de la frontera de uno de los Reinos Beduinos Unidos.

El medio de la nada.

Los dedos de la muchacha arrugaron los bordes del mapa. ¿Adónde debería ir? El rancho Low Creek, el único lugar que podía nombrar de su vida anterior, estaba al menos a doce mil novecientos kilómetros de distancia. En general, las fronteras de los reinos del desierto no estaban tan custodiadas como las de los reinos insulares. Pero sin papeles oficiales, no podría utilizar ninguno de los portales ubicados dentro de los Reinos Beduinos Unidos para cruzar océanos y continentes. Quizás incluso la detendrían por estar en un lugar donde se suponía que no debía estar: a Atlantis no le agradaba que los magos vagaran sin rumbo en el exterior y sin razones apropiadamente autorizadas.

Y si quisiera probar suerte con las rutas nomágicas, estaba a miles de kilómetros de Trípoli y el Cairo. Una vez que hubiera llegado a la costa del Mediterráneo, suponiendo que lo lograra, aún estaría al menos a tres semanas de distancia del oeste estadounidense.

En el mapa aparecieron más palabras, pero esta vez, sobre el mismo desierto en el que estaba varada.

Si estás leyendo esto, querida mía, entonces lo peor ha ocurrido y ya no puedo protegerte más. Quiero que sepas que has sido la mejor parte de mi vida y que no me arrepiento de nada.

Que la Fortuna te proteja.

Vive para siempre.

La muchacha deslizó la mano sobre las palabras, apenas notando que sus dedos temblaban. Un dolor leve ardía en la parte posterior de su garganta, debido a la pérdida del protector que no podía recordar. Debido a la pérdida de una vida entera que ahora estaba fuera de su alcance.

Has sido la mejor parte de mi vida.

La persona que había escrito eso podría haber sido un hermano, o un amigo. Pero ella estaba prácticamente segura de que había sido su amado. Cerró los ojos y hurgó en su mente en busca de algo. Lo que fuera. Un nombre, una sonrisa, una voz… No recordaba nada.

El viento aulló.

No, era ella, que gritaba con toda la frustración que ya no podía contener.

Jadeaba como un corredor después de una intensa carrera. A su alrededor, un radio de aire limpio y tranquilo se había incrementado diez veces y se extendía treinta metros en cada dirección.

Entumecida, la chica volteó sobre sí misma, buscando lo que no se atrevía a esperar encontrar.

Nada. Nada. Absolutamente nada.

Entonces, vio la silueta de un cuerpo en la arena.

CAPÍTULO 02

EL DOMINIO

SIETE SEMANAS ANTES

—SU ALTEZA SERENÍSIMA TITUS SÉPTIMO —ANUNciaron los fénix de piedra que custodiaban las cuatro esquinas de la gran terraza. Sus voces graves resonaban como campanadas.

Titus se detuvo al borde de la terraza. El famoso jardín de la Ciudadela se extendía ante él. En cualquier otra parte del jardín, había áreas informales, incluso íntimas, pero no ahí. Allí, hectáreas de arbustos perennes habían sido meticulosamente podados en cientos de parterres, los cuales vistos desde arriba formaban la silueta de un fénix estilizado, el símbolo de la Casa de Elberon.

Las plantas perennes, creadas por los maestros botánicos de la Ciudadela, florecían a fines del verano. Y cada año, el color de las flores cambiaba. Este año, los pimpollos eran de un tono anaranjado intenso y vibrante, del color del amanecer. Dalbert, el ayudante de Titus y su maestro espía personal, informó que había visto el emblema del fénix en los edificios públicos de Delamer pintados en un color similar al del fuego, generalmente acompañado de una escritura garabateada con apremio que decía: *¡El fénix está en llamas!*

La última vez que el fénix estuvo en llamas, la Insurrección de Enero no tardó en desatarse.

En el espacio que quedaba entre las dos alas en alto del fénix, una gran carpa blanca se había colocado, resplandeciente bajo la luz del sol poniente. Allí, había una recepción diplomática en pleno auge. Los auxiliares vestidos con el uniforme gris de la Ciudadela serpenteaban entre los invitados, que lucían túnicas de colores diversos como joyas, y les ofrecían entremeses y vasos de vino frío de verano. Una música elegante y etérea se mecía a la deriva en la brisa proveniente del mar, y con ella, los sonidos de risas suaves y conversaciones.

Titus inhaló. Estaba nervioso. Era posible que estuviera respondiendo a la tensión existente debajo de la aparente alegría de la fiesta, pero en realidad se trataba, como siempre, de Fairfax, su poderoso e incandescente mago elemental.

Bajó una escalera de peldaños anchos y bajos, y recorrió un sendero delineado por estatuas, seguido por un séquito de doce acompañantes. Cuando se acercó a la carpa, todos los presentes hicieron reverencias y saludos. Puede que él no tuviera poderes reales, pero aun así era, ceremonialmente hablando, amo y señor del Dominio[1].

Una mujer de una belleza excepcional se le acercó con una sonrisa en el rostro. Lady Callista, la anfitriona oficial del palacio, la bruja beleatra más famosa de su generación y una de las personas menos favoritas de Titus sobre la faz de la Tierra.

Eso se debía a que el objetivo de Titus era destruir al Bane, Lord Comandante del Gran Reino de Nueva Atlantis, el mayor tirano que el mundo jamás había conocido, y a que Lady Callista era más bien una sierva del Bane. Sin mencionar que, aunque Titus no tenía ninguna evidencia concreta que apoyara su sospecha, él siempre había creído en lo profundo de su ser que Lady Callista había sido la responsable de la muerte de su madre.

—Milady —la saludó Titus.

—Su Alteza —murmuró Lady Callista con admiración—, estamos felices de que pudiera unírsenos a la fiesta. Por favor, permítame presentarle al nuevo embajador del Reino Kalahari.

Titus estaba bastante feliz de ver bolsas notorias debajo de los ojos de Lady Callista. La vida no había sido fácil para ella desde la noche del 4 de Junio, cuando el prisionero más valioso de Atlantis había desaparecido de la biblioteca de la Ciudadela. En la misma biblioteca, aquella misma noche, la Inquisidora, una de las tenientes más leales y capaces del Bane, había llegado a un repentino e inesperado final.

Lady Callista tuvo la mala suerte de ser la última persona en ingresar a la biblioteca antes de la desaparición de Haywood. También había sido ella quien ordenó que limpiaran el charco de sangre de la biblioteca, cuando a Atlantis le habría encantado poseer algunas gotas de aquella sangre para poder descubrir quién había sido el responsable de la muerte de la Inquisidora.

Como resultado, a pesar de sus años de servicio como agente de Atlantis, a Lady Callista la vigilaban tanto como a Titus, y sus movimientos estaban limitados a las fronteras de la Ciudadela. Además, cada semana ella debía reunirse con unos investigadores atlantes y cada entrevista duraba horas; a veces, hasta un día entero.

Una Lady Callista distraída y angustiada era una amenaza menos para él.

Después de las presentaciones, Lady Callista dejó a Titus para que conversara con el nuevo embajador de Kalahari y con aquellos parientes que lo habían acompañado al Dominio. Titus nunca se sintió completamente cómodo en esa clase de situaciones sociales. Sospechaba que parecía rígido y descortés. Si tan solo pudiera tener a Fairfax a su lado… Ella sabía instintivamente cómo hacer que las personas se sintieran a gusto, y él siempre se relajaba mucho más en su compañía.

Deberían haber pasado un verano idílico, juntos, en las Montañas Laberínticas: observando el movimiento de las cimas, explorando las cascadas ocultas, quizás incluso escabulléndose hasta los nidos colgantes de los fénix en las cimas más altas, con la esperanza de ver un renacimiento fogoso. Aunque también trabajarían mucho: sus planes habían incluido cientos de horas de entrenamiento riguroso, y la misma cantidad de tiempo dedicada al dominio de hechizos nuevos, sin mencionar un proyecto encubierto que constaba en descubrir dónde había terminado el tutor de Iolanthe después de desaparecer de la biblioteca de la Ciudadela. Pero lo más importante era que estarían juntos, lo máximo posible, en cada paso del camino.

Sin embargo, desde el instante en el que bajó del vagón que funcionaba como su medio de transporte privado, se tornó evidente que lo vigilarían cada segundo de sus vacaciones. Un hecho aterrador, si se tenía en cuenta que Titus la llevaba oculta entre sus ropas, en la forma de una tortuga diminuta bajo el efecto de una poción que duraba no más de doce horas.

Logró extraerla a escondidas del castillo en una corrida estresante, y dejarla (aún en forma de tortuga) dentro de la choza abandonada de un pastor. Titus tuvo intenciones de regresar más tarde para acompañarla al refugio que él había preparado, pero diez minutos después de su regreso al castillo lo enviaron repentinamente a la Ciudadela, la residencia oficial del Amo del Dominio en la capital, de la cual no podía escapar con facilidad ni en secreto hacia las montañas.

Él y Fairfax habían hablado de cientos de planes de emergencia, pero nada se acercaba a ese escenario en el cual ella estaría varada sola en las Montañas Laberínticas. Durante días, Titus apenas fue capaz de comer o dormir, hasta que vio un anuncio de tres líneas en la parte posterior de *El Observador de Delamer* que anunciaba la disponibilidad de varios bulbos para las plantaciones de otoño: era ella, informándole que se reuniría con él en Eton, al comienzo del primer semestre.

Titus por poco estalló de alivio… y orgullo: debía confiar en que Fairfax siempre hallaría una solución, sin importar cuán funesta fuera la situación. A partir de ese instante, la espera por la finalización del verano y por el momento en el cual se verían otra vez fue larga e insoportable.

Por fin, el verano terminó. Titus tenía permiso de partir hacia Inglaterra al término inmediato de la recepción. No sabía cómo se mantenía entero, hablando con grupo tras grupo de invitados. Un minuto, le faltaba el aliento al pensar en sujetarla fuerte; al siguiente minuto, lo mareaba el pavor: ¿y si ella *no* entraba en la casa de la señora Dawlish?

—… antes de que reine por derecho propio. Debo admitir que había esperado verlo en alguna de mis reuniones este verano.

Pasaron dos segundos hasta que Titus notó que debía responderle a la Comandante Rainstone, la consejera de seguridad en jefe del regente.

—Según la tradición de la corte, debo tener diecisiete años antes de formar parte de las reuniones del consejo y de las sesiones de seguridad —dijo Titus.

Y no cumpliría diecisiete hasta dentro de varias semanas.

—¿Qué diferencia hacen unos pocos días? —preguntó la Comandante Rainstone. Sonaba irritada—. Su Alteza será mayor de edad en un momento de lo más inestable y necesitará toda la experiencia que pueda reunir. Si yo fuera Su Excelencia, habría insistido en que Su Alteza se familiarizara con la administración del Dominio mucho antes.

Su Excelencia era el príncipe Alectus, el regente que gobernaba en lugar de Titus. Alectus también resultaba ser el protector de Lady Callista.

—¿Qué le habría gustado que supiera de antemano? —le preguntó Titus a la Comandante Rainstone.

La Comandante había sido miembro del personal privado de su madre hacía mucho tiempo, antes de que él tuviera la edad suficiente para recordar algo. Conocía a la Comandante Rainstone principalmente de los viajes ocasionales que ella hacía al castillo en las Montañas Laberínticas para ponerlo al tanto de asuntos relacionados con la seguridad del reino, o al menos con aquellos que ella creía que él tenía edad suficiente para comprender.

La Comandante Rainstone miró con rapidez a la multitud y bajó la voz.

—Nos hemos enterado, señor, de que el Lord Comandante de la Nueva Atlantis ha dejado su fortaleza en las tierras altas.

Aquello era una novedad para Titus; una novedad que hizo que un escalofrío recorriera su columna.

—Tengo entendido que cenó aquí, en la Ciudadela, hace poco. Así que no puede ser tan inusual que salga del Palacio del Comandante.

—Pero ese evento en sí mismo fue extraordinario: fue la primera vez que salió del Palacio del Comandante desde el final de la Insurrección de Enero.

—¿Eso significa que Lady Callista debería esperar su presencia en la cena de nuevo?

La Comandante Rainstone frunció el ceño.

—Su Alteza, esto no es una broma. El Lord Comandante no abandona su guarida a la ligera y…

Se detuvo. Aramia, la hija de Lady Callista, se acercaba.

—Su Alteza, Comandante —dijo Aramia amigablemente—. Me disculpo por la interrupción, pero creo que el primer ministro quisiera hablar con usted, Comandante.

—Por supuesto —Rainstone hizo una reverencia—. Si me disculpa, Su Alteza.

Aramia se dirigió a Titus.

—Y es probable que usted, Su Alteza, no haya visto la nueva incorporación a la fuente en honor a la Derrota del Usurpador, ¿verdad?

Hacía aproximadamente cinco meses, en una fiesta igual a la presente, Lady Callista le había dado suero de la verdad a Titus en nombre de Atlantis; y lo había hecho a través de Aramia, a quien él había considerado una amiga. Si la muchacha poseía algún arrepentimiento respecto a su acción, Titus no había sido capaz de percibirlo.

—He visto la nueva incorporación —respondió con frialdad—. La terminaron hace dos años.

Aramia se sonrojó, pero su sonrisa era persistente.

—Permítame señalarle algunas características que quizás no ha notado. ¿Vendría conmigo, señor?

Titus consideró negarse rotundamente. Pero un paseo lejos de la carpa tenía sus beneficios: al menos no debería hablar con nadie.

—De acuerdo.

La Derrota del Usurpador, la fuente más grande y elaborada de las noventa y nueve fuentes de la Ciudadela, tenía el tamaño de una colina pequeña y mostraba decenas de guivernos siendo derribados por los poderes elementales de Hesperia, la Magnífica. El largo estanque poco profundo que reflejaba la luz se extendía ante él casi hasta el borde del cabo artificial sobre el cual se erigía la Ciudadela. Los acantilados tenían una caída de noventa metros directo a las olas virulentas del Atlántico. A lo lejos, una embarcación de recreo, con las velas amarradas, se mecía sobre el mar iluminado por el sol.

Aramia miró hacia atrás. El séquito de Titus, ocho guardias y cuatro asistentes, los había seguido. Pero ahora, con un movimiento de la mano de Titus, ellos se detuvieron y Titus y Aramia permanecieron fuera del alcance de oídos ajenos.

—Madre se enojaría conmigo si supiera lo que estoy a punto de hacer —Aramia extendió la mano hacia el interior de la fuente y rozó con su dedo la superficie ondulante—. Y no lo admitirá, pero está bastante asustada por todas esas reuniones con los investigadores de Atlantis. La obligan a beber suero de la verdad y son... No son en absoluto agradables.

—Así son las cosas cuando uno tiene conflictos con Atlantis.

—Pero ¿no hay nada que pueda hacer por ella, después de lo que ella ha hecho por usted?

Titus alzó una ceja. ¿Después de lo que Lady Callista había hecho por *él*?

—Sobrestimas mi influencia.

—Pero, de todas formas...

—¡Allí está! —exclamó una voz clara y musical—. Lo he estado buscando por todas partes.

La joven que se acercaba desde el extremo más lejano de la fuente era absolutamente hermosa: tenía la piel del color de la azúcar morena, un rostro de una perfección casi exagerada y una cascada de cabello negro que llegaba hasta la parte posterior de sus rodillas.

Aramia la observaba boquiabierta, como si fuera incapaz de creer que existiera alguien que pudiera competir con su madre en atractivo y encanto.

Titus, quien siempre había sido cauteloso ante una belleza de semejante magnitud gracias a su cercanía a Lady Callista mientras crecía, no reparó en las facciones de la mujer, sino que inspeccionó su túnica. Uno a veces oía burlas respecto al parecido de las túnicas con los tapizados, pero esa parecía realmente *hecha con* un tapiz; uno perteneciente a una pantalla de lámpara elaborada, se imaginó Titus, con todas las borlas y los flecos aún puestos.

–¿Le molestaría darme un momento a solas con Su Alteza? –la mujer le habló a Aramia. Su tono era cordial, pero definitivamente firme.

Aramia vaciló, mirando a Titus.

–Puedes retirarte –indicó él. No tenía nada más que agregar.

Aramia se marchó mirando hacia atrás todo el camino.

–Su Alteza –dijo la joven recién llegada.

Le había hablado sin esperar a que él se dirigiera a ella primero. Titus no respetaba semejante regla ridícula cuando estaba en la escuela, pero allí se encontraba en su propio palacio, en una recepción diplomática ni más ni menos, donde los invitados amaban el protocolo casi tanto como a sus propias madres (o probablemente más que a ellas).

Se le ocurrió que, si bien ella podía pasar como miembro del entorno del embajador de Kalahari, él no la había visto antes entre la multitud dentro de la carpa; y una mujer con su apariencia no habría pasado desapercibida.

No es que nunca antes hubiera ocurrido que un mago se colara en una fiesta del palacio sin las credenciales apropiadas. Pero la Ciudadela estaba bajo extrema vigilancia, ¿no era así? ¿Después de los eventos de principio de junio?

–¿Cómo entraste?

La mujer sonrió. No tenía muchos años más que Titus; tendría unos veinte o veintiuno.

–Un hombre inmune a mis encantos… Eso me agrada, Su Alteza. Permítame entonces ir al punto. Estoy interesada en el paradero de su maga elemental.

Titus tuvo que luchar contra su sorpresa para evitar apuntarle a la mujer con la varita y hacer algo impulsivo. En cambio, puso los ojos en blanco.

—Tus amos ya me han hecho todas las preguntas. Incluso me han sometido a la Inquisición. ¿Es necesario pasar por más de lo mismo?

El cabello de la joven flotaba como una bandera pirata a causa de la brisa proveniente del mar. Ella extendió un brazo y levantó su manga. En el antebrazo tenía una marca hecha con líneas completamente blancas, un elefante con cuatro colmillos aplastando un remolino bajo sus pies: un símbolo de la resistencia en muchos reinos cercanos al ecuador.

—No soy una agente de Atlantis.

—¿Y por qué eso cambiaría mi respuesta? No tengo conocimiento del paradero de aquella chica.

—Sabemos que ella es de quien hablaba la profecía: un mago elemental más poderoso de los que se han visto en siglos. También sabemos que si ella cayera en manos del Bane, sería desastroso para aquellos de nosotros que anhelamos la libertad. Permítanos ayudarla. Podemos asegurarnos de que el Bane nunca se acerque a ella.

¿Qué harías si el Bane se acercara a ella? ¿La matarías para que él nunca la atrape? ¿Y qué evitaría que la asesines desde el principio si tu único propósito es mantenerla lejos de él?

—En ese caso, buena suerte encontrándola.

La mujer se acercó más a él. Era evidente que no iba a rendirse.

—Su Alteza…

Se oyeron unos gritos. Titus volteó. Los guardias bajaban corriendo las escaleras. Su propio séquito se acercó a toda velocidad hacia él.

—Oh, cielos —dijo la joven—. Parece que debo abandonar a Su Alteza.

De un jalón, se quitó la ridícula túnica. Con un movimiento ágil, la tela se suavizó, se aplanó y se convirtió, por supuesto, en una alfombra voladora mucho más grande y elegante que la que Titus poseía[2].

La joven, ahora vestida con una túnica al cuerpo y pantalones del color de las nubes tormentosas, subió de un salto a la alfombra voladora, le hizo un saludo militar en broma a Titus y partió a toda velocidad hacia el barco que la esperaba en la distancia.

C A P Í T U L O   0 3

EL DESIERTO DEL SAHARA

LA CHICA GUARDÓ EL MAPA EN SU BOLSILLO, tomó el bolso y corrió hacia el cuerpo. Pero instintos que ni siquiera sabía que tenía la obligaron a detenerse a medio camino. La pérdida de memoria, las medicinas en el bolso de emergencia, la nota en el mapa (*lo peor ha ocurrido y ya no puedo protegerte más*), todo respecto a su situación gritaba que estaba bajo grave peligro y, quizás, implacable. Tenía las mismas posibilidades de que la persona que yacía en la arena fuera un enemigo o un aliado.

Extrajo su varita, aplicó un escudo protector sobre sí misma, y se acercó al cuerpo con más cuidado. El cuerpo boca abajo llevaba puesta una chaqueta negra como los pantalones, y un atisbo del puño de una camisa se asomaba debajo de la manga: prendas nómagas de hombre. Prendas nómagas de hombre de una parte diferente del mundo.

Él tenía contextura desgarbada, su cabello era oscuro a pesar de la capa de polvo que lo cubría y tenía el rostro volteado en dirección opuesta a ella. El estómago de la chica se retorció. ¿Acaso él era su amado? Si veía su rostro, si él la llamaba por su nombre y le sujetaba la mano con la suya, ¿recordaría todo de pronto, como la felicidad y la buena fortuna que uno siempre recobra al final de un cuento heroico?

A pesar de sus prendas nómagas, él tenía una varita en la mano. Le habían rasgado la espalda de su chaqueta y los cortes dejaban ver un chaleco oscuro debajo. ¿Había intentado protegerla? Mientras ella se acercaba más, el chico flexionó los dedos y después los cerró, tensos, alrededor de la varita. Una oleada de alivio atravesó el cuerpo de la muchacha: todavía estaba vivo y ella no estaba completamente sola en la enormidad del Sahara.

Le resultó bastante difícil contenerse y evitar correr directo hacia él. En cambio, se detuvo a tres metros de distancia.

—¿Hola?

Él ni siquiera miró en dirección a ella.

—¿Hola?

De nuevo, ninguna respuesta.

¿Había perdido la consciencia? ¿Acaso el movimiento de dedos que ella había vislumbrado antes solo era el reflejo involuntario de alguien que padecía una conmoción cerebral? La chica tomó unos granos de arena y los lanzó con cuidado en dirección a él: un golpe leve, por decirlo de algún modo. A un metro y medio de distancia de él, la arena golpeó una barrera invisible en el aire.

Él volteó la cabeza hacia ella y alzó la varita.

—No te acerques más.

El muchacho era joven y apuesto. Pero su rostro no logró disparar una marea de recuerdos en ella. Ni siquiera le causó un puntapié vago en la memoria: solo le hizo preguntarse si ella era igual de joven que él.

—No quiero hacerte daño.

–Entonces, despidámonos como extraños cordiales.

El corazón de la chica se contrajo al oír la palabra "extraños". Entonces, sus ojos se abrieron de par en par: lo que ella pensó que era un chaleco debajo de su chaqueta, era en realidad carne viva que había sido… ¿qué? ¿Quemada? ¿Infectada? Lo que fuera que le había sucedido, lucía aterrador.

–Estás herido.

–Puedo cuidarme solo.

Él todavía se comportaba de modo civilizado, pero el significado de sus palabras era bastante inconfundible: *Vete. No eres bienvenida aquí.*

No quería imponerle su compañía al muchacho, a pesar de que él era la única persona en un radio de ciento sesenta kilómetros. Pero la herida que él tenía… podía causarle la muerte.

–Tengo medicinas que pueden ayudarte.

Él exhaló, como si lo agotara el esfuerzo requerido para hablar.

–Entonces déjalos allí y vete.

Lo que a ella le habría gustado era que él le contara cosas a cambio de la medicina: cómo había terminado él en el desierto, quién o qué lo había lastimado, y si sabía por casualidad cómo podían estar a salvo de nuevo. Quizás, la falta de reciprocidad del muchacho indicaba que no estaba tan gravemente herido como parecía; si ella tuviera heridas muy graves, no sería tan quisquillosa para aceptar ayuda.

O eso suponía. La verdad era que no tenía idea de cómo se hubiera comportado dado que no tenía recuerdos que guiaran sus acciones.

Ella negó con la cabeza levemente y hurgó en su bolso.

–Si pudieras decirme qué clase de herida tienes, eso me ayudaría a decidir qué remedios darte.

–Necesito medicinas que alivien el dolor, desinfecten, purguen toxinas y regeneren la piel y el tejido –respondió él, su voz entrecortada y distante.

Ella estaba comenzando a arrepentirse de haberle ofrecido ayuda. ¿Cómo sabía que ella misma no necesitaría aquellos remedios en el futuro cercano? Pero extrajo las medicinas que él le había pedido junto a algunos cubos nutricionales, y los envió hacia el límite del escudo del muchacho con un hechizo levitador.

—¿Eres un mago elemental con control sobre el agua? —preguntó ella. La respuesta del chico fue una media mueca seguida de silencio.

»¿Lo eres o no? —insistió ella. Ni todas las medicinas en el mundo lo ayudarían cuando la sed lo matara en pocos días.

—¿Cuánto tiempo más prolongarás esta despedida?

Ella por poco dio un paso atrás. Él gruñó como si hubiera nacido para ello, el desdén en su voz era más filoso que los dientes de un guiverno.

La chica tomó con brusquedad un par de odres del bolso y obligó al agua de los ríos subterráneos y de los lagos de los oasis a fluir hacia ella, mientras reprimía las ansias de pronunciar una réplica salvajemente cruel. Quizás él fuera hosco, pero ella no podía simplemente abandonarlo sin nada de agua… Y no tenía sentido insultarlo, si ya estaba en desventaja.

Sin embargo, el agua no se materializó bajo sus órdenes. Se dijo a sí misma que el agua, una sustancia real, tardaría un poco en llegar y que lo haría en cantidades inciertas, dependiendo de la distancia y la abundancia de la fuente más cercana.

Pero ¿y si ella no tenía control sobre el agua? En ese caso, estaría igual de condenada que el chico.

Pasó un minuto antes de que la primera gota se materializara, suspendida en el aire. Cerró los ojos brevemente, aliviada. El chico observaba mientras el glóbulo de agua crecía; permaneció completamente inmutable durante el proceso.

Llenó los odres y los lanzó en dirección a él. Uno aterrizó directo sobre la arena con un borboteo y un golpe seco. El otro, que ella había lanzado un poco más fuerte, hizo resplandecer el escudo del muchacho antes de caer al suelo.

Aquello le llamó la atención. El odre habría rebotado contra un escudo normal. Pero allí, si sus ojos no la engañaban, el escudo, que tenía la forma de un domo, había absorbido el impacto.

Un domo extensible. Si el chico lo había creado, debía ser un mago bastante impresionante.

—Ahora que has demostrado tu amabilidad prodigiosa, ¿podrías marcharte de una vez? —gruñó el chico.

—Sí, lo haré —replicó ella—, ahora que has demostrado tu inmensa gratitud.

Él tuvo la decencia de no responder.

Ella farfulló en voz baja mientras cerraba todos los bolsillos dentro y fuera del bolso y se aseguraba de que no quedara nada abierto. Descartó de inmediato la esperanza de que ese muchacho de rostro dulce pudiera ser su protector: lo único que le importaría a él en la vida era sí mismo.

El corazón de la chica lloraba de dolor por el aliado leal que ya no podía recordar. Sus dedos se extendieron sobre el bolso, la manifestación física del cuidado meticuloso que él se había tomado con ella. Pero ahora, deseaba poder recordar aunque fuera un detalle de él. Su risa, pensó, por lo menos, era el recuerdo que a ella le gustaría llevar consigo por...

Aguzó el oído. La tormenta de arena aullaba más que nunca. Pero ahora, sonaba como si estuviera golpeando objetos grandes en el aire... objetos grandes que se acercaban a una velocidad increíble.

¿El rescate venía en camino? ¿O se trataba de más peligro? En cualquier caso, sería mejor que viera quién se acercaba antes de decidir si les permitiría verla. Antes, había limpiado el aire a casi treinta metros alrededor de ella; ahora, permitió que la tormenta de arena lo invadiera todo, con excepción del espacio entre ella y el chico.

Él también escuchaba atentamente y tenía el ceño fruncido por la concentración.

No había vibraciones en el suelo, así que los objetos que se acercaban debían ser vehículos aéreos, lo cual implicaba la presencia de magos, dado que los globos aerostáticos de los nómagos y las aeronaves endebles no serían capaces de avanzar en contra de una tormenta de arena de semejante magnitud.

El muchacho bufó. Por primera vez, el miedo traicionó su expresión.

—Carros blindados.

El corazón de la chica dio un vuelco. Él tenía razón, el sonido era metálico. Solo Atlantis poseía vehículos semejantes. Y ella debía mantenerse lejos de las garras de Atlantis a toda costa.

No sabía por qué, solo sabía que era imprescindible. De otro modo, todo estaría perdido.

El estrépito de la arena golpeando el metal disminuyó, y luego desapareció por completo. La tormenta no había amainado: los atlantes estaban limpiando el aire como ella lo había hecho antes.

—Déjame entrar a tu domo —le pidió al chico.

Si los carros blindados decidían verter una lluvia mortal, ella estaría bastante indefensa allí afuera: podía hacer mover el aire, pero no podía purificarlo.

—No.

Sería una pérdida de tiempo apelar a su buena voluntad, así que no se molestó en hacerlo.

—¿Quieres que les indique dónde estás? —preguntó ella, mientras tomaba los cubos nutricionales, los remedios y los odres de la arena–. Tengo entendido que no puedes moverte demasiado.

El chico sonrió.

–Tu amabilidad es realmente notable.

–Y contemplar tu gratitud me conmueve. Ahora, déjame entrar o prepárate para enfrentar a Atlantis.

Su propia crueldad la sorprendió. ¿Siempre había sido una negociante tan severa o solo reaccionaba así por la sangre fría del muchacho?

–De acuerdo –dijo él, con los dientes apretados–. Pero no te permitiré entrar sin un acuerdo de no agresión. Coloca una gota de tu sangre en el domo.

Un chico que practicaba magia de sangre; ella se estremeció[3]. Un acuerdo de no agresión no era tan aterrador como un juramento de sangre, pero aun así, toda la magia de sangre era poderosa y peligrosa; uno debía abordarla con una cautela extrema.

–Solo si es recíproco.

–Tú primero –dijo él.

Ella extrajo un juego de herramientas compactas que había visto en su bolso, pinchó su dedo con una pica delgada y tocó el domo.

Era como tocar la parte superior de una medusa gigante: frío y suave, pero resistente.

El chico hizo una mueca. Ella creyó que se debía a su reticencia, hasta que notó que era a causa del dolor que le provocó moverse para extraer una navaja de su chaqueta. Él extrajo una gota de sangre y la envió hacia el domo, el cual la absorbió como el suelo sediento lo haría con el agua.

Cuando se dio cuenta, estaba hundida en el domo hasta el codo. Retiró su brazo, sorprendida.

–Apresúrate –dijo el chico.

El domo se sentía levemente pegajoso contra su piel mientras lo atravesaba. Cuando tomó asiento junto al chico, obligó a la arena a alzarse y cubrir el domo, y no se detuvo hasta que el interior se sumió en la más profunda oscuridad.

Treinta segundos después, se oyó el golpe seco y suave de los carros blindados aterrizando cerca.

Parecería que Atlantis sabía exactamente dónde encontrarlos.

CAPÍTULO 04

INGLATERRA

DOS HORAS DESPUÉS DE QUE LA INTRUSA HUBO
escapado de la Ciudadela, Titus atravesó la puerta principal de su residencia estudiantil en el Colegio Eton. La sala de la señora Dawlish, infestada con el empapelado estampado y las flores bordadas, estaba tan ordenada e impoluta como siempre. Pero las paredes resonaban con el ruido generado por treinta y cinco alumnos que subían y bajaban estrepitosamente las escaleras mientras saludaban a sus amigos que no habían visto desde la finalización del semestre de verano.

Una sensación agridulce se extendió dentro del pecho de Titus: en esa casa había pasado algunas de las horas más felices de su vida. Por poco podía oír las palabras presumidas de Fairfax y ver la alegre expresión arrogante en su rostro.

Titus comenzó a correr, se abrió camino entre un grupo de alumnos menores que obstruían el paso en la sala y subió la escalera de a tres escalones a la vez. En el rellano de la escalera del piso siguiente había un grupo apiñado de alumnos del último año, pero ella no estaba entre ellos.

En la milésima de segundo que le llevó intentar decidir si también debía empujar a esos chicos para abrirse paso o no, Leander Wintervale volteó y lo vio.

—¿Escuchaste la noticia, príncipe? —Wintervale saludó a Titus con una palmada amable en la espalda—. Fairfax clasificó entre los veintidós; al igual que yo, por supuesto.

Pasó un momento largo antes de que la oración de Wintervale cobrara sentido: estaba hablando de críquet. Al principio del primer semestre, veintidós varones eran seleccionados como candidatos para formar parte del equipo de críquet de la escuela el año siguiente. Los dividían en dos equipos que se enfrentaban entre sí a lo largo del año. Después, se seleccionaban a los mejores once jugadores para formar parte del equipo de la escuela a partir del semestre de verano para enfrentar a los equipos de Harrow y de Winchester por el orgullo y la gloria.

—¿Acaso Fairfax... lo sabe?

Wintervale sonrió.

—Fairfax no ha dejado de alardear al respecto desde que oyó la noticia.

El alivio atravesó a Titus y lo mareó. Ella estaba allí. Había logrado regresar.

—¿Dónde está?

—Fue a la calle principal con Cooper.

Titus tragó su decepción.

—¿Para qué?

—Por el té de mañana, por supuesto; sino, no tendríamos nada que comer —dijo Wintervale, sin percibir ninguna de las emociones que sacudía a Titus–. Por cierto, Kashkari no estará con nosotros por unos días. La señora Dawlish recibió un telegrama de su parte. Su barco a vapor se enfrentó a un clima agitado en el océano Índico y recién hoy llegó a Puerto Saíd.

Durante cuatro años, Titus no le había prestado atención a Kashkari en particular, el estudiante indio con quien él y Wintervale tomaban el té (el muchacho era principalmente amigo de Wintervale). Pero hacía pocos meses, Kashkari, desconocido para él, había cumplido un rol central en mantener a Titus lejos de las garras de Atlantis.

–Con que Puerto Saíd –dijo Titus–. Entonces tendrá que pasar por Trieste, cruzar los Alpes y atravesar París antes de que pueda llegar aquí.

Todas las vacaciones de verano a duras penas eran tiempo suficiente para ir de Europa a India y regresar. Kashkari tendría suerte si lograba pasar una semana con su familia en Hyderabad.

–Olvidaste mencionar el Canal de la Mancha. Es la peor parte –Wintervale se estremeció–. En el primer año de nuestro Exilio, mi padre quería que la familia tuviera una experiencia nómaga auténtica. Así que cruzamos el Canal de la Mancha en un barco a vapor y yo vomité todo el contenido de mi estómago. Después de esa experiencia, respeté muchísimo más a los nómagos. Es decir, son increíbles las dificultades que enfrentan.

Solo Wintervale hablaba de esa forma cerca de al menos media docena de chicos que podían escucharlo con facilidad. Palabras como *discreción* o *cautela* no significaban nada para él. Tenía la sensatez suficiente para no anunciar a viva voz que era un mago, pero, más allá de eso, solía inclinarse a vociferar sin demoras lo primero que cruzaba por su cabeza.

Era parte de su encanto ser tan sincero e imprudente.

–De todos modos –prosiguió Wintervale–, Kashkari no…

Un coro que exclamaba "¡Fairfax!" y "¡Nos enteramos de que clasificaste entre los veintidós, Fairfax!" ahogó el resto de la oración de Wintervale.

Titus se aferró al pasamanos de la escalera y volteó muy, muy despacio. Pero a través del espacio entre los balaústres solo podía ver a un grupo de alumnos menores vestidos con sus chaquetas cortas hasta la cintura.

Bajó un escalón, luego otro, y después dos más. De pronto, allí estaba ella, vestida con el uniforme de los varones del último año –que constaba de una pulcra camisa blanca y una chaqueta negra entallada–, regañando en broma a un chico que apenas le llegaba al hombro.

–¿Qué clase de pregunta es esa, Phillpott? Era evidente que sería uno de los once. De hecho, West me mirará un segundo y se mojará los pantalones, porque le quitaré a la fuerza su puesto de capitán.

La alegría en su mirada, la certeza de su tono y la dulzura innata que demostraba mientras alborotaba el cabello del chico… Un regocijo feroz atravesó a Titus.

–¿Alguna vez demostrarás algo de humildad, Fairfax?

Ella alzó la cabeza y lo miró durante dos segundos completos.

–Lo haré en cuanto usted tenga buenos modales, Su Alteza.

Una sonrisa acompañó la respuesta de la chica; no era la misma sonrisa amplia que les dedicaba a los alumnos menores: solo alzó levemente las comisuras de los labios. De inmediato, él sintió el alivio de ella; y detrás de ese alivio, un dejo de agotamiento.

Titus sintió una opresión en el pecho. Pero al instante siguiente, ella estaba radiante de nuevo, sonriendo y dándole un golpecito en el brazo a uno de sus compañeros que estaba a su lado.

–No te quedes ahí parado, Cooper, dile algo a Su Magnificencia.

–Bienvenido, Su Alteza –Cooper hizo una reverencia exagerada–. Honra nuestra humilde morada con su prestigiosa presencia.

De todos los alumnos que vivían en la casa, Cooper era probablemente el favorito de Fairfax porque él era tan tonto y entusiasta como un cachorro y porque ella disfrutaba de la mirada asombrada y perpleja de Cooper ante el desinterés principesco de Titus.

Él mantuvo esa indiferencia principesca.

—Podría decirse que mi prestigiosa presencia se ve deteriorada por su humilde morada, pero no le prestaré demasiada atención al asunto.

Fairfax rio, el sonido fue grave e intenso.

—*Su* humildad, príncipe, brilla como un faro en la noche más oscura —dijo ella mientras subía por la escalera—. Nosotros solo podemos aspirar a ser tan grandiosos y a la vez tan humildes como usted.

Sutherland, quien estaba de pie detrás de Wintervale, rio tanto que por poco se atragantó con la manzana que comía.

Ella se acercó a Titus. El placer de la cercanía de la chica resultaba prácticamente doloroso. Y cuando ella colocó una mano sobre su hombro, la sensación era de electricidad pura.

—Me alegra que lo hayas logrado, Fairfax —dijo él, tan bajo como le fue posible.

Ahora, podía respirar otra vez. Ahora, estaba completo de nuevo.

CUANDO IOLANTHE SEABOURNE RECOBRÓ LA consciencia en plena oscuridad, desnuda y en agonía, no se había asustado en absoluto: el dolor era lo esperable al recuperar su forma humana después de que se disipó el efecto del hechizo de transmogrificación. Tampoco le molestó no poder recordar nada de las horas que había pasado como una tortuga diminuta: sin un juramento de sangre que la atara al príncipe, no había nada para preservar la continuidad de la consciencia mientras cambiaba de forma.

Sin embargo, la ausencia de Titus le causó una sensación de frío que no se relacionaba en absoluto con la temperatura de la noche. ¿Dónde estaba él? No era propio de Titus abandonarla sin una manta para conservar el calor, o sin una nota que le explicara su accionar.

¿Había sido secuestrado por Atlantis? ¿Era esa la razón por la cual él debía alejarla de su lado? ¿Para que ella tampoco perdiera su libertad al mismo tiempo que él? El rugido de la sangre de Iolanthe era tan alto que sus oídos zumbaban mientras hurgaba alrededor de la choza en busca de algo para cubrirse.

Su ansiedad disminuyó un poco después de que desenterró una muda de ropa, cubos nutricionales y unas monedas en la choza aparentemente abandonada. Aún mejor, halló un pase estudiantil emitido por un pequeño conservatorio en alguna parte del noreste del Dominio. No la habían abandonado a su suerte en un lugar al azar. Algo había ocurrido y él necesitaba que saliera del castillo; sin tener el tiempo suficiente para llevarla a un refugio apropiado, él había decidido, en cambio, dejarla en una estación de paso.

Vestida y con medio cubo nutricional en el estómago, salió de la choza para investigar su nuevo paradero. El castillo no estaba a más de cinco kilómetros hacia el norte. Un hechizo vistalejana le permitió ver la bandera del Dominio ondeando sobre el parapeto más alto: un fénix plateado sobre un fondo color zafiro.

Ella frunció el ceño. Si el Amo del Dominio estaba en su residencia, su estandarte personal, el fénix y el guiverno custodiando un escudo con siete coronas, debería ser el símbolo que ondeaba en la cima del castillo.

¿Dónde estaba él? Las dudas de Iolanthe regresaron con sed de venganza. Debía salir de las montañas y descubrir qué estaba sucediendo.

El castillo estaba ubicado cerca de la frontera este de las Montañas Laberínticas. En teoría, no deberían ser más de treinta o cuarenta kilómetros, a vuelo de pájaro, desde las llanuras. Pero cuando las montañas se movían sin seguir un ritmo o un patrón, treinta o cuarenta kilómetros a vuelo de pájaro bien podría llevarle una semana a pie.

Siempre y cuando no se perdiera completamente[4].

Le llevó cuatro días, de los cuales pasó dos y medio pensando que estaba absolutamente perdida. Por suerte, las aldeas y los pueblos cercanos estaban habituados a ver salir de las montañas a senderistas perdidos, sucios y desorientados, que necesitaban higienizarse y comer con desesperación.

Lo primero que pidió Iolanthe, antes que un baño o una comida, fue el periódico. Ya casi era el aniversario de la coronación de Titus y cada año, para celebrar la ocasión, había un desfile en Delamer. Si el desfile se cancelaba, significaba que él estaba en problemas.

Pero no, el evento tendría lugar al día siguiente, y el Amo del Dominio asistiría a varias ceremonias y les entregaría premios a los alumnos ejemplares.

Un granjero amable le ofreció llevarla en su viejo carro tirado por un pegaso aún más anciano al pueblo más cercano que tuviera servicios de transporte rápidos. Desde allí, ella podría conseguir un portal hacia una ciudad más grande, la cual resultaba ser una estación central de vías rápidas.

Estar en la estación central le aceleró el corazón: podría haber agentes de Atlantis esperándola. Pero debía moverse rápido... y estaba protegida por un encantamiento irrepetible que hacía que fuera imposible reproducir o transmitir su imagen.

Llegó a Delamer esa noche. A la tarde siguiente, desde una distancia considerable, observó a Titus pasar por la Avenida del Palacio en un carro flotante, flanqueado por el regente y Lady Callista. El príncipe no llevaba puesta la medalla en forma de rayo perteneciente a su abuelo, que hubiera indicado que estaba bajo arresto domiciliario o cualquier otra forma de cautiverio. Sin embargo, se encontraba rodeado de guardias y auxiliares, y apenas tenía suficiente espacio para respirar.

No podría acercarse a él mientras estuviera rodeado de ese modo. La única opción de la chica era dejarle un mensaje encriptado en *El Observador de Delamer*, dirigirse a Eton y rogar que a él también le dieran permiso para regresar a aquella escuela nomágica.

Separarse tan pronto, y sola, no era la forma en que había imaginado su verano. Se debatió entre permanecer en Delamer por un tiempo más para poder organizar un encuentro con Titus o hallar información acerca del paradero del Maestro Haywood por su propia cuenta. Pero al final, decidió que era demasiado arriesgado quedarse allí más tiempo: una tensión sutil subyugaba el ambiente de la capital; incluso cuando solo se quedó quieta de pie en una hilera para comprar algo de comer, escuchó susurros que mencionaban que los agentes de Atlantis estaban particularmente activos.

Salir del Dominio a través de medios instantáneos requería una documentación que ella no podía entregar. Pero viajar dentro del Dominio era bastante sencillo con el pase estudiantil. Utilizó las vías rápidas y los trasbordadores, y llegó al Archipiélago de Melusina, uno de los arcos insulares en la periferia del Dominio.

Había aprendido en la sección de enseñanza del Crisol que había un almacén de veleros en la isla más meridional del archipiélago. Las restricciones de transporte que Atlantis había implementado no incluían los medios de locomoción nomágicos, y un buen y rápido balandro a vela a veces era la forma indicada de escapar.

Su dominio del aire y el agua le resultó útil para atravesar los ciento noventa y tres kilómetros de mar abierto hasta Flores, una de las islas al noroeste de las Azores. Desde allí, negoció un pasaje a bordo de un barco ballenero hasta Ponta Delgada, y en ese lugar se subió a un barco de vapor con destino a la Isla de Madeira.

Podría haber permanecido en Madeira. Pero cuando se enteró, momentos después de desembarcar, de que un buque de carga francés que estaba en el puerto levaría anclas con destino a Sudáfrica en dos horas, solo vaciló un minuto antes de correr hacia la oficina portuaria para preguntar si el buque francés también aceptaba pasajeros a bordo.

Titus había creado una buena historia para Archer Fairfax, la identidad que ella asumía cuando estaba en Eton: había situado a la familia de Fairfax en Bechuanalandia, un lugar que era poco probable que los alumnos de Eton visitaran; pero aquel hechizo persuasivo, si bien era efectivo en la escuela, se desintegraría si los agentes de Atlantis se ocupaban de descubrir la ubicación exacta de la granja familiar Fairfax.

Iolanthe no permaneció demasiado en Ciudad del Cabo, pero pasó todo su tiempo allí realizando una ferviente campaña de desinformación a través de una gran cantidad de hechizos persuasivos nuevos. Ahora, si los agentes de Atlantis aparecían, les dirían que la familia Fairfax acababa de partir: un familiar lejano había muerto y le había legado a la señora Fairfax una suma decente de dinero, y la familia había decidido disfrutar de su buena fortuna deshaciéndose de la granja y viajando alrededor del mundo; sin su hijo, por supuesto, quien debía regresar a Eton para el primer semestre.

Era una historia bastante trillada, pero Iolanthe siempre había imaginado a los padres ficticios de Fairfax como la clase de personas que habían sentido una atracción por África basada en nociones románticas, solo para desilusionarse al descubrir que la vida rural les ofrecía poco romance… o beneficio, en todo caso. Al recibir dinero inesperadamente, ambos partirían felices hacia rumbos desconocidos debido a que África ya había cesado de darles aventuras y entusiasmo hacía mucho tiempo.

Con su "familia" fuera de su camino en el futuro cercano, Iolanthe reservó una litera en el próximo barco a vapor que partía de Ciudad del Cabo con destino a Liverpool. Durante las siguientes tres semanas, la esperanza y el miedo lucharon por la supremacía de su corazón. Por momentos, estaba eufórica al pensar en ver a Titus de nuevo; pero al minuto siguiente, la abrumaba el desasosiego. ¿Y si él no regresaba a Eton? Era más lógico que lo obligaran a permanecer en el Dominio, donde podrían controlarlo mucho más, ¿verdad?

Cuanto más cerca de Eton se encontraba, peor era su inquietud. Cuando llegó a la casa de la señora Dawlish y no halló rastros de él, el pavor la invadió. Para escapar de la conmoción de la casa decidió acompañar a Cooper, quien se dirigía a la calle central para comprar lo necesario para el té.

Cooper parloteó felizmente acerca de los otros alumnos que habían clasificado entre los veintidós, en especial acerca de West, el chico que todos creían que sería el próximo capitán del equipo escolar. Iolanthe escuchó muy poco de lo que Cooper dijo. No había viajado catorce mil quinientos kilómetros sola para jugar críquet, sin importar cuán entretenido fuera.

—¿Puedes creer que solo quedan cuatro meses para que termine 1883? —preguntó Cooper mientras se acercaban de regreso a la casa de la señora Dawlish.

—¿Estamos en 1883? —Iolanthe tragó con dificultad—. Siempre lo olvido.

—¿Cómo es posible que olvides en qué año estamos? —dijo Cooper—. Yo a veces olvido el día de la semana, pero nunca el mes o el año.

Iolanthe reunió valor y abrió la puerta de la residencia de la señora Dawlish. En medio de la sala, rodeado de alumnos menores, la voz de Titus llegó a sus oídos. Y de pronto, se sintió lista para ganar cien partidos de críquet, escribir cien ensayos en latín y vivir entre decenas de chicos ruidosos y a veces olorosos durante el resto de su vida.

Él había regresado. Él estaba a salvo. Iolanthe a duras penas supo qué dijo o hizo los próximos minutos, hasta que se libraron de los otros chicos con la excusa de que el príncipe necesitaba desempacar sus pertenencias.

En cuanto la puerta se cerró detrás de ellos, él la besó. Y continuó haciéndolo hasta que ambos quedaron sin aliento.

—Me alegra tanto que estés a salvo —dijo Titus, con su frente contra la de ella.

Iolanthe extendió los dedos sobre los hombros del muchacho, sobre la lana cálida y levemente rasposa de su abrigo. Bajo sus manos, la contextura del chico era delgada, pero fuerte.

—Temía que no te permitieran salir del Dominio —admitió ella.

—¿Cómo lograste salir tú?

Tocó la parte superior del cuello de la camisa de Titus. Habían lavado las prendas del muchacho con alguna clase de esencia de planta perenne; la fragancia le recordó a las cimas cubiertas de pinos de las Montañas Laberínticas.

—Te lo diré después de que me prepares una taza de té —le respondió.

El Amo del Dominio comenzó a alejarse.

—La haré ahora mismo —dijo él.

Pero aún no estaba lista para que él abandonara sus brazos. Tomó el rostro del príncipe entre las manos. Cuando había pasado por Delamer, Iolanthe había comprado un colgante con el retrato de él. Todo el verano, solo había tenido una imagen diminuta como compañía. Pero ahora podía embeberse de él: de su cabello oscuro, apenas más largo de lo que recordaba, de las cejas rectas y los ojos profundos.

Deslizó un dedo por el labio inferior de Titus. Los ojos del muchacho se oscurecieron. La empujó contra la pared y la besó de nuevo.

–Entonces… ¿quieres el té con crema o azúcar? –preguntó el muchacho después de unos minutos, con la respiración entrecortada.

Ella sonrió y apoyó su mejilla contra el hombro del príncipe; su respiración estaba tan descontrolada como la de él.

–Te extrañé –dijo ella.

–Cometimos un error al regresar juntos al Dominio. Debería haber notado que cuando los agentes de Atlantis no pudieran localizarte en la escuela llegarían a la conclusión de que aún debías estar en el Dominio. Debería haber sabido que me vigilarían sin parar.

Ella colocó una mano sobre el frente de la chaqueta de Titus.

–No fue tu culpa. Ambos nos dejamos llevar por una falsa sensación de seguridad.

Él tomó la mano de la chica con la suya.

–Por supuesto que fue culpa mía. Mi tarea es mantenerte a salvo.

–Pero no se supone que me mantengan a salvo –replicó ella, deslizando la yema de su pulgar sobre el exterior de la palma de Titus–. Estoy hecha para enfrentar riesgos aterradores y batallas épicas. ¿Recuerdas? Es mi destino.

Él se reclinó hacia atrás, con la sorpresa escrita en el rostro.

–Entonces ¿ahora lo crees?

Después de todos los eventos desgarradores y maravillosos del último semestre, ¿cómo podría no hacerlo?

–Sí, lo creo. Así que no te disculpes por no protegerme cada segundo del día. Solo estoy recorriendo el camino destinado para mí… y un poco de peligro aquí y allá me sirve para mantener afilados mis reflejos.

Una expresión de maravilla apareció en los ojos de Titus; una de maravilla y gratitud. Apoyó la frente sobre la de ella otra vez y colocó sus manos cálidas sobre las mejillas de Iolanthe.

—Me alegra tanto que seas tú. Sería imposible enfrentar esta tarea con alguien más.

Al escuchar su voz, las lágrimas inesperadas ardieron en los ojos de la muchacha. Estarían uno junto al otro hasta el final. Adoraba aquella certeza a pesar de temerle.

—Te mantendré a salvo —dijo ella en voz baja—. Nada ni nadie te apartará de mi lado.

Debido a que era demasiado temprano en el semestre para llorar de verdad, ella añadió:

—Ahora, prepárame un té y cuéntame todo acerca de cuán terrible fue pasar tu verano en el mismo palacio opulento que la mujer más hermosa del mundo.

—Sí, claro —dijo él.

Y retrasó la preparación del té un poco más.

CAPÍTULO 05

EL DESIERTO DEL SAHARA

EL DOLOR QUEMABA LA PIEL DEL MUCHACHO. Mordía su labio inferior con fuerza; no estaba seguro de si intentaba mantenerse en silencio o permanecer consciente. No ayudaba que la oscuridad debajo de la improvisada duna de arena fuera espesa e impenetrable: le hacía pensar que lo único que debía hacer era cerrar los ojos y entregarse al dulce olvido.

–He puesto un círculo insonoro interno para que nadie pueda oírnos –dijo la voz baja y levemente rasposa del mago elemental del que no podía deshacerse–. Ahora, amplificaré las voces exteriores.

De inmediato, una voz ronca apareció en el oído del chico.

–¿...sibilidad, brigadier?

–Que nuestros magos elementales limpien la mayor área posible para mejorar la visibilidad –respondió una mujer–. Se ha establecido un radio de dos metros. Refuercen las estaciones e inicien la emboscada. Un regimiento desde el centro hacia afuera y dos desde la periferia hacia adentro.

Una parte de él quería entregarse: Atlantis le daría algo para mitigar el intenso dolor hasta la médula. Pero el deseo de permanecer libre era tan inmenso que prácticamente era esencial.

Era lo único que sabía.

Ni su nombre, ni su pasado, ni un solo evento que pudiera iluminar un poco el recuerdo de cómo había terminado en medio del desierto, gravemente herido; solo sabía eso: no podía permitir que Atlantis ni sus aliados lo capturaran; si no, todo estaría perdido.

Los gritos y los llamados ahora solo pertenecían a los soldados que obedecían órdenes. El mago elemental revocó el hechizo que había lanzado para amplificar las voces. Se hizo un silencio abrupto, inmóvil y sofocante.

El chico sopesó sus escasas opciones. Sin ningún recuerdo, no podía teletransportarse, ni siquiera si tuviera el rango de teletransportación para ir fuera del radio que Atlantis estaba marcando. Si fuera capaz de ver a cualquier distancia, en ese caso podría teletransportarse a ciegas. Pero dado que la tormenta de arena lo cubría todo, esa alternativa tampoco era una opción.

Si tan solo hubiera tenido antes la claridad mental para pedirle al mago elemental que abriera un túnel de aire puro en medio de la tormenta, entonces habría sido capaz de distanciarse de aquel torrente de atención sospechosa.

Estaba prácticamente seguro de que el mago elemental había sido el responsable de su herida. ¿Quién más estaría tan cerca si no fuera un enemigo? ¿Quién más continuaría merodeando por la periferia de su domo a pesar de su deseo explícito de que lo dejaran solo?

El miedo que demostró el mago elemental ante Atlantis podía haber sido una actuación. El chantaje para meterse debajo de su domo sin dudas podía haber sido un intento de matarlo. Sin embargo, la buena predisposición del mago elemental para darle la primera gota de sangre lo había sorprendido.

Uno podía causar muchos problemas con sangre ofrecida voluntariamente. Solo un tonto, o alguien sin ningún motivo oculto, se hubiera atrevido a hacerlo como lo hizo el mago elemental. Ahora, se había convertido de un enemigo casi confirmado a un desconocido en la ecuación del muchacho.

—¿Escuchaste su plan de acción? —preguntó el mago elemental.

Él gruñó a modo de respuesta.

—Iré debajo de la superficie; es lo que debería haber hecho en primer lugar, en vez de involucrarme en cualquier clase de magia de sangre.

—Entonces ¿por qué no lo hiciste antes?

—Seguramente tú siempre piensas con lucidez y evalúas todas las posibilidades cuando hay carros blindados echándose sobre ti —replicó el mago elemental con tono burlón—. De todas formas, mi error de considerar tomar esta alternativa en particular es beneficioso para ti. Puedo llevarte por abajo conmigo.

La oferta reavivó su sospecha anterior. ¿Y si el mago elemental era un cazador de recompensas de algún tipo, preocupado por que la llegada de Atlantis a la escena arruinara su premio en efectivo?

—¿Por qué insistes en aferrarte a mí?

—¿Qué?

—Me impones tu compañía —dijo el chico.

—Que impongo mi... ¿Te han criado para que sigas tu camino si hay un mago gravemente herido tirado en el suelo?

—Dice el que utiliza el chantaje.

El mago elemental murmuró algo que estaba al límite de la obscenidad.

—Entonces, supongo que prefieres quedarte aquí. Adiós, y que la Fortuna proteja tu encantador ser.

Él no podía ver en la oscuridad, pero era capaz de sentir que la arena a su derecha se movía: el mago elemental estaba hundiéndose en ella.

—Espera —exclamó el muchacho herido.

—¿Qué quieres?

Vaciló un momento antes de responder.

—Iré contigo.

Un acuerdo de no agresión no era tan vinculante como un juramento de sangre: nada evitaba que el mago elemental lo entregara a un tercero que deseara dañarlo. Pero bajo la superficie, donde no había ningún tercero, él debería estar relativamente a salvo.

—¿Estás seguro? Podría tomarlo como un permiso para imponerte aún más mi compañía.

La voz del mago elemental estaba empapada de sarcasmo. Aquello era algo tranquilizador: el muchacho prefería infinitamente estar con alguien que no quería saber nada con él.

—Tendré que tolerarla para que me des tus remedios.

El mago elemental excavó debajo de él; el movimiento le causó una oleada de agonía. Apretó los dientes y se concentró en modificar el domo extensible y convertirlo en un escudo móvil normal, el cual debería mantener una burbuja de aire alrededor de ellos y evitar que la arena cayera sobre su espalda.

El mago elemental le envolvió el cuello con un brazo y trabó una pierna detrás de sus rodillas. Ambos comenzaron a hundirse; la arena que excavaban con magia para abrirse paso fluía sobre cada lateral del escudo hacia arriba.

—¿Y cómo sabes que mis remedios no están envenenados? —preguntó el mago elemental mientras descendían.

—Doy por sentado que lo están —respondió el herido.

—Entonces, no veo la hora de aplicártelos.

Se hundieron más rápido. Algo no estaba del todo bien. El mago elemental le había parecido de contextura delgada, pero con sus torsos presionados y ajustados entre sí, no sintió ni por asomo la cantidad de huesos que había previsto. De hecho... De hecho...

Contuvo el aliento, y siseó ante el dolor que recorrió su cuerpo. Pero no había dudas al respecto.

—Eres una chica.

Ella se mostró indiferente ante su descubrimiento.

—¿Y? —exclamó.

—Estás vestida como un hombre.

—Y tú estás vestido como un nómago.

Él no sabía eso. Cuando recobró la consciencia, había estado recostado en el desierto y la arena caliente hurgaba en la herida abierta de su espalda. Lo único que pudo hacer fue voltear sobre su estómago y construir el domo extensible: no les había prestado atención a las prendas que vestía. Y más tarde, cuando necesitó una herramienta filosa, simplemente había probado con un bolsillo, sin pensar en si el atuendo de un mago tendría uno en ese lugar en particular.

Todo estaba tornándose más incomprensible a cada minuto. Ya había sido bastante malo despertar en medio del desierto, herido, sin idea de cómo había llegado a ese lugar. ¿Y ahora también se añadía el misterio de las prendas nómagas?

Se detuvieron.

—Estamos a un metro del lecho de roca —ella se deslizó y salió de debajo de él.

Las uñas del chico se hundieron en el centro de su propia palma, mientras luchaba contra el dolor renovado y agudo que le causó el movimiento de la chica.

Una luz mágica, pura y azul, creció y se expandió.

—Revisaré tu herida. Serás una carga para mí si no puedes moverte por tus propios medios.

Con el acuerdo de no agresión vigente, ella no podía hacer nada para empeorar su condición. Aun así, la incomodidad se apoderó de él al pensar en estar más o menos a merced de la maga. Pero no tenía otra opción.

—Adelante.

Ella cortó las prendas del muchacho y roció un fresco líquido fragante sobre la herida, una lluvia que extinguió el ardor abrasador. Se oyó a sí mismo jadear debido a la bendita disminución del dolor.

—Ahora, necesito limpiar la herida —le advirtió ella.

Innumerables partículas de arena se habían incrustado en su carne expuesta. Podría ser literalmente un baño de sangre extraerlas todas. El terror rugió en la cabeza del chico: apretó los dientes y no dijo nada.

El dolor regresó, intenso y desgarrador. Tragó un grito y se preparó para más sufrimiento. Pero ella solo roció sobre su espalda más de aquel líquido que debían ser lágrimas de los Ángeles.

—Listo —dijo ella—. Quité todos los granos de arena a la vez, dado que no tenemos demasiado tiempo.

De no haber estado temblando demasiado como para hablar, habría manifestado su gratitud.

Ella aplicó capas y capas de diversos ungüentos, vendó su herida y le ofreció un puñado de gránulos.

—Los grises son para recuperar fuerza. Los rojos, para el dolor; de otro modo, aún te dolerá demasiado para que puedas moverte.

Él tragó todo.

—Quédate quieto un minuto para que todo haga efecto. Después, debemos irnos.

—Gracias —logró decir él.

—Cielos, nunca creí que te escucharía decir esa palabra —respondió ella.

La chica revisó dos veces todas las etiquetas mientras guardaba las medicinas en el bolso, con el cuidado de una bibliotecaria que reorganizaba los libros en los estantes siguiendo un código referencial particularmente estricto.

Ahora que sabía que era una chica, se sorprendió de haber pensado lo contrario hasta que estuvieron apretados cuerpo a cuerpo desde los hombros hasta las rodillas. Sí, vestía prendas masculinas, tenía el cabello corto y la voz algo grave, pero claramente… Él solo podía mover la cabeza de lado a lado en su mente ante la intensidad de su suposición.

Ella alzó la vista, lo descubrió mirándola y frunció el ceño; la chica tenía una expresión bastante temible.

—¿Qué es esa cosa fría dentro de tus prendas?

Él recién estaba empezando a ser consciente del frío contra su corazón (el cual apenas había notado antes) cuando el dolor de su espalda desplazó cualquier otra sensación. Con cautela, el chico colocó una mano debajo de su chaqueta. Sus dedos entraron en contacto con algo helado.

Cuando intentó quitarlo, el objeto le raspó la nuca: era un colgante. Se arrancó la cadena que lo sujetaba al cuello.

La joya tenía la forma de un medio óvalo. Era evidente que le faltaba la otra mitad. ¿Dónde estaba? ¿Quién la tenía? ¿Acaso la temperatura de su mitad del collar indicaba que la otra estaba muy, muy lejos? ¿Quizás en otro continente?

Él se incorporó e inspeccionó sus prendas arruinadas: chaqueta, chaleco y camisa. Según las etiquetas, las había hecho un sastre en Sevile Row, Londres.

El chico encontró la navaja que había utilizado antes, que tenía tallado un escudo de armas con un dragón, un fénix, un grifo y un unicornio en los cuadrantes. En el chaleco, halló un reloj hecho de un metal frío color gris plata, tallado con el mismo símbolo. El bolsillo interno de la chaqueta contenía una cartera... y otra vez, el mismo símbolo.

Dentro de la cartera, había una cantidad insignificante de dinero nómago; era inglés a juzgar por la apariencia de las monedas. Pero más importante fue que encontró muchas tarjetas personales, una vez más, todas con el mismo escudo de armas y del otro lado las palabras *S. A. S. el Príncipe Titus de Saxe-Limburg*.

¿Él era ese príncipe Titus? ¿Qué clase de lugar era Saxe-Limburg? No había ningún reino mágico con ese nombre. Y hasta donde sabía, tampoco existía uno nomágico que se llamara así.

Ella le entregó una túnica que extrajo del bolso que traía. Él destruyó las prendas arruinadas, guardó el colgante dentro de la cartera, y la introdujo junto al reloj dentro de los bolsillos de su pantalón. Una sensación ardiente y desagradable atravesó su espalda cuando alzó los brazos sobre su cabeza para ponerse la túnica, pero era un dolor capaz de ignorar.

La chica le lanzó un odre. Él bebió casi la mitad del contenido, se lo devolvió y señaló la tira rota del bolso de la chica.

—Puedo repararla.

—Adelante, si es que eso aliviará tu consciencia.

Él unió las dos mitades de la tira.

—¿Por qué asumes que tengo una consciencia?

—Es cierto. ¿Cuándo dejaré de ser tan idiota?

Ella agrandó el espacio en el que se encontraban y se puso de pie.

—*Linea orientalis.*

Una línea tenue apareció bajo sus pies con dirección al este.

—¿Adónde te diriges? —exclamó él, una pregunta mejor que *¿dónde estamos?* No quería exponer el hecho de que no tenía idea de su presente ubicación.

—Al Nilo.

Entonces, estaban en el Sahara.

—¿Qué tan lejos estamos del Nilo?

—¿Qué te parece?

Ella tenía una mirada fría y desafiante. Notó que disfrutaba observarla: la disposición de las facciones de la chica eran estéticamente placenteras. Pero más que eso, le agradaba el modo confiado en que avanzaba, ahora que ya no se molestaba en ser amable con él.

—No sé lo suficiente para darme cuenta —respondió él.

Ante su confesión, ella le lanzó una mirada especulativa.

—Estamos a mil ciento veinticinco kilómetros al oeste del Nilo.

—¿Y a cuánto estamos del sur del Mediterráneo?

—Casi la misma distancia.

Eso los ubicaría aproximadamente a ciento sesenta o ciento noventa kilómetros al sudoeste del reino beduino más cercano, y uno que era ni más ni menos, aliado de Atlantis. El carro blindado debía haber despegado de una instalación atlante en ese reino, lo que explicaría cómo los agentes lograron llegar a la escena tan rápido.

Pero ¿por qué? ¿Por qué Atlantis llegaría a toda prisa? ¿Sería por la misma razón por la que él preferiría tolerar cualquier grado de dolor en vez de ser capturado?

Se puso de pie; y hubiera perdido el equilibrio de no haber apoyado una mano contra el muro de arena, el cual se sentía casi húmedo contra su piel.

—¿Puedes caminar? —preguntó ella, su tono lindaba con la seriedad.

—Puedo caminar.

Esperaba que ella dijera algo cortante, algo similar a cómo lo dejaría felizmente atrás si él no podía seguirle el paso. Pero ella solo le entregó un cubo nutricional.

—Avísame cuando necesites descansar.

Una sensación extraña se apoderó de él: después de unos instantes, reconoció que era vergüenza. Prácticamente, humillación. Todavía existía la posibilidad, por supuesto, de que ella estuviera fingiéndolo todo. Pero parecía más y más probable que ella fuera simplemente una persona muy decente, e incluso compasiva.

Le dio un mordisco al cubo nutricional que sabía a aire apenas saborizado.

—Supongo que esto también está envenenado, como tus remedios —dijo él.

—Por supuesto —las comisuras de los labios de la chica se alzaron levemente.

Ella excavó a lo largo de la línea que había trazado, manteniendo un espacio del tamaño suficiente para que ambos pudieran caminar uno junto al otro. El aire que él respiraba era frío y estaba un poco húmedo. La arena que crujía bajo sus pies tenía un brillo acuoso apenas visible. Sobre sus cabezas y a cada lado de ellos, la arena fluía hacia atrás, y lo mareaba un poco. Lo hacía sentir como si estuviera en una nave submarina, navegando las profundidades oscuras de un océano extraño.

Una prueba rápida le dijo que estaban a veintiocho metros debajo de la superficie. Un domo móvil (incluso un domo inflexible) no podría resistir bajo el peso de tanta arena. Los poderes elementales de la chica eran lo único que evitaba que fueran enterrados vivos.

El rostro de la maga estaba prácticamente inexpresivo por la concentración: tenía la mirada baja y los ojos entrecerrados. Su cabello parecía azul bajo la luz mágica y el corte de cabello hizo que el muchacho notara la estructura ósea de la chica y sus gruesos labios.

Ella lo miró con rapidez; él había estado observándola. El chico redirigió su atención hacia su propia varita, la cual reconoció como una réplica de Validus, la varita de Titus, el Grande. Al llegar a la adultez, los magos en general preferían encargar un diseño original para sus varitas; antes de la adultez, solían recibir copias de las varitas que habían sido empuñadas por archimagos legendarios.

Así que no había nada nuevo en ello, más que deducir que él era todavía probablemente menor de edad y que alguien en su familia admiraba a Titus, el Grande.

–¿Te indica quién eres? –preguntó ella, señalando la varita con su mentón.

La importancia de la pregunta no pasó por alto para él. *¿Te indica quién eres?* Ella suponía que él no conocía su propia identidad. Lo cual era bastante acertado, pero no era ni por asomo la conclusión a la que alguien llegaría después de conocerlo solo por unos pocos minutos, a menos que… A menos que ella tampoco conociera su propia identidad.

Él le entregó una de las tarjetas personales que estaban en su cartera. Ella la inspeccionó detalladamente, del frente y del revés, murmurando hechizos para revelar una escritura oculta. Pero era lo que era: una ordinaria tarjeta personal nómaga.

–¿Tienes algo que indique quién eres? –él preguntó lo mismo como respuesta.

Ella alzó la vista un segundo, como si estuviera decidiendo si deseaba darle una respuesta. Introdujo las manos en los bolsillos de su pantalón… y se paralizó por completo. Él también lo oyó. Algo estaba acercándose detrás de ellos, algo grande y metálico que rasgaba el lecho de roca mientras se aproximaba.

CAPÍTULO 06

—MIREN ESTO —DIJO IOLANTHE. ABRIÓ UNA GAVETA, tomó una fotografía enmarcada y se la entregó a Wintervale.

Wintervale, Cooper y Titus estaban en la habitación de la chica. Acababan de salir de la última clase de un día breve. Faltaban varias horas para el té, pero ella les había ofrecido compartir un pastel que había comprado en la calle principal, y los chicos de la señora Dawlish tenían fama de no rechazar ninguna oportunidad para comer.

—Vaya —Wintervale silbó al ver la fotografía.

—Es bonita —Cooper le quitó la imagen enmarcada de las manos.

—La besé —dijo Iolanthe. Titus, quien había estado inspeccionando una lata de galletas que estaba sobre el armario de la chica, no alzó la vista.

—Yo he matado más dragones que la cantidad de chicas que tú has besado, Fairfax.

—¿Y cuántos dragones ha matado, Su Alteza? —preguntó Cooper con entusiasmo.

–Ninguno.

–Fairfax, creo que el príncipe ha insultado tu hombría –comentó Wintervale, dándole un golpecito con el codo.

–Mi estimado Wintervale –respondió la chica–, el príncipe acaba de admitir no haber asesinado un solo reptil escupefuego en toda su vida. ¿Cómo es posible que *él* insulte *mi* hombría?

En ese momento, Titus la miró rápido, con una sonrisa cómplice en el rostro. El efecto de esa expresión fue un dejo de calor que atravesó el cuerpo de la chica.

Cooper le entregó la fotografía a Titus a la fuerza.

–¿Quiere ver a la chica que Fairfax besó, príncipe?

El monarca apenas miró la imagen.

–Es ordinaria.

–Su Alteza tiene celos porque desearía haber podido besarla –les dijo Iolanthe a Cooper y Wintervale.

–Yo no beso plebeyas –replicó Titus, mirando a Iolanthe directo a los ojos.

Ella era sin dudas una plebeya, sin una gota de sangre aristocrática. Y él indudablemente la había besado cada vez que tenía la oportunidad de hacerlo.

–Con razón siempre estás malhumorado –replicó ella. Wintervale y Cooper rieron.

La puerta se abrió de par en par, y Sutherland asomó la cabeza.

–Caballeros, tengo excelentes noticias: tal vez exista la posibilidad de que nos enfrentemos a veinticuatro horas de libertinaje.

–Cada día de mi vida son veinticuatro horas de libertinaje –respondió Titus, y centró su atención de nuevo en la lata con galletas–. Tendrás que esforzarte más, Sutherland.

Sus palabras tomaron por sorpresa al muchacho. Él era uno de esos chicos que había creído que Titus era un príncipe continental insignificante que gobernaba un castillo en ruinas y cuatro hectáreas de tierra. Pero después de los eventos del 4 de Junio, Sutherland se había vuelto más respetuoso. Permaneció en la puerta, parpadeando un poco, sin estar completamente seguro de cómo responder.

—No le hagas caso, Sutherland. Su Alteza sabe tanto de libertinaje como de asesinar dragones –dijo Iolanthe–. Anda, cuéntanos la noticia.

Sutherland carraspeó de forma bastante avergonzada.

—Mi tío tiene una casa en Norfolk, en la costa. Ha accedido a prestármela para entretener a algunos amigos. Podemos pasar el sábado y el domingo allí… Jugar un poco de críquet, cazar unas aves y hacer estragos con una excelente colección de coñac.

—Cuenta conmigo –dijo Wintervale, poniéndose de pie.

—¿Qué dicen los demás? –Sutherland señaló con un gesto al resto de los presentes.

—Ellos también vendrán, por supuesto –Wintervale respondió por los otros.

—Excelente. Haré que mi tío le envíe una carta a la señora Dawlish que afirme que él se encargará de proveer la supervisión adecuada y que solo permitirá la realización de actividades que fortalezcan el cuerpo y el alma.

—Las que asumo incluyen hacer estragos con su excelente colección de coñac –dijo Iolanthe.

—¡Exacto! –Sutherland guiñó un ojo–. Y si Kashkari regresa a tiempo, dígale que él también está invitado.

Sutherland se marchó. Wintervale y Cooper hicieron lo mismo, después de haber devorado el pastel de Iolanthe. Titus permaneció allí, comiendo un scon a paso lento y observándola desde el extremo opuesto de la habitación.

Era posible que durante el transcurso del verano los hombros del muchacho se hubieran ensanchado. Y quizás tenía un centímetro más de altura. Pero los ojos de Titus aún eran los mismos, jóvenes y sabios a la vez. Y su mirada, enfocada completamente en ella... El calor le atravesó el cuerpo una vez más.

Se habían besado cada vez que tenían la oportunidad, pero esos momentos no eran, ni por asomo, tan frecuentes como a ella le gustaría. Ella solo cerraba la puerta con llave cuando se cambiaba o tomaba un baño, debido a que los chicos estaban acostumbrados a entrar a su habitación después de llamar con un golpe superficial, y en general sin siquiera esperar una respuesta... Y los chicos iban y venían todo el tiempo. Alterar ese hábito abruptamente podría hacer que alguien como Cooper le preguntara el motivo del cambio en frente de los otros muchachos.

La habitación de Titus era el lugar más seguro, pero él no había pasado demasiado tiempo allí últimamente: estaba construyendo otra entrada a su laboratorio, un espacio plegado que solo era accesible a través de un faro que estaba a más de ochocientos kilómetros, una distancia demasiado extenuante para que ella se teletransportara día tras día.

Pero cuando la terminara, ella podría llegar al laboratorio desde una antigua cervecería que estaba a pocos kilómetros. En el laboratorio tendrían seguridad y privacidad. Sin mencionar que allí estaba el Crisol.

Y ella tenía la corazonada de que en el Crisol, ambos podrían hacer mucho más que solo intercambiar besos.

–¿Qué estás tramando? –él señaló con el mentón la fotografía que Cooper había dejado sobre el escritorio de Iolanthe–. ¿Quién es la jovencita?

–Esa es la jovencita que te salvará el pellejo.

La expresión de Titus cambió: en ese momento comprendió que la chica de la fotografía era ella. Pero dado que estaba protegida por un encantamiento irrepetible, no podían capturar su imagen con precisión. Ella había querido ver qué ocurriría si le tomaban un retrato, y la respuesta fue que un rostro completamente diferente había aparecido.

Él tomó la imagen y la miró de nuevo. Vio a una joven de buena estructura ósea y ojos almendrados con un turbante a la moda.

—¿Dónde la tomaron?

—En Tenerife, en las Islas Canarias. De camino a Ciudad del Cabo.

El barco a vapor había parado medio día en el puerto para cargar provisiones. Ella bajó del navío, dio un paseo, vio un estudio de fotografía y decidió divertirse un poco.

—Quizás necesite reconsiderar mi política de no besar plebeyas —comentó él.

—Me alegra que puedas ver más allá de tus prejuicios —susurró ella.

Él la contempló un minuto más.

—Debo irme.

Ella reunió coraje.

—¿Has elegido un lugar? ¿En el Crisol?

Para cuando ellos quisieran hacer algo más que solo besarse.

Él deslizó un dedo a lo largo del respaldo de una silla.

—¿Has ido a "La Reina de las Estaciones"?

—No —había muchísimas historias en el Crisol.

Él no la miró del todo.

—Ella tiene una residencia de verano.

Iolanthe se acercó a él con lentitud y colocó una mano sobre el chaleco negro de cachemira que asomaba debajo del frac del uniforme de Titus.

—¿Estás preparando la residencia de verano para que esté aún más linda para mí? —preguntó ella.

—¿Y si es así? —sus ojos se encontraron.

—Solo recuerda: nada de pétalos de flores sobre las cosas ni en ninguna parte —dijo sonriendo.

La expresión del muchacho cambió por un momento breve.

—¿Acaso parezco alguien que esparciría pétalos sobre las cosas por todas partes?

—Sí —la sonrisa de Iolanthe se amplió—. Pareces alguien que piensa que esparcir montones de pétalos de rosas es el epítome del romance.

Él la jaló hacia su cuerpo para darle un beso que duró medio segundo.

—No prometo nada.

Y después, se marchó y la dejó sola, con los labios aún ardiendo.

EL PRIMER ENTRENAMIENTO DE CRÍQUET TUVO lugar la tarde siguiente.

Iolanthe se vistió con su uniforme deportivo y llamó a la puerta de Wintervale. Nadie respondió. Qué extraño; tenía la impresión de que irían juntos al entrenamiento. Y Wintervale se tomaba cosas semejantes con seriedad.

Llamó otra vez.

—¡Wintervale! ¿Estás ahí?

Se oyó un golpe seco, como si alguien hubiera caído de una silla y hubiera aterrizado con violencia en el suelo.

Estaba a punto de golpear la puerta de nuevo cuando la abrieron.

—¿Dónde está el príncipe? —preguntó Wintervale con urgencia, sin preámbulos.

—Salió a dar un paseo. ¿Puedo ayudarte en algo? –preguntó ella.

Mientras las palabras salían de sus labios, vio el armario abierto de par en par detrás de Wintervale. En ese instante lo comprendió. Era probable que la madre de Wintervale lo necesitara en casa. Su medio de transporte habitual era el armario, el cual funcionaba como un portal, pero Lady Wintervale lo había sellado el junio anterior, después de que Iolanthe lo hubiera utilizado sin autorización.

La ironía era que Iolanthe podía teletransportarse la distancia suficiente para llevar a Wintervale a su hogar en Londres. Pero no se atrevía a compartir su secreto con el muchacho.

El muchacho pasó una mano a través de su propia cabellera.

—No, necesito a Titus.

—Ah, Wintervale, allí está –dijo la señora Dawlish, un poco agitada después de subir la escalera–. Recibí un telegrama de su madre. Lo necesitan en casa de inmediato. Ya he pedido que traigan el carruaje para llevarlo a la estación de tren. Debería llegar a su hogar en una hora y media.

Wintervale gruñó.

—¿Una hora y media? Es una eternidad. Si tan solo fuera un teletransportador más fuerte.

—¿Qué? –preguntó la señora Dawlish.

—¿Qué? –repitió Iolanthe, dado que se suponía que ella tampoco comprendía lo que él había dicho.

Wintervale movió la cabeza de lado a lado, como si estuviera regañándose a sí mismo.

—No es nada. Gracias, señora Dawlish. Bajaré enseguida. ¿Podrías darle mis disculpas a West, Fairfax? Es probable que no regrese antes de la cena.

—Por supuesto.

Iolanthe acompañó a Wintervale hasta el carruaje que lo esperaba abajo, y después se dirigió sola al entrenamiento. Cuando estaba acercándose al campo de juego, alguien llamó su nombre.

Ella volteó. Era un chico de unos diecinueve años, también en su uniforme deportivo, alto, de extremidades largas y hombros rectos. Tenía el cabello rubio oscuro corto y lucía un bigote bastante impactante. Sus facciones, si bien eran levemente irregulares para que lo etiquetaran como una belleza clásica, eran bastante atractivas de ver.

Le llevó un momento reconocerlo: la última vez que lo había visto tenía el cabello más largo y no lucía un bigote.

—¡West! Justo la persona que buscaba. Wintervale tuvo que marcharse por una emergencia familiar y me pidió que te lo hiciera saber.

West, al igual que Wintervale, había sido miembro del equipo de críquet escolar el semestre de verano anterior. Todos en la casa de la señora Dawlish se habían entusiasmado cuando Wintervale fue seleccionado. Pero West estaba mucho más arriba en la escala social que Wintervale, dado que había una gran expectativa para que él fuera elegido capitán de los once el verano siguiente.

Iolanthe lo había conocido brevemente cuando el equipo de su casa había jugado un partido contra el equipo de la suya. El equipo de ella había perdido, pero había sido un partido excelente: el resultado fue incierto hasta el final.

West le ofreció la mano para estrechar la suya.

—Espero que no suceda nada demasiado grave en la familia de Wintervale.

—No lo creo, pero a su madre le agrada tenerlo cerca cada vez que no se siente bien.

Caminaron alrededor de un minuto en silencio antes de que West preguntara:

—Eres amigo de Titus de Saxe-Limburg, ¿verdad?

Hasta el 4 de Junio anterior, ella hubiera dicho que la mayoría de los chicos de la residencia de la señora Dawlish probablemente no podían recordar el nombre inventado del principiado del que Titus era originario. Pero desde entonces, había respondido a bastantes preguntas de los alumnos sobre el tema, dado que habían visto el gran entorno familiar que había aparecido en la escuela y, consecuentemente, la situación les había causado curiosidad respecto al príncipe.

—Sí, vivo en el cuarto que está junto al del príncipe.

—Parece un personaje interesante —dijo West.

Iolanthe no necesitó responder, dado que habían llegado y el profesor de críquet quería hablar con West.

Pero era cierto: su príncipe era un personaje infinitamente interesante.

LA CASA BAYCREST, LA PROPIEDAD QUE EL TÍO DE Sutherland poseía en Norfolk, estaba sobre una parte alta del terreno que sobresalía por encima del Mar del Norte. La casa tenía muchos gabletes ornamentales, un jardín cerrado atrás y una pequeña playa resguardada a un lado, a la que se accedía mediante treinta metros de escalones desvencijados que habían construido sobre el acantilado.

Los chicos estaban bastante eufóricos. Cooper, en particular, gritaba mientras subía y bajaba corriendo, como si nunca hubiera visto el mar en toda su vida… o una casa, si iban al caso.

Iolanthe y los demás estaban a punto de comer algo cuando Cooper los llamó desde un balcón de la planta superior.

—¡Caballeros! ¡Nuestro amigo del subcontinente ha llegado!

Iolanthe y el príncipe intercambiaron una mirada. A ella le caía bien Kashkari. Además, estaba muy agradecida por la ayuda que el chico les había dado a Titus y a ella. Sin embargo, estaba más que un poco nerviosa ante el prospecto de ver nuevamente al recién llegado: Kashkari escuchaba con atención, y sus ojos inteligentes no pasaban nada por alto.

Pero ese semestre se había preparado mejor. Durante su verano de viajes en barcos de vapor, Iolanthe había leído varios libros de la biblioteca de los navíos, en especial aquellos que lidiaban con geografía política del Imperio Británico. Desde que llegó a tierra firme en Inglaterra, había leído el periódico *The Times* todos los días. Cuando tenía tiempo, les echaba un vistazo a otros: *The Daily Telegraph*, *The Illustrated London News* y *The Manchester Guardian*; a veces, sentía que había estudiado para el regreso de Kashkari con más esmero del que había puesto en repasar para un examen en toda su vida.

Kashkari estaba igual que siempre: tenía ojos almendrados como un ciervo, deslumbrantes y elegantes. Pero después de quince minutos, más o menos, Iolanthe comenzó a relajarse. El chico que entró en la casa Baycrest no parecía poseer los mismos poderes afilados de observación que Iolanthe había temido.

Cuando él le preguntó acerca de sus vacaciones y su familia y ella le contó sobre el dinero que los Fairfax habían heredado y la venta de la granja, él solo asintió y dijo que era un buen momento para salir de Bechuanalandia, antes de que la hostilidad entre los ingleses y los bóeres resultara en una declaración de guerra.

Y después, Kashkari cambió de tema de conversación y preguntó acerca de la ausencia de Wintervale.

—¿Alguien sabe cuál fue la emergencia en la casa de Wintervale? La señora Hancock me dijo que él regresó a casa al principio de la semana y que aún no ha vuelto.

—Así es —respondió Cooper—. Se marchó con tanta prisa que dejó sin terminar un panecillo… y ya conoces a Wintervale: él nunca deja comida sin terminar.

—¿Alguno lo vio marcharse?

—Yo estaba allí —dijo Iolanthe.

Esa vez, Kashkari centró más su atención en ella.

—¿Cómo te pareció que estaba?

—Irritado, pero ni por asomo en un estado de desolación absoluta.

Iolanthe había esperado que Wintervale regresara al día siguiente de su partida. Cuando pasaron dos días sin señales de él, se preocupó. Pero Titus le había dicho que no era inusual que Wintervale se marchara durante una semana entera si su madre lo necesitaba.

—Debería regresar pronto, ¿no creen? —preguntó Kashkari frunciendo el ceño levemente.

—No me sorprendería si apareciera por aquí mañana. Ya conoces a Wintervale; no se perdería este viaje si pudiera evitarlo —respondió Sutherland—. Pero hablemos de nosotros, caballeros. ¿Qué les parece bajar a la playa, hacer una fogata y contar historias de fantasmas cuando oscurezca?

Cooper solo lanzó un chillido.

—¡Me encantan las historias de fantasmas!

Titus lo miró. Siempre miraba a Cooper como si el chico fuera un perro Cocker spaniel que de algún modo había aprendido a hablar como los humanos. Pero últimamente, a Iolanthe le agradaba bastante que Titus comenzara a dejar entrever cierto agrado por el chico.

Aunque cuando Titus habló, se convirtió de nuevo en el gran príncipe que no podía perder tiempo con simples mortales.

—Los plebeyos y su entusiasmo —dijo—. ¿Dónde está el coñac que me han prometido?

CUANDO COMENZARON A DIRIGIRSE A LA PLAYA ya eran las últimas horas del día. La brisa del mar se había tornado fuerte y rígida. Las gaviotas revoloteaban en círculos sobre ellos, en busca de un último bocado para cenar mientras la luz aún perduraba.

Iolanthe movió la cabeza de un lado a otro mientras ayudaba a recolectar madera arrastrada por la corriente: la maga elemental más grande de su era no tenía permitido chasquear los dedos y convocar un fuego ardiente de la nada. Cuando lograron encender la fogata y las salchichas se desgrasaban dentro de las llamas, ya había oscurecido bastante: las estrellas parecían alfileres diminutos sobre el cielo entintado.

Las historias de fantasmas comenzaron con la visita de Cooper a una casa embrujada, a la que le siguió la experiencia del tío de Sutherland en una sesión espiritista particularmente espeluznante y el cuento de Kashkari acerca de un espíritu que no dejaba de visitar a su tatarabuelo hasta que el señor reconstruyó una casa que se había quemado a causa de los fuegos artificiales del Diwali. Iolanthe contribuyó con una historia que había leído en el periódico. Titus, para sorpresa de la chica (y probablemente de todos los otros presentes alrededor del fuego) narró una historia escalofriante acerca de un nigromante que creó un ejército de muertos.

Cuando terminaron de contar todas las historias de terror y consumieron todas las salchichas que habían cocinado, Sutherland trajo otra botella de coñac para compartir con los demás. Iolanthe y el príncipe llevaron la botella hacia sus labios sin realmente ingerir el líquido: cualquier cosa que tuviera un sabor fuerte podía ocultar el añadido de suero de la verdad u otras pociones peligrosas. Los otros bebieron con distintos grados de resolución y dedicación. Kashkari, en particular, asombró a Iolanthe al beber tragos abundantes: ella hubiera creído que él bebía con moderación, si es que siquiera lo hacía.

Se hizo un pequeño silencio… que permaneció allí. Los chicos miraban el fuego. Iolanthe observaba el juego de luces y sombras sobre sus rostros, en especial el de Kashkari. Titus también lo observaba.

Algo no andaba bien con aquel muchacho.

—No sé qué haré —dijo Cooper de pronto—. Mi padre está contando los días que faltan hasta que pueda unirme a su firma de abogados. Y creo que nunca podré decirle que no tengo ni el más mínimo interés en la ley.

Iolanthe se sorprendió ante el cambio repentino de la conversación.

—¿Qué te gustaría hacer?

—Esa es la cuestión. No tengo ni la menor idea. No puedo acercarme a mi padre y decir: "Lo siento, Pater, no sé qué me gustaría hacer, pero sí sé que odio a lo que te dedicas" —le quitó la botella a Sutherland—. Al menos tú no tienes que elegir una profesión, Sutherland. Tienes un condado esperándote.

Sutherland bufó.

—¿Has visto el condado? La mansión está desmoronándose. Tendré que casarme con la primera heredera que me acepte y probablemente nos odiaremos durante los próximos cincuenta años.

Ahora, todos miraron expectantes a Iolanthe. Ella comenzaba a comprenderlo: el licor era el suero de la verdad de los nómagos; salvo que lo ingerían por propia voluntad y compartían bajo su influencia lo que no se atrevían a decir estando completamente sobrios.

—Quizás no me quede mucho tiempo más en la escuela. Mis padres han decidido que después de su viaje por el mundo comprarán un rancho en el oeste estadounidense; en Wyoming, para ser preciso. Y tengo el presentimiento de que querrán que vaya y los ayude con él.

Era la historia que ella y Titus habían acordado para explicar la partida probablemente repentina de la chica uno de esos días.

—A mí tampoco me queda mucho —dijo Titus—. Tengo enemigos en casa y ellos tienen los ojos puestos en mi trono.

Sus palabras causaron una inhalación de aire colectiva; por supuesto que la más ruidosa provino de Cooper.

—No habrá un golpe en el reino, ¿verdad? —preguntó él, con la voz inestable.

—¿Quién sabe? —Titus se encogió de hombros—. Hay toda clase de confabulaciones a mis espaldas. Pero no necesitas preocuparte, Cooper. Conservo lo que es mío.

Cooper se balanceó un poco. Por un segundo, Iolanthe pensó que quizás caería al suelo debido al efecto combinado del coñac y el entusiasmo: esa debía ser una de las pocas veces en las que Titus le había hablado sin ordenarle que se marchara.

Pero Cooper enderezó los hombros y los chicos centraron la atención en Kashkari, quien hizo una seña para que le pasaran la botella.

—Si hubiéramos tenido esta conversación antes de que regresara a casa para pasar las vacaciones, habría alzado las manos y habría dicho: "lo siento, chicos, pero, siendo honesto, no hay mucho en mi vida de lo que pueda quejarme".

Bebió un trago de coñac.

—Pero después, volví a casa y llegué justo a tiempo para celebrar el compromiso de mi hermano. Y resulta que mi hermano se casará con la chica de mis sueños.

Iolanthe estaba atónita, no tanto por los detalles de la revelación de Kashkari, sino por el hecho de que él había decidido divulgar algo que era tan intensamente privado. Era cierto que ella lo había conocido solo hacía unos meses, pero nada que supiera acerca del chico había indicado en lo más mínimo que él era la clase de persona que compartía abiertamente su sufrimiento.

—Dios mío —susurró Cooper—. Lo siento mucho.

—Yo siento exactamente lo mismo —Kashkari dibujó una sonrisa triste y alzó la botella—. Por la vida, que tarde o temprano te pateará el trasero.

LA RESIDENCIA DE VERANO DE LA REINA DE LAS Estaciones yacía sobre una península angosta que contenía un lago profundo alimentado por el glaciar. El sol acababa de salir sobre las cumbres que rodeaban el lago; el agua era prácticamente de la tonalidad exacta de la enredadera exuberante que trepaba sobre los muros cremosos de la casa.

Titus estaba de pie en la terraza con vista al lago. Por encima de su cabeza, del enrejado de la pérgola, caían rizos de vid verde y racimos de flores color miel.

Era un sitio hermoso, ya sea bañado por el amanecer o la luz de la luna. Ningún lugar podría ser lo suficientemente perfecto para Fairfax, pero ese estaba cerca de serlo.

—Y vivieron felices por siempre.

Salió del Crisol, y vio el paisaje mucho más mundano del laboratorio. Después de que él y Fairfax habían cargado y subido por el acantilado a los chicos que estaban seriamente ebrios hasta la casa, él había regresado al laboratorio para trabajar. De todos modos, los chicos no despertarían hasta el mediodía, y él quería terminar de construir la nueva entrada lo antes posible.

La vida era incierta; en particular, la suya.

Bostezó. Eran las nueve de la mañana. Salió del laboratorio y fue a un granero abandonado en Kent. Desde allí, se teletransportó rápidamente hasta su cuarto en la casa Baycrest.

Fairfax estaba allí, esperándolo, hojeando las páginas de un libro que había tomado de un estante. Por respeto a su rango, a Titus le habían asignado la mejor habitación de la casa, con baño privado, un balcón amplio con vista al mar y dos estantes llenos de volúmenes encuadernados en cuero.

—¿Ya está lista? —preguntó ella. Se refería a la nueva entrada del laboratorio.

—Casi. Tengo que esperar cerca de veinticuatro horas para poder completar el paso final.

—Extraño el Crisol —dijo ella—. Deben haber pasado tres meses desde que estuve en él por última vez.

Después del 4 de Junio, él había llevado su copia del Crisol al laboratorio para evitar que Atlantis lo confiscara. Había otra copia en el monasterio de las Montañas Laberínticas, pero ninguno de los dos había podido visitar ese lugar durante el verano.

—Ya falta poco.

—¿Tuviste que deshacerte de muchos pétalos? —bromeó ella. *De cientos*—. No haré comentarios.

—Bueno, mi objetivo no es la decoración, de todas formas.

—Y me lo dices ahora.

Ella sonrió.

—Vete a dormir. Te ves cansado —dijo Iolanthe.

Él cayó de espaldas sobre la cama.

—Estoy envejeciendo. Solía permanecer despierto toda la noche y lucía mejor.

—Tu espejo mintió —replicó ella, cubriéndolo con una manta.

Él tomó la mano de la chica y besó la punta de sus dedos.

—Gracias —dijo él—. Por todo.

—¿Qué puedo decir? —respondió ella; su voz era cada vez más tenue—. A esta damisela le encanta rescatar príncipes en peligro.

Él sonrió mientras se quedaba dormido.

Y CUANDO DESPERTÓ, AÚN SONREÍA.

Había soñado que los dos estaban en la terraza de la residencia de verano de la Reina de las Estaciones. Pero en lugar de besarse, habían estado sentados en el parapeto ornamental, y ella le había contado una broma larga y rebuscada.

Titus despertó riendo, aunque ahora que tenía los ojos abiertos no podía recordar lo que ella le había dicho.

Un segundo después, la voz de Iolanthe entró a través de la ventana que él había dejado levemente abierta. La chica estaba afuera, hablando con Cooper. El viento y las olas desdibujaban sus palabras exactas, pero fue suficiente para saber que estaba cerca; no solo estaba a salvo, sino que también estaba de buen humor.

Él se incorporó y apoyó la mano sobre algo duro que estaba en la cama: el libro que ella había dejado allí. Un pequeño reloj ornamentado sobre el alféizar de la ventana le llamó la atención: eran las dos y catorce minutos.

Interesante. Era la hora exacta mencionada en la visión de su madre donde atestiguaba la hazaña de magia elemental que cambiaría las vidas de todos los involucrados. A causa de esa visión, cada vez que estaba en el castillo, solía recostarse después del almuerzo y pedirle a Dalbert que lo llamara precisamente a esa hora, para que todo fuera lo que ya se había decretado al pie de la letra.

Salió al balcón, a la brisa vigorizante del mar. En el horizonte, una tormenta se avecinaba, pero aún estaba soleado y templado… lo más templado posible para el comienzo del otoño en el Mar del Norte. Abajo, Cooper y Fairfax jugaban al croquet en un sector del jardín. Ambos lo saludaron al verlo. Él les devolvió un gesto muy pomposo con la cabeza.

—¿Quiere jugar con nosotros, Su Alteza? —exclamó Cooper.

Titus estaba a punto de responder cuando, de pronto, su varita subió de temperatura. El cambio era rítmico: primero caliente, después normal; la varita estaba emitiendo una señal de auxilio. Y no una cualquiera, sino una náutica, específica de los navíos marítimos.

¿Había un barco mágico cerca?

—Dame unos minutos —le respondió a Cooper.

Titus observó el mar, pero no veía ningún navío. Fairfax también buscaba con la vista. Ella debía haber sentido la señal de auxilio en la varita de repuesto que él le había dado y que ahora llevaba dentro de una de sus botas.

Él utilizó un hechizo vistalejana… y se tambaleó. A ocho kilómetros de la costa, en medio del Mar del Norte, navegaba un barco atlante. No era en absoluto un barco de guerra, pero parecía mucho más grande que una lancha patrullera. Era un hidrodeslizador, una embarcación hecha para la persecución en el mar.

¿Qué perseguía?

Pasaron varios segundos antes de que Titus localizara el bote salvavidas que huía de los atlantes.

El príncipe se tambaleó de nuevo al reconocer al único pasajero a bordo del bote: Wintervale.

CAPÍTULO 07

EL DESIERTO DEL SAHARA

SEA CUAL FUERA EL ARTILUGIO QUE SE ACERCABA por atrás, era grande y se movía rápido.

Titus volteó hacia la chica.

—¿Puedes atravesar la piedra?

La duda surcó el rostro de la muchacha, pero mientras extinguía la luz mágica que alumbraba su camino, dijo:

—Averigüémoslo. Aférrate a mí.

Él la rodeó con los brazos. Descendieron varios metros de arena y después, más despacio, atravesaron el lecho de roca sólida, el cual se fracturaba bajo sus pies mientras los escombros flotaban hacia arriba para abrirles paso.

Lo hicieron justo a tiempo, porque el artilugio pasó por encima de sus cabezas y barrió el lecho de roca como un peine de metal gigante. Los dientes del peine estaban separados apenas cuatro centímetros entre sí: era imposible deslizarse entre ellos.

—¿Cuán rápido crees que se mueve? —preguntó la chica.

Ella encendió otra vez la luz mágica. Él notó tarde que aún tenía los brazos alrededor de la muchacha. La soltó.

—Alrededor de dieciséis kilómetros por hora.

Pero el pozo que ella había creado era tan angosto que ambos aún estaban de pie con las narices pegadas. La piel de la chica tenía un tinte azul bajo la luz mágica; una mancha de polvo rocoso que le cubría el puente de la nariz parecía un conjunto de partículas diminutas de lapislázuli.

—El área de búsqueda tiene un radio de un kilómetro y medio —dijo ella—. La máquina necesitaría seis minutos para ir desde el centro a la periferia y otros seis para regresar al centro. Dependiendo de cuán lejos estemos del centro, tendremos cinco o seis minutos antes de encontrarnos de nuevo con el aparato —dijo ella.

Él negó con la cabeza.

—El brigadier dijo que hay una máquina externa y una interna. Probablemente ambos artilugios converjan en un punto intermedio y cambien de dirección. Así que tendremos solo dos o tres minutos antes de que la barredora regrese.

Ella frunció el ceño. Sería ineficiente, sin mencionar peligroso, detenerse cada dos minutos para taladrar un hoyo.

—En ese caso, será mejor que cave debajo de la superficie del lecho de roca. ¿Puedes gatear aproximadamente un kilómetro y medio?

—Sí, pero no es necesario. Podemos levitarnos mutuamente[5].

Casi parecía impresionada ante la idea.

—Hagámoslo.

Excavó un pasaje horizontal a un metro de la superficie del lecho de roca y se arrastró dentro, avanzando sobre su estómago. Él, detrás de ella, ingresó primero con los pies y con el rostro hacia arriba, hasta que las suelas de las botas de ambos se tocaron. Se levitaron mutuamente unos centímetros sobre el suelo del pasaje. Un pequeño río de escombros comenzó a fluir debajo de ellos hacia atrás. Cada quince segundos, más o menos, él empujaba las paredes del túnel para propulsar sus cuerpos hacia delante.

Avanzaron de modo estable mientras la barredora se movía de un lado a otro sobre sus cabezas. Después de una hora y media, ella agrandó el túnel un poco para que pudieran tomar asiento y descansar. Él bebió ávido del odre que ella le entregó, sorprendido por lo sediento que estaba a pesar de que el túnel era tan frío como un sótano.

El reloj del muchacho medía la distancia y el tiempo. Le mostró a la chica que se habían movido alrededor de ochocientos metros desde donde se habían hundido bajo la superficie del desierto.

Ella asintió.

—¿Estás bien?

A él le dolía la herida, insistente y perceptiblemente. Pero en comparación con la agonía que había sentido antes, el dolor no era nada.

—Estoy bien. ¿Tú?

Ella parecía sorprendida por la pregunta.

—Bien, por supuesto.

Junto a ella, apareció una diminuta esfera de agua que giraba despacio flotando en el aire mientras incrementaba su tamaño. Actualmente, los magos elementales eran más que nada el entretenimiento en una fiesta de cumpleaños. Sin embargo, los poderes de la chica…

—Ibas a mostrarme algo, antes de que la barredora nos alcanzara —dijo él.

—Ah, cierto —extrajo una tarjeta de su bolsillo y la extendió hacia él.

Observó el papel. *A. G. Fairfax.*

—¿Puedo llamarte así?

—Por qué no —se encogió de hombros; el desafío frío regresó a los ojos de la chica—. ¿Debería llamarte Su Alteza Serenísima?

—Puedes anunciar a un príncipe de ese modo, pero te diriges a él solo como "Su Alteza" —respondió el muchacho—. Por ejemplo: "Su Alteza, ha sido un privilegio arrastrarme por un túnel apretado y sin aire con usted".

Ella se mofó de él, pero sin rencor. La esfera de agua había crecido. Ella tomó el odre de sus manos, lo rellenó, y lo guardó en su bolso. Cuando la chica alzó la vista y sus ojos se encontraron, él notó que no había apartado la mirada de ella en ningún momento.

—Su Alteza —dijo ella, con un tono medio burlón—, ¿puede concederme el honor de excavar ochocientos kilómetros más para usted?

—Por supuesto —respondió él, y le entregó la tarjeta que ella le había dado—. Cuando regresemos al trono, recordarán y premiarán tu lealtad y devoción.

Ella movió la cabeza de lado a lado ante la pomposidad del príncipe, pero él sabía por la inclinación de los labios de la chica, que le resultaba entretenido. A él le sorprendió que, en medio de todo el peligro y la incertidumbre, sintió un brinco de placer puro al haberla hecho sonreír.

UN MINUTO DESPUÉS, DESCUBRIERON QUE NO podían levitarse mutuamente de nuevo.

—Es probable que los hechizos de levitación que utilizamos antes estuvieran cerca de perder efecto cuando nos detuvimos: no lo hubiéramos notado porque solo estábamos a ocho centímetros del suelo

–dijo el chico que podía o no ser un príncipe–. Si ese fuera el caso, necesitaríamos esperar quince minutos. Lo que significa que podemos intentarlo de nuevo en... –miró su reloj–. Siete minutos.

Aún estaba dolorido; tenía cuidado al mover el cuerpo para evitar movimientos innecesarios. Las personas reaccionaban diferente al dolor: algunos querían compasión y ayuda; otros preferían sufrir en soledad sin testigos de su momento de aflicción. Él probablemente era del último tipo, de la clase que se tornaba de mal humor cuando se enfrentaba a una persona bienintencionada e insistente.

O...

–¿Creías que yo fui quien te hirió?

Él parecía entretenido.

–¿Recién ahora se te ocurre esa posibilidad?

–¿Por qué debería haber pensado en ella antes? Yo no te lastimé.

Él alzó una ceja.

–¿Estás segura?

La pregunta la dejó sin palabras; no tenía manera de saberlo con certeza, ¿cierto? Si él había lastimado a su protector, entonces ella podía imaginarse a sí misma exigiendo venganza. Pero, por otra parte, la herida del muchacho no fue causada por poderes elementales.

Ella señaló ese hecho.

El muchacho movió los labios en una representación elocuente que imitaba un encogimiento de hombros.

–¿Estás diciendo que no sabes cómo hacer una poción?

¿Lo estaba? Ante la pregunta, ella comenzó a recordar toda clase de recetas: poción clarificante, brebaje virtuoso, elixir de luz. Ella frotó sus sienes.

–¿Sabes por qué estás disfrazado como un nómago?

–Quizás soy un Exiliado. La ropa que llevaba puesta provenía de un lugar en Londres, Inglaterra, y reconocí la dirección: es una calle famosa por sus sastrerías.

—¿Savile Row? —el nombre brotó con facilidad de los labios de la chica, lo que la sorprendió.

A él también lo tomó por sorpresa. Él se movió e hizo una mueca de dolor.

—¿Cómo lo sabes?

—Cuando dijiste que era una calle de Londres famosa por sus sastrerías, simplemente se me ocurrió —sin embargo, no podía recordar su propio nombre.

—Entonces, retenemos el conocimiento y las habilidades que adquirimos —dijo él—, pero no tenemos recuerdos personales.

Ese hecho implicaba el uso de hechizos de memoria precisos. Los hechizos de memoria bruscos solo requerían la voluntad de hacer daño, pero los hechizos de memoria precisos necesitaban contacto para funcionar: el mago que había eliminado con esmero los recuerdos de la chica debía haber acumulado muchas horas de contacto físico directo con ella para haber sido capaz de ejecutar hechizos de semejante magnitud en ella.

La mayoría de los hechizos que requerían contacto necesitaban treinta y seis horas de cercanía; los más poderosos necesitaban setenta y dos. A excepción de los infantes abrazados por sus padres o hermanos, o los amantes que no podían abandonar los brazos del otro, los magos simplemente no se tocaban lo suficiente para ser capaces de implementar hechizos de contacto exclusivo. Por supuesto que había otras maneras de lograrlo, pero en general el umbral de contacto requerido aseguraba que nadie rencoroso hiciera uso caprichoso de muchos hechizos potencialmente peligrosos.

Sin embargo, en ese caso, el umbral de contacto necesario generó preguntas difíciles: significaba que la memoria de la chica no había sido manipulada por un enemigo, sino que posiblemente lo hubiera hecho alguien que ella conocía muy, muy bien.

Esa persona se había asegurado de que ella recordara su miedo a Atlantis. Y quien fuera que había aplicado los hechizos de memoria en el chico había hecho lo mismo.

—Crees... ¿crees que nos conocíamos?

Él la miró por un largo momento.

—¿Cuáles crees que son las posibilidades de que dos extraños sin conexión alguna terminen en medio del Desierto del Sahara, cerca el uno del otro y sin recuerdos?

La idea de que ella pudiera estar relacionada a ese chico de alguna manera importante le resultaba incómoda.

—Pero aún falta descubrir si éramos aliados o enemigos —añadió el chico. Luego miró su reloj—. ¿Vamos?

SERÍA RIDÍCULO DESCRIBIR LA ROCA COMO SUAVE; sin embargo, la próxima sección del lecho de roca que ella había atravesado al crear el túnel se sentía sin dudas más suave y más fácil de manipular.

Avanzaban más rápido, lo cual debería haberla alegrado, pero cuanto más se acercaban al límite de un kilómetro y medio, más incómoda se sentía ella.

—Debemos estar cerca —dijo Titus—. Como mucho nos quedan nueve o quince metros.

Ella se detuvo.

—¿Estás bien? –preguntó él.

—Hemos avanzado con demasiada facilidad, ¿no lo crees?

—¿Sospechas de algo?

Ella negó con la cabeza.

—No estoy segura. Pero los carros blindados sabían con exactitud dónde encontrarnos, así que es lógico pensar que los soldados que nos están buscando saben que yo soy una maga elemental. Deben suponer que puedo abrirme paso a través de la roca, pero, sin embargo, se conforman con rastrillar la arena y nada más.

—Puedo teletransportarme a la superficie y ver qué ocurre.

—No, sería demasiado peligroso.

—¿Quieres quedarte aquí un rato y ver si ocurre algo?

Ella miró el final del túnel, a treinta centímetros de su rostro. Parecía como si una bestia con garras de acero lo hubiera excavado.

—No importa. Sigamos avanzando.

—No deberías ignorar tu instinto.

—Bueno, no hay otro modo de salir, y no puede ser una buena idea permanecer aquí, a la espera de que algo suceda.

Trozos de piedra se desprendieron. El final del túnel retrocedió unos pocos centímetros, y después un par más: los poderes elementales de la chica estaban en funcionamiento.

—Llévanos hacia delante –le dijo ella.

Después de un segundo, hizo lo que le pidió.

—Los hechizos de memoria que nos han lanzado… son bastante sofisticados, ¿no crees? –preguntó la chica después de que hubieran avanzado varios metros más.

Habían estado muy callados durante la excavación, para que ella pudiera concentrarse en la tarea que realizaba. Pero ahora necesitaba algo que la distrajera.

—Y bastante ilegales —respondió él.

—No entiendo el punto de lo que nos hicieron. Los hechizos de memoria se crearon específicamente para que hiciéramos nuestro mayor esfuerzo por mantenernos lejos de las garras de Atlantis, pero ¿no sería más sencillo hacerlo si supiéramos por qué?

—Asumes que quien nos lanzó los hechizos quería ayudar —él la empujó hacia adelante otra vez—. Pero si…

El dolor brotó de lo profundo de la cabeza de la chica; un dolor que parecía como si una estaca ardiente se clavara en su cráneo.

La chica apenas reconoció el grito ensordecedor como propio.

CAPÍTULO 08

EL CUERPO ENTERO DE WINTERVALE SE ESTREMECÍA.
Sus labios se movían; Titus no podía decidir si pronunciaban insultos
o plegarias. Y no dejaba de mirar hacia atrás, al barco enemigo que se
cernía sobre él.

Titus maldijo. Hacía cinco minutos, si alguien le hubiera preguntado, habría dicho que Fairfax era la única persona por la cual él correría
un riesgo. Pero no podía simplemente permitir que Wintervale cayera
en las garras de Atlantis, no cuando todo estaba sucediendo ante sus
ojos.

Respiró hondo. Sin embargo, antes de que el príncipe pudiera teletransportarse, Wintervale volteó y apuntó al barco con su varita.

La superficie del mar pareció temblar. Después, el agua se calmó de un
modo espeluznante, como una sábana estirada a la perfección sobre
un colchón. Un segundo después, Titus tuvo una sensación de lo más
extraña, como si el mar estuviera hundiéndose. Era cierto: un remolino

tomó forma, y las inmensas corrientes de agua giraban en torno del ojo central.

El barco, atrapado por el borde del torbellino, intentó navegar lejos de él. Pero el remolino se expandía a velocidad aterradora; su ojo era cada vez más profundo y amplio, y exhibía el lecho marino a cientos de metros de profundidad.

El navío cayó dentro del cráter colosal. De inmediato, el remolino cesó su rotación. Toda el agua que se había arremolinado hacia afuera regresó al centro con rapidez y aplastó el barco bajo su volumen y peso.

Titus se aferró al pasamanos del balcón, pasmado.

—Fairfax, ¿qué estás mirando? —oyó que decía la voz de Cooper—. Es tu turno.

¿Fairfax había causado el remolino? Pero ella lo miró desde abajo y su expresión era idéntica al asombro que él sentía.

—Es tu turno, Fairfax —dijo el príncipe, un recordatorio de que debía continuar interpretando su papel.

Él ingresó a su habitación y reutilizó el hechizo vistalejana. El desplazamiento de tanta agua había causado violentas olas que lanzaban el bote de Wintervale de un lado a otro; él parecía no notarlo en absoluto. Tenía los brazos envueltos alrededor del mástil pequeño, y el rostro húmedo con agua de mar; ¿o con lágrimas? Su expresión no mostraba confusión, sino asombro e incredulidad, como si supiera con exactitud cómo había surgido el remolino que tragó a sus perseguidores, pero no pudiera creer que había sucedido en realidad.

Una ola particularmente grande golpeó el bote. La próxima lo engulló por completo. Titus apretó los dientes y se teletransportó. Como esperaba, aterrizó en las aguas gélidas del Mar del Norte; el frío se sentía como trozos de vidrio en su piel.

La teletransportación a ciegas (un nombre paradójico, ya que uno se teletransportaba a ciegas con los ojos abiertos y utilizando solo pistas visuales como guía en lugar de un recuerdo personal) era notoriamente imprecisa. Podría haberse materializado a un kilómetro y medio de distancia. Pero, por suerte, en ese caso, solo estaba a unos treinta metros del bote dado vuelta.

Wintervale salió a la superficie, jadeando y sacudiéndose.

—*Eleveris* —gritó Titus mientras nadaba hacia Wintervale; no se atrevía a teletransportarse de nuevo, por miedo a aparecer aún más lejos.

Wintervale gritó cuando comenzó a flotar de modo repentino. Revolcó su cuerpo en el aire, volteando una y otra vez a pocos metros sobre las olas, como si estuviera rotando en un horno al espiedo.

Las olas golpeaban a Titus. Pero al menos Wintervale, que flotaba sobre el agua, no podía ahogarse. Los músculos del príncipe protestaron mientras luchaba por llegar a su amigo. Quince metros. Siete metros. Tres metros.

—¡Titus! —gritó Wintervale—. Gracias al cielo. La Fortuna dejó de escupirme la cara.

Titus cruzó los últimos metros que los separaban, sujetó el brazo de Wintervale y lo teletransportó junto a él hacia la orilla, cerca de la casa del tío de Sutherland.

De inmediato, Wintervale vomitó.

Titus esperó hasta que su amigo terminara y después cubrió el desastre con arena y guijarros, y lo llevó a tres metros de allí. Wintervale se desplomó en el suelo. Titus se agazapó a su lado, lo limpió con unos hechizos y revisó el pulso y las pupilas del muchacho.

—¿Qué intentabas hacer? —preguntó Wintervale con voz ronca—. Sabes que no puedo teletransportarme a más de ochocientos metros.

—A menos que puedas nadar ocho mil kilómetros hasta la orilla, teletransportarnos era nuestra única opción.

Wintervale ya estaba temblando.

–Espera aquí –Titus se teletransportó hasta la habitación, tomó una toalla y ropa limpia, y regresó por el mismo medio hasta su amigo–. Necesitas cambiarte esas prendas.

Los dedos de Wintervale temblaban mientras intentaba desabrochar los botones de su chaqueta.

–*Exue* –dijo Titus.

La chaqueta de Wintervale salió volando. Cuando Titus repitió el hechizo, el chaleco y la camisa de su amigo también abandonaron su cuerpo.

–Qué hech-ch-izo más fantástico –tartamudeó Wintervale mientras le castañeteaban los dientes.

–Las damas concuerdan contigo –dijo Titus.

El príncipe volteó antes de deshacerse de los pantalones de Wintervale. Después, se teletransportó hasta la casa Baycrest para quitarse la ropa empapada que llevaba puesta. Mientras lo hacía, inspeccionó el mar en busca de rastros de las fuerzas atlantes. Oyó un golpe familiar en la puerta mientras se abotonaba la camisa limpia.

Fairfax.

–Adelante –dijo mientras se colocaba un chaleco seco. El rostro de la chica estaba pálido cuando cerró la puerta después de entrar.

–¿Qué está sucediendo? ¿Dónde está Wintervale?

–En la playa, cambiándose de ropa –respondió, introduciendo los brazos en una chaqueta limpia–. Averiguaré qué está sucediendo.

–¿*Tú* estás bien? –preguntó ella, y se acercó más a él.

Creía que era una pregunta extraña hasta que ella le tomó la mano: estaba temblando sin notarlo.

–Debe haber sido el frío; el agua estaba helada –dijo él mientras tomaba una ampolla de vidrio del botiquín de emergencia que tenía en su equipaje.

Pero mientras hablaba, Titus no pensaba en lo glacial del mar, sino en aquellos momentos antes de que la señal de auxilio náutico apareciera: se levantó de la cama, miró el reloj, se fijó en la hora (las dos y catorce minutos) y después salió al balcón.

Había una familiaridad aterradora en la secuencia de acciones. Y eso lo había hecho temblar tanto como sus prendas empapadas.

Él la acercó a su cuerpo y presionó los labios contra la mejilla de Fairfax.

—Mantén a los chicos del lado de la casa que está alejado de la playa. Vigila el mar. Y no hagas nada que pueda revelar tu identidad ante nadie; ni siquiera pienses en usar tus poderes para secar mi ropa, por ejemplo. Si Wintervale no está a salvo, nosotros tampoco.

WINTERVALE SE HABÍA PUESTO PRENDAS SECAS, pero aún temblaba. Titus le dio una medicina para entrar en calor que había traído consigo.

—Necesito llevarte a algún lugar en el que puedas descansar. Concéntrate y piensa: ¿los atlantes sabían hacia dónde te dirigías?

—No —respondió Wintervale, con la voz ronca—. Ni siquiera sabían quién era.

—¿Estás absolutamente seguro?

—Sí.

Titus no estaba tranquilo en absoluto, pero no tenía muchas opciones.

—En ese caso, te llevaré a la casa del tío de Sutherland.

Wintervale empalideció.

—Por favor, no me teletransportes de nuevo —rogó. No estaba en condiciones de hacerlo en ese momento. De hecho, a duras penas podía ponerse de pie. Titus miró el acantilado empinado y la escalera desvencijada, y suspiró.

—Podemos arreglarnos sin la teletransportación.

Wintervale tenía casi la misma altura que Titus, pero pesaba al menos seis kilos más. Cuando Titus comenzó el ascenso con el muchacho sobre la espalda, sintió que era Atlas cargando con el peso del mundo entero.

—¿Por qué te perseguía Atlantis? Creíamos que estabas en casa con tu madre.

—No estaban persiguiéndome *a mí*. Y no estábamos en casa. Mi madre y yo estábamos en Francia. En Grenoble.

Titus escaló una protuberancia de rocas para alcanzar el siguiente peldaño, esforzándose por no inclinarse hacia atrás.

—¿En Grenoble?

Hasta donde sabía, la ciudad no albergaba una comunidad de Exiliados de un tamaño perceptible.

—¿Sabes quién es Madame Pierredure? —preguntó Wintervale.

—¿La anciana que luchó contra Atlantis? —Madame Pierredure había sido una anciana, pero también había sido la estratega en jefe de la rebelión en el Macizo de Jura diez años atrás, y había sido responsable de una sucesión de victorias brillantes. Nadie había oído de ella desde el final de ese aluvión de rebeliones y levantamientos. Si aún estaba viva, debía ser bastante mayor—. Creí que estaba muerta.

—Eso es lo que todos creímos —dijo Wintervale—. Pero mi madre escuchó noticias que decían que Madame estaba en Grenoble. Se encontraba ansiosa por corroborar en persona si ella aún estaba viva; se conocieron en aquellos tiempos de revueltas. Y quería que la acompañara a reunirse con Madame en persona, si es que los rumores resultaban ser ciertos.

»Viajamos utilizando nombres falsos y nos hospedamos en hoteles nomágicos. Todo estaba bien hasta la última noche, cuando escuchamos que Madame había llegado a un hotel en *centre-ville*. Fuimos a un café en la plaza afuera del hotel. Había magos a izquierda y derecha: oíamos cómo susurraban acerca de Madame Pierredure. En ese momento, mi madre se puso de pie y me dijo que nos marchábamos. Dijo que sentía que algo andaba mal, que si todo era confidencial y secreto, y la noticia viajó solo a través de canales confiables, entonces no debería haber ni por asomo tantos magos reunidos esperando divisar a Madame en un lugar que tenía una presencia tan pequeña de Exiliados.

»Debería haberla escuchado. En cambio… –Wintervale respiró hondo. Titus por poco podía verlo haciendo una mueca–. En cambio le dije que debíamos quedarnos para tener la oportunidad de atestiguar algo histórico. Estábamos discutiendo, cuando noté que los magos que se encontraban en el extremo opuesto de la plaza caían inconscientes. Y después, alcé la vista y vi los carros blindados.

Titus se puso tenso. Una narración casi siempre tomaba un giro funesto con la aparición de los carros blindados.

–No podíamos teletransportarnos, así que corrimos –prosiguió Wintervale, con la voz tensa–. Si hubiéramos regresado a nuestro alojamiento, probablemente habríamos estado bien. Pero un hombre que estaba en nuestra esquina de la plaza gritó que tenía acceso a un dique seco y que podía llevarnos rápido a Inglaterra[6].

»Casi veinte de nosotros lo seguimos hasta una casa en las afueras de la ciudad. Nos apiñamos en un barco que estaba en el sótano. Un minuto después, caímos al mar y todos pensamos que estábamos a salvo. Pero en cuanto pasaron dos minutos, una fragata atlante apareció detrás de nosotros.

»A bordo, todo era caos. Mi madre preguntó dónde quedaba la casa del tío de Sutherland; le había contado que estaba perdiéndome una fiesta para estar con ella. Le dije que quedaba en alguna parte a pocos kilómetros de Cromer. Eso fue lo último que supe. Cuando recobré la consciencia, ya había amanecido. Estaba en el bote y navegaba solo. No tenía idea de dónde estaba, y mi madre…

Wintervale tragó con dificultad.

–Ha sobrevivido a tiempos difíciles –dijo el chico con fervor–. Debe estar bien.

Lady Wintervale era la única otra persona que sabía que uno de los "chicos" en la residencia de la señora Dawlish era el gran mago elemental que Atlantis buscaba. Si la arrestaban y la interrogaban… Titus solo podía rogar que Atlantis no le hiciera preguntas acerca de ese tema en particular.

Ya estaban a medio camino de la cima del acantilado. Titus avanzó despacio por el sendero angosto que lo llevaba a la próxima escalera mientras ajustaba los brazos de Wintervale para no estrangularlo por accidente.

Cuando la historia de Wintervale terminó, Titus no tuvo otra opción más que hacer la pregunta que lo perturbaba mucho más de lo que debería.

–¿Tú creaste el remolino?

Wintervale ya había dejado de tiritar bastante, pero ahora estaba temblando.

–No estoy seguro de cómo ocurrió. El barco atlante surgió de la nada. Estaba quedándome dormido, y de pronto apareció –exhaló despacio, como si estuviera tratando de alejar el recuerdo–. Entré completamente en pánico. Solo podía pensar en que si fuera un mago elemental más poderoso, podría crear un remolino inmenso justo delante del barco y después estaría a salvo.

El hecho de que Wintervale era un mago elemental nunca fue ni la primera, ni la segunda, ni la tercera ni siquiera la cuarta característica que Titus recordaba de su amigo. *Si quiero hacer un fuego, utilizo un fósforo*, le había confesado Wintervale una vez. Y aquello no había sido falsa modestia. Los carbones usados producían chispas más grandes que los destellos de fuego que Wintervale convocaba. Y uno probablemente moriría de sed esperando que él llenara un vaso con agua.

Pero también los grandes magos elementales solían ser mediocres durante la infancia, hasta que sus poderes se manifestaban en la adolescencia. Titus había creído que era demasiado tarde para que Wintervale atravesara una transformación semejante. Pero era evidente que estaba equivocado.

—Entonces ¿querías crear un remolino gigante?

—Así es. Y un segundo después, un poder que no había sentido nunca antes brotó de mí, y el mar hizo exactamente lo que yo quería. Supongo… Supongo que soy un mejor mago elemental de lo que pensaba.

Los brazos de Titus ardían mientras subía el próximo peldaño.

—Si no tienes cuidado, podrías ingresar a *Vidas y hazañas de grandes magos elementales*.

El sonido que emitió Wintervale estaba a medio camino entre una risa y un sollozo.

—Desearía que mi madre lo hubiera visto. Cuando aún vivíamos en el Dominio, estaba tan desilusionada con mis poderes que no se molestó en declararme. Le habría… le habría gustado ver lo que fui capaz de hacer hoy.

—Sí, esto cambia las cosas —dijo Titus con lentitud.

Posiblemente, todo.

CUANDO LLEGARON A LA CIMA DEL ACANTILADO, cada músculo en el cuerpo de Titus gritaba.

Fairfax había hecho lo que le pidió: nadie abrió las ventanas para gritar sorprendidos por la aparición repentina de Wintervale. Titus lo cargó y lo arrastró a medias durante el resto de la distancia que los separaba de la puerta de entrada.

—Me teletransportaré dentro. Espera unos segundos antes de llamar a la puerta —le indicó Titus a Wintervale—. Y si alguien pregunta por qué luces fatal, diles que se debe a algo que comiste en el tren.

Cuando regresó a su habitación, Titus apuntó a sus suelas con la varita y se deshizo de cualquier suciedad pegada a ellas. El timbre de la puerta sonó a lo lejos. Titus salió al balcón. Fairfax y Cooper aún estaban jugando al croquet y Kashkari se había unido al juego como observador.

—Así que lograste por fin salir de la cama a las tres —le dijo Titus a Kashkari.

—Ya estaba despierto al mediodía —respondió él. Se veía como si no le hubieran permitido dormir durante tres días—. Pasé las dos horas siguientes en el suelo, retorciéndome de agonía.

—Al menos estás erguido —dijo Cooper con un entusiasmo bastante obsceno, considerando que bebió tanto como los demás—. Hasta donde sé, Sutherland aún está quejándose debajo de las sábanas.

Fairfax agitó su mazo de croquet. El timbre sonó de nuevo. Ella se puso tensa, pero no dijo nada.

Kashkari se frotó la sien.

—¿Alguien está llamando a la puerta?

El mayordomo apareció.

–Hay un visitante que dice llamarse Wintervale. ¿Debería decirle que el señor Sutherland está en casa, o no?

–¡Sí! –respondieron Kashkari y Cooper a la vez. Kashkari, balanceándose levemente, comenzó a dirigirse de inmediato hacia la casa. Cooper se apresuró a alcanzarlo. Fairfax, después de mirar a Titus, los siguió.

Él fue el último en llegar al frente de la casa, donde Wintervale estaba recibiendo una cálida bienvenida al hogar.

–¿Qué ocurre? –dijo Kashkari mirándolo con detenimiento–. ¿Tú también has estado bebiendo? No luces bien.

–Es algo que comí en el viaje –Wintervale se dirigió al mayordomo–. Si tiene una cama de sobra, me gustaría recostarme un rato.

–Solo nos llevará un minuto preparar una habitación para usted, señor.

–Mientras tanto, puedes usar la mía –le ofreció Kashkari, y sujetó con un brazo la cintura de Wintervale.

Él miró a Titus; parecía reticente a ir con Kashkari. Pero este ya estaba haciéndolo avanzar.

–Cuidado donde pisas.

–Debes descansar todo lo que puedas –le recordó Titus a Wintervale. La cama de Kashkari era un lugar tan bueno como cualquier otro.

–Iré a decirle a Sutherland que estás aquí –comentó Cooper cuando pasó junto a Kashkari y Wintervale en la escalera.

Fairfax no los siguió, pero se acercó a Titus.

–Pediré que preparen una bandeja de té para ti, Wintervale –ella habló fuerte para que todos la escucharan. Después, en un susurro, le dijo solo a Titus–: ¿Quieres decirme qué sucedió?

Estaba preocupada por él y por la situación. Pero a pesar de que estaba nerviosa, mantuvo el control.

Él se sentía como el barco atlante: atrapado en un remolino ineludible.

—Hay algo que necesito consultar primero. ¿Cuidarías a Wintervale hasta que regrese?

—Por supuesto. ¿Qué tienes que consultar?

Era una traición pronunciar aquellas palabras. Pero lo hizo, porque no quería mentirle.

—El diario de mi madre.

EL DIARIO DE LA PRINCESA ARIADNE ESTABA EN el centro de la mesa del laboratorio de Titus. Él lo miró fijamente. ¿Había cometido el error más grande de su vida? La visión de su madre, la que lo mostraba a él de pie en un balcón atestiguando un despliegue estupendo de poder elemental... ¿Acaso ella se había referido a Wintervale en lugar de a Fairfax?

Necesito ver de nuevo aquellas páginas.

Todo en su interior anhelaba que fuera Fairfax. En un mundo de absoluta incertidumbre, ella había probado ser la fuerza con la que él podía contar cuando su propia fortaleza fallaba.

Pero ¿y si ella no era la elegida?

Por favor, que sea Fairfax.

El diario respondió; al menos la primera parte de su pedido.

28 de septiembre, AD 1014

El día de su propio nacimiento.

Hay un hombre de pie en alguna parte. Podría ser cualquier lugar; la cima de una montaña, un campo o frente a una ventana abierta. Lo único que veo es su nuca y el cielo azul a lo lejos. Aun así, en una visión tan limitada, veo… o mejor dicho, siento, su asombro.

Está conmocionado.

13 de noviembre, AD 1014

La dicha lo atravesó. El día anterior al nacimiento de Fairfax. Tenía que ser una buena señal.

La misma visión, apenas extendida. Ahora, sé que tiene lugar alrededor de las dos y cuarto en punto. Sin embargo, la hora puede ser engañosa, al igual que lo había sido la fecha en la librería de Eugenides Constantinos.

Cuando solía leer todos los libros acerca de videntes que podía conseguir, casi todos ellos habían mencionado visiones desechables, aquellas que no tenían significado alguno. El mago que siempre veía lo que comía una semana adelante en el futuro, por ejemplo.

Me pregunto si esta es una visión desechable. Aunque, por supuesto, incluso esa clase de visiones, con el tiempo predicen algo. El mago que vio qué comería dejó de tener esas visiones… y una semana después, murió.

Y resulta extraño que parezca tener esta visión particular solo cuando alguien está recluida a punto de parir.

¿Quién estaba recluida? ¿Quién dio a luz la noche de la tormenta de meteoritos?

Titus volteó la página.

> Descubrí a Eirene leyendo mi diario.
>
> Me desconcertó completamente.
>
> Siempre había creído que Eirene era una de las magas más honorables que había conocido. Pero ella se negó siquiera a darme un motivo para justificar su fisgoneo.
>
> Mi confianza está hecha trizas. ¿Tan mala soy para juzgar el carácter de los demás? ¿Estoy rodeada de magos que buscan traicionar mi confianza?

Titus había inspeccionado la lista que mostraba el personal de su madre en el momento en que escribió esas palabras en el diario, pero no había encontrado a nadie llamado Eirene.

> 27 de marzo, AD 1016
>
> La misma visión otra vez.
>
> Nada nuevo, excepto que ahora estoy convencida de que el hombre en mi visión es muy joven, quizás aún es un niño. No puedo precisar por qué me parece eso, pero así es.

9 de julio, AD 1018

Un vista expandida del joven. Mientras el fenómeno que lo deja pasmado se desarrolla, el chico se aferra al balaustre del balcón; tiene los nudillos completamente blancos.

Titus recordaba haberse aferrado al balaustre, estupefacto, al ver el remolino de Wintervale.

Y el término, "balaustre". ¿Podría aplicar esa palabra a la balaustrada de mármol que rodeaba el gran balcón fuera de su recámara en el castillo? ¿Y sus manos habían estado cerca de la balaustrada cuando cayó el rayo de Fairfax?

No podía recordarlo en absoluto.

Su corazón latía, lleno de pavor.

13 de abril, AD 1021

El día después de que su madre se enterara de que él, y no ella, sería el próximo soberano del Dominio, cuando se dio cuenta de que su propia muerte era inminente y de que esa visión en particular, que por mucho tiempo había creído que era insignificante, en realidad era todo lo contrario.

He estado esperando el regreso de esta visión. Por suerte, no tuve que esperar demasiado.

Por fin veo el rostro del joven. Había sospechado que sería Titus, pero ahora sé que es él. Primero, parece dormido y tiene la mano sobre un libro viejo. ¿Es mi copia del Crisol, u otra cosa? Ahora se levanta, mira la hora, las dos y catorce minutos, y sale al balcón.

Pero ¿qué significa todo esto? Siento que debería saberlo, pero no lo sé.

17 de abril, AD 1021

La última visión escrita. Ocuparía dos páginas enteras, de adelante y atrás, y después se expandiría por los márgenes. Solo los primeros párrafos hablarían de la visión. El resto consistía en instrucciones para Titus: qué debía hacer, qué debía aprender, y cómo debía lograr ejecutar la tarea imposible que ella había descubierto que le pertenecería a él.

Titus había acudido al diario para justificar el lugar de Fairfax en su vida. Ahora, lo único que quería era que no hubiera más detalles que inclinaran la balanza a favor de Wintervale. Mientras nada lo obligara a concluir que debía ser Wintervale, él continuaría creyendo que su destino estaba atado a Fairfax.

Desearía con todo mi corazón que la visión no fuera de espaldas, porque me encantaría ver el rostro de mi hijo antes de que el fenómeno elemental lo sorprenda. Sí, ahora sé que se tratará de un fenómeno elemental y también que será un punto de inflexión terrible.

Que ya lo ha sido.

Pero hasta entonces, él sonríe, mi hijo, su rostro está iluminado de alegría y expectativa.

Lo único que Titus pudo hacer fue gritar.

No había sonreído antes de que el rayo de Fairfax cayera; había salido del Crisol, dolorido y triste. Pero antes de la llegada de Wintervale, había estado soñando con Fairfax.

Y como el tonto que era, había sonreído de oreja a oreja, completamente feliz, cuando en realidad todo giraba en torno a *Wintervale*. Y siempre había sido así.

Cerró el diario y enterró el rostro entre las manos.

Qué silencioso, por poco imperceptible, que era el sonido de los sueños haciéndose trizas.

CAPÍTULO 09

EL DESIERTO DEL SAHARA

TITUS CAYÓ SOBRE LOS TROZOS DE PIEDRA DENTADOS que cubrían el fondo del túnel. El contacto envió estallidos de dolor desgarrador por su espalda. Apretó los dientes, enganchó sus botas con las de Fairfax y la hizo retroceder de un jalón unos centímetros.

–¿Qué ocurre?

Ella jadeaba como si por poco la hubieran estrangulado.

–No lo sé. Cuando avancé hace un minuto, fue como si… como si clavaran púas en mis oídos.

La clase de hechizo levitador que utilizaron no era uno que requiriera de atención constante. Que hubiera fallado repentinamente implicaba que el mago que ejecutó el hechizo había perdido la consciencia. Pero ella no lo había hecho. Él solo podía imaginar la clase de agonía que había obligado a la mente de la chica a retroceder de ese modo.

–¿Estás mejor ahora?

La voz de la muchacha sonaba inestable y desconcertada.

–Mucho, mucho mejor, después de que me hiciste retroceder. Estoy…
Estoy casi recuperada.

Entonces no se trataba de una maldición cronometrada, ni de una
reacción a sustancias tóxicas en el aire.

–¿Puedes ensanchar lo suficiente este túnel para que pase delante de
ti? Quiero ver si me topo con lo mismo.

Cuando hizo lo que le pidió, él se acercó al punto donde ella comenzó a gritar y después avanzó *más allá* de ese lugar. A él no le sucedió
nada en absoluto.

Pensó que quizás se debía a que estaba flotando con los pies hacia
delante, así que volteó y se acercó al lugar de cabeza. Tampoco sucedió
nada.

–¿Nada? –preguntó ella.

–Nada.

–Déjame intentarlo otra vez –pidió la chica; su respiración resonaba
en el espacio reducido.

–No creo que sea una buena idea –respondió, aunque él probablemente habría decidido hacer lo mismo.

–Lo sé –dijo ella apretando la mandíbula–. Lamento haberte dejado
caer de espaldas.

–No fue nada.

Se aseguró de tener una mano alrededor del tobillo de la chica
mientras ella avanzaba. En cuanto gritó de nuevo, la jaló hacia atrás.
Ella temblaba y su rostro estaba pálido.

Ahora sabía por qué Atlantis no tenía prisa.

–El radio de un kilómetro y medio es un círculo de sangre.

–¿Qué es eso? –por primera vez, había miedo en la voz de la muchacha.

–Magia de sangre avanzada. Te matará salir del círculo.

—Entonces —tragó con dificultad— será mejor que te marches. Llévate el agua, y…

Él la interrumpió.

—Olvidas que quizás yo fui quien creó el círculo de sangre.

Ella parpadeó. La chica no era lo suficientemente cínica. No sabían nada el uno del otro, salvo que habían aparecido en el mismo lugar al mismo tiempo y que uno de ellos estaba herido; por supuesto que existía la posibilidad de que fueran enemigos mortales.

—Si ese es el caso —prosiguió él—, puedo romperlo.

Ya sea que fueran enemigos mortales o no, ella le había otorgado ayuda crucial. Y él no la abandonaría cuando lo necesitaba.

Quizás él tampoco era lo suficientemente cínico.

Un destello de esperanza cruzó la mirada de la chica, pero se extinguió con rapidez.

—Atlantis se hubiera esforzado mucho más de haber sabido que ese círculo de sangre no me mantendría encerrada.

—Quizás no saben que yo estoy aquí.

Él avanzó hasta el lugar donde supuestamente se encontraba el círculo de sangre y tomó su navaja. Con una gota de sangre fresca en la palma, estiró la mano hacia el límite invisible.

—*Sanguis dicet. Sanguis docebit.*

La sangré lo dirá. La sangre lo mostrará.

No sintió un cosquilleo ni un ardor en la piel, lo que hubiera esperado si él fuera el responsable de la creación del círculo de sangre.

—Espera —dijo ella.

La chica extinguió la luz mágica. En la oscuridad resultante, algo resplandeció débilmente ante los ojos del chico, un muro casi transparente.

—¿Eso cuenta como reacción? —preguntó ella.

Él retiró la mano; la oscuridad fue total. Extendió la mano hacia delante; el muro apareció una vez más, se veía un patrón intrincado y fosforescente.

—Yo no construí el círculo de sangre, pero parecería que tengo un parentesco con quien lo creó.

La magia de sangre había sido desarrollada en un principio para verificar un parentesco. Cualquier gota ofrecida voluntariamente, sin importar qué otro propósito hubiera tenido, aún podía dar fe de consanguinidad.

—¿Eso significa que aún puedes romper el círculo? —la voz de la chica la traicionó y vibró de entusiasmo.

—No, no podré hacerlo. Quizás logre debilitar el círculo, pero eso podría hacer simplemente que te mate un poco más lento si intentas atravesarlo.

Solo oían el sonido de la respiración acelerada de la chica en la oscuridad. Él invocó una luz. Una luminiscencia azul cubrió todo el túnel. Ella tomó asiento y apoyó las muñecas sobre sus rodillas; su rostro estaba ensombrecido.

—Es demasiado pronto para desesperar —dijo él—. A duras penas hemos agotado todas las opciones.

La chica hundió los dientes en el labio inferior.

—Tú sabes más acerca de la magia de sangre que yo. ¿Qué sugieres hacer?

—Primero, quiero comprobar si tú y la persona que creó el círculo de sangre son familia. Ayudaría que el creador no tuviera parentesco contigo[7].

Ella extrajo una gota de sangre y la envió flotando hacia el círculo. Mientras que la sangre del chico había sido absorbida de inmediato por la barrera, la diminuta esfera flotante de su sangre rebotó como un guijarro que golpeaba el tronco de un árbol.

El hecho de que él tuviera un parentesco con quien había creado el círculo de sangre y ella no, generó preguntas incómodas. Pero él no se molestó en reflexionar al respecto: no ignoraba la posibilidad de que ambos hubieran querido lastimarse mutuamente antes de que los hechizos de memoria les hubieran arrebatado su pasado.

—Por el privilegio de mi parentesco —dijo él en latín, y ofreció otra gota de su propia sangre—, pido que el círculo de sangre no lastime a quienes me importan.

Era lenguaje estándar; sin embargo, sintió que eran palabras extrañamente sinceras: la chica le importaba.

—Eso debería haber reducido de algún modo la potencia del círculo de sangre. Puedo someterte a una suspensión de tiempo, algo que debería protegerte un poco más. ¿Hay algo que puedas hacer para aumentar tus posibilidades de supervivencia? ¿Tienes alguna medicina que pueda contrarrestar heridas graves causadas por las artes mágicas?

Ella deslizó los dedos por encima de su bolso y entonces, se le iluminó la expresión.

—Tengo panacea aquí dentro.

Los ojos del chico se abrieron de par en par: era extraordinariamente difícil conseguir panacea.

—Toma una dosis triple.

Ella extrajo un frasquito de vidrio, contó tres gránulos diminutos y los tragó.

—Entonces, ahora que has debilitado el círculo de sangre, ¿me lanzarás un hechizo suspendetiempo y me empujarás a través de la barrera?

—Desearía que fuera así de fácil. Incluso si sobrevives estarás en estado crítico. Y yo no puedo perforar la roca, así que...

Oyeron un quiebre fuerte, como si una roca se estuviera partiendo en dos. Miraron hacia arriba: el techo del túnel estaba quebrándose. Ella debía haber precisado su posición exacta cuando había intentado cruzar el círculo de sangre sin saber de su presencia.

Y ahora Atlantis la había encontrado.

—Toma todo —gritó él mientras se lanzaba hacia ella.

La tomó del brazo y se teletransportó en el momento exacto en el que la parte superior del túnel se pulverizó.

CAPÍTULO 10

ALGO ANDABA MAL, IOLANTHE ESTABA SEGURA de ello; la corazonada le apretaba el pecho.

Pero *¿qué* andaba mal?

En la sólida cama con dosel de la habitación de Kashkari, Wintervale roncaba suavemente. Kashkari estaba sentado en una silla junto a la cama, sujetando en una mano un bocadillo de la bandeja de té que Iolanthe había pedido y leyendo una novela llamada *Frankenstein o El Prometeo moderno.* Él le había dado a Iolanthe un libro llamado *Veinte mil leguas de viaje submarino,* pero ella lo había abandonado después de leer las primeras líneas acerca de un fenómeno "misterioso e inexplicable" en el mar.

Ella caminó por la habitación, observó el empapelado azul peltre densamente estampado, enderezó los adornos que estaban en la repisa de la chimenea y ajustó el edredón alrededor de los pies de Wintervale. La frente del chico estaba empapada, pero fría, y sus párpados se movieron cuando ella lo tocó, pero continuó durmiendo.

A Iolanthe siempre le sorprendía que Wintervale no fuera más alto que el príncipe; parecía ocupar mucho más espacio que Titus: nunca llegaba a la parte superior del marco de la puerta a menos que estirara los brazos sobre su cabeza y sus manos tocaran el dintel. Wintervale siempre acompañaba sus palabras con una gran cantidad de gestos animados; y, sin importar cuánto se quejara la señora Dawlish, él siempre se deslizaba por el pasamanos de la escalera y aterrizaba con un gran golpe seco que resonaba en toda la casa.

En cierto modo, Wintervale era uno de los chicos más robustos y masculinos de toda la escuela. Pero a la vez era mucho más infantil que el príncipe, que Kashkari o incluso que alguien como Sutherland. A duras penas era sorpresivo: mientras continuara comportándose como un niño, no tendría que lidiar con las expectativas pesadas que conllevaba ser el único hijo del Barón Wintervale.

Él siempre había sentido miedo de ser demasiado ordinario, de no ser nada ni nadie en comparación con su padre. Pero ahora, ya no necesitaba preocuparse. Ahora había descubierto que manipulaba la clase de poderes elementales ante los que ella solo podía maravillarse.

Si tan solo los logros de Wintervale no hubieran hecho que Titus (probablemente la persona más tranquila que ella conocía) actuara de forma tan extraña y nerviosa.

Iolanthe se acercó a la ventana y utilizó un hechizo vistalejana para inspeccionar las aguas grises del Mar del Norte. En la ubicación aproximada donde Wintervale había creado el remolino, los restos del naufragio se mecían en las olas agitadas, pero por suerte no había cuerpos... ni partes de ellos. Y no había carros blindados revoloteando sobre los restos, preparados para enfocar su mirada en la costa de Norfolk.

Lobo de mar. Ese había sido el nombre del navío atlante, pintado en letras griegas blancas (**ΛΑΒΡΑΞ**) que contrastaban con el casco gris[8].

El barco se había hundido tan rápido que era probable que la tripulación ni siquiera hubiera tenido tiempo de enviar una señal de auxilio.

Alguien golpeó despacio la puerta. Ella volteó y vio a Titus ingresando en la habitación.

—¿Cómo está? —preguntó el príncipe.

—No estoy seguro —respondió Kashkari mientras dejaba a un lado su libro—. Dijo que fue algo que comió, ¿recuerdan? Pero no parece tener malestar estomacal, por lo que veo. Además, está sudando frío y su pulso es arrítmico.

Titus miró a Iolanthe y la incomodidad de la chica apareció. Quizás Kashkari no lo veía, pero la sensación sacudió a Titus. No, lo golpeó. A Iolanthe le recordó a la vez en que la Inquisidora sugirió que la madre de Titus solo lo estaba usando para cubrir sus propias necesidades megalomaníacas.

Titus tomó el pulso de Wintervale.

—¿Quieren un poco de aire fresco? Podemos llamar a una de las criadas para que lo acompañe un rato.

—Estoy bien —respondió Kashkari—. Si necesito un poco de aire, puedo abrir la ventana.

—Iré contigo —dijo Iolanthe.

Titus salió primero y ella lo siguió. Tomaron un sendero que rodeaba el acantilado y llevaba a una cornisa bajo una saliente que no se podía ver desde la casa. El mar oleaba debajo: las nubes tormentosas invadían la costa, el viento salado era frío e insistente. Titus dibujó un círculo impenetrable doble.

Sin esperar a que ella le preguntara, él comenzó a narrar lo que le había sucedido a Wintervale en Grenoble: la trampa que Atlantis había tendido, la huida de la plaza, el dique seco que lanzó el bote directo al Mar del Norte, la fragata atlante que apareció prácticamente de inmediato.

Durante todo el relato, la voz de Titus permaneció inexpresiva. Ese no era el modo en el que uno contaba una historia triunfante. Wintervale era un enemigo declarado de Atlantis, y un chico cuyo entusiasmo y amabilidad ocultaban un miedo profundo al fracaso. Ese día, al enfrentar el momento más peligroso de su vida cuando el mismo enemigo que había llevado a su familia al Exilio lo persiguió, él estuvo a la altura de las circunstancias como pocos lo hubieran hecho.

Titus debería sentir regocijo de tener un aliado tan poderoso cerca; sin embargo, parecía un hombre condenado a muerte.

Un miedo innombrable se retorció dentro de Iolanthe.

—Lady Wintervale debe haber aturdido a Wintervale para enviarlo lejos por seguridad —dijo Titus—. Pero Atlantis lo encontró… y el resto lo has visto.

—Si yo fuera Lady Wintervale, habría anulado el pedido de auxilio en el bote salvavidas —dijo ella, intentando sonar normal—. Eso fue probablemente lo que le permitió a Atlantis rastrear a Wintervale.

La garganta de Titus se movió.

—Ojalá ella hubiera recordado hacerlo.

Él habló con calma, pero la vehemencia en sus palabras golpeó las entrañas de Iolanthe como un puño. Ella ya no podía contenerse.

—Hay algo que no estás diciéndome. ¿Qué es?

De pronto, él parecía demacrado, como si hubiera estado viajando a pie durante meses y meses y a duras penas pudiera mantenerse erguido. Ella alzó una mano para sujetarlo antes de que fuera consciente de que estaba haciéndolo.

—Solo dímelo. No puede ser peor que no contármelo.

La observó durante un largo momento del modo en que uno mira a un ser querido que ha fallecido. El terror asfixiaba a Iolanthe.

—Cuando leímos el diario de mi madre después de mi Inquisición,

¿recuerdas la parte que mencionaba que yo estaba de pie en un balcón presenciando algo que me dejó atónito?

Las palabras de Titus parecían llegar a ella desde muy lejos, cada sílaba era débil y diminuta. Ella asintió; tenía el cuello rígido.

Los ojos del muchacho estaban clavados en las nubes tormentosas que hacían que todo a su paso fuera gris y sombrío.

—Siempre asumí que se refería al balcón que está fuera de mi habitación en el castillo. Cada vez que estaba allí, después del almuerzo, me recostaba y usaba el Crisol... porque eso era lo que ella había visto en su visión: a mí despertando con una mano sobre un libro viejo que quizás era el Crisol. Y yo siempre hacía que Dalbert me despertara a las dos y catorce minutos, la hora que ella precisaba en la visión.

»Y así fue el día que nos conocimos. Desperté a las dos y catorce minutos. Salí al balcón. Y apenas un minuto después, vi tu rayo.

Por algún motivo, el hecho de que él tuviera cronometrado hasta el último segundo la llenó de terror. O quizás se debía al modo en el que él hablaba, como un autómata, como si solo fuera capaz de emitir esas palabras si fingía que no estaban relacionadas en absoluto con él.

Con *ellos*.

—Esta tarde —prosiguió Titus—, desperté exactamente a las dos y catorce y salí al balcón.

Ella lo miró. ¿Era posible que la noche anterior ella hubiera bebido tanto coñac como Kashkari? Se sentía inestable y como si tuviera ceniza y arenilla en la boca.

—¿Quieres decir que la profecía de tu madre en realidad se refería a Wintervale y no a mí?

La voz de Iolanthe, vacilante y delgada como un hilo, a duras penas sonaba como propia.

Él asintió lentamente, aún sin mirarla.

—¿Estás seguro? —su voz tembló.

Él permaneció quieto, con la expresión completamente en blanco. Un segundo después, cayó de rodillas y cubrió su rostro con las manos. La conmoción quemaba el cuerpo de Iolanthe. Él era alguien que había mantenido la compostura incluso en medio de una Inquisición. Pero ahora estaba derrumbándose frente a ella.

El entumecimiento se expandió en ella, gris y rígido. No comprendía absolutamente nada. ¿Cómo era posible que Wintervale fuera el elegido cuando ella era quien debía enfrentar peligros, derrotar al Bane y mantener a Titus con vida a lo largo de todo el proceso?

—Lo siento —oyó las palabras apenas audibles de Titus—. Lo siento tanto.

Ella solo movió la cabeza de lado a lado… y continuó haciéndolo. Ese era su destino, su *destino*, no una chaqueta vieja que podía darle a otra persona.

Él estaba equivocado. Tenía que haber cometido un error.

—Muéstrame el diario de tu madre —dijo ella—. Yo misma quiero leer esas visiones.

UN MINUTO DESPUÉS, EL DIARIO ESTABA EN LA mano de Iolanthe. Las palabras que aparecieron flotaban un poco, pero ella las leyó detenidamente con una determinación que parecía optimismo frívolo en comparación con la desolación sombría de Titus.

Cuando llegó al comienzo de la última entrada, él dijo:

—Por esto lo supe. Hoy sonreí al despertar porque había estado soñando contigo.

La presión se incrementó en la parte anterior de los ojos de la chica, un dolor que no desaparecía. Ella continuó leyendo.

De pronto, todo cobra sentido. Ese no es un avistaje cualquiera: es el momento en el que Titus se encuentra por primera vez con su destino. Todo lo que yo he aprendido hasta ahora acerca de la magia elemental y los magos elementales indica que una proeza reveladora anuncia la llegada en escena de un mago elemental extraordinario.

Decían que el chico que debería haber sido el gran mago elemental de mi generación había resucitado un volcán extinguido, y que habían visto la erupción a cientos de kilómetros de distancia (también dicen que murió debido a una enfermedad, pero Callista me había informado en la más estricta confidencia que el Inquisidor Hyas le había contado que eso no era cierto, que la familia del chico lo había matado para evitar que el Inquisitorio local lo llevara bajo custodia).

Es probable que eso sea lo que Titus está presenciando: la manifestación de un gran mago elemental que será, como él dirá en otra visión, su compañero para la tarea.

Ella estaba completamente confundida.

–¿Eso es todo? ¿Cómo *dirás* en una visión diferente? ¿Tu madre está hablando acerca de la conversación que tuvimos el día que llegué a Eton, cuando me contaste por primera vez lo que planeabas hacer?

La ironía podía haberla matado de inmediato.

–Nunca me he topado con la visión que ella mencionó.

Iolanthe siempre había considerado las visiones de la princesa Ariadne como algo cercano a una maravilla. Su precisión y relevancia casi espeluznante habían abierto la mente de Iolanthe a la posibilidad de que ella quizás estaba destinada a algo más grande que una cátedra, y que quizás tendría la responsabilidad de no solo cuidar de sí misma y del Maestro Haywood, sino también de proteger al mundo entero.

Así que, acompañada de una sensación de desorientación, vio por primera vez lo mucho que dependían las visiones de la princesa Ariadne de las acciones de Titus para cumplirse. Años atrás, ella había leído algo relacionado con esa paradoja de una profecía que se cumplía porque, y solo porque, aquellos que habían visto la profecía trabajaban incansablemente para hacerla realidad.

¿Cuál era el término para ello?

—Realidad creada —dijo ella.

—¿Qué?

—Sigues sus profecías hasta el último detalle para que se cumplan —respondió la chica.

Él parecía incómodo y a la defensiva.

—Uno no puede cambiar lo que ya ha sido predestinado —replicó Titus.

Ella había escuchado eso cientos de veces a lo largo de su vida. Al igual que todo el mundo.

—No interferir en una profecía no es lo mismo que renunciar a toda tu vida para que cada detalle de la realidad coincida con lo que ella vio hace décadas.

—No conozco ningún otro modo para que esto funcione.

Titus parecía tan rendido, que a ella le ardía la parte posterior de la garganta.

El resto de lo escrito en el diario no ayudaba a la causa de la chica, dado que continuaba refiriéndose al elegido.

—No hay motivos para que Wintervale deba reemplazarme. Podemos trabajar juntos, los tres.

—Pero mi madre siempre especificó que habría un compañero y solo uno.

—¿Acaso te prohibió tener más de uno?

—No podemos tomar sus visiones con esa clase de ligereza. Una vidente de su calibre aparece una vez cada quinientos años y no hubiéramos logrado nada de no haber sido por su guía.

Su príncipe podía ser muy cínico, pero a su vez, la fe que tenía en su madre era desgarradoramente pura.

—Pero eso significa que irás a Atlantis con Wintervale —la idea heló la sangre de Iolanthe—. En ese caso, ya puedes darte por muerto.

—Ya *estoy* muerto; está escrito en las estrellas. Había creído… había creído que estarías a mi lado —sus ojos se apagaron—. Pero no puedo luchar contra la fuerza del destino.

Ella sujetó el brazo de Titus.

—¿Acaso yo no tengo también la fuerza del destino de mi lado? Tu madre fue quien escribió las palabras que me llevaron a invocar mi primer rayo. Estarías muerto hoy si yo no hubiera matado al Bane en el Crisol. Sin mencionar que nací la noche de la tormenta de meteoritos… No irás a decirme que también falsificaron la fecha de nacimiento de Wintervale.

—Pero mi madre nunca fue una de esos que predijo el nacimiento de un gran mago elemental aquella noche.

—De acuerdo, entonces las fechas de nacimiento no tienen importancia. Pero recuerda que Helgira en el Crisol luce exactamente como yo. Eso tiene que significar algo, ¿no es así?

—Por supuesto que sí. Pero leíste lo que mi madre escribió…

—Estás basando todo en los más mínimos detalles. Tu madre no mencionó nombres. Me viste invocar un rayo a las dos y catorce minutos desde un balcón. ¿No es suficiente? ¿Acaso nuestra alianza no es algo que valga la pena preservar?

—Si tan solo fuera mi elección, sabes que te elegiría mil veces cada día. Pero no es mi decisión. Nada de esto es mi elección. Yo solo puedo recorrer el sendero que yace preparado ante mí.

Ella lo soltó mientras comprendía todo: el diario no era solo las palabras de su madre. Para él *era* su madre, la voz misma del destino. Y él nunca desobedecería a la princesa Ariadne, ni en este mundo ni en el próximo.

—Entonces ¿esta es mi retirada?

—¡No! —él tomó el rostro de Iolanthe con las manos—. Nunca podría alejarte de mi vida. Te…

No lo digas, gritó ella en su cabeza. *No lo digas.*

—Te amo —concluyó él.

De inmediato, la desdicha en su interior se convirtió en furia. Le lanzó el diario a Titus.

—No me amas. Lo que tú amas es una conveniencia… Amas que de casualidad yo haya encajado en tus planes.

Los ojos de Titus estaban llenos de desconcierto y dolor.

—¿Cómo puedes decir eso?

—¿Cómo puedo decir eso? ¿Cómo puedes *tú* decir lo que *acabas* de decir? ¿Quién juró infinidad de veces que yo tenía un destino, que yo siempre había tenido un destino incluso si no lo sabía? ¿Han pasado siquiera quince días desde que me dijiste que estabas feliz de que fuera yo, que no podrías hacer esto con nadie más? Pero ahora podrías. Ahora dices "Gracias, pero mejor no", ¡como si yo fuera una ayudante de cocina que puedes reemplazar a voluntad!

—Iolanthe…

Rara vez la llamaba por su nombre real. La gran mayoría del tiempo, incluso cuando estaban solos, él se dirigía a ella como Fairfax, para que nunca perdiera el hábito de hacerlo.

—No —dijo ella, reflexiva—. A menos que estés a punto de decirme que estás equivocado, no hay nada que puedas decir que yo quiera escuchar.

Él apretó el diario contra su pecho, con el rostro pálido.

—Lo siento. Perdóname.

Después de todo lo que habían atravesado juntos, de todo lo que habían sido el uno para el otro, ¿eso era lo único que él tenía para decir?

Ella volteó y se marchó.

—ALLÍ ESTÁS —EXCLAMÓ COOPER CUANDO IOLANTHE salió de la casa—. Wintervale se siente mal, Kashkari está de niñera y Sutherland está haciendo una llamada en la casa de un vecino. Estaba aburriéndome de mi propia compañía. ¿Qué dices? ¿Jugamos un partido de billar?

Iolanthe no quería formar parte de semejante pasatiempo pacífico. Si tan solo Cooper hubiera sugerido hacer unas rondas de boxeo… Como una maga elemental que creció canalizando su ira a través de la violencia, necesitaba con desesperación hundir el puño en el rostro de alguien.

—No sé jugar —le dijo a Cooper.

—Te enseñaré.

El chico parecía tan ilusionado que ella no tuvo corazón para rechazarlo. Titus podría entusiasmar a Cooper diciéndole que no, pero eso se debía a que Cooper lo veía como un semidiós poderoso y caprichoso con el que no había que razonar. Pero el chico consideraba a Fairfax un amigo, y él era mucho más sensible al modo en que sus amigos lo trataban.

—En ese caso, te sigo —dijo ella. Revolcarse sola en la miseria o participar de un extraño juego nómago: ¿cuál era la diferencia?

Las primeras gotas de lluvia golpearon las ventanas cuando ellos llegaron a la sala de billar, que apestaba a humo de cigarro; el olor embebía las cortinas color carmesí y el empapelado azul peltre.

Cooper actuaba como consejero en los turnos de Iolanthe y le explicaba los ángulos y las opciones de jugadas. Cuando Iolanthe metió su primera bola, él aplaudió.

—Bien hecho, Fairfax. Pronto serás tan bueno en la mesa de billar como lo eres en el campo de críquet.

Para lo que le serviría. Pero no dijo nada.

En el próximo turno de Cooper, mientras el chico daba vueltas alrededor de la mesa planeando una estrategia, él preguntó:

—¿Es cierto lo que dijiste anoche? ¿Que quizás nos dejes por el oeste estadounidense?

Ella aferró más fuerte su palo de billar. No había pensado en absoluto qué haría ahora que ya no requerían de su presencia para la Gran Hazaña.

—Mis padres no son buenos organizadores. El plan podría cambiar por completo mañana.

—Si no quieres ir al Territorio de Wyoming, puedes venir a trabajar en la firma de mi padre —dijo Cooper, con esperanza entusiasta—. Quizás la abogacía no sería tan terrible si tuviera un amigo cerca. Y serías un gran abogado… apostaría dinero en ello.

Ella no sabía por qué de pronto sus ojos ardían por las lágrimas contenidas; quizás solo se sentía bien que la necesitaran.

Era algo que no había apreciado lo suficiente: por más espeluznante que había sido que le informaran que ella era la clave para la caída del Bane, al mismo tiempo había sido un enorme cumplido. Ser seleccionada así significaba que ella era especial, que su existencia importaba.

Ahora, sucedía lo contrario: sentía que no importaba y que no era especial, y cualquier ilusión de grandeza solo era eso, una ilusión.

Y oír que eso provenía del chico por quien ella había arriesgado su vida más de una vez, con quien había viajado la mitad de la circunferencia de la Tierra y con quien iba a… No podía tolerar pensar en la casa de verano de la Reina de las Estaciones, que ahora estaba despojada de pétalos florales.

–Gracias por la oferta –le dijo a Cooper, y sujetó brevemente el hombro del chico–. La aprecio mucho.

Cooper parecía satisfecho y avergonzado a la vez.

–Bueno, piénsalo.

No podía hacerlo. Cualquier intento de reflexionar acerca del futuro de un modo responsable y realista era como respirar agua: un dolor agudo e indescriptible que invadía cada cavidad de su cráneo.

Lo único que podía hacer era mantener la compostura para evitar quemar hasta los cimientos la casa del tío de Sutherland involuntariamente.

CADA RESPIRACIÓN ERA DESESPERACIÓN.

Una parte de Titus estaba convencida de que lo estaban castigando por haber sido demasiado feliz, por haber olvidado que las crueldades de la vida nunca estaban demasiado lejos. La otra parte era un prisionero enloquecido que gritaba en las mazmorras sin que lo oyera el mundo exterior.

Cuando la lluvia comenzó a caer con fuerza, él se volvió a teletransportar al laboratorio para guardar a salvo el diario de su madre. Después, se marchó a toda prisa para evitar la tentación de tomar el diario y lanzarlo hacia el extremo opuesto de la habitación.

¿Por qué debía renunciar a Fairfax? ¿Por qué, si era prisionero de su destino, no podía tener su pequeña ventana, su pequeño cuadrado de cielo azul en lo alto de su celda?

Cuando regresó a la casa Baycrest, permaneció de pie un largo tiempo afuera de la puerta de la sala de billar, escuchando el sonido crujiente de los palos contra el mármol, y la explicación detallada de Cooper acerca de cómo ella debía hacer la próxima jugada.

¿Cómo podía hacerle comprender que él la necesitaba tanto como siempre? Probablemente, más: la mera idea de llevar a Wintervale hasta el Palacio del Comandante en las tierras altas de Atlantis lo hacía querer introducirse en un lugar profundo y oscuro y no salir nunca más.

Cooper comenzó a hablar de planes para el semestre: otro torneo de tenis antes de que estuviera demasiado húmedo para jugar en el césped, una competencia de ajedrez para aquellas noches oscuras y lluviosas, y le preguntó a Fairfax qué pensaba acerca de que él consiguiera un conejillo de indias para tener en la habitación.

Titus prácticamente podía sentir la angustia de la chica mientras Cooper parloteaba. Ella hubiera disfrutado todas esas actividades, incluso el conejillo de indias, en otro momento, cuando Eton era su refugio y su conexión con la normalidad. Sin su destino, para ella la escuela era solo un lugar con cuartos de baño que no podía usar.

Decidió marcharse, porque él no podía soportar el dolor que sentía en su propio corazón. No quería ir a ver a Wintervale, pero se obligó a dirigirse hacia la habitación de Kashkari: nada de lo que sucedía era culpa de Wintervale; un peón de la Fortuna, al igual que los demás.

Un Kashkari preocupado estaba en el pasillo afuera de la habitación.

—¿Qué ocurre? —preguntó Titus.

—Fui al baño. Cuando regresé, Wintervale estaba en el suelo, inconsciente. Dijo que no podía recordar qué sucedió y no me permitió llamar a un médico. Lo acosté de nuevo en la cama y estaba a punto de bajar y preguntarte si debía ignorar su deseo y llamar a un médico de todas formas.

—Mejor no. Su madre desconfía de los médicos que no conoce. Wintervale es como ella en ese aspecto.

—Pero ¿y si tiene una conmoción cerebral?

—¿Y qué puede hacer un médico si ese es el caso? —Titus solo tenía conocimientos básicos de la medicina nomágica; esperaba tener razón al respecto.

—Es verdad —concordó Kashkari—. Pero ¿y si está en riesgo de tener sangrado craneal?

—Déjame verlo.

Wintervale estaba despierto.

—Me enteré de que saliste de la cama y caíste al suelo —dijo Titus.

El muchacho parecía avergonzado.

—Desperté y estaba solo, así que pensé en levantarme y reunirme con todos. Quizás solo estaba débil del hambre.

Titus dudó. Wintervale había mencionado que varios magos perdieron la consciencia en Grenoble. Él había estado cerca de ellos; tranquilamente podría haber inhalado algo.

—Fairfax pidió una bandeja de té para ti más temprano —dijo Kashkari—. Aún queda medio emparedado de salmón ahumado y dos porciones de pastel de Madeira.

Titus movió la cabeza de lado a lado.

—No, él no puede comer nada más sofisticado que rodajas solas de pan tostado.

Kashkari ya estaba dirigiéndose a la puerta.

—Puedo traer algunas de la cocina.

—¿Me harías el favor de hacerlo? —dijo Wintervale, agradecido.

Cuando Kashkari desapareció, Wintervale le pidió a Titus que lo ayudara a caminar hasta el cuarto de baño.

—¿Recuerdo bien que me dijiste el último semestre que Atlantis estaba cazando a un mago que invocó un rayo? —preguntó Wintervale mientras arrastraba los pies y avanzaba como si fuera un anciano con artrosis.

—Lo último que supe es que aún están buscándolo.

Acomodó a Wintervale en el retrete y esperó afuera. Cuando terminó, se apoyó en Titus para caminar de regreso.

—¿Y por qué exactamente Atlantis quiere un mago elemental poderoso?

—Nunca me lo dijeron, y espero que no tengas que averiguarlo.

—Entonces… ¿qué hago? —Wintervale sonaba asustado.

Viajas en el tiempo. Abandonas la plaza cuando tu madre lo indica. Nunca te cruzas con carros blindados. Nunca hundes un barco atlante. Y nunca destruyes algo que es invaluable para mí.

—¿Qué quieres hacer? —dijo Titus con cautela. Estaba casi seguro de que no sonó cortante.

—No lo sé. No quiero sentarme en casa y acobardarme. No me atrevo a pedirle ayuda a ningún Exiliado para hallar a mi madre; ella siempre dijo que había informantes entre los Exiliados. No sé dónde está guardado nuestro dinero y no conozco a nadie que no sea un Exiliado o un etoniano.

–Atlantis me vigila en la escuela –dijo Titus mientras lo ayudaba a recostarse–. Así que si estás intentando ocultarte de ellos, la escuela no es el mejor lugar para ti. Puedo prestarte los fondos para que intentes pasar inadvertido en otra parte.

Que la Fortuna lo proteja: estaba intentando deliberadamente alejar a Wintervale de él.

–Déjame pensarlo –respondió el muchacho, y se mordió el labio–. Por un momento, fui realmente feliz. Íbamos a unirnos a la rebelión y por fin tendría un propósito. Pero ahora... ya no sé qué hacer.

Titus sintió una presión en el pecho: Fairfax podría haber dicho las mismas palabras exactas.

Kashkari atravesó la puerta. Traía una bandeja con una taza de té y unas rebanadas de pan tostado.

–¿Estás bien? –le preguntó a Wintervale–. No has empeorado, ¿verdad?

–No –respondió él–. Aún no.

LA COMIDA RESULTÓ UNA IDEA DESASTROSA. WINTERvale comenzó a tener arcadas en cuanto tragó los restos de té y pan tostado. Después, vació el contenido total de su estómago en el orinal.

Y justo cuando creyeron que había terminado, las arcadas comenzaron otra vez, hasta que Titus tuvo la certeza de que su amigo debía estar vomitando el bazo, y también el apéndice.

En una pausa entre los episodios vomitivos de Wintervale, Kashkari apartó a Titus.

–Tiene que ver a un médico. Si continúa así, podría deshidratarse mucho, y eso es peligroso.

—Quizás tenga algo que puede ayudarlo —dijo Titus—. Déjame revisar mi equipaje.

Salió de la habitación y se teletransportó al laboratorio, donde había miles de medicinas. El problema era que él no era un médico matriculado. No sabía qué enfermaba a Wintervale y los antieméticos que tenía cerca tenían usos bastante específicos. Eliminó aquellos relacionados con el embarazo, la intoxicación por ingesta, el movimiento y el consumo excesivo de alcohol, pero aquella selección le dejaba cientos de opciones posibles.

Tomó un puñado de los remedios que probablemente serían los más útiles y regresó a la cama de Wintervale.

—¿Viajas con todas esas medicinas porque tienes problemas estomacales? —preguntó Kashkari; sonaba asombrado y confundido.

—¿Qué puedo decir? Tengo una constitución física delicada.

Titus midió una cucharada de un antídoto. Comenzaba a sospechar que quizás la fragata atlante que había alcanzado el barco había puesto algo en el agua, y que aquellos que saltaron habían quedado incapacitados. Y quizás algunas de las olas habían empapado a Wintervale mientras su bote huía a toda velocidad.

El muchacho tragó el antídoto y permaneció quieto durante unos minutos. Titus suspiró, aliviado.

Wintervale se enderezó y vomitó de nuevo.

Titus maldijo y le dio un remedio que curaba enfermedades mágicas; tal vez le habían lanzado una maldición a él específicamente. Wintervale vomitó sangre.

—¿Qué le estás dando? —gritó Kashkari—. ¿Por casualidad contiene veneno de abeja? Es alérgico al veneno de abeja.

—Le estoy dando uno de los remedios alemanes más avanzados —replicó Titus mientras tomaba un pañuelo y limpiaba la sangre que cayó sobre el mentón de Wintervale—. Y no contiene veneno de abeja ni nada similar.

–Dios santo, no le des más.

–Seguramente tienes *algo* que funcione –dijo Wintervale con voz ronca.

Titus hurgó entre el resto de los frascos. Mareos. Apendicitis. Malestares digestivos. Infecciones relacionadas al vómito. Inflamación del revestimiento del estómago. Expulsión foránea.

Eligió el último, un elixir que debería hacer que cualquier sustancia dañina en el cuerpo se precipitara y fuera expulsada.

–Prueba con este y reza mucho.

No debían haber rezado con el fervor suficiente porque, de inmediato, Wintervale comenzó a convulsionar.

CAPÍTULO 11

EL DESIERTO DEL SAHARA

EL VIENTO AULLÓ, TAN SALVAJE COMO UN HURACÁN. La arena cubría el cielo y golpeaba a Titus. Él y Fairfax habían regresado al mismo lugar donde habían estado antes de que ella los llevara debajo de la superficie, y por suerte, no se habían materializado encima de un atlante.

Pero Titus estaba desorientado: creía que los magos elementales de Atlantis habían despejado el espacio aéreo dentro del círculo de sangre para facilitar la búsqueda.

–Yo lo generé –dijo Fairfax en el oído de Titus–. No quería que nos vieran.

Excepto que ahora ellos mismos a duras penas podían ver más allá de sus manos extendidas.

–*Deprehende metallum* –susurró ella.

La varita de la chica viró unos treinta grados en su mano. Él la miró con los ojos abiertos de par en par: el hechizo de la chica tenía como objetivo detectar la presencia de metal, y los únicos grandes objetos metálicos cercanos eran los carros blindados. Pero la idea era tan desquiciada que tenía sentido. Y si él recordaba correctamente, un carro blindado había aterrizado a una distancia corta de ellos.

Titus dibujó un círculo sonoro y esbozó un plan de acción para Fairfax. Ella escuchó con expresión seria.

—¿Puedes pilotear un carro blindado?

—Tengo entendido que funciona bajo el mismo principio exacto que un carro tirado por bestias. Pero esa es la parte fácil.

O al menos, fácil en comparación con el problema de la supervivencia de Fairfax.

—Entonces llévalo a cabo —ella exhaló despacio—. Que la Fortuna camine contigo.

—No hay necesidad de ser tan noble y estoica —él le apretó la mano—. Guárdatelo para cuando estés muriendo de verdad.

Lo cual podría ocurrir en pocos minutos, si todo lo que habían hecho resultaba inapropiado para mantenerla con vida.

—Seré tan noble y estoica como se me dé la gana —replicó ella—, para que, cuando pasen los años, todavía se te humedezcan los ojos cuando recuerdes a la increíble y valiente chica del Sahara, antes de desplomarte de cara sobre tu bebida.

Las palabras de la muchacha eran juguetonas, pero la mano de Fairfax tembló en la de él. De pronto, la idea de perderla se volvió impensable.

—Y tú, que para ese entonces serás una anciana desdentada, me golpearás en la nuca y me gritarás que no debo quedarme dormido a las diez de la mañana —la acercó a él y le besó la mejilla—. Morirás, pero hoy no, no si puedo hacer algo para evitarlo.

REPTARON DEBAJO DEL CARRO BLINDADO MÁS cercano. En el suelo, el vehículo parecía un pájaro de pecho inflado, bajo y torpe. Pero nunca había importado la falta de elegancia de los carros blindados, solo importaba su letalidad.

Los hombros de Titus por poco tocan las botas de unos soldados. Los soldados, a pesar de su armadura protectora, tenían los brazos en alto para proteger sus rostros de la tormenta de arena mientras Fairfax agitaba el desierto dentro del círculo de sangre en un frenesí aún mayor.

Él hizo su mayor esfuerzo para respirar lento, de forma controlada: cuando realizara el primer movimiento no podría detenerse hasta que hubiera llevado a cabo el plan.

O hasta que hubiera fracasado por completo.

Ella colocó una mano sobre el hombro de Titus, lo que significaba que ese era el máximo de violencia al que podía llevar la tormenta. Él respiró profundamente de nuevo y articuló sin emitir sonido: *Tempus congelet. Tempus congelet.*

El caos de la escena le otorgó la extraña oportunidad de lanzarle un hechizo suspendetiempo a cada soldado atlante. La acción le concedió a Titus alrededor de tres minutos de ventaja.

Él y Fairfax salieron de abajo del carro blindado, tomaron las varitas de los soldados, las cuales tenían forma de prisma octogonal, y corrieron hacia la escotilla a estribor del carro blindado. El borde de la escotilla apenas era visible, pero cuando abrieron dos pequeñas tapas redondas y colocaron las varitas atlantes dentro de las aberturas protegidas que estaban debajo de ellas, la escotilla se abrió despacio.

El interior del carro blindado era adecuadamente austero para un vehículo de transporte militar: todo estaba hecho de paredes de acero y costillas de titanio. Titus le lanzó el hechizo suspendetiempo al piloto antes de que este pudiera voltear.

Él y Fairfax subieron al carro blindado y cerraron la escotilla. De inmediato, Titus le lanzó el hechizo suspendetiempo a ella. Un mago sometido a la detención temporal era inmune a la mayoría de los hechizos y las maldiciones; él esperaba que le ofreciera una protección extra a la chica contra el círculo de sangre. Si no, al menos debería retrasar la reacción de Fairfax por unos pocos minutos.

Le colocó uno de los arneses adjuntos al fuselaje y corrió hacia el piloto mientras esquivaba las tiras para sujetarse que colgaban del techo. La varita del piloto ya estaba calzada dentro de una abertura octogonal junto al asiento.

Frente al piloto, alzándose desde unas ranuras en el suelo, había unas riendas. Titus tomó las manos del piloto con las suyas, alzó las riendas y las agitó. El carro blindado se elevó en silencio; solo se oía el ataque incansable de la tormenta de arena.

Inclinó a un lado las riendas y la nariz del carro blindado volteó. El lugar donde Fairfax había precisado su propia ubicación estaba en el borde este del círculo de sangre. Él dirigió el carro blindado hacia el sudoeste.

Miró hacia atrás y vio a Fairfax quieta; se veía perfectamente normal, como alguien sometido a un hechizo suspendetiempo.

Ahora, todo era cuestión de suerte.

Aceleró el carro blindado a máxima velocidad y utilizó el reloj que estaba junto al asiento del piloto para calcular la cantidad de tiempo que le quedaba. Después de un minuto y quince segundos de vuelo, jaló fuerte de las riendas. El carro se detuvo de pronto y si él no se hubiera aferrado al piloto que estaba sujeto a su arnés, el impulso lo habría lanzado contra los visores.

Titus se movió a toda velocidad, abrió la escotilla, desató a Fairfax, volteó el vehículo y salió disparado hacia el círculo de sangre utilizando los cálculos en el tablero para rehacer el camino de la nave con exactitud. Cuando llegó, aterrizó el vehículo en la misma orientación que lo habían encontrado, bajó de un salto, cerró la escotilla, les devolvió las varitas a los soldados y se teletransportó.

Pero cuando llegó al lugar del desierto en donde había dejado a Fairfax, ella había desaparecido sin dejar rastros.

12

CAPÍTULO 12

TITUS INGRESÓ A TODA VELOCIDAD AL LABORA-
torio y tomó un frasco con gránulos; cada uno de ellos valía su peso
en oro.

Panacea.

Cuando regresó a la casa Baycrest, Kashkari estaba luchando para
evitar que Wintervale se ahogara con su propia lengua. Titus sujetó la
cabeza del muchacho y de algún modo logró introducirle una dosis
doble de panacea en la garganta..

Prácticamente de inmediato, la convulsión de Wintervale se detuvo
y se transformó en temblores leves. Perlas de sudor aparecieron sobre
su frente y su labio superior. Jadeaba, incluso mientras un dejo de color
regresaba a su rostro. En diez minutos, se había sumido en un sueño
agotador.

Kashkari secó el sudor de su propia frente.

—Ese sí que es un remedio alemán que me gustaría tener a mano.

Titus miró su reloj: necesitaban regresar a la casa de la señora Dawlish antes de que apagaran las luces.

—Será mejor que lo llevemos a la estación —dijo el príncipe, todavía jadeando del susto—, o perderemos nuestro tren.

Kashkari sujetaba el respaldo de una silla; él también jadeaba intensamente.

—Tenemos muchas espaldas fuertes; llevarlo allí es la menor de nuestras preocupaciones. Solo espero que el movimiento del tren no le caiga mal.

—Estará bien —dijo Titus.

Wintervale había tragado suficiente panacea para sobrevivir a una maldición mortífera; no sería problema lidiar con el traqueteo leve de un vagón.

—Le ruego a Dios que tengas razón —comentó Kashkari—. Le ruego a Dios.

IOLANTE, COOPER Y SUTHERLAND JUGABAN EN su compartimento una partida de Blackjack y apostaban unos centavos al resultado de cada mano. En el compartimento contiguo, los otros tres chicos mantenían un silencio irrompible. Antes de subir al tren, el príncipe había apartado a Iolanthe de los demás y le había informado que Wintervale estaba bajo el efecto de la panacea. Ella había asentido y había regresado junto a Cooper.

El Blackjack era el juego nómago de naipes más sencillo que ella había jugado hasta ahora, dado que solo debía preocuparse por que los números en las cartas sumaran lo más cercano posible a veintiuno sin pasarse. Pero aun así, ella inventó una excusa para no participar en las próximas rondas después de que cambiaron de tren en Londres. Salió del compartimento, permaneció en el pasillo de pie y observó a través de la ventana cómo las afueras de la ciudad pasaban con rapidez; los postes de luz y las ventanas iluminadas escaseaban cada vez más a medida que se adentraban en el campo.

La puerta del compartimento contiguo se abrió y se cerró. El corazón de Iolanthe se retorció. Pero la persona que salió para pararse a su lado no era Titus: era Kashkari.

—Lamento oír que quizás nos dejes —dijo él.

Estaba hablando de los Fairfax y de la cría de ganado en el rancho del Territorio de Wyoming.

—Lo único que quería era que todo continuara como antes. Pero los cambios llegan y no puedo detenerlos —ella lo miró—. Ya sabes cómo es.

Kashkari sonrió débilmente.

—En mi caso, se aplica mejor "Ten cuidado con lo que deseas": siempre he querido conocer a la chica de mis sueños.

—Conque fue amor a primera vista, ¿no?

—Más bien deslumbramiento a primera vista —respondió Kashkari.

—¿Tan hermosa es?

Kashkari tenía una mirada distante.

—Sí, lo es, pero siempre he sabido cómo luce. Me sorprendió verla en persona cuando y donde menos lo esperaba.

Debían haber pasado junto a una iglesia; el sonido de las campanadas se oía por encima del ruido del tren. Iolanthe se preguntó, apenas desesperada, si había algo más que ella pudiera decirle que no fuera "lo siento". Realmente se sentía terrible por él… y deseaba ofrecerle un consuelo mejor que frases gastadas que ya no tenían sentido alguno.

De pronto, miró a Kashkari. *Siempre he sabido cómo luce. La chica de mis sueños.*

—¿Quieres decir que la has visto *literalmente* mientras duermes? Kashkari suspiró.

—Excepto que mis sueños no me informaron que estaría comprometida con mi hermano.

¿Acaso Kashkari estaba hablando de sueños *proféticos*?

—¿Recuerdas el último semestre, cuando me dijiste que un astrólogo te había aconsejado asistir a Eton? Mi conocimiento de astrología es muy superficial, pero sé lo suficiente para saber que las estrellas rara vez dan indicaciones tan específicas. ¿Acaso el astrólogo estaba interpretando un sueño tuyo? —dijo Iolanthe.

—Qué buena deducción. Sí, así fue.

—¿Qué viste? —peguntó ella.

—En el primer sueño, estaba caminando por Eton. No sabía dónde me encontraba, pero después de haber visto el mismo sueño algunas veces le pregunté a mi padre acerca de una escuela en un pueblo inglés cerca de un río, que a lo lejos tenía partes de un castillo a la vista. Le dibujé la silueta del castillo. Él no la reconoció, pero cuando se lo mostró a un amigo que había viajado varias veces a Inglaterra, este lo hizo, y dijo que parecía el castillo de Windsor.

»No fui al astrólogo con ese sueño; simplemente creí que significaba que algún día visitaría la zona. Pero después comencé a soñar algo diferente: me vestía con extrañas prendas no indias y me miraba al espejo. Descubrimos que la ropa era el uniforme de Eton. En ese momento hice una consulta con el astrólogo, quien dijo que mis estrellas proclamaban que pasaría la mayor parte de mi juventud lejos de casa. Después de la consulta, mi madre me habló y me dijo: "Supongo que ya sabemos adónde te diriges".

—Eso es… bastante increíble —dijo Iolanthe, muy sorprendida.

No sabía que los nómagos soñaban de ese modo acerca del futuro, pero era limitado de su parte asumir que solo los magos podían acceder al flujo del tiempo, dado que las visiones no estaban en absoluto relacionadas ni con la magia sutil ni con la elemental.

—Suena ocultista, así que no le cuento a todo el mundo al respecto. Es decir, las personas de aquí están muy interesadas en las sesiones de espiritismo, pero igual prefiero no hacerlo.

—Lo comprendo —asintió Iolanthe.

Estaban acercándose a Slough cuando ella recordó preguntar:

—Entonces... ¿eso significa que no estabas enamorado de la chica de tus sueños, sino que solo continuabas viéndola en ellos?

Esperaba que fuera así, por el bien de Kashkari.

—Ojalá —Kashkari suspiró—. He estado enamorado de ella toda mi vida.

TITUS LLAMÓ A LA PUERTA DE IOLANTHE.

—¿Estás ahí, Fairfax?

Hubo un largo silencio antes de que ella respondiera.

—Sí.

Vaya respuesta. *Sí, estoy aquí, pero no eres bienvenido.*

Ya estaban a punto de apagar las luces en la casa de la señora Dawlish. Un último grupo de chicos salía del cuarto de baño. Hanson preguntó si alguien había visto su diccionario de griego, lo que hizo que Roger corriera hasta su cuarto y lo trajera. Sutherland, cuya habitación estaba frente a la de Cooper, le dijo al muchacho que abriera la puerta; cuando le hizo caso, un par de calcetines atravesó el pasillo acompañado de: "¡Te quitaste los calcetines en mi cuarto de nuevo!".

Ella había amado eso: la normalidad y las tonterías de tantos chicos apretujados en habitaciones pequeñas. Titus apoyó la mano en la puerta del cuarto de Iolanthe y deseó poder obligar al tiempo a retroceder.

—Buenas noches —dijo él; odiaba la futilidad de toda la situación.

Ella no respondió.

En el pasillo, Kashkari salió de la habitación de Wintervale: a pesar de la seguridad de Titus de que su estado empeoraría mientras dormía, Kashkari había optado por permanecer junto al muchacho.

Titus se acercó a Kashkari.

—¿Cómo está?

—Sigue igual. Sueño profundo, signos vitales estables… por lo visto —Kashkari vaciló un momento—. ¿Estás completamente seguro de que no le diste algo que estuviera compuesto por veneno de abeja?

—Sí, estoy seguro —respondió Titus; no le importaba en particular si Kashkari le creía—. Buenas noches.

A Titus le latía la cabeza cuando regresó una vez más a su laboratorio después de que apagaran las luces. Tenía un rango de teletransportación de cuatrocientos ochenta kilómetros en un viaje, y nunca se había teletransportado lo suficiente para alcanzar su límite diario. Pero con todos los viajes que hizo al laboratorio en las últimas veinticuatro horas, quizás estaba cerca del límite.

Había traído todos los remedios que había sacado del laboratorio: la panacea y el resto que le había causado tantos problemas a Wintervale. Prefería ser ordenado: tenía muy poco tiempo para perderlo con la desorganización. Pero esa noche no podía lidiar con lo que de otro modo sería la tarea sencilla de reacomodar los remedios. Solo guardó los frascos dentro de una bolsa de tela y la dejó en una gaveta vacía.

Sin embargo, no podía manipular la panacea de un modo tan displicente. Guardó el recipiente que la contenía en el lugar adecuado, en el bolso de emergencia que había preparado para Fairfax.

Deslizó los dedos por la tira del bolso, uno de los lugares donde había dejado mensajes secretos para ella. Sería mejor borrar los mensajes, los cuales no estaban relacionados con su misión, sino con sentimientos que eran más sencillos de expresar por escrito que pronunciar en voz alta. Pero no quería hacerlo; sería casi como borrarla por completo de su vida.

El agotamiento lo invadió; no era solo fatiga, también era la pérdida de la esperanza.

Tomó una dosis de refuerzo teletransportador para aliviar el dolor de cabeza, se acomodó en la gran mesa de trabajo que estaba en el centro del laboratorio y abrió el diario de su madre. Era el amo más cruel que había conocido, pero continuaba siendo su única guía en un panorama en constante cambio.

25 de febrero, AD 1021

Odio las visiones de las muertes. En especial, odio las que muestran visiones de las muertes de aquellos que amo.

Titus por poco cerró el diario. No quería que le recordaran los detalles de su muerte, detalles que hacían que su futuro fuera real e inevitable.

Pero no pudo evitar continuar leyendo.

O, en este caso, la visión de una muerte que lastimaría a alguien a quien amo. Pero supongo que no hay modo de evitarlo. La muerte llega cuando lo desea y los sobrevivientes siempre deben sufrir.

Titus exhaló. No hablaba de su muerte. Entonces, ¿de quién?

Niebla, amarillenta y espesa, como mantequilla que ha caído sobre tierra. Pasan unos segundos antes de que distinga un rostro en medio de la niebla. De inmediato, reconozco que es Lee, el querido hijo de Pleione.

Wintervale.

Aún es un niño, pero tiene muchos años más que ahora, y observa detrás de una ventana cerrada la niebla cambiante y densa que parece empujar el vidrio en busca de un modo de entrar.

Está en una habitación. La suya, quizás. No puedo precisarlo, porque está amueblada con mucha sobriedad, un estilo extraño a mis ojos.

No hay sonidos dentro ni fuera de la casa. Comienzo a creer que quizás es una visión silenciosa cuando de pronto escucho que él suspira, un sonido demasiado sibilante, demasiado cargado de pérdida y anhelo para un niño tan joven, un niño que no debería anhelar nada.

Un alarido quiebra la calma. Lee retrocede, pero corre hacia la puerta de su habitación y grita: "¿Estás bien, mamá?".

Recibe como respuesta otro alarido que le hiela la sangre.

Sale corriendo al pasillo; es una casa elegante, estoy segura, pero se siente demasiado abandonada y pequeña para alguien con la fabulosa fortuna del Barón Wintervale.

Ahora, Lee está en una habitación más grande y decorada. Pleione ha lanzado su propio cuerpo encima del cadáver de su esposo. Está llorando desconsoladamente.

—¿Mamá? ¿Papá? —Lee permanece en la puerta, como si tuviera miedo de moverse—. ¿Mamá? ¿Papá está…?

Pleione tiembla… Pleione, quien siempre ha mantenido tanto la compostura, que siempre ha sido tan controlada.

—Ve abajo y dile a la señora Nightwood que te lleve a la casa de Rosemary Alhambra. Y cuando estés allí, pídele a la señora Alhambra que venga y que traiga el mejor médico que pueda encontrar entre los Exiliados.

Lee permanece donde está.

—¡Ve! —grita Pleione.

Él corre, sus pasos resuenan por el pasillo.

Pleione vuelca otra vez su atención en su esposo. Toma su rostro con dulzura y le besa los labios. Desliza la mano hacia arriba y acomoda el cabello en su sien. Di un grito ahogado cuando vi el punto rojo tenue en su cabeza, la señal delatora de una maldición mortífera.

Entonces era verdad. La causa de muerte del Barón Wintervale se había dicho que fue una falla cardíaca catastrófica, pero los rumores que habían circulado durante años, decían que él había muerto debido a una maldición mortífera a pedido de Atlantis.

Debe haber estado muerto durante horas, en base a lo oscuro que se había vuelto el punto rojo. Cuando Lee regresara con Rosemary Alhambra y un médico competente, el punto (y su gemelo del otro lado de la sien) habría desaparecido por completo.

La mirada de Pleione se endurece. Toma la mano inerte de su esposo.

—Quizás los Ángeles tengan piedad. Pero yo no. Yo no olvidaré y no perdonaré.

Y después, se cierne de nuevo sobre él y llora.

Mi visión terminó allí. Salí al patio a ver a Titus jugando solo: deslizaba una ramita sobre la superficie del estanque.

Corrí hacia él y lo abracé fuerte. Mi accionar lo sorprendió, pero me permitió continuar abrazándolo durante un largo tiempo.

Me había preguntado por qué, en mi visión del funeral de la Baronesa Sorren, el lugar había tenido una asistencia tan escasa. Es cierto que ella es más admirada que querida, pero infiere un respeto tan extraordinario que el vacío de su funeral siempre me había parecido terrible y un mal presagio.

Ahora lo comprendía.

Nuestra rebelión fallará. Pocos se atreverán a asistir para darle sus respetos a la Baronesa Sorren porque ella será ejecutada por Atlantis. Y el Barón Wintervale, si bien podría escapar en el medio, no tendrá que esperar mucho tiempo antes de que él también sucumba ante la venganza de Atlantis.

Y yo... ¿qué hay de mí? Si nuestro esfuerzo colapsa, ¿se revelará el secreto de mi participación? De ser así, ¿cuáles serían las consecuencias?

—¿Quieres alimentar a los peces conmigo, mamá? —pregunta Titus.

Le doy un beso en la parte superior de la cabeza a mi dulce y maravilloso hijo.

—Sí, cariño. Hagamos algo juntos.

Mientras aún podamos.

Titus recordaba aquella tarde. No solo habían alimentado a los peces, sino que participaron de muchos juegos de asedio y dieron una larga caminata en las montañas. Él había estado cautivado: no solía recibir la atención completa de su madre. Pero debajo de su placer, había tenido una sensación de incomodidad. De que de algún modo, podrían quitarle todo.

Y apenas unas semanas después, había sucedido.

Y ahora de nuevo, le habían arrebatado todo lo que le importaba.

Nada ni nadie te alejará de mí, había dicho Fairfax.

Nada ni nadie, excepto la mano pesada del destino en persona.

IOLANTHE PENSÓ QUE NO HABÍA DORMIDO NADA, sin embargo, en la mañana despertó sobresaltada. Afuera estaba completamente oscuro. Invocó un poco de fuego para poder ver la hora. Las cinco menos diez.

Qué irónico. A esa hora se había despertado todos los días el último semestre. Con los ojos somnolientos, se vestía e iba a la habitación de Titus, donde él ya la esperaba con una taza de té preparada. Bebían unos sorbos y después iban al Crisol para entrenar los límites de su resistencia.

Dado que esperaban que finalizara la construcción de la nueva entrada al laboratorio (él ya no se atrevía a guardar el Crisol en la escuela), el entrenamiento del nuevo semestre aún no había comenzado. Pero ella había sabido que sería aún más arduo. Porque habían ganado una batalla, y no la guerra. Porque aún quedaba un largo camino que recorrer.

Y ahora sus senderos se habían bifurcado, y el de ella había colapsado contra una pared.

Lanzó sus piernas a un lado del catre y dejó caer el rostro entre las manos. ¿Cómo dejaba de ser la Elegida? ¿Cómo regresaba a una vida ordinaria después de que había creído con todo el corazón que ella era el eje sobre el cual las palancas del destino giraban?

Lavó su cara, se vistió, preparó una taza de té y tomó asiento en su mesa para memorizar los versos en latín que le habían asignado en clase, mientras sentía que era un actor sobre el escenario, interpretando una secuencia de acciones coreografiadas.

Vivo por ti, y solo por ti.

Me alegra tanto que seas tú. Sería imposible enfrentar esta tarea con alguien más.

Cuán fácil aquellas declaraciones apasionadas perdían todo su significado, como las hojas verdes del verano que se tornan frágiles e inertes con el inicio del invierno. Él la había amado porque ella era la parte más esencial de su misión. Ahora que ya no lo era, la habían quitado del medio como a un periódico viejo.

Iolanthe no podía respirar debido a la agonía en su pecho.

Y lo terrible era que su corazón y su mente comprendían que la habían descartado, pero su cuerpo, no. Sus nervios y sus huesos ansiaban ingresar al Crisol, luchar con dragones, monstruos y magos oscuros. No podía evitar mover los dedos sin cesar contra el canto de la mesa. Y a cada minuto abandonaba la silla y caminaba de un lado a otro del cuarto que se había convertido en una prisión.

Parecía que el amanecer nunca llegaría y que ninguno de los chicos jamás despertaría. Brincó de puro alivio cuando oyó pasos y un llamado a una puerta en alguna parte del pasillo. Pero la duda la invadió cuando sujetó la manija. ¿Si era Titus?

De todos modos, abrió la puerta de un jalón.

Era la señora Dawlish y su segunda al mando, la señora Hancock, quien también era una enviada especial del Departamento de Administración de Asuntos Externos de Atlantis.

La puerta de Kashkari se abrió en el mismo momento que la de ella.

–Buenos días, Kashkari. Buenos días, Fairfax –dijo la señora Dawlish, sonriendo–. Han despertado temprano.

–Los versos no se memorizan solos –respondió Iolanthe infundiéndole a su voz un brío que no sentía–. Y buenos días para usted también, señora. Buen día, señora Hancock.

–El celador informó que tuvieron que cargar a Wintervale hasta la casa cuando regresaron anoche –la señora Dawlish movió la cabeza de lado a lado–. ¿Cuáles fueron exactamente las actividades honradas que realizaron en la casa del tío de Sutherland?

–Nadamos en agua congelada el día entero y cantamos himnos alrededor de la hoguera toda la tarde, señora –dijo Iolanthe.

–¿De verdad? –replicó la señora Hancock con una ceja en alto–. ¿Fue así, Kashkari?

–Es bastante preciso –él salió al pasillo vestido con una túnica blanca y pantalones de pijama–. Pero Wintervale no estuvo con nosotros hasta ayer en la tarde. Le cayó mal algo que comió en el viaje.

La señora Hancock abrió la puerta de Wintervale, ingresó y encendió la lámpara de gas en la pared. La señora Dawlish la siguió. Kashkari y Iolanthe intercambiaron una mirada y las acompañaron de inmediato.

Wintervale dormía, profunda y pacíficamente. La señora Hancock tuvo que sacudirlo varias veces antes de que el chico abriera un ojo.

–Usted.

Después regresó a dormir. La señora Hancock lo sacudió de nuevo.

—Wintervale, ¿estás bien?

El muchacho gruñó. La señora Hancock volteó hacia Iolanthe y Kashkari.

—Qué clase extraña de malestar estomacal, ¿verdad?

—Estaba muy mal anoche; vomitó mucho —respondió Kashkari—. El príncipe le dio un remedio preparado por el médico de la corte de... del...

—El Principado de Saxe-Limburg —dijo la señora Dawlish a modo de ayuda.

—Exacto, gracias, señora. Supongo que la medicación probablemente estaba compuesta en su mayoría por opio, y Wintervale dormirá hasta que se le pase el efecto.

—Y yo supongo que a Herr Doktor von Schnurbin no le agradará que estés hablando abiertamente de los ingredientes secretos de sus mejores medicinas —dijo la voz del príncipe desde la puerta.

Iolanthe sentía como si estuviera asfixiándose. Mientras permaneciera en Eton, tendría que interpretar el rol del amigo de Titus. Pero ahora no quedaban bases para su amistad: el destino compartido había sido su gran vínculo; sin él, ella solo era un error que había cometido en algún momento del camino.

—Buenos días, Su Alteza —dijo la señora Dawlish—. No dudo de que sus medicinas le han hecho muy bien a Wintervale, pero necesita que un médico lo vea.

Iolanthe miró a la señora Hancock. La mujer sabía quién era Wintervale. Probablemente, también supiera que Lady Wintervale nunca consentiría algo semejante como que a su hijo lo atendiera un doctor nómago. Pero la señora Hancock parecía bastante satisfecha al permitir que la señora Dawlish estuviera a cargo de la situación.

—Entonces lo mejor será que le envíen un telegrama a su madre

—dijo el príncipe—. Ella enviará al médico privado de la familia: los Wintervale son muy selectivos respecto de los médicos que prefieren. Y dígale a una de las mujeres de limpieza que lo acompañe, en caso de que necesite ayuda.

La señora Dawlish no tomó a mal el tono imperativo de Titus, pero fue bastante firme con su respuesta.

—Será mejor que ese médico privado venga mañana como muy tarde. Somos responsables del bienestar de Wintervale mientras esté bajo nuestro techo, y algo semejante no puede esperar. Ahora, chicos, prepárense para las clases.

La señora Dawlish y la señora Hancock partieron. Kashkari bostezó y regresó a su propia habitación.

—Fairfax —dijo el príncipe.

Ella lo ignoró, pasó a su lado de camino a su propia habitación y cerró la puerta.

Una luz débil comenzaba a filtrarse a través de la cortina. Ella tomó una lata con galletas y caminó hacia la ventana. Otro día comenzaba. La niebla semejante al vapor ondulaba cerca del suelo, pero el cielo estaba despejado y pronto el sol naciente bañaría con su tinte dorado rojizo las arboledas.

Las mismas arboledas que ella había contemplado con melancolía desde la ventana de esa misma habitación, justo antes de que hubiera dejado al príncipe, porque ella no había querido formar parte de las ambiciones desquiciadas del muchacho.

Iolanthe entrecerró los ojos. ¿Había personas en aquellos árboles o sus ojos la engañaban? Abrió la ventana y se asomó, pero ahora solo podía ver troncos, ramas y muchas hojas aún aferradas a los últimos recuerdos del verano; solo unas pocas eran amarillas y rojas en algunas partes.

Cada octubre cuando era pequeña, el Maestro Haywood la llevaba a ver los colores otoñales en la Frontera Superior Marítima, donde septiembre y octubre solían ser despejados y soleados. Se hospedaban en una cabaña en un lago y despertaban cada día con el esplendor de una ladera entera de follaje rojizo y cobre reflejado en las aguas brillantes como espejos.

El Maestro Haywood.

El Maestro Haywood.

Ella pensaba en él todo el tiempo, por supuesto, pero de un modo nostálgico, como los astrónomos que anhelan las estrellas que no pueden alcanzar. Pero a ella y al Maestro Haywood no los separaba la inmensidad del tiempo y el espacio: él solo estaba escondido.

La culpa la atravesó. Si lo hubiera deseado lo suficiente, ya habría hallado *alguna* clase de información útil. Excepto que ella, convencida de su propósito mayor, no había dado ni un paso en dirección a localizarlo.

Salió de la habitación y llamó a la puerta del príncipe.

—¡Fairfax! —el brillo de esperanza cautelosa en los ojos de Titus le hicieron doler los pulmones. Él avanzó como si fuera a tocarla, pero se detuvo—. Por favor, pasa.

Ella ingresó en lo que había sido uno de sus lugares favoritos.

—¿Quieres té? —él ya estaba acercándose a la chimenea.

Ella se armó de valor.

—No, gracias. Solo quiero preguntarte si la nueva entrada al laboratorio está lista.

Él dejó de moverse.

—Lo estará esta tarde.

—¿Está bien si la uso? Necesito buscar unas cosas en la sala de lectura.

—Sí, por supuesto. Eres más que bienvenida a hacerlo. Cuando quieras.

Aquel dejo de desesperación, ¿era suyo o de él? Iolanthe apretó las manos detrás de la espalda.

—Eso es muy amable de su parte, Su Alteza. Gracias.

—¿Hay algo más que pueda hacer por ti?

—No, le agradezco.

Él la miró de nuevo.

—¿Estás segura?

—Sí, lo estoy —se obligó a decir.

Ella regresó a su habitación y apoyó la espalda contra la puerta por un minuto.

Entonces, a eso habían llegado, a esa cortesía forzada como la de un matrimonio arruinado que aún debían lidiar entre ellos.

Y ella era quien no había encontrado a otra persona, por supuesto.

C A P Í T U L O   1 3

EL DESIERTO DEL SAHARA

TITUS VOLTEÓ, EL MIEDO ERA COMO UNA DAGA en sus pulmones. Estaba a seis metros y medio fuera del círculo de sangre. Allí, la verdadera tormenta de arena arrasaba, y la visibilidad era menor a un metro de distancia. Una bendición, ya que no podrían tener una mejor protección contra sus perseguidores. Pero a él le resultaba imposible encontrarla: si ella se había movido apenas unos...

Una mano sujetó su tobillo. Titus apuntó su varita; un hechizo de ataque violento estaba a punto de brotar de sus labios cuando se dio cuenta de que era ella. Se había ocultado debajo de una capa de arena.

Se agazapó, le tomó el brazo a la chica y la extrajo de la arena.

Estaba apenas consciente y él veía manchas de sangre alrededor de sus labios, pero la muchacha logró abrir los ojos.

—¿Estás bien? —preguntó ella.

Antes de que él pudiera responder, ella vomitó un río de sangre sobre la arena.

Él apenas podía respirar debido al pánico que brotaba en su interior. Si la panacea no podía mantenerla con vida, entonces no había ningún poder que él tuviera que pudiera ayudar.

Titus tomó el rostro de la chica entre sus manos.

—Duerme. Descansa y estarás bien.

La muchacha cerró los ojos y durmió.

ERA INÚTIL HACER CUALQUIER COSA QUE NO FUERA buscar refugio. Titus extrajo de uno de los bolsillos grandes del exterior del bolso de Fairfax una carpa que estaba doblada en un cuadrado tenso. Mientras la arena volátil golpeaba la carpa, el material del que estaba hecha cambiaba a un tono de verde insulso que era del color y la opacidad exacta de la arena: una tienda camuflable.

Aún mejor: era un objeto que podía tomar diversas formas, algunas eran imitaciones bastante buenas de formaciones rocosas naturales. Él decidió quedarse con una que parecía una ondulación leve del terreno. Después, introdujo a Fairfax dentro, ingresó detrás de ella y cerró la tienda desde el interior.

Titus sentía nuevamente que su espalda estaba en llamas. Tomó más remedios contra el dolor y se permitió dormir un poco, aunque despertaba sobresaltado cada vez que oía el sonido de la arena contra el metal (un carro blindado en las cercanías), y después dormía de nuevo cuando el peligro había desaparecido.

Cuando por fin despertó, ingirió medio cubo nutricional e hizo una inspección detallada del contenido del bolso de la chica. Además del buen surtido de fármacos, ella tenía todo lo que un fugitivo podría posiblemente necesitar; incluso había una balsa, mantas cálidas, cuerdas cazadoras y riendas que podían entrarles a los guivernos, a los peryton y a otros corceles alados.

Cada artículo venía con una explicación acerca de su uso escrita en un papel delgado como la piel de una cebolla, pero fuerte como un lienzo. Eran explicaciones demasiado detalladas, como si el autor hubiera esperado que el bolso terminara en manos de alguien mucho menos capaz que Fairfax.

Cuando llegó al compartimento más pequeño del bolso, abrió los ojos de par en par.

Varitas de civiles atlantes: 2
Llaves angelares: 6
Alteradestino para la estación entre reinos al este de Delamer, portal 4

Las varitas de civiles atlantes eran emitidas por el estado, y cada una estaba numerada y registrada, y se utilizaba como medio de identificación personal. Las sanciones por denunciar el robo, la pérdida o la destrucción accidental de esas varitas eran graves, para desalentar a los atlantes a poseer duplicados.

Pero los duplicados aún aparecían cada tanto en el mercado negro. Por otra parte, las llaves angelares (llamadas así porque no había puerta que no pudieran abrir) eran mucho más raras y prácticamente imposibles de pagar. Y un alteradestino hecho a medida para un portal específico… no podría haberlo conseguido en el mercado negro ni aunque uno tuviera una fortuna que gastar.

¿Acaso Fairfax tenía intenciones de viajar hasta Atlantis por medios ilegales y, una vez allí, hacerse pasar por atlante y… abrir puertas que no eran de su incumbencia?

Tomó la mano de la chica. El pulso de Fairfax latía, lento y estable.

El cese de la tormenta de arena fue tan abrupto como el de una tormenta de verano: primero, era una inundación, y un minuto después, el cielo estaba despejado. Soltó la mano de Fairfax y escuchó durante un largo minuto a través de la abertura de la carpa antes de aventurarse a salir a investigar.

Las estrellas habían salido, brillantes e innumerables. Entrecerró los ojos en busca de puntos oscuros que se movieran en el cielo: sin la arena golpeándolos y delatando su ubicación, los carros blindados podrían descender justo sobre su cabeza sin que él lo supiera. Pero por ahora, no había peligro inminente en el cielo

Las opciones que tenían eran muy pocas. Ella no estaba en condiciones de teletransportarse: en su estado actual, una teletransportación de tres metros podría matarla. No tenían vehículos ni bestias de carga. Permanecer quietos estaba fuera de discusión: todavía se encontraban demasiado cerca del círculo de sangre. Cuanto más lejos estuvieran, menos probabilidades tendría Atlantis de encontrarlos.

Titus se preparó para caminar.

EL VIENTO ERA FRÍO COMO UN TÉMPANO. LA TEM-peratura había descendido: la nariz y las mejillas de Titus estaban entumecidas del frío.

Sin embargo, su túnica liviana lo mantenía caliente. La capucha de la prenda protegía su nuca y la parte superior de su cabeza; conservaba las manos dentro de las mangas y solo las exponía ocasionalmente para tomarle el pulso a Fairfax.

Ella flotaba en el aire a su lado, con las manos dentro de sus propias mangas, casi toda la cabeza cubierta por una bufanda que él había hallado, y una manta cálida envuelta sobre sus pantalones y botas, los cuales estaban hechos de materiales nomágicos. Alrededor de la cintura tenía una cuerda cazadora que la anclaba a él.

Dormía pacíficamente.

A cada minuto, él apuntaba su varita detrás de sí para borrar las huellas en la arena. Cada treinta segundos observaba el cielo con un hechizo vistalejana. Se dirigía al sudoeste. El primer escuadrón de carros blindados que él vio volaba a toda velocidad hacia el noreste, lejos de ellos. El siguiente escuadrón estaba ubicado de un modo menos conveniente, varios kilómetros hacia el sur. Si bien no estaba exactamente en su camino, había una posibilidad de que volaran en círculo y pasaran sobre ellos.

Había caminado alrededor de tres horas cuando divisó una formación rocosa que brotaba del suelo, como pilares de un palacio en ruinas. Viró hacia ellos. Fairfax estaba comenzando a hundirse a medida que el efecto del hechizo levitador se desvanecía. La noche carecía de luna, pero la masa de estrellas en el cielo le daba al aire una luminosidad tenue; estarían a salvo bajo las sombras completamente oscuras de los pilares rocosos, donde podría dejarla a ella en el suelo y descansar unos minutos.

De pronto, las botas de Titus dejaron de hundirse unos centímetros a cada paso. Pero sus gemelos emitieron una queja con una clase distinta de esfuerzo: el terreno se elevaba indudablemente, despacio. Y los pilares rocosos, que desde la distancia habían parecido muy rectos y uniformes, de cerca resultó que eran formas zigzagueantes creadas por el viento y que algunas tenían una roca en la parte superior que se balanceaba de modo precario sobre los tallos erosionados por la arena.

Ahora Fairfax flotaba sin superar la altura de las rodillas de Titus; el dobladillo de la túnica de la chica cada tanto rozaba el suelo. Quería que ella permaneciera en el aire hasta que estuvieran dentro de la formación rocosa. Pero estaba hundiéndose demasiado rápido y el hechizo no duraría la distancia que faltaba. Desató la cuerda cazadora que los conectaba y apoyó a Fairfax en el suelo.

La temperatura de la chica era la adecuada; no tenía hipotermia. Su pulso también estaba bien; lento pero estable. Cuando la convenció para que despertara y bebiera un poco de agua, ella le sonrió antes de sumirse de nuevo en el sueño.

¿Soñaba? La respiración de la chica era profunda y constante. Ni un ceño fruncido ni un parpadeo arruinaba la tranquilidad de sus facciones, casi imperceptibles salvo por el brillo leve en sus mejillas y en el puente de la nariz. Ni por asomo parecía una rebelde que deseaba derrocar imperios. Él hubiera dicho que ella era una estudiante universitaria, de esas que irritaría a sus compañeros por su capacidad y dedicación, de no ser por su buena voluntad para ayudarlos a preparar los exámenes.

Titus tomó la mano de la chica y la volteó para observar su palma en la oscuridad, como si las líneas que él ni siquiera podía ver describieran los eventos que la habían llevado a estar en ese momento y lugar. Llevó la mano de Fairfax hacia sus labios. En cuanto notó lo que estaba a punto de hacer, la soltó de prisa, avergonzado.

Otro hechizo vistalejana reveló que lo que antes había creído que era un solo escuadrón compuesto por tres carros blindados con dirección al sur, eran en realidad tres escuadrones diferentes. Ahora que estaba ubicado en un lugar con perspectiva que le ofrecía ventaja, podía ver la luz que brotaba de los estómagos de los carros y que iluminaba cada metro cuadrado de desierto a su paso mientras volaban en círculos, buscándolos.

Estaban más cerca. Necesitaba llevar a Fairfax y a sí mismo dentro de la formación rocosa; si no, quedarían completamente expuestos bajo aquella luz fría e intensa.

Lo más probable era que hubiera otras criaturas viviendo dentro del refugio que ofrecía la formación rocosa. El rocío de la mañana que quedaba acumulado debajo de las piedras podía darles a las criaturas adaptadas la humedad suficiente para sobrevivir durante días. Y donde había lagartijas y tortugas, también había escorpiones y serpientes. Sería mejor que investigara el terreno para asegurarse de que no dejaría a Fairfax sobre un nido de víboras.

Después de guarecer a la chica debajo de un domo extensible, se dirigió hacia la formación rocosa. Su respiración se convertía en vapor. El suelo bajo los pies de Titus era resbaloso, una capa de arena sobre la piedra sólida. Y sobre él, el paisaje nocturno era espectacular: la Vía Láctea sesgaba el arco del cielo en un río luminoso de estrellas plateadas y azules.

Con ese escenario de fondo, se erguía la columna de rocas más cercana. En la cima de la columna descansaba una roca protuberante que hacía equilibrio de un modo increíble. Él se detuvo y entrecerró los ojos. Algo parecía estar balanceándose sobre aquella roca. ¿Una serpiente? ¿Una docena de víboras?

A Titus se le heló la sangre. Cuerdas cazadoras. Por supuesto que Atlantis habría colocado cuerdas cazadoras en un lugar semejante. Era probable que las hubieran puesto en todos los sitios como ese en un radio de ochenta kilómetros, refugios hacia los que él iría cuando cayera en la cuenta de cuán difícil sería permanecer oculto al aire libre.

Titus se había detenido justo a tiempo. Las cuerdas cazadoras acababan de comenzar a moverse al percibir su movimiento. Ahora, estaba en un punto muerto. Si él hacía algún movimiento, ellas lo atacarían…

y las cuerdas cazadoras gozaban de una velocidad muy superior a un mago a pie. Pero si él no se movía, él y Fairfax quedarían atrapados bajo los reflectores furiosos de los carros blindados.

Titus corrió. Detrás de él, cientos de cuerdas cazadoras cayeron, un ruido sólido detrás de otro. Sus pies palpitaban; sus jadeos invadían sus oídos. Pero, aun así, podía oír cómo las cuerdas reptaban, mucho más livianas y rápidas que cualquier serpiente real.

Ingresó al domo extensible justo cuando lo alcanzaron. Pero su seguridad era temporal. Las cuerdas ya habían comenzado a cavar. El suelo debajo del domo era duro y compacto, pero aun así solo sería cuestión de tiempo antes de que ellas aparecieran bajo sus pies.

Titus tomó el bolso de emergencia. Al hacerlo, el borde de su mano rozó algo largo y flexible. Dio un brinco mientras un grito crecía en su garganta antes de notar que era la cuerda cazadora que sujetaba el cuerpo de Fairfax, *su* cuerda cazadora y no una desconocida a punto de atacarlo.

Con un veloz hechizo desatador, la cuerda soltó a Fairfax y se separó en tres secciones. Él tomó una y la frotó de punta a punta tres veces.

—Trae un escorpión.

La cuerda cazadora salió disparada del domo extensible en dirección a la formación rocosa. El resto de las cuerdas que habían estado trepando encima del domo extensible o intentando cavar debajo de él, la persiguieron a toda velocidad.

El resultado sonó como si alguien estuviera golpeando el suelo a latigazos con cientos de fustas.

Mientras la cuerda de Titus estuviera cazando, no se detendría hasta lograr su objetivo, aunque hubiera sido atacada por dos docenas de cuerdas enemigas que intentaban detenerla y anudarla. El escándalo debería atraer al resto de las cuerdas cazadoras en el área, si es que hubiera más esperándolos, y mantendría su atención lejos de Titus.

Tomó la mano de Fairfax, aliviado.

Pero retrocedió asustado cuando un rayo de luz apareció detrás de la formación rocosa, seguido de otro y de otro más. Sobre ellos, silenciosos y oscuros, los carros blindados atravesaban la noche, como bestias de las profundidades.

CAPÍTULO 14

IOLANTHE ESTABA DE PIE JUNTO A LA VENTANA, asomándose a través de una abertura en la cortina, cuando el príncipe ingresó a su habitación.

—¿Qué ocurre? —preguntó él.

—Es posible que haya visto a alguien observando la casa entre los árboles esta mañana. Aunque no estoy segura.

—No me sorprendería. En lo que respecta a Atlantis, aún soy la única pista que lleva a tu paradero. Si fuera ellos, yo también me vigilaría.

Tenía sentido. Ella retrocedió de la ventana.

—¿Nos vamos, entonces?

Él le ofreció su brazo para que ella pudiera aprovechar la teletransportación de Titus. Iolanthe mordió su labio inferior: no lo había tocado desde que él le había informado acerca del error que cometió al seleccionarla como compañera.

Pero así era la vida: sin importar cuán dramática fuera la ruptura, en algún punto, lo mundano y lo habitual tomaban el control de nuevo, y ellos debían continuar siendo vecinos, cenando en la misma mesa cada noche e incluso, ocasionalmente, debían tener contacto físico.

Ella apoyó la mano en el antebrazo de Titus y él los teletransportó al interior de un edifico pequeño y vacío: una cervecería cerrada en el terreno de una casa de campo. Aparentemente, no era inusual que el mayordomo de una propiedad inglesa elaborara su propia cerveza, en especial dado que la bebida solía figurar como parte del salario de los sirvientes. Pero el actual dueño de la casa era un líder en el movimiento antialcohólico. Como resultado, habían descartado el equipo de fermentación y habían cerrado el lugar.

Titus le dio a Iolanthe la contraseña y la confirmación. Ella viró la manija de un armario de escobas e ingresó al laboratorio por primera vez en meses. Se veía más o menos igual: libros, equipo e ingredientes ordenados y organizados en estantes, y muchos armarios y gavetas cuyo contenido aún no había explorado, dado que las visitas de Iolanthe no habían sido muy frecuentes.

De hecho, en total había estado tres veces allí: la primera, el día que se conocieron; la segunda, cuando él la convirtió en un canario; y la tercera, al final del semestre anterior, justo antes de que regresaran juntos al Dominio.

Ella había estado incandescente de felicidad esa última vez. Ambos lo habían estado: habían superado tanto y se habían vuelto tan cercanos. Ella recordaba cómo habían corrido de la mano hacia el laboratorio, entusiasmados y llenos de esperanza y audacia.

Había sido una era del mundo completamente distinta.

—Fairfax —dijo él en voz baja.

Ella volteó. Sostuvieron sus miradas por un momento. Él parecía exhausto; ella, probablemente, lucía peor.

Él apoyó el Crisol sobre la mesa de trabajo.

—Aquí tienes. Mientras lo necesites, es tuyo.

Él hablaba con tanto cuidado, como si ella fuera infinitamente frágil y una sola sílaba errónea pudiera hacerla trizas. Pero ella no era frágil: ella era quien blandía el rayo y las llamas. *Un día tu fuerza cambiará al mundo tal como lo conocemos*, le había dicho él una vez.

¿Qué se suponía que haría ella ahora con toda esa fuerza, con todo ese poder? ¿Guardarlo como una túnica que había pasado de moda?

—Y siéntete libre de utilizar el laboratorio cuando quieras —añadió él—, ahora que puedes llegar aquí fácilmente.

Con el pasar del tiempo, quizás estaría menos amargada, pero ahora, lo único que escuchaba era la oferta de regalos menos importantes, como si eso fuera a compensar que le había quitado lo único que ella realmente quería.

—Gracias —dijo sin emoción—. Es muy amable de tu parte.

Un silencio incómodo apareció.

Iolanthe mordió el interior de sus mejillas, tomó asiento en la mesa, y colocó la mano sobre el Crisol.

—Será mejor que me vaya.

—Si no te molesta que pregunte, ¿qué esperas encontrar en la sala de lectura?

—La identidad de la guardiana de la memoria —quien había defraudado al Maestro Haywood. Iolanthe no tenía dudas de que la mujer estaba involucrada en la desaparición de su tutor.

Titus parecía preocupado.

—No harás nada impulsivo, ¿cierto? Todavía eres a quien Atlantis busca.

Solo que ya no era quien él necesitaba. Todas las molestias de la vida fugitiva y ninguna de las satisfacciones que conllevaba ser relevante.

—No puedo hacer nada impulsivo hasta que tenga la información que necesito —le dijo ella.

Pero Iolanthe no fue directamente a la sala de lectura. En cambio, visitó "La Princesa Dragón", uno de los cuentos más apocalípticos de todo el Crisol. Las ruinas ardían bajo un cielo agitado por las llamas; el aire era puro humo y ceniza. En lo alto de la muralla de la última fortaleza de pie, medio ensordecida por los alaridos de los dragones, ella invocó un rayo tras otro y cubrió la tierra quemada con guivernos muertos y cocatrices inconscientes.

Un mago elemental siempre era más poderoso cuando estaba en un estado emocional turbulento.

El esfuerzo la agotó: nunca había invocado tantos rayos en tan poco tiempo. Su cansancio la envolvió como una coraza y la hizo sentir protegida, porque estaba demasiado agotada para sentir.

Y así fue cómo tomó la decisión de ir a la casa de verano de la Reina de las Estaciones.

Era un lugar impresionante, techos con tejas ocre y jardines adosados contra la parte trasera de un macizo montañoso empinado e irregular. Unas flores rojas brillantes florecían en urnas de piedra que debían tener siglos; el agua brotaba de las fuentes y burbujeaba mientras alimentaba un estanque que contenía cientos de nenúfares color lavanda pálido que se agrupaban como manos en posición de rezo.

El aire estaba perfumado con el aroma de la madreselva mezclado con el calor del sol, y una nota resinosa del bosque de cedro que se extendía en las colinas que rodeaban el lugar. La temperatura era ideal y propia de un día veraniego perfecto, con la brisa suficiente para que uno no se sofocara, pero también el calor suficiente para disfrutar de una bebida fría.

En una terraza a la sombra, bajo un techo de enredaderas, ya habían preparado dichas bebidas junto a una variedad de helados. Ella probó uno que parecía pinomelón y la sorprendió darse cuenta de que, al igual que el pastel, los sabores frescos explotaban en su lengua, y que de hecho era helado de pinomelón, el cual no había consumido en años, dado que era una especialidad de la tienda de dulces de la señora Hinderstone, que estaba en la avenida universitaria, a pocos minutos del campus del Conservatorio de Artes Mágicas y Ciencias, donde ella y el Maestro Haywood habían vivido.

Oyó unos pasos. Volteó y vio cómo Titus se acercaba desde las puertas abiertas de la residencia, y estaba a punto de bajar por la escalera que llevaba a la terraza. Él se paralizó al verla. Las mejillas de Iolanthe ardían; él parecía tan avergonzado como ella se sentía.

Después de un silencio interminable, él colocó la mano sobre la balaustrada de los escalones y carraspeó.

—¿Qué te pareció el helado?

—Muy sabroso —ella logró hallar su voz—. Solo he probado el pinomelón de la tienda de la señora Hinderstone, en Delamer.

—Cuando estuve en Delamer este verano, le pedí a Dalbert que trajera algunos de los helados de la señora Hinderstone para probarlos… dado que tú mencionaste el lugar.

Ella lo había nombrado solo una vez al pasar, cuando estaban hablando de un tema completamente distinto.

—¿Te gustaron?

—Así es, en especial el sabor a uvafresa. Pero el pinomelón también es aceptable.

—El Maestro Haywood siempre elegía uvafresa. Yo prefería pinomelón.

—Esperaba que uno de los dos sabores fuera tu favorito —murmuró él.

Por lo que él le había contado, no era difícil modificar los detalles de una historia dentro del Crisol: uno solo tenía que escribir los cambios en los márgenes de las páginas. Así que no era como si él se hubiera escabullido hasta el Dominio para traer de contrabando los helados contra toda lógica. Pero, aun así, algo aleteó en el estómago de la chica, seguido de un sentimiento de opresión en el pecho.

Él había querido que todo fuera perfecto.

Y lo hubiera sido.

Lo hubiera sido.

Ante su silencio, Titus carraspeó de nuevo.

—Estaba a punto de marcharme. Disfruta el helado.

Titus desapareció al terminar de pronunciar esas palabras y la dejó sola en un lugar donde se suponía que ambos estarían juntos.

Ella había venido porque no había podido contener la curiosidad. Por muy difícil que resultara la experiencia, había querido ver el sitio que él había preparado para ella... para ellos. ¿Por qué él había regresado? Titus ya sabía exactamente cómo había decorado el lugar.

Porque ella no era la única que deseaba que el remolino nunca hubiera sucedido. No era la única atraída por la casa de verano a pesar del dolor que causaría imaginar cómo habría sido si las cosas hubieran sido diferentes.

Ella secó sus lágrimas con la mano.

¿Cómo hacía uno para dejar de estar enamorado sin destruirse al mismo tiempo?

LA SALA DE LECTURA, LA BIBLIOTECA PRINCIPAL en la sección de enseñanza del Crisol, era inmensa. Bien podría ser infinita en lo que respectaba a Iolanthe: los estantes se extendían hasta converger en un único punto en la distancia.

Ella caminó hasta el escritorio de la recepción, un lugar vacío cerca de la puerta, y dijo:

–Quisiera ver todo lo que haya disponible sobre Horatio Haywood de los últimos cuarenta años.

Los libros aparecieron en el estante detrás del escritorio: compilaciones de los periódicos estudiantiles en los cuales él había trabajado como reportero y editor; revistas que publicaron sus artículos académicos; la tesis que él había escrito para su Maestría en el Arte y la Ciencia de la Magia del Conservatorio.

Ella tomó la tesis del Maestro Haywood. Había una copia de ella en su hogar, la cual Iolanthe había intentado leer de pequeña y de la cual no había comprendido nada. Pero ahora, mientras hojeaba las páginas, sus ojos se abrían cada vez más. Sabía que la especialidad de la investigación del Maestro Haywood había sido la magia archivística, que lidiaba con la preservación de hechizos y prácticas que ya no eran de uso popular. Pero no había tenido idea de que su tesis giraba en torno a la magia de la memoria.

En la tesis, el Maestro Haywood hacía un recuento del desarrollo de la magia de la memoria y detallaba la increíble precisión que tenían los hechizos en la cúspide de la popularidad de esa clase de magia[9]. Uno podía borrar recuerdos en una hora; en un minuto si uno realmente quería hacerlo. Y en base a los esbozos de eventos precisos y concretos. ¿Disfrutó mucho una fiesta a excepción de un beso ebrio? Con un movimiento veloz de la varita, sería como si el beso nunca hubiera sucedido: la fiesta ahora era una secuencia de recuerdos largos, intactos y maravillosos.

Abandonó la sala de lectura a regañadientes: había momentos fijos durante el día, llamados Ausencias, en los que la señora Dawlish y la señora Hancock contaban a sus chicos para asegurarse de que ninguno hubiera desaparecido. El príncipe aún estaba en el laboratorio, sentando frente a ella, hojeando las páginas del diario de su madre.

Verlo pasar tiempo con su único amor verdadero fue como si un puño se hubiera cerrado sobre el corazón de Iolanthe.

—¿Encontraste algo útil? —preguntó él alzando la vista.

Ella estaba decidida a hablar con normalidad.

—El Maestro Haywood hizo su tesis sobre la magia de la memoria, la clase de magia que después la guardiana de la memoria usó en él.

—Entonces, ¿él aportó el conocimiento que fue utilizado en su contra?

—Probablemente.

Titus permaneció en silencio un momento.

—¿Quieres averiguar si *tú* tienes lapsos de memoria?

—¿Yo? —la pregunta la sorprendió.

Él apuntó la varita hacia sí mismo.

—*Quid non memini?*

¿Qué es lo que no recuerdo?

Una línea recta apareció en el aire y tenía marcados intervalos regulares, como una cinta de medir. Con un movimiento de la varita, la línea se acercó a Iolanthe y ella pudo ver que era una línea de tiempo, dividida en años, meses, semanas y días. Alrededor de tres quintos de la línea de tiempo era blanca; el resto era roja.

Ella jamás había visto algo parecido. Ni siquiera la tesis del Maestro Haywood había mencionado algo semejante.

—¿Esto representa el estado de tus recuerdos? —preguntó ella.

—Sí.

—¿Qué sucedió cuando tenías once años? —fue tres días antes de cumplir once, en realidad. Allí era cuando la línea de tiempo cambiaba abruptamente al rojo.

—Me enteré que moriría joven. Y decidí librarme de los recuerdos de los detalles de la profecía, para evitar estar constantemente preocupado al respecto.

No morirás joven, no si yo... apenas logró detenerse antes de pronunciar aquellas palabras en voz alta. Wintervale tendría que mantenerlo con vida ahora. Wintervale, quien no era famoso por su capacidad de mantener la calma bajo presión.

En cambio, ella dijo:

—Es doloroso reprimir recuerdos durante tanto tiempo, ¿no?

—Depende de cómo lo hagas. ¿Ves esos puntos? —los puntos eran de color negro y flotaban por encima de la línea de tiempo. El primero coincidía con el lugar donde la línea de tiempo cambiaba de color, y los demás estaban distribuidos en intervalos de tres meses–. Muestran cada cuánto tiene permitido resurgir en la mente aquel recuerdo. El color y la forma de los puntos garantizan que el mismo recuerdo exactamente sea extirpado de nuevo cada vez y que no se ha alterado nada más.

—¿Te preocupa que alguien altere tus recuerdos?

—Es prácticamente imposible que suceda sin mi consentimiento absoluto; los herederos de la Casa de Elberon están protegidos por muchos hechizos hereditarios para asegurar que no se conviertan en títeres involuntarios en manos ajenas. Pero yo mismo puedo alterar mis recuerdos. Esta herramienta me garantiza que no he sido persuadido para cambiar mi propia memoria y olvidar que lo he hecho –agitó la mano y la línea de tiempo desapareció–. ¿Te gustaría ver el estado de tus recuerdos?

—¿Crees que alguien ha alterado mi memoria?

La pregunta de ella pareció sorprenderlo.

—¿Tú crees que no lo han hecho? Tu tutor es un experto. La guardiana de la memoria es otra experta. Tenían un gran secreto que proteger en ti. Entre los dos, sería prácticamente imposible que hayas salido ilesa.

—Entonces, muéstramelo.

Titus apuntó su varita hacia ella. Ella dio un grito ahogado: la representación del estado de los recuerdos de Titus había sido una línea simple, pero la suya era un mural completo. Prácticamente no había una parte de la línea de tiempo que abarcaba casi diecisiete años que no hubieran alterado. Los primeros meses de su vida eran los únicos en color blanco. Después, aparecían todos los colores del arcoíris, algunos en tonalidades diversas. Por encima de la línea de tiempo no solo había puntos, sino que también había triángulos, cuadrados y pentágonos: incluso dodecaedros. Y mientras que en la línea temporal del príncipe el punto que representaba un recuerdo reprimido permanecía del mismo tamaño, en la línea de ella, las formas no dejaban de crecer con cada repetición.

Su mente no le pertenece por completo. El Maestro Haywood había dicho aquellas palabras hacía tiempo en referencia a la madre de uno de sus colegas. Iolanthe nunca pensó que podría aplicarse a ella, pero así era. Su memoria estaba plagada de agujeros.

El príncipe observó la línea de tiempo.

—Todos son eventos compuestos.

—¿Qué es un evento compuesto?

—Cuando mi recuerdo reprimido tiene permiso para resurgir y después desaparecer de nuevo, recuerdo el momento del resurgimiento, solo que no puedo recordar de qué recuerdo se trata. Pero en tu caso, cada vez que tus recuerdos tienen permiso para aparecer, todos los recuerdos relacionados con el resurgimiento también se reprimen. De ese modo, no notas que hay cosas acerca de ti que no puedes evocar.

Ella inspeccionó el patrón de las reapariciones.

—Ocurre cada dos años.

—Dos años está muy cerca del límite de seguridad.

Entonces, la guardiana de la memoria no quería corromper la salud de la mente de Iolanthe, pero tampoco quería que ella recordara todo con más frecuencia de lo que era estrictamente necesario.

—Si es que sigue el patrón, la próxima vez que recordaré es a mediados de noviembre.

—Tu cumpleaños.

Su cumpleaños, durante la tormenta de meteoritos, la que al final no había presagiado grandeza. El ilusionismo realizado por la guardiana de la memoria, los sacrificios que hizo el Maestro Haywood… todo era, al fin y al cabo, insignificante.

—Podrían haberse ahorrado la molestia —dijo ella, con severidad en la voz—. El Maestro Haywood desperdició toda su vida.

El príncipe bajó la mirada, cerró el diario de su madre y respondió:

—Vámonos. El médico que verá a Wintervale debería llegar en cualquier momento.

CAPÍTULO 15

EL DESIERTO DEL SAHARA

LOS CARROS BLINDADOS AVANZABAN DEMASIADO rápido.

A pesar del gélido aire nocturno, Titus sudaba. Fairfax no podía teletransportarse. Él no lograría hacerla levitar de nuevo tan rápido. Utilizar la formación rocosa como escondite no era una opción: al menos la mitad de las cuerdas cazadoras que él había alejado los perseguirían en masa. Y no había siquiera suficiente arena debajo de ellos para enterrarse; solo medio centímetro escaso que no ayudaba en lo más mínimo.

Rezó en un susurro, salió con cuidado del domo extensible, se teletransportó a ciegas hacia el oeste y se materializó a medio camino sobre una duna inmensa. Apuntó su varita hacia el cielo y envió un destello color plateado blanquecino que estalló en el aire y formó un diseño intrincado que no pudo reconocer desde donde estaba de pie.

Se teletransportó a ciegas nuevamente, esta vez hacia el norte, y lanzó otro destello con la esperanza de que pareciera una señal en respuesta al primero, el cual no solo aún flotaba en el aire, sino que se había expandido a un tamaño impresionante, brillante e inmenso contra el paisaje estrellado: era un fénix con las alas extendidas en lo alto.

Respiró hondo y regresó a la formación rocosa, a defender a Fairfax en caso de que los carros blindados no estuvieran dispuestos a cambiar de rumbo. Sin embargo, los carros blindados habían desaparecido: volaban a toda velocidad hacia los destellos, de los cuales el segundo también formaba un fénix inmenso color rojo y belicoso.

No eran señales ordinarias; sin embargo, él las había creado sin siquiera pensarlo.

Ingresó de nuevo en el domo extensible y cayó de rodillas.

—Empiezo a pensar que no quiero saber ni quién soy ni quién eres si esta es la clase de peligros que continúa persiguiéndonos.

Ella dormía, inconsciente del riesgo que corrían. Él apoyó la palma de su mano contra el cabello de la chica un segundo, feliz de que ella estuviera a salvo.

Pero no había descanso para los exhaustos.

—Ya es hora de huir otra vez, Bella Durmiente.

PARECÍA QUE ELLA SE MOVÍA. DESPACIO Y SUAVEmente, como una balsa que flota por un río amplio y calmo. O podría estar flotando entre nubes, como sucedía a veces en los sueños.

Cada vez que ella se detenía, él le daba agua. En algunas de esas ocasiones, ella intentó despertar; en otras ni siquiera poseía la voluntad de intentarlo y bebía mientras aún dormía.

Cuando por fin recobró otra vez la consciencia, parecía que estaban en una suerte de cueva oscura, cálida y sofocante. No podía ver a Titus, pero podía oírlo a su lado, respirando profunda y lentamente.

Rezó en silencio por el bienestar de Titus antes de que el sueño pesado la arrastrara de nuevo.

La próxima vez que despertó, estaba en el mismo espacio y había la claridad suficiente para que viera que estaba sola. Los dos odres estaban allí. El que estaba junto a ella estaba lleno de agua; el otro, no contenía ni una gota. Con los ojos entrecerrados, obligó al agua de los ríos subterráneos y de los lagos de los oasis (incluso a la humedad aferrada debajo de las piedras) a fluir hacia ella. Pasaron varios minutos antes de que viera materializada la primera gota. Llenó tres cuartos del odre de Titus antes de agotarse demasiado, y a duras penas logró cerrar el odre sin que cayera de sus manos.

Tuvo nuevamente el mismo sueño en el que flotaba dulcemente en un río tranquilo. Recorría la longitud del Nilo, o eso le parecía, cuando se dio cuenta de que en realidad estaba flotando pero en el aire, gracias a un hechizo levitador.

Amanecía. La mitad del cielo había cobrado un tono translúcido similar al estómago de un pez. A su izquierda, en la cima de una duna descomunal, la arena ya tenía el color del oro fundido. ¿Habían estado en movimiento toda la noche?

La primera vez que había tratado la herida de Titus, le había colocado una cantidad abundante de analgésico tópico. Pero el efecto debería haber desaparecido hacía bastante tiempo; él no sería capaz de alcanzar cada parte de la herida solo, y los gránulos solo serían efectivos a medias sin la ayuda del remedio tópico que calmaría el dolor de raíz.

Así que en ese momento, él debía sentir bastante agonía; a veces

Titus daba un respingo, como si estuviera apretando los dientes. Pero caminaba en silencio y con firmeza mientras la llevaba a ella.

Fairfax miró hacia atrás. No había ni una huella de botas en ninguna parte: él se había encargado de borrar cada rastro de su caminata.

—Estás despierta —dijo, volteando hacia ella. Titus tenía el rostro sucio. Sus ojos estaban hundidos, su voz era áspera y sus labios estaban muy agrietados. Ella sintió una sacudida de algo que no era solo gratitud… era algo que estaba cerca de la ternura.

—Dame los odres; no sé cuánto tiempo pueda permanecer despierta.

Él colocó las bolsas de agua en la mano de la chica.

—¿Cuánto tiempo he estado dormida?

—Esta es la segunda mañana desde que nos conocimos.

Entonces aún no habían pasado cuarenta y ocho horas desde que aparecieron en el Sahara.

—¿Hay alguien merodeando? —no estaban bajo custodia de Atlantis: eso siempre era algo que valía la pena celebrar.

—No —respondió él—. Nos están buscando.

—¿Por esa razón nos movemos solo de noche?

—También buscan en ese horario. Anoche, había jinetes montados en pegasos.

—¿Se acercaron?

—No demasiado. Encontré unos incendiarios en tu bolso antes de partir y los programé para que se dispararan en momentos diferentes. Los jinetes estuvieron la mayor parte del tiempo dando vueltas en círculos en aquellas zonas.

—No puedo creer que dormí mientras todo eso sucedía.

—La panacea te mantendrá dormida mientras estés al borde de la muerte.

Dado que ella se sentía nuevamente somnolienta, aquella idea la hizo pensar. La esfera de agua ya había crecido lo suficiente, y ella guio el río hacia los odres para llenarlos.

—Será mejor que nos detengamos por hoy —él dejó de caminar—. Quedaremos demasiado expuestos en la luz del día.

Ella cerró los odres.

—¿Ayer encontraste una cueva?

—No, utilicé tu carpa. La armé a la sombra de una duna de arena, pero aun así se sobrecalentó en la tarde cuando apareció el sol. Hoy planeo moverla de lugar al mediodía.

Él moldeó la tienda y le dio la forma de un tubo cortado a la mitad, maniobró a la muchacha flotante y la hizo entrar.

—Puedo cubrir la tienda con arena —ofreció ella mientras él sellaba la entrada de la carpa.

—No, no debes esforzarte más de lo necesario. Recuerda que recibiste un golpe casi fatal hace menos de cuarenta y ocho horas.

—Solo veré qué puedo hacer antes de dormirme de nuevo.

El río de arena era bastante lento, pero ella podía oír cómo se alzaba contra el lateral de la tienda. Titus lanzó una serie de hechizos antintrusos, todos completamente agresivos; algunos llegaban al nivel del salvajismo.

—No esperas que nos encuentren bajo la arena, ¿verdad? —preguntó ella, preocupada.

—Me preocupan los guivernos de arena.

—Pero no hay dragones en el Sahara.

—Pero sí los hay en los desiertos de Asia Central. Si yo fuera Atlantis, enviaría a buscar guivernos de arena en cuanto me hubiera dado cuenta de que necesitaba buscar fugitivos en un desierto. Son animales especializados en rastrear presas ocultas bajo capas de arena… o incluso de roca. Y pueden cavar a una velocidad aterradora; así que incluso si estuvieras en perfecta forma, tu habilidad de escondernos bajo tierra sería inútil contra ellos.

—Eso es si asumimos que Atlantis se tomaría todas esas molestias por nosotros.

Él suspiró.

—Tengo el presentimiento de que lo harían. Tengo una corazonada muy desagradable de que nosotros, o al menos tú, tal vez eres importante.

Aquella idea la puso nerviosa.

—No quiero ser importante —dijo ella.

—He estado siguiendo la pista de los carros blindados que nos persiguen, dado que cada uno posee un número de identificación único. La primera noche, conté que había veintitrés diferentes. Ahora, si asumimos que el círculo de sangre se forma en el centro de un plano coordinado y que todos los carros blindados que vi estaban buscando en un cuadrante, eso significa que había alrededor de cien carros blindados buscándonos; tal vez aun más —él la miró—. Así que dime si ahora crees que somos importantes o no.

—Que la Fortuna me proteja —susurró ella.

—Exacto.

La arena había cubierto toda la carpa. Ahora, el interior estaba silencioso y oscuro.

—Bebe. Estás tan expuesta como yo —dijo él. Invocó una luz mágica y le entregó un odre.

Cuando ella bebió el primer trago, notó que estaba prácticamente dormida de nuevo. Cerró los ojos.

—Entonces, ¿qué haremos?

—Tú duerme —respondió él; su voz parecía llegar desde muy lejos a sus oídos—. Yo me encargaré de todo.

16

CAPÍTULO 16

EL MÉDICO ERA UN CHARLATÁN, POR SUPUESTO, pero era un charlatán de aspecto distinguido que parloteaba diciendo las tonterías suficientes para convencer a la señora Dawlish de que Wintervale despertaría recuperado... y pronto.

Sin embargo, no engañó a la señora Hancock. Después de que el médico partió, ella arrinconó a Titus en la habitación.

—Su Alteza, con el debido respeto, ese hombre era uno de los mayores embusteros que he visto.

—Pero la enfermera que vino con él es una Exiliada que está muy calificada en las artes médicas —mintió Titus con fluidez.

La señora Hancock frunció el ceño, en un intento de recordar a la enfermera sin ninguna característica distintiva.

—¿Y cuál fue la opinión de ella?

—La misma que la del charlatán: que la vida de Wintervale no está en riesgo y que cuando despierte en unos pocos días, debería estar bien.

La señora Hancock acomodó los puños perfectamente almidonados de su blusa.

—Así actúa la panacea; repara el cuerpo mientras duerme. Pero lo que me interesa, Su Alteza, es la causa de la condición de Wintervale.

—La enfermera no pudo precisarla.

—¿Y usted? —la mirada de la mujer era penetrante—. ¿Usted tampoco sabe cuál fue?

Titus subió los pies al escritorio; sabía muy bien que semejante falta de respeto al mueble le molestaría a la señora Hancock.

—Esto es lo que sucedió el domingo: Wintervale llegó a la casa del tío de Sutherland entre las dos y media y las tres menos cuarto. Estaba sudoroso y dijo que le gustaría tomar una siesta. Durmió un rato, después comió rodajas solas de pan tostado y eso lo hizo vomitar. Obviamente, sospeché que se trataba de envenenamiento a manos de Atlantis, así que le di dos antídotos.

La señora Hancock alzó una ceja.

—¿*Obviamente* sospechó que Atlantis lo había envenenado, Su Alteza?

—Dadas las circunstancias sospechosas de la muerte del Barón Wintervale, por supuesto que sí.

—Atlantis no estuvo en absoluto involucrado con la muerte del Barón Wintervale.

—No, no, por supuesto que Atlantis no querría eliminar al líder de la Insurrección de Enero que aún tenía la juventud y la ambición suficientes para intentar organizar de nuevo una rebelión algún día.

La señora Hancock permaneció en silencio un momento.

—Veo que Su Alteza ya tiene una opinión al respecto. Por favor, continúe con su relato.

—Los antídotos empeoraron los vómitos de Wintervale, así que le di un remedio diferente, que por desgracia contiene veneno de abeja, y no estaba en mi conocimiento que Wintervale es muy alérgico a ese ingrediente. Tan grave es su alergia que comenzó a convulsionar y no tuve más opción que darle panacea.

Titus había creado a propósito una imagen de incompetencia absoluta. Era mucho mejor dar la impresión de que sus conocimientos médicos habían enfermado gravemente a Wintervale que permitir que la señora Hancock sospechara que realmente sucedía algo con el muchacho.

Y si ella decidiera interrogar a Kashkari, él le diría probablemente que Titus negaba haberle dado a Wintervale un remedio con veneno de abeja, pero igualmente, el Amo del Domino nunca admitiría haber cometido un error tan estúpido en un cuerpo nómago.

—Le aconsejaría a Su Alteza que en el futuro no ejerza la medicina en chicos de esta casa —dijo la señora Hancock con ironía.

Titus frunció el ceño.

—Wintervale solo recibió ayuda porque es un primo segundo. El resto de los chicos de esta casa no son dignos de la excelencia de mis remedios.

—Entonces, la señora Dawlish y yo debemos considerarnos afortunadas. Vigilaremos de cerca a Wintervale.

Titus la fulminó con la mirada.

—¿Y por qué está de pronto tan interesada en Wintervale? ¿No está aquí solo para informar acerca de mí?

La señora Hancock ya estaba en la puerta. Volteó levemente.

—Ah, ¿para eso estoy aquí, Su Alteza?

Y después partió, y dejó a Titus con el ceño fruncido ante aquella pregunta inesperada.

–NO CREES QUE TIENE LA ENFERMEDAD AFRICANA
del sueño, ¿verdad? –le preguntó Cooper a Kashkari.

Estaban en la habitación de Wintervale, la cual había estado demasiado llena antes para que Cooper y Iolanthe ingresaran. Pero ahora,
solo quedaba Kashkari, haciendo la tarea en el escritorio abarrotado de
Wintervale.

–La señora Dawlish preguntó. El médico dijo que no –respondió
Kashkari.

–Bueno, de todos modos, es un récord de sueño impresionante –comentó Cooper, reclinándose encima de Wintervale.

Despierto, aquel muchacho era más bien inquieto, un chico con
una inmensa energía que no siempre sabía cómo liberar. Dormido,
parecía más tranquilo y maduro. Iolanthe lo observó, y deseó que él
fuera una persona distinta al despertar, una persona a quien se atreviera
a confiarle la vida de quien amaba.

No te atrevas a escuchar lo que él dice acerca de su muerte prematura.
No te atrevas a creerlo y abandonarlo.

Cooper le dio un golpecito con el codo a Iolanthe.

–¿Hacemos la tarea de griego?

–Cierto –se puso en movimiento–. Vámonos.

Fueron a la habitación de Fairfax y abrieron los libros.

–Envidio a los griegos –dijo Cooper–. Ellos no tenían que aprender
su idioma: ya lo sabían.

–Tienes razón; qué afortunados –respondió Iolanthe–. Dios, detes-
to el griego.

–Pero eres bueno en griego.

–Solo porque tú apestas, y en comparación, mi mediocridad luce
bien.

Cooper rio con disimulo.

—Sé a lo que te refieres: tú haces que parezca un jugador de cartas decente.

Iolanthe rio a pesar de no tener ganas. Era *imposible* para ella jugar bien a los juegos nómagos de naipes.

El príncipe abrió la puerta del cuarto y entró. La risa de Iolanthe desapareció. Titus miró a Cooper quien, como era de esperar, estaba deslumbrado.

Ella se preguntó si esos días Titus estaba esforzándose de más para impresionar a Cooper: siempre era más distante, más majestuoso cada vez que aquel chico estaba cerca.

La idea le causó dolor, como si alguien hubiera clavado una aguja en su corazón.

Sin que Titus tuviera que abrir la boca, Cooper había tomado sus libros y notas, le había dicho adiós casi sin aliento y había cerrado la puerta al salir.

—¿Puedo ayudarte? —preguntó ella; mantuvo cualquier emoción lejos de su voz.

—Necesito hablar contigo —él creó un círculo insonoro—. La señora Hancock estaba haciendo preguntas acerca del estado de Wintervale y eso me recordó que, de hecho, tenía una herramienta de diagnóstico en el laboratorio.

Extrajo del bolsillo algo parecido al termómetro de mercurio que utilizaban los nómagos.

Un calibrador sabelotodo.

—Creí que ya nadie los utilizaba.

—No lo hacen porque no ofrecen un diagnóstico instantáneo, no porque sean imprecisos —le entregó el calibrador a Iolanthe—. Acabo de revisar a Wintervale.

Iolanthe sostuvo el objeto a contraluz. En lugar de ver las líneas diminutas que marcaban los grados Fahrenheit, el calibrador tenía puntos diminutos con palabras del mismo tamaño escritas a su lado. Mientras rotaba la varilla triangular de vidrio, unas lupas contenidas en la varilla ampliaban las palabras.

Función cardíaca. Función hepática. Densidad ósea. Fuerza muscular. Y así sucesivamente, cientos y cientos de evaluaciones de signos vitales y medidas.

Había leído alrededor de más de cincuenta resultados aceptables cuando llegó al único que estaba en rojo. *Motricidad gruesa.* No era sorprendente, dado que Wintervale por ahora ni siquiera podía salir de la cama por sus propios medios.

Casi al final de la larga lista, había otro resultado inaceptable: *estabilidad mental.*

Iolanthe entrecerró los ojos para ver mejor. Pero no, había leído bien.

—¿Estás seguro de que este calibrador está funcionando correctamente?

—Lo probé en mí mismo. Funcionó bien.

—Pero no hay ningún problema con la estabilidad mental de Wintervale —quizás el chico no poseía una mente extraordinaria, pero sin dudas estaba *cuerdo.*

—Eso es lo que siempre creí.

—Quizás le impactó lo que logró hacer —ella definitivamente no podía dejar de pensar en eso. Todas esas corrientes de agua poderosas, girando alrededor de aquel centro monstruoso de profundidad infinita. El *Lobo de mar* parecía tan pequeño en comparación, tan indefenso.

Titus apartó la mirada.

—Su madre no está del todo bien. No está totalmente loca, al menos no todo el tiempo. Pero tú la has conocido. Sabes que puede ser inestable.

Iolanthe sí que había conocido a Lady Wintervale, quien por poco la había matado una vez. Pero también fue ella quien después la había salvado... y al príncipe por extensión.

—Si a veces es inestable se debe a su Exilio y a la muerte de su esposo, no porque haya algo innato que Wintervale pueda heredar.

Titus permaneció en silencio. De pronto, se preguntó si él había esperado que el resultado del calibrador sabelotodo fuera su vía de escape de la alianza con Wintervale.

Si llegara un punto crítico, ella aceptaría aquel motivo (confiaba mucho más en sí misma que en Wintervale para mantener a Titus con vida), pero no estaría feliz al respecto. Ella quería que Titus la eligiera porque se atrevía a desafiar los mandatos que su madre le imponía desde más allá de la tumba, no porque una herramienta de diagnóstico obsoleta no sabía cómo analizar el estado mental de alguien inducido al sueño a causa de la panacea.

—Ya sabes que pienso que Wintervale es la última persona que debería acompañarte a Atlantis. Él no está preparado *temperamentalmente* para la tarea, pero está en su sano juicio.

Él caminó hacia la ventana y miró a través de la abertura de la cortina, como ella lo había hecho antes, cuando él había llegado para llevarla al laboratorio. Alrededor de un minuto después, la miró de nuevo.

—¿Recuerdas los hechizos de memoria que descubrimos en ti esta tarde?

—¿Cómo olvidarlo? —el impacto que le había causado descubrir que su memoria estaba plagada con más agujeros que un colador.

—¿Puedo ver de nuevo tu línea temporal?

—Adelante —dijo, encogiéndose de hombros.

Él lanzó de nuevo el hechizo y la línea de tiempo apareció entre ellos, y llenó prácticamente el ancho total de su habitación. Todos los colores y los diseños la hicieron sentir como si ella estuviera mirándolo a través de un vitral.

—¿Quieres ver algo en particular? —preguntó ella.

—¿Ves las líneas secundarias que conectan la línea principal con las formas que representan los recuerdos reprimidos?

Las líneas secundarias eran delgadas como telarañas.

—¿Sí?

—A lo largo de la mayor parte de la línea de tiempo son verdes. Pero mira aquí —Titus señaló el último grupo de líneas secundarias que se ramificaban desde el momento más reciente del resurgimiento de sus recuerdos—. Esas últimas líneas son negras, lo que significa que la guardiana de la memoria se ha encargado de que tus recuerdos no vuelvan a resurgir.

Lo que implicaba fue como un golpe seco en la nuca de Iolanthe.

—¿Seré como el Maestro Haywood?

El Maestro Haywood se había convertido en una sombra de su versión anterior: dado que sus recuerdos enterrados no habían tenido permitido resurgir, su subconsciente había recurrido a más y más medios autodestructivos para atraer la atención de la guardiana de la memoria.

Titus hizo desaparecer la línea de tiempo.

—¿Alguna vez sientes que tu mente está en un estado de inquietud incontrolable?

—No; al menos, no hasta ahora.

—Entonces aún tienes tiempo. Y encontraremos un modo de solucionarlo.

Ella rio, más que amargada.

—¿Encontraremos?

—Por supuesto —la miró a los ojos—. Aún eres a quien amo. Tú eres a quien amaré hasta el día de mi muerte.

Ella quería discutirle; decirle que sus declaraciones eran palabras a las que les faltaba el impulso de la acción detrás. Pero no dijo nada.

Él le besó la frente, la contempló un minuto más, y partió.

A LA TARDE SIGUIENTE, IOLANTHE ESTABA DE NUEVO en la sala de lectura leyendo detenidamente la tesis del Maestro Haywood. Esta vez, centró su atención en la sección que explicaba cómo uno podía protegerse de los hechizos de memoria.

En la cúspide de popularidad de la magia de la memoria, los magos intentaron alcanzar un cierto grado de inmunidad contra posibles ataques. La tesis enumeraba cientos de páginas de medidas preventivas para evitar o minimizar la eliminación o la manipulación de los recuerdos.

Iolanthe tomó el puente de su nariz. El Maestro Haywood había sabido todo eso, pero no había pensado en defenderse, o en defenderla, con algunas de esas medidas.

Debía haber confiado en la guardiana de la memoria al igual que ella debe haber confiado en el príncipe: nunca, ni por un segundo, dudó de que un vínculo semejante al existente entre ellos no pudiera ser invencible.

Al reflexionar al respecto, incluso si él nunca pensó en ser precavido con la guardiana de la memoria, él aun así debería haber buscado la manera de darle a Iolanthe más información, al saber que en caso de que la guardiana de la memoria no fuera capaz de contactar a Iolanthe, ella quedaría sin nada de información vital.

¿Y si el Maestro Haywood lo había hecho?

Iolanthe enderezó la espalda en su asiento. En el paquete de emergencia que él le había lanzado en las manos justo antes de que ella abandonara el Dominio, había una carta. Ella había revisado el papel en busca de escrituras ocultas. No había hallado ninguna... o al menos ninguna que ella tuviera el poder para revelar.

Pero ¿y si había algo oculto en el sobre?

Nunca antes había dicho la contraseña para abandonar el Crisol tan rápido.

CUANDO REGRESÓ AL LABORATORIO, ALGUIEN SOSTE-nía su mano.

El príncipe. Estaba observándola; el anhelo en los ojos del muchacho era evidente.

Aún eres a quien amo. Tú eres a quien amaré hasta el día de mi muerte.

Por poco sin pensar, ella extendió la mano y tomó un mechón de cabello de Titus... solo para recobrar la consciencia repentinamente, con un dolor eléctrico en su corazón.

Iolanthe abandonó el taburete en el que había estado sentada y caminó hacia el armario que contenía aquellas cosas que ella había traído desde el Dominio. Encontró la carta del Maestro Haywood y colocó tanto el sobre como su contenido sobre la mesa.

—*Revela omnia*.

—Ya inspeccioné el sobre —dijo el príncipe.

Por supuesto que ya lo había hecho; él, quien abordaba su misión con una exhaustividad que no le permitía dejar rincón sin revisar.

—Tiene que haber algo más. Mis recuerdos reprimidos solo resurgen cada dos años. Si a la guardiana de la memoria le sucedió algo antes de que pudiera contactarme, no tendré información importante para mi supervivencia durante un largo, largo tiempo. Y me niego a creer que el Maestro Haywood no se hubiera preparado para aquella posibilidad –golpeteó su dedo contra el sobre–. ¿Es posible hacer que una escritura secreta sea visible solo con un encantamiento revelador que tenga adjunta una contraseña?

–Es posible. Pero si ese es el caso, es necesario que sepas la contraseña.

Ella inspeccionó la carta. No sabía la contraseña. Si el Maestro Haywood utilizó una, debía haberla incluido en la carta. Y si efectivamente lo hubiera hecho, habría atraído la atención hacia la contraseña haciendo que se destacara levemente de algún modo.

Los ojos de Iolanthe se posaron sobre la segunda posdata. *No te preocupes por mí.*

¿Sería posible? Intentó lanzarle el hechizo revelador al sobre otra vez, mientras en silencio recitaba *No te preocupes por mí* a modo de contraseña.

De inmediato, una nueva escritura apareció en el sobre.

Pero solo si estás armado con un cuchillo y dispuesto a utilizarlo.

–Haz lo mismo con la carta –dijo el príncipe, su voz llena de un entusiasmo que a duras penas podía controlar.

Ella obedeció, y fue recompensada con la frase: *Las ostras dan perlas.*

–Las ostras dan perlas, pero solo si estás armado con un cuchillo y dispuesto a utilizarlo –ella leyó en voz alta la oración–. ¿Esto debería significar algo para mí?

–Dame un minuto –el príncipe ingresó al Crisol y salió un minuto después–. Es una frase de una obra argoniana llamada *La peregrinación del pescador.*

Argonin era considerado el mejor guionista teatral que el Dominio había producido. Iolanthe había estudiado algunas de sus obras en la escuela, pero no *La peregrinación del pescador.*

La oración había aparecido en dos partes: como contraseña y confirmación. Pero ¿para qué?

De pronto, ella lo supo: para algo que el Maestro Haywood había razonado que estaría siempre con la chica.

Su varita.

La varita de Iolanthe también estaba guardada en el laboratorio; sería difícil hacerse pasar por una nómaga si la atrapaban con el objeto entre sus pertenencias. La tomó del armario y la hizo girar bajo la luz.

Su varita había sido hacía tiempo su orgullo y su alegría: era una pieza de artesanía extraordinaria. Las enredaderas de esmeraldas y las flores de amatista decoraban la superficie; las nervaduras de las hojas estaban compuestas de filamentos de malaquita delgados como un hilo, los pistilos y los estambres de las flores eran diminutos diamantes amarillos.

El Maestro Haywood le había dicho que era una varita que encargaron para el nacimiento de Iolanthe, para convertirse en reliquia familiar. Y ella no se había preguntado cómo sus padres, quienes aún eran estudiantes y tenían orígenes muy modestos, habían podido costearla.

Pero ahora sabía que no fueron los Seabourne quienes habían encargado aquella varita espectacularmente costosa, sino que fue la guardiana de la memoria quien lo hizo, la persona menos confiable que Iolanthe había conocido.

Su madre, si es que el príncipe tenía razón.

—Las ostras dan perlas —dijo Iolanthe en voz alta y recitó el resto de la oración en silencio.

El revestimiento de la varita se deslizó y abrió un compartimento.

Habían realizado las incrustaciones sobre una carcasa, que ahora que estaba separada de la base de la varita, le permitió ver que escondía un núcleo separado. En el núcleo habían incrustado cuatro objetos pequeños: todos lucían idénticos, como bultos del tamaño de un guisante, negros como el carbón.

El príncipe se puso de pie de inmediato.

—Esos son los vértices de un cuasi teletransportador[10].

Era el único artefacto que podía eludir una zona anti teletransportación completamente verificada… y el único que probablemente había permitido que el Maestro Haywood desapareciera de la Ciudadela en junio del año anterior.

—He estado intentando comprar un cuasi teletransportador en el mercado negro durante cinco años —prosiguió el príncipe—. Ni uno solo apareció en venta en todo ese tiempo.

Pero ahora ella tenía uno a su disposición y sería capaz de huir de cualquier lugar. Una sola vez.

Él recogió los bultos y se los entregó a Iolanthe.

—Los vértices requieren contacto y necesitas llevarlos contigo durante al menos setenta y dos horas antes de que te teletransporten. Es bastante probable que ya hayan hecho eso cuando eras una niña, pero por si acaso, hazlo de nuevo para estar segura.

Ella los guardó en el bolsillo interno de su chaqueta y selló por completo la abertura con cuidado.

—Pero ¿dónde está el blanco?

Un cuasi teletransportador completo constaba de cinco piezas: cuatro vértices y un blanco que se colocaba con anticipación. Ella tenía bastante confianza en que el blanco no estaría dentro de un volcán activo, pero hubiera preferido saber hacia dónde la llevaría el artefacto.

—Espero que en algún lugar que Atlantis no pueda encontrar —dijo el príncipe–. Por cierto, estás avanzando mucho. ¿Qué planeas hacer en caso de hallar a tu tutor?

Las preguntas acerca del futuro dolían: todas las trayectorias posibles incluían inevitablemente que ella dejara a Titus a cambio de lo desconocido.

–Liberarlo y encontrar un escondite.

–¿Ya has pensando en un lugar?

Ella negó con la cabeza.

–Tendré suficiente tiempo para pensar en eso cuando logre liberarlo de verdad.

–Por favor, avísame si puedo ayudar en lo que sea –dijo él con solemnidad–. Aún corres mucho peligro como siempre allí afuera.

Ella quería tomar el rostro de Titus en sus manos y decirle que no le temía al peligro. Ya no. Pero, en cambio, Iolanthe solo asintió.

–Gracias. Será mejor que me vaya; tengo entrenamiento de críquet en veinte minutos.

PARA SORPRESA DE IOLANTHE, CUANDO LLEGÓ al entrenamiento, Kashkari ya estaba allí, vestido con su equipo de críquet ni más ni menos.

–¿Se unirá a nosotros, señor? –le preguntó ella, estrechándole la mano.

–Según West, cuando armaron la lista de los veintidós, yo era el número veintitrés. Por lo tanto, jugaré en la posición de Wintervale hasta que él pueda reincorporarse.

–Me sorprende que estuvieras dispuesto a apartarte de su lado. ¿Cómo está hoy?

—Acabo de pasar un rato con él. Estuvo despierto durante nada más y nada menos que treinta segundos.

—Eso es algo bueno.

—Por supuesto. Y parecía tener buen ánimo, aunque lo decepcionó no ver al príncipe.

Otros jugadores de críquet llegaron, seguidos de un hombre que cargaba un estuche negro que parecía pesado. El hombre abrió el estuche y comenzó a armar un aparato: una cámara de fotos.

—¿Qué está sucediendo allí? —le preguntó Iolanthe a Kashkari—. ¿Ese es Roberts?

—Sí, es Roberts. Este es su último año y el tercero que ha sido elegido para ser parte de los veintidós, pero aún no ha clasificado para los once. Los rumores dicen que él ha estado diciendo que haría que le tomen una fotografía para que parezca como si lo hubieran seleccionado entre los once por si no lo hacen.

Iolanthe resopló.

—Tienes que admirar esa clase de iniciativa. Aunque… —ella volteó hacia Kashkari—. ¿No sabes si clasificará entre los once?

Hasta donde ella sabía, Kashkari bien podría haber soñado con ello.

—No tengo la más mínima idea. Nunca soñé con los partidos entre Eton y Harrow.

—Entonces, ¿con qué más soñaste, además de tu llegada a Eton? ¿Esos otros sueños se han vuelto realidad?

—Sucedió una vez cuando era pequeño, cuando soñé con el pastel de mi cumpleaños número siete. Para que sepas, los pasteles de cumpleaños no son habituales. En nuestra familia, siempre preparamos dulces indios para celebrar. Pero en mi séptimo cumpleaños, me sirvieron un pastel occidental con velas que ardían, al igual que lo que había soñado.

A la versión más joven de Iolanthe le habría parecido fascinante el don de Kashkari. Pero ahora su opinión acerca de los videntes y sus visiones había sido manchada con un gran prejuicio. El punto de la vida era la capacidad de tomar decisiones propias. La precognición, en especial la circular (como la presencia de Kashkari en Eton debido a su sueño), era demasiado limitante y se oponía al concepto de libre albedrío.

—Pero *¿querías* un pastel de cumpleaños?

—No pensaba demasiado en si quería uno. Para ese momento, solo otro de mis sueños se había hecho realidad: que la vieja compañera de escuela de mi abuela vendría a quedarse con nosotros. Así que me interesaba mucho más descubrir si el sueño del pastel también era profético.

—¿Has pensado alguna vez en tener una vida diferente? ¿Una en la que no tuvieras que abandonar a tu familia para venir a Eton?

—Por supuesto que he pensado en eso.

—¿Te arrepientes del camino que no has tomado? Los sueños no te permiten elegir otra opción, ¿verdad?

—Es una perspectiva muy occidental tomar las visiones del futuro como verdades eternas talladas en mármol que uno no puede alterar o modificar. Nosotros tomamos la visión más bien como una sugerencia, una entre muchas otras posibilidades. Después de que comí una porción de aquel pastel de cumpleaños, pregunté si también podía comer unos *ladoos*, un dulce redondo y espeso que adoro, y, helo allí, también me dieron un plato lleno de *ladoos*. Y respecto a Eton, nunca interpreté esos sueños como restrictivos. La pregunta siempre fue si yo quería tener esta aventura y, al final, decidí que sí, que quería hacerlo.

—Entonces ¿hubo sueños que ignoraste?

—Bueno, hubo uno que más o menos decidí ignorar a modo de experimento, porque me había parecido estúpido y a la vez completamente insignificante. Lo había tenido algunas veces durante los últimos dos años. Estaba en la habitación del príncipe de noche, con algunos chicos más. Y después, subía las mangas de mi *kurta*, salía por la ventana y bajaba por las cañerías.

Iolanthe se sorprendió.

—Solo uso mi *kurta* para dormir; lo que significaba que ya habían apagado las luces. Solo que no parecía algo que yo haría: salir por una ventana para hacer travesuras en medio de la noche. Pero cuando la escena apareció en la realidad, la situación estaba relacionada con Trumper y Hogg y las rocas que lanzaban. De pronto, pareció que perseguirlos era algo que realmente valía la pena hacer.

Y al hacerlo, él había revelado que era el "escorpión" acerca del cual la Oráculo de Aguas Calmas había hablado, alguien a quien ella podía pedirle ayuda.

—¿Yo estaba en tu sueño?

—Estabas hablando justo antes de que yo saliera por la ventana. Nunca logré recordar lo que dijiste, pero sí, estabas allí.

—Caballeros, odio interrumpir una conversación tan interesante, pero el entrenamiento está por comenzar —dijo West.

Realmente había sido una charla interesante. Iolanthe ni siquiera había notado la cercanía de West. Le estrechó la mano.

—Hoy tenemos una audiencia multitudinaria.

West miró a los cientos y cientos de chicos reunidos en el límite del campo de juego.

—Eso no es nada. Espera al semestre de verano.

—Allí están Cooper y Rogers —le dijo Iolanthe a Kashkari.

Cooper los saludó agitando la mano. Iolanthe le lanzó un beso volador exagerado. Cooper y Rogers se desternillaron de la risa, como si fuera la cosa más desopilante que jamás hubieran visto.

—¿El príncipe no viene a verlos jugar? —preguntó West.

—Le interesa tanto el críquet como la gramática medieval francesa —respondió Iolanthe.

—¿De verdad?

El tono de West parecía relajado, pero Iolanthe pudo percibir la decepción del muchacho; un movimiento sutil de la mandíbula y el modo en que acercó su bate más hacia el cuerpo.

¿Por qué le importaba a West si Titus asistía al entrenamiento?

¿Acaso era un agente de Atlantis?

Aquella posibilidad la distrajo tanto que hasta que no pasaron veinte minutos del entrenamiento, no comprendió por completo la importancia de lo que *Kashkari* le había dicho.

Kashkari había visto a Iolanthe, o mejor dicho a Fairfax, varias veces en sus sueños durante los últimos dos años, mientras que se suponía que Fairfax solo había estado ausente al colegio durante tres meses, según los requisitos del hechizo persuasivo del príncipe que había creado y mantenido la identidad ficticia de Fairfax.

Cuando Iolanthe por fin había llegado bajo el nombre de Fairfax, Kashkari habría sabido que Fairfax no había estado ausente solo durante tres meses, sino que nunca antes lo habían visto en la casa de la señora Dawlish hasta ese momento.

Con razón al inicio de su relación él le había hecho tantas preguntas y la había puesto tan nerviosa. Había sospechado desde el primer instante que algo en Fairfax no encajaba.

Que Fairfax, quien se suponía que había vivido bajo el techo de la señora Dawlish durante los últimos cuatro años, no existía hasta el comienzo del semestre de verano.

IOLANTHE NO DEJABA DE MIRAR A KASHKARI CON disimulo mientras caminaban de regreso hacia la casa de la señora Dawlish. Era probable que él fuera aún más difícil de descifrar que el príncipe; y lo lograba sin la altanería que Titus llevaba como una armadura con púas.

Ahora estaba sorprendida de cuántas cosas había ocultado Kashkari detrás de su amabilidad caballerosa. No solo sus propios secretos, sino también los de ella, sin revelar nunca nada relacionado a sus pensamientos más íntimos, excepto quizás una pregunta ocasional que la dejaba inquieta a la espera de una respuesta.

Pero ¿por qué Kashkari divulgaba todos esos secretos bien guardados con ella? Y ¿por qué ahora? ¿Estaba intentando decirle algo?

¿O era una advertencia?

El príncipe salió de la habitación cuando ella y Kashkari llegaron al descanso de la escalera que llevaba hasta su pasillo en la residencia.

—Nuestros lacayos están a punto de terminar de preparar el té.

Solían tomar el té en la habitación de Wintervale. Ahora que el muchacho no estaba en su mejor forma, la ubicación había cambiado temporalmente a la habitación de Kashkari. Iolanthe no quería té, pero tampoco quería arrastrar al príncipe de nuevo hacia la habitación de este para descargarse, no cuando Kashkari acababa de decir que era un placer recibir a sus amigos.

La habitación de Kashkari era casi tan sobria como la del príncipe. Una alfombra que parecía bastante antigua cubría el suelo. En la biblioteca, resplandecían unos platos de cobre que sostenían lámparas de aceite y había pequeñas pilas de cúrcuma y un polvo rojo. Encima de ese altar diminuto, estaba la imagen pintada del dios Krishna, sentado con un pie sobre la rodilla opuesta y con una flauta en los labios.

—Qué linda cortina —ella señaló con el mentón el cortinaje de brocado celeste que le otorgaba un detalle de color a la habitación simple.

—Gracias. Es algo más primordial para la ventana en el invierno inglés: de otro modo, el aire frío ingresa.

Los alumnos menores llegaron cargando platos repletos de rodajas de pan tostado con huevos y frijoles calientes. Kashkari sirvió el té. Hablaron acerca del estado de Wintervale y de las últimas noticias de India, Prusia y Bechuanalandia (esta última obligó a Iolanthe a participar). La silla bien podría haber echado raíces. ¿Cuánto tiempo más debían continuar con la reunión? Y ¿por qué el príncipe siquiera había asistido? El día anterior, Titus había partido del té con una excusa.

Ella miró el reloj. Habían pasado veinticinco minutos. En cinco minutos más, se marcharía.

Alguien llamó suavemente a la puerta.

Era la señora Hancock, con una carta para Kashkari.

—El correo acaba de traer esto para ti, cariño.

Kashkari se puso de pie, aceptó la carta que le entregó la señora Hancock, le agradeció y regresó a la mesa. El sobre cuadrado era color café, y tenía grandes letras negras escritas en el frente y en el dorso. *CONTIENE FOTOGRAFÍAS. SE RUEGA NO DOBLARLO.*

Kashkari dejó a un lado la carta, tomó asiento, y después, con lo que para él era un gran nerviosismo, se puso de pie nuevamente.

—Es inútil.

—¿Qué cosa? —preguntó el príncipe.

—Ya sé lo que es: un retrato de la fiesta de compromiso de mi hermano. No puedo ignorar el asunto para siempre, así que será mejor que lo abra ahora.

—Si quieres que te demos privacidad… —comenzó a decir Iolanthe.

—Ya he hecho mi descargo con ustedes dos antes. Sería tonto fingir que no fue así —abrió el sobre y le entregó la fotografía a Iolanthe—. Esa es ella.

Había tres personas en la imagen enmarcada: Kashkari, una joven vestida con un sari y un apuesto muchacho que debía ser el hermano. El sari cubría el cabello de la mujer. Un arete de nariz enorme, con una cadena aferrada a alguna parte de su cabello, cubría una buena parte del rostro de la chica. Pero aun así, resultaba fácil notar que era extremadamente encantadora.

—Tiene la belleza suficiente para ser la chica de los sueños de cualquiera.

Kashkari suspiró.

—Así es.

Iolanthe le entregó la fotografía al príncipe, quien bebía un sorbo de té mientras aceptaba la imagen.

Prácticamente de inmediato, Titus comenzó a toser… y continuó haciéndolo. Iolanthe estaba desconcertada: el Amo del Dominio no era la clase de chico que se ahogaba con su té. Kashkari se puso de pie y golpeó al príncipe con fuerza entre los omóplatos.

El príncipe, jadeando, le devolvió la fotografía a su amigo.

—Mi té… tragué mal. Ella es realmente hermosa.

—Parece que ella no solo tiene un efecto fuerte en ti —le dijo Iolanthe a Kashkari.

El príncipe la miró de un modo extraño.

—¿Cómo se conocieron ella y tu hermano, Kashkari?

—Es un matrimonio arreglado, por supuesto.

—Claro. Me refería a si ella es de la misma ciudad que tú.

—No. Pertenecemos a la misma comunidad, pero su familia se ha instalado hace años en Punjab —Kashkari sonrió débilmente—. Podrían haber encontrado a cualquier chica para ser la esposa de mi hermano, pero tuvo que ser ella.

El príncipe se puso de pie para marcharse poco depués. Iolanthe permaneció en la reunión un minuto más. Después, fue a llamar a la puerta de Titus; tenía que hablar con él acerca de las implicaciones de los sueños proféticos de Kashkari. Cuando llegó, él la arrastró dentro del cuarto.

—Kashkari... —comenzó a decir ella.

Titus la interrumpió.

—La mujer de la fotografía…. Ella fue quien se infiltró en la fiesta en el jardín de la Ciudadela. La que huyó en una alfombra voladora. La que preguntó *por ti*.

17

CAPÍTULO 17

EL DESIERTO DEL SAHARA

ÉL AÚN DORMÍA. SU HOMBRO TOCABA EL DE ELLA cuando la chica despertó, sudando.

Dentro de la tienda enterrada la luz era tenue y hacía un calor extraordinario. Ella invocó al agua, sació la sed y llenó los odres. Después se incorporó, invocó un poco de luz mágica y enfocó su atención en el príncipe. Él dormía boca abajo, sin la túnica puesta. Ella contuvo un grito al ver el vendaje en la espalda del muchacho: una cosa sería si fuera rojo intenso, pero era una mezcla de sangre con una sustancia oscura; una visión espeluznante.

–Mi cuerpo está expulsando el veneno –las palabras del príncipe eran lentas y somnolientas–. Tomé todos los antídotos de tu bolso.

Ella quitó el vendaje viejo y lo destruyó.

–¿Qué rayos era?

–Tiene que ser alguna clase de veneno, pero no siento ninguna marca que indique perforación.

—Yo tampoco veo ninguna —ella le entregó unos gránulos para el dolor—. Parece como si un ácido hubiera carcomido tu piel, o algo por el estilo.

—Pero esta sustancia es orgánica, porque los antídotos funcionaron.

Ella negó con la cabeza.

—Es un área muy grande. Es como si alguien te hubiera lanzado una cubeta llena de veneno.

Y aun así, él había caminado Dios sabe cuántos kilómetros en ese desierto, arrastrándola.

Ella limpió la herida del muchacho, colocó más analgésico tópico encima y después esparció un remedio regenerativo.

—¿Sabes a qué me recuerda? ¿Has leído alguna vez la historia del Abismo de Briga?

—Sí.

—¿Recuerdas las sierpes destructoras que custodian la entrada al abismo? ¿Aquellas criaturas desagradables que son grandes como una carretera? Dicen que escupen un río infinito de una sustancia negra que puede disolver a un mago hasta que no quede nada más que sus dientes y su cabello.

—Pero las sierpes destructoras no existen.

—¿Por qué debes frustrar una hipótesis perfectamente válida con algo tan irritante como los hechos?

Las comisuras de los labios de Titus se alzaron… e interrumpieron el hilo de pensamiento de la chica. Ella observó el perfil del muchacho durante más tiempo del que debía, antes de recordar que tenía una tarea entre manos.

—¿Hace cuánto estás despierta? —preguntó él.

Ella extrajo otras dos ampollas de vidrio.

—Hace cinco minutos, más o menos. Llené los odres.

—De hecho, suenas despierta, para variar.

—Estoy un poco somnolienta, pero no me siento como si fuera a roncar en un minuto.

Él siseó cuando ella roció el contenido de una de las ampollas de vidrio sobre su espalda.

—Qué bueno. Estaba a punto de volverme sordo con tus ronquidos.

—¡Ja! —ella aplicó otro remedio sobre la herida del muchacho, contando las gotas con atención—. Hablando de ser importante, ¿el Amo del Dominio se llama Titus? No es un nombre muy común[11].

Él reflexionó un momento.

—Es bastante común entre los Sihar[12].

Ella se sorprendió, pero tenía algo de sentido lo que decía: los Sihar eran conocidos por su interés y su dominio de la magia de sangre.

—¿Crees que eres Sihar?[13]

—No tengo la menor idea. Solo no quería ser una de esas personas que pierden la memoria y deciden que deben ser el Amo del Dominio —él frunció el ceño—. Por otro lado, la noche anterior a esta encendí dos señales. Dos señales con forma de fénix gigantes. Y el fénix representa a la Casa de Elberon.

Ella guardó todas las medicinas y colocó una venda limpia en la espalda del chico.

—Quizás eras un mozo de cuadra humilde y trabajabas en una de las residencias del príncipe, donde comenzaron a gustarte los fénix. Un día, harto de palear estiércol de los establos sin cesar, decidiste emprender una aventura que te llevó a cruzar océanos. Asesinaste dragones, conociste chicas hermosas y cosechaste elogios por tu valentía y caballerosidad…

—¿Y terminé casi lisiado en medio del desierto?

—Cada historia debe tener un momento así de terrible; si no, no sería interesante.

—Creo que he tenido suficientes aventuras —suspiró él—. En las últimas treinta y seis horas creí, al menos tres veces, que moriría de miedo. Estoy listo para rogarle a Su Alteza que me devuelva mi empleo, para que pueda palear estiércol en paz y tranquilidad durante el resto de mi vida.

Ella sonrió.

—Me encantan los hombres ambiciosos.

Él le devolvió la sonrisa. Y una vez más, ella se distrajo bastante.

—Debo admitir —dijo él— que el cielo nocturno del desierto es impresionante. No me molestaría tener la oportunidad de disfrutarlo sin que Atlantis me persiga: una fogata, una taza de algo caliente y todo el cosmos para mi placer visual.

—Un hombre ambicioso… y de gustos simples.

—¿Qué harías *tú*, si Atlantis no estuviera persiguiéndonos de un extremo al otro del Sahara?

Ella pensó al respecto.

—Quizás te rías, pero si Atlantis no estuviera persiguiéndonos, me preguntaría si estoy atrasándome en las clases al estar en el Sahara a mitad del semestre académico.

Efectivamente, él rio.

—Ríe todo lo que quieras, no me disculparé por mi deseo ferviente de tener éxito en mis estudios.

—Por favor, no lo hagas. Además, apostaría a que eso es lo que tu novio ama más de ti.

Ella se sentó sobre sus propias piernas.

—¿Cómo sabes acerca de él?

—Por el mensaje oculto en la tira de tu bolso.

Ella tomó el bolso.

—*Revela omnia.*

Las palabras aparecieron.

La noche que naciste, las estrellas cayeron. El día que nos conocimos, cayó un rayo. Eres mi pasado, mi presente, mi futuro. Mi esperanza, mi plegaria, mi destino.

Su protector.

—El hombre está loco por ti —dijo Titus. Ella lo miró; la suciedad, el agotamiento, los labios agrietados por la mera desecación del desierto. Los labios de ella no estaban ni por asomo en un estado tan terrible: él había cuidado mejor de ella que de sí mismo.

—Tú podrías ser él, por lo que sabemos —respondió ella, mientras ajustaba un nuevo vendaje al cuerpo del muchacho.

Él se movió en el lugar.

—Yo sería incapaz de escribir algo así. Lo siento, pero debería haber una ley que prohíba oraciones como "El día que nos conocimos, cayó un rayo".

Con un movimiento de la mano, hizo desaparecer la arenilla que se había anclado en el cabello del muchacho. Después de algunos hechizos limpiadores más, él estaba prácticamente impecable.

—Tal vez estabas demasiado ocupado empacando para cualquier eventualidad como para pulir tus palabras.

—Los exmozos de cuadra podemos empacar y escribir prosa inmortal al mismo tiempo.

La luz mágica dejó ver algunas motas decoloradas en los hombros del muchacho: una pizca de pecas, las cuales no había notado antes. Era un detalle bastante atractivo en una contextura que de otro modo sería fuerte y tensa, como una constelación que la punta de un dedo podía explorar, moviéndose de punto a punto y...

La textura de su piel, y el hecho de que él se sobresaltó, hicieron que ella notara que, de verdad, *estaba tocándolo*.

—Tu piel está un poco pegajosa —dijo ella con rapidez, aunque no era cierto—. Todo ese sudor no desaparece simplemente con hechizos. Permíteme limpiarte con un poco de agua. Te sentirás mucho mejor.

—Eso puede ser demasiado trabajo. Deberías descansar más.

—Que la Fortuna me proteja, he estado durmiendo durante días, literalmente.

La esfera de agua que ella invocó giraba con rapidez en el aire y reflejaba su nerviosismo. ¿Qué le sucedía? Debería aceptar la excusa que él le ofreció y dejarlo solo. Pero parecía que no podía parar.

Mojó el cabello del muchacho y utilizó el jabón que tenía en el bolso, el cual produjo una espuma suave y voluminosa. Presionó las puntas de los dedos contra el cuero cabelludo de él para que la espuma ingresara en cada pelo. Invocó más agua para enjuagarle el cabello. Hizo que el líquido que caía de él saliera de la tienda, hacia el centro de una duna cercana.

Cuando terminó, extrajo el agua que aún estaba aferrada al cabello del muchacho y la hizo desaparecer. Con los dedos, acarició la cabellera de Titus para asegurarse de que hubiera secado adecuadamente.

Y ahora, alzaría la mano y le diría: *Listo*.

Sin embargo, la chica deslizó la palma de la mano hasta la nuca del muchacho. Después, mientras ella observaba medio espantada, sus propios dedos se extendieron donde el hombro del chico se unía con el cuello.

Él contuvo el aliento.

Abrió la boca para decirle que nada de eso estaba sucediendo, que él debía estar alucinando… y ella también. Pero la calidez de la piel del chico bajo la mano de ella no era una ilusión. Y curiosamente, aquella piel se hacía más fría a medida que su mano viajaba hacia el borde de su hombro y por su brazo.

De pronto, él estaba de rodillas, mirándola de frente. Intercambiaron una mirada. Ella notó por primera vez que los ojos del muchacho eran azul grisáceo, el color de un océano de profundidades inconmensurables.

Ella amaba a su protector abstracto, pero conocía solo a este chico, quien le había dado más agua a ella que a sí mismo. Ella deslizó un dedo por la mejilla de él. Él tomó su mano. Ella contuvo el aliento, sin saber si él la apartaría o besaría su palma.

Un rugido que sacudió la tierra arruinó el momento.

18

CAPÍTULO 18

—TIENE SENTIDO.

Cualquier reacción que Titus hubiera esperado de Fairfax al decirle que la amada de Kashkari era una maga que quería entregarla, no era la que recibió de parte de la chica.

—¿A qué te refieres?

Ella le contó acerca de las dos conversaciones que tuvo por separado con Kashkari respecto a sus sueños proféticos, que culminaron con el sueño acerca de ella mucho antes de que Fairfax hubiera siquiera pisado la casa de la señora Dawlish.

—Estoy bastante segura de que Kashkari proviene de una familia de magos, probablemente de una Exiliada.

—Deberías habérmelo dicho mucho antes. Debo estar al tanto de inmediato de cualquier cosa que te afecte.

Todo había cambiado; sin embargo, nada había cambiado. Él aún permanecía despierto por la noche, preocupándose por la seguridad de

Iolanthe. Y cuando despertaba cada mañana, ella aún era su primer y principal pensamiento.

Ella golpeteó los dedos contra el respaldo de la silla en la que solía sentarse cuando entrenaban juntos en el Crisol en el semestre de verano.

—Kashkari no me ha traicionado, así que por ahora podemos asumir que no quiere causarnos daño a ninguno de los dos. Lo que necesitamos saber es por qué, después de mantener su propia identidad en secreto durante tanto tiempo, ahora elige revelarla ante nosotros.

El interior del cráneo de Titus latía. No podía creer que había vivido en la misma casa que Kashkari durante tanto tiempo sin siquiera sospechar de la verdad. ¿Qué más había pasado por alto?

—Primero necesito consultar el diario de mi madre.

No era lo indicado para decirle a Fairfax, pero la única reacción de la chica fue fruncir una de las comisuras de su boca.

—Preferiría tomar una decisión después de reunir toda la información posible. Sería un crimen ignorar lo que ella podría haber previsto —Titus odiaba sentir la obligación de justificar cómo elegía actuar.

Ella sonrió levemente; ¿o hizo una mueca?

—Debes hacer lo que te parezca adecuado, por supuesto.

—No estoy ansioso por hacerlo, sabes. Lo…

Ella sujetó la parte delantera de la camisa de Titus.

—No. Has tomado tu decisión. ¡Ahora tómala en serio! Si le pedirás a Wintervale que enfrente al Bane, entonces él merece al menos un compromiso serio de tu parte.

La voz de la chica estaba entre la ira y la angustia. Sus ojos eran oscuros y feroces. Sus labios, carnosos y rojos, estaban separados por su respiración agitada.

Él no debía hacerlo, pero tomó el rostro de la muchacha entre las manos y la besó. Porque ya habían pasado el punto en el que las palabras eran inservibles. Porque él tenía, una vez más, miedo a morir. Porque la amaba tanto como a la vida misma.

Un golpe fuerte en la puerta los obligó a separarse rápido.

—¿Está ahí, príncipe? —preguntó Kashkari desde el otro lado—. Wintervale está despierto y quiere verlo.

WINTERVALE ESTABA INCORPORADO EN LA CAMA, con una gran sonrisa en el rostro.

—Titus, qué alegría verte. A ti también, Fairfax. ¿Cómo estuvieron los entrenamientos de críquet? ¿Me extrañaron?

—Con desesperación —dijo Fairfax, con una sonrisa convincente—. Cuando se hizo evidente tu ausencia, los chicos cayeron de rodillas, aullaron y golpearon el suelo.

Wintervale colocó una mano sobre su pecho.

—Nada me genera más ternura que eso.

Lanzó a un lado su manta y apoyó los pies en el suelo. Titus y Fairfax se acercaron con rapidez para ayudarlo. Pero Wintervale alzó una mano para indicarles que quería ponerse de pie solo.

Fairfax, a pesar de lo fuerte que era, apenas logró sujetarlo cuando Wintervale cayó hacia delante.

—Dios santo, Wintervale. Debe haber toros adultos en Wyoming más livianos que tú.

La sorpresa atravesaba el rostro del muchacho.

—¿Qué ocurre? Me sentía en perfectas condiciones hasta ahora.

—Has estado postrado en la cama dos días enteros —dijo Titus—. No es sorprendente que tus piernas estén débiles.

—Entonces, supongo que uno de los dos tendrá que ayudarme a ir al baño.

—Esa es una tarea para un hombre de verdad –dijo Titus–. Me temo que tendrás que apartarte, Fairfax.

—Lo sabía. Todavía estás resentido desde aquella vez que comparamos nuestros testículos.

Wintervale rio nervioso mientras avanzaba con el brazo sobre los hombros de Titus.

Recibió saludos afectuosos en el pasillo. De regreso a la habitación, se detuvieron varias veces para hablar con los chicos que querían saber cómo estaba.

—Caballeros, dejen que Wintervale regrese a la cama –dijo la voz firme de la señora Hancock–. Si desean visitarlo y conversar, háganlo de un modo que no lo incomode.

—La señora Hancock quería verte en cuanto despertaras –explicó Kashkari, quien debía haber ido a buscarla.

Wintervale le sonrió a la mujer.

—Por supuesto que querría verme, querida señora Hancock.

Fairfax aún estaba en la habitación de Wintervale cuando regresaron; ella ayudó al muchacho a acomodarse en la cama de nuevo. Pero a medida que más y más chicos ingresaban, ella se marchó, completamente desapercibida.

IOLANTHE ABRIÓ LA PUERTA DEL LABORATORIO Y oyó el ruido de las teclas de una máquina de escribir.

El príncipe tenía una esfera de Hansen que transmitía mensajes de

Dalbert, su maestro de espías personal. La esfera una vez había estado guardada en un gabinete de su cuarto en la casa de la señora Dawlish, pero él la había trasladado al laboratorio por cuestiones de seguridad.

Las teclas de cobre, que parecían púas regordetas sobre un puercoespín para nada amenazante, dejaron de moverse mientras ella se acercaba a la máquina. Extrajo el papel que habían colocado en la bandeja debajo de las teclas.

El mensaje parecería no tener sentido, pero él le había enseñado a descifrar el código. Ella le había pedido que lo hiciera, recordó con un pinchazo de dolor, el día que decidió por primera vez que realmente ayudaría a Titus a alcanzar su meta imposible.

Un pensamiento extraño resurgió de las profundidades de su mente. Ella había declarado que el amor de Titus era débil porque él no la elegiría a ella por encima de las palabras de su madre, pero ¿y el amor de Iolanthe? ¿Acaso su amor poseía más fuerza o lealtad? Él se dirigía como siempre hacia un peligro inconmensurable, y ella le permitiría marcharse sin decirle nada más que un *que la Fortuna te proteja*.

Permaneció quieta de pie con los dedos en la nuca, intentando aliviar una tensión en su cuello que simplemente no desaparecía. Después, suspiró y comenzó a leer el informe de Dalbert.

Su Alteza Serenísima:

Bajo sus indicaciones, he investigado los eventos de Grenoble, Francia. Según mis fuentes de Lyon y Marsella, les habían advertido a las comunidades exiliadas en aquellas ciudades que no fueran a Grenoble porque había información que sugería que podía ser una trampa.

Hubo Exiliados pertenecientes a esas comunidades que viajaron a Grenoble, pero con el único propósito de advertirles del peligro a magos que habían llegado desde lugares tan remotos como el Cáucaso, atraídos por los rumores del regreso de Madame Pierredure. Informaron que tuvieron éxito en disuadir a una gran cantidad de magos, aunque hubo otros que no pudieron localizar anticipadamente o que no pudieron persuadir para que se marcharan.

La redada en Grenoble es la última trampa atlante y utilizaron a Madame Pierredure como carnada. Han aparecido informes convincentes acerca de la muerte de Madame Pierredure hace ocho años y medio, los cuales nunca se publicaron porque ella se suicidó (todos sabían que durante las rebeliones que tuvieron lugar hace diez años Atlantis había capturado a sus hijos y sus nietos y los había torturado hasta matarlos).

Pero muchas de las trampas, antes de que la verdad saliera a la luz, habían sido bastante efectivas. La muerte de la última Inquisidora y los rumores acerca del fallecimiento del Bane han sido vistos como una grieta, una señal de debilidad de parte de Atlantis. Se formaron nuevos grupos de resistencia subterránea; otros grupos anteriores cesaron su inactividad. La aparente resurrección subsecuente del Bane no mitigó el entusiasmo de los rebeldes: todos pensaban que él no podía continuar resucitando sin cesar.

Ahora muchos de esos grupos rebeldes, viejos y nuevos, han sido diezmados y sus miembros más valientes y entusiastas han caído bajo custodia atlante.

Le extiendo mis humildes buenos deseos para la salud de Su Alteza y su bienestar.

Su fiel súbdito y sirviente,

Dalbert

Al haber pasado el verano prácticamente aislada por completo, Iolanthe no tenía idea de que lo que ella y el príncipe habían logrado la noche del 4 de Junio inspiraría a tantos otros a organizarse para enfrentar a Atlantis, ni que Atlantis ya había respondido veloz y despiadadamente para sofocar esas nuevas ambiciones.

Su corazón dolía por el abatimiento, que no estaba en absoluto relacionado con su propio desvío del camino angosto del destino, sino que se debía a aquellas esperanzas destruidas de esos que habían creído que la primera luz del amanecer estaba por fin sobre ellos.

Apoyó el mensaje de Dalbert sobre la mesa de trabajo. Sobre la superficie, había una copia de *El Observador de Delamer*, hecha de una seda elegante, pero resistente, que uno podía doblar y llevar en el bolsillo. El periódico estaba abierto en la última página, que estaba llena de anuncios de tres líneas que ofrecían potros de unicornio, tónicos de belleza y túnicas que prometían hacer que uno fuera casi imposible de detectar de noche.

¿Qué había estado buscando el príncipe?

Entonces lo vio, enterrado cerca de una esquina, un aviso que decía: *Avistaje de aves grandes. Pájaros extraños e inusuales se han visto por última vez en Tánger, Grenoble y Taskent.*

Mientras leía, el texto cambió: *se han visto por última vez en Grenoble, Taskent y San Petersburgo.*

A excepción de Grenoble, todas las otras ciudades nomágicas tenían poblaciones de Exiliados de un tamaño considerable. Atlantis estaba lejos de dejar de tomar medidas severas.

Ella ingresó en la sala de lectura con el corazón apesadumbrado y se detuvo ante el escritorio de búsqueda, aún distraída.

Quizás era algo bueno y justo que Wintervale fuera con Titus. Si el vórtice que hundió al *Lobo de mar* era indicio de algo, sus poderes no tenían comparación con los de ella. Y uno necesitaba un poder de esa magnitud para enfrentar a Atlantis.

La imagen reapareció en su mente, el barco atrapado como una hoja en un remolino, incapaz de huir.

—Un remolino que se alimenta de barcos —susurró ella.

Un libro apareció en el estante detrás del escritorio, que debía haber creído que ella quería leer algo acerca del tema. Iolanthe tomó el libro y hojeó unas páginas, distraída.

Era un diario de viajes escrito por un mago que había navegado con un grupo de amigos desde el Dominio a Atlantis, para presenciar la demolición de un hotel flotante que había sido condenado.

Camino a la Bahía de Lucidias, pasamos cerca del remolino atlante, una vista aterradora e impresionante a la vez. Tenía alrededor de dieciséis kilómetros de diámetro; las aguas oscuras se arremolinaban incesantemente alrededor de un centro parecido a un embudo. En el aire sobre él revoloteaban carros blindados y jinetes a pegaso; este fenómeno es igual de innovador y sorprendente para los atlantes como para los turistas. Y aunque la mayor parte del país es extremadamente pobre, las élites aún poseen un poder con la bestialidad suficiente como para atravesar los ochenta kilómetros que lo separan de la costa.

Nadie sabe cómo se generó el vórtice. Un día no estaba, y al día siguiente apareció. Mis amigos declaran que es una vista tan impresionante como las cimas movedizas de las Montañas Laberínticas, y debo decir que estoy de acuerdo.

Ella miró la cubierta del libro. Lo publicaron en el AD 853, hacía casi ciento ochenta años. Iolanthe sabía que el remolino estilizado que correspondía al símbolo de Atlantis representaba un remolino real que no estaba lejos de la isla, pero no sabía que el remolino no siempre había estado allí.

Interesante, pero ella había ido a la sala de lectura con un objetivo distinto en mente. Colocó de nuevo el libro en el estante.

—Muéstrame todo lo que contenga esta oración: *Las ostras dan perlas, pero solo si estás armado con un cuchillo y dispuesto a utilizarlo.*

El diario de viajes desapareció y, en su lugar, aparecieron cientos de ediciones de obras escritas por Argonin.

Ella modificó su pedido.

—Todo lo que no sea una obra.

Aun así, había demasiados libros.

—No incluyas los libros de texto ni los que contienen citas.

Quedaron tres libros. El primero era la tesis del Maestro Haywood, algo quizás nada sorprendente. La oración aparecía en la última página, sin contexto ni explicaciones.

El siguiente era la compilación anual de *El Observador de Delamer* del AD 1007, siete años antes del nacimiento de Iolanthe. El artículo que contenía la cita trataba de un baile de gala que tuvo lugar para celebrar el tricentenario del nacimiento de Argonin y para dar comienzo al inicio de un año de conmemoración de sus obras, desde las más famosas a las menores.

La mayoría de los invitados asistieron vestidos como célebres personajes argonianos. Una gran cantidad llegó vestida como el mismo Argonin; siempre les sorprende a algunos que Argonin no era un solo escritor, sino dos: un equipo conformado por un esposo y una esposa. Y una joven, que no quiso que utilizáramos su nombre ni su fotografía dado que era una menor que había asistido sin permiso, escandalizó bastante a los presentes al lucir un disfraz de ostra que se abría para exponer una gran perla luminosa; junto a su amigo, quien portaba un alfarje llamativo, representaban la visualización de su cita argoniana favorita: "Las ostras dan perlas, pero solo si estás armado con un cuchillo y dispuesto a utilizarlo".

El último era un artículo de la publicación oficial de la escuela principal de entrenamiento militar. Aparecían cinco cadetes como los graduados con el futuro más prometedor del año.

Y la oración argoniana aparecía como la cita favorita de una cadete llamada Penélope Rainstone.

El corazón de Iolanthe se detuvo. ¿Quién era Penélope Rainstone?

Encontró fácilmente la respuesta a su pregunta en los recursos que le ofrecía la sala de lectura: Penélope Rainstone era la consejera de seguridad en jefe del reino, y se especializaba en amenazas externas del Dominio.

Iolanthe regresó al artículo original, el cual pintaba un retrato resplandeciente de la lealtad, la inteligencia y la perseverancia de la joven Comandante Rainstone. Parecería que ella era un soldado perfecto, pero después, en la sección de la entrevista, cuando le preguntaron si alguna vez rompería las reglas, respondió: "Disfruto del orden y la disciplina como cualquier soldado. Pero debemos recordar que las reglas y las leyes suelen estar hechas para tiempos de paz y condiciones típicas, mientras que nosotros, los futuros oficiales de las fuerzas de seguridad del Dominio, estamos entrenando para la guerra y el caos. En circunstancias extraordinarias, uno debe tomar decisiones extraordinarias".

En otras palabras, si surgiera la necesidad de hacerlo, ella no vacilaría en romper cada regla existente.

Iolanthe cerró las manos sobre el borde de la mesa. Pero no había nada más que hacer, más que realizarle al escritorio la próxima pregunta lógica:

—Muéstrame todo lo que tengas de Horatio Haywood y Penélope Rainstone juntos.

Y allí estaban, en una sección adicional especial de *El Observador de Delamer*, posando juntos en un banquete que había tenido lugar en la Ciudadela, en honor a los mejores graduados académicos de todo el Dominio.

El epígrafe decía:

Horatio Haywood (18 años), de la Escuela del tridente y los hipocampos ubicada en el Refugio de las Sirenas, en la Isla de las Sirenas, y Penélope Rainstone (19 años), de la Academia del bien común de Delamer. Se dirigen al Conservatorio de las Artes Mágicas y las ciencias y al Centro de aprendizaje militar Titus, el Grande, respectivamente. A pesar de que el señor Haywood y la señorita Rainstone se conocieron en el banquete, no dejan de intercambiar cumplidos mutuamente.

El joven y la muchacha de la fotografía estaban enfrentados, sus rostros resplandecían de satisfacción.

¿Eso era todo? ¿La Comandante Penélope Rainstone era la guardiana de la memoria?

¿Acaso ella era la madre de Iolanthe?

19

CAPÍTULO 19

EL DESIERTO DEL SAHARA

OYERON EL RUGIDO OTRA VEZ.

Fairfax tomó rápidamente el bolso. Titus recogió su túnica y extrajo la varita que estaba escondida en la bota.

Ella movió la mano como si estuviera empujando algo. Un ruido prácticamente tan aterrador como el rugido de un dragón resonó en la tienda: la chica estaba provocando una avalancha con el objetivo de sorprender y distraer al guiverno de arena que se encontraba fuera.

—Quédate aquí —ordenó Titus mientras se colocaba la túnica.

Él se teletransportó afuera... y de inmediato, un derrumbe de arena lo enterró. Se teletransportó de nuevo, hacia la cima de una duna alta justo cuando el guiverno de arena, que era prácticamente del color exacto del Sahara, alzó vuelo chillando hacia el cielo mientras aleteaba con fuerza.

Titus sabía que los guivernos de arena eran de mayor tamaño que los normales, pero ese espécimen era al menos tres veces más grande de lo que él había previsto: la envergadura de la bestia tenía las dimensiones de un palacio pequeño y llevaba en su lomo dos jinetes en lugar de uno, como era habitual.

Los jinetes, que vestían el uniforme atlante, intentaban controlar al guiverno de arena y redirigir su morro en dirección a Fairfax. Titus le lanzó una serie de hechizos golpeaescudos a los jinetes, seguido de un hechizo aturdidor.

Uno de los jinetes cayó. El guiverno de arena volteó y escupió un río de fuego hacia Titus. El muchacho se cubrió con un escudo y apuntó a atacar el estómago de la bestia. Los guivernos (al menos los ordinarios) tenían un estómago blando, y esa era la razón por la que los magos hábiles podían atraparlos y domarlos.

Pero el guiverno de arena ni siquiera reaccionó ante el hechizo desestabilizador que lo golpeó de lleno en el estómago. Lo único que la bestia hizo fue lanzarse hacia Titus con una inmensa garra extendida.

Con la esperanza de alejar al guiverno de arena de Fairfax, Titus se teletransportó hacia la cima de otra duna; había acampado en el valle angosto entre dos olas de dunas muy elevadas que estaban juntas y paralelas entre sí, con la esperanza de tener mejor protección ante el calor del sol diurno. Al teletransportarse a ciegas, en vez de reaparecer en la cima, terminó a medio camino sobre la ladera de la duna que había elegido, mientras el guiverno de arena lo perseguía de cerca. Titus miró hacia el valle, debajo de él, hacia el lugar donde las dunas aparecían, y se teletransportó de nuevo.

Esa vez, se materializó al menos a cuarenta kilómetros de distancia. El guiverno de arena voló en círculos por la zona y se zambulló hacia él. De pronto, en pleno vuelo, lanzó el cuello hacia atrás, prácticamente convulsionando, y con un gran rugido, volvió a dirigirse hacia Fairfax, a pesar de que Titus lo había pinchado con varios hechizos espinosos.

El muchacho soltó un insulto y se teletransportó hacia la tienda...

y al llegar solo vio que estaba completamente enterrado en arena. No solo Fairfax se había marchado, la tienda también había desaparecido. Maldijo otra vez y usó la teletransportación para llegar un punto más alto del terreno.

Fairfax estaba de pie en el valle entre las dunas. Parecía completamente diminuta en comparación al guiverno de arena, que estaba a menos de seis metros de ella. Ella tenía las manos en alto, como si estuviera indicándole a la bestia que debía parar. Y la bestia parecía cooperar de un modo muy civilizado mientras planeaba; la punta de su cola casi tocaba el suelo.

Pasaron dos segundos antes de que Titus comprendiera con exactitud lo que estaba viendo. El guiverno de arena intentaba avanzar, centímetro a centímetro, contra el viento en contra que Fairfax había creado y que hacía que la arena fluyera hacia el camino de la bestia. La chica gritó. El guiverno de arena, con su envergadura colosal, de hecho retrocedió unos metros.

Titus le lanzó más ataques al jinete que aún montaba al guiverno de arena, pero el atlante se agazapó detrás del ala derecha del dragón para protegerse de los ataques.

Titus se teletransportó muchas veces para intentar hallar un buen ángulo; esperaba que el guiverno de arena no estuviera acostumbrado a esforzarse tanto para conseguir la cena y que cambiara a la maga elemental no colaboradora por una presa más fácil si él tan solo lograba dejar inconsciente al jinete.

Por fin, Titus halló un lugar apropiado que le otorgaba una vista relativamente sin obstáculos. Alzó el brazo. Pero ¿qué oía? Además de la mezcla sonora del aullido del viento en contra, la arena que se movía como los sedimentos de un río y el batir de las alas del guiverno de arena, ¿había un sonido más?

Se teletransportó justo cuando un golpe de calor rozó su piel.

Un escuadrón de guivernos albinos había llegado. Titus usó la teletransportación otra vez para llegar junto a Fairfax. Aún sería demasiado arriesgado que ella se teletransportara, pero él no podía pensar en otra manera de sacarla de aquella situación.

Titus la cubrió con un escudo, justo a tiempo antes de que un torrente combinado de fuego de los guivernos los atacara. Ella extendió una mano hacia los dragones, y redirigió el fuego que emanaban entre ellos, lo que los obligó a romper filas y dispersarse.

Pero con aquella interrupción en su concentración, la corriente de aire que había estado utilizando para mantener lejos al guiverno de arena perdió intensidad. El guiverno de arena, todavía aleteando con vigor, se lanzó hacia ellos.

Titus invocó otro escudo, el más fuerte que conocía.

—Si excavas, el guiverno de arena excavará más rápido que tú. Incluso si mantienes a raya a todos estos dragones, hacerlo solo les daría tiempo a los refuerzos para llegar.

Y si los jinetes lograban trazar una zona anti teletransportación (una posible de realizar en quince minutos, con tres metros de diámetro que los atraparía a los dos), entonces ni siquiera él tendría la posibilidad de huir.

La única opción era que él teletransportara a la chica, una decisión potencialmente letal que no quería tomar por ella. Titus tomó la mano de Fairfax.

—¿Quieres venir conmigo?

Los dedos de la muchacha temblaban contra los de él.

—¿Qué probabilidades tengo de sobrevivir?

—El diez por ciento. Como mucho.

—No quiero morir —susurró ella—. O que me atrapen. ¿No hay ninguna otra opción?

—Invoca un ciclón que los haga volar —la voz de Titus temblaba.

—Si tan solo pudiera —ella contuvo el aliento—. Espera un minuto, ¿qué había dicho mi admirador? *El día que nos conocimos, un rayo cayó.* ¿Crees que podría haberlo dicho literalmente?

Era imposible.

—Escucha, Fairfax...

Prácticamente relajada, ella alzó la mano libre hacia la cumbre del cielo sin nubes. Cerró la mano en un puño. Y el rayo cayó.

Él abrió la boca, aunque no sabía si era para contener el aliento o gritar. Pero no brotó ningún sonido. Él solo observó, con los ojos húmedos, cómo el cometa eléctrico y brillante se precipitaba a toda velocidad hacia la tierra.

Cuando estaba más cerca del suelo, el rayo se dividió en media docena de brotes. Cada uno de ellos azotó a un guiverno. Cada bestia se retorció y cayó en el desierto con golpes que hicieron temblar el esqueleto de Titus.

Parpadeando, volteó hacia Fairfax. Ella parecía tan atónita como él se sentía.

—Que la Fortuna me guarde —susurró ella—. ¿Por este motivo Atlantis quiere capturarme?

La mención de Atlantis hizo que Titus saliera del trance: el rayo sería un faro para todos los perseguidores cercanos. Comenzó a correr y la arrastró a ella para que lo siguiera.

—Rápido. Los carros blindados estarán aquí en cualquier momento.

El guiverno de arena era el único que poseía una montura doble. Titus desató y dejó a un lado a los jinetes inconscientes que aún respiraban mientras ella buscaba rastreadores: los corceles atlantes solían llevar varios encima como parte de los arreos.

Después de que ella descartó varios discos pequeños, él la ayudó a subir a la montura que estaba frente a él. En la distancia, Titus ya podía distinguir un trío de carros blindados aproximándose.

Ella apuntó su varita hacia el guiverno de arena.

—*Revivisce omnino.*

La bestia despertó y se tambaleó cuando se puso de pie. Titus agitó las riendas. El guiverno de arena extendió las alas y alzó un vuelo bastante inestable. Un guiverno en condiciones óptimas podría sostenerse a sí mismo mientras unos carros blindados lo persiguen durante un tramo corto, pero el que ellos montaban no estaba en condiciones óptimas, y tenían un largo camino que recorrer.

Titus volteó el guiverno de arena hacia el este.

—Si no recuerdo mal, querías dirigirte hacia el este.

—Lo más lejos de Atlantis posible —dijo ella. Miró al norte y vio a los carros blindados que se aproximaban—. ¿Debería suponer que están hechos para tolerar la caída de un rayo?

—Sí, deberías.

Ella suspiró.

—¿Acaso nadie piensa en hacerme las cosas más fáciles? —señaló el suelo debajo de ellos—. Haz que el guiverno vuele entre las dunas.

Él maniobró a la bestia para que volara más bajo. Los carros blindados que los perseguían los siguieron dentro del valle mientras se acercaban cada vez más.

—Acércalo aún más al suelo —dijo ella.

Comenzaba a comprender lo que la chica planeaba hacer. Titus miró por encima de su propio hombro. Los carros blindados estaban a cuarenta kilómetros detrás de ellos y cada vez más cerca; ellos también volaban cerca del suelo.

—Vamos —susurró Fairfax, mirando alrededor de él—. Acércate un poco más al suelo.

—Eres la chica más espeluznante que he conocido —le dijo él.

—No seas exagerado —replicó con acidez—. Soy la única chica que recuerdas haber conocido.

Después, sonrió y apuntó su varita. Las dunas se alzaron, como dos olas inmensas que alcanzaban su punto más alto, y cayeron con fuerza sobre los carros blindados, lo que los hundió debajo de una montaña de arena.

Él apremió al guiverno para que volara más alto y lo dirigió de nuevo hacia el este.

—Si hubiera una competencia para probar quién es la chica más espeluznante, apostaría hasta mi última moneda en ti.

Ella solo rio en voz baja, apoyó la cabeza contra el hombro del muchacho y se durmió otra vez en cuestión de minutos.

CAPÍTULO 20

INGLATERRA

2 de enero, AD 1010

Está oscuro; no sé si es el atardecer o el amanecer. De espaldas, veo dos hombres, o dos jóvenes, caminando, uno apoyado en el otro. Avanzan con sigilo, mirando constantemente en todas direcciones.

Cuando por fin detienen la marcha, se esconden detrás de una roca y veo el lugar al que se dirigen. Un fuerte palaciego, o una fortaleza parecida a un palacio, que está sobre una colina rocosa que domina el centro de un valle amplio rodeado de picos similares a dientes.

Casi todos los picos tienen torres de guardia, las ventanas angostas de las torres brillan como los ojos rasgados de las bestias nocturnas. El suelo del valle está muy iluminado y veo un anillo de defensas.

He escrito lo anterior a la mañana de prisa porque estaba a punto de llegar tarde a una reunión con el consejo a la que mi padre quería que asistiera. A lo largo de todo el día recordaré aquella visión y me preguntaré qué rayos estaba viendo.

Acabo de visitar a mi padre en su salón de clase. En el presente es un hombre tan difícil, pero su versión anterior, el "retrato conmemorativo" que ha dejado atrás en la sección de enseñanza del Crisol... Adoro a ese joven. Y me rompe el corazón darme cuenta de que considero a alguien que ya no existe no solo como un amigo, sino como la única persona que comprende la vida que llevo ahora y todas las responsabilidades que enfrentaré.

Tengo mucho miedo de parecerme a mi padre algún día, estricta y sombría, llena de ira y recriminación. Recordar cuán encantador y entusiasta había sido alguna vez solo profundiza aquel temor.

Pero estoy divagando. El joven Gaius me dijo que sin dudas lo que había visto era el Palacio del Comandante, el refugio del Bane en el interior de Atlantis.

Los jóvenes que vi en mi visión son los magos más valientes o más estúpidos que existen.

DESPUÉS DE LA REVELACIÓN DURANTE EL TÉ, LO que Titus quería ver era algo relacionado a Kashkari. Pero el diario eligió una vez más confirmar que Titus iría a Atlantis con una sola persona, alguien que necesitaba ayuda para caminar.

Cerró el diario. En el extremo opuesto de la mesa, Fairfax estaba poniéndose de pie después de salir del Crisol.

–¿Conoces a alguien llamado Penélope Rainstone? –preguntó ella, con una calma extraña en la voz.

–Es la consejera de seguridad en jefe del regente.

–¿Qué clase de persona es?

–Es extremadamente capaz. Parece devota a la corona. No hay evidencias de ningún trato extracurricular con Atlantis. ¿Por qué estás interesada en ella?

Iolanthe no respondió, solo parecía inquieta.

¿Sería posible?

—¿Encontraste su nombre mientras buscabas pistas para hallar la identidad de la guardiana de la memoria?

Dado que ese sería el modo a través del cual él encontraría a Horatio Haywood: averiguando primero la identidad de la guardiana de la memoria.

Iolanthe se puso de pie y se vistió con la chaqueta del uniforme que había dejado sobre la mesa.

—La oración argoniana es su cita favorita. Y ella y el Maestro Haywood se habían conocido hace muchos años, en un banquete en la Ciudadela, antes siquiera de que comenzaran sus estudios universitarios. Pero no hallé nada concluyente.

Él no sabía qué había esperado, pero lo que la chica le contó lo sorprendió. ¿La Comandante Rainstone?

—Regresaré a la casa de la señora Dawlish —dijo Fairfax.

Cerraban la casa con llave antes de la cena. Después de ese horario, para entrar uno debía ingresar a través de una ventana o teletransportarse. Y en cualquier momento que uno se teletransportara, existía la posibilidad de ser visto. En lo que respectaba a él, no tenía importancia. En lo que respectaba a ella, todo era relevante. Si había testigos, incluso entrar por una ventana podría hacer que la señora Hancock sospechara.

Iolanthe siempre había sido meticulosa antes. Debía recordar que a pesar de que él no pudiera llevarla en su misión, ella aún era la maga más buscada sobre la Tierra.

Pero Titus no tuvo el corazón para darle un sermón, así que solo dijo:

—Déjame ir primero, para asegurarme de que no haya nadie merodeando.

LUEGO DE QUE TITUS SE ASEGURÓ DE QUE FAIRFAX
regresara a salvo, fue a la habitación de Wintervale en busca de Kashkari. Pero solo se cruzó con Cooper y Sutherland, que ya estaban sa-
liendo del cuarto del convaleciente. Wintervale dio un gran bostezo; se
le cerraban los ojos.

Kashkari estaba en su propio cuarto.

—Siéntese, príncipe —dijo cuando Titus entró—. Por cierto, ya he
establecido un círculo insonoro.

Titus fue directo.

—¿Quién eres?

—No soy nadie importante, pero quizá ha oído hablar de mi tío
fallecido. Se llamaba Akhilesh Parimu.

Titus miró fijo a Kashkari: el nombre no le decía nada. Entonces,
de pronto, lo recordó.

—Akhilesh Parimu fue el mago elemental que nació la noche de la
gran tormenta de meteoritos de 1833, el que reavivó un volcán extinto,
¿verdad?

Kashkari asintió.

—Entonces también debe saber lo que le sucedió.

—Su familia prefirió matarlo antes de permitir que Atlantis se lo
llevara.

—Él le rogó a su familia que lo mataran antes de que lo capturaran; o
al menos esa siempre ha sido la versión que me contaron —dijo Kashkari—.
De cualquier modo, como venganza, Atlantis mató a todos los miembros
de su familia, excepto a mi madre, quien era muy joven en ese momento
y a quien habían enviado a quedarse con una amiga en cuanto los poderes
de Akhilesh se manifestaron.

»Su amiga, la mujer que siempre he conocido como mi abuela, convenció a su esposo de que debían adoptar a mi madre y huir a un reino nomágico; y así lo hicieron: dejaron su isla en el Mar Arábigo para asentarse en el subcontinente, en Hyderabad.

»Mi madre creció consciente de que era una maga refugiada, pero sin saber nada acerca de la historia de su familia biológica. Un aluvión de revueltas en los reinos subcontinentales trajo una entrada de magos refugiados a Hyderabad. Algunos de ellos querían conformar una nueva comunidad coherente; otros, simplemente deseaban desaparecer en la multitud. Ella se casó con un joven perteneciente al último grupo. Él se convirtió en abogado, tuvieron dos hijos y llevaron una vida que, vista desde afuera, a duras penas era distinta a la que hacían los nómagos que los rodeaban.

»Y después, ella quedó embarazada de nuevo y nací yo, durante la gran tormenta de meteoritos de 1866. Esas circunstancias asustaron a mis abuelos, quienes recordaban lo que había ocurrido la última vez que un hijo del linaje de mi madre nació durante una tormenta de meteoritos. Finalmente, le contaron a mi madre la verdad acerca de su hermano y sus padres, y aunque es raro que los poderes elementales sean hereditarios, me observaron, juntos y nerviosos.

»Resultó que mi poder no estaba relacionado a los elementos, sino a los sueños proféticos. ¿Fairfax le contó?

Titus dudó: no sabía si debía involucrar a Fairfax en la conversación.

—Tu habilidad le resulta bastante novedosa.

—Cuando mi familia descubrió que yo no era un mago elemental, todos se relajaron lo suficiente para permitir que yo decidiera si quería venir a estudiar a Inglaterra. Los orientales no vemos las visiones del futuro como algo que debemos aceptar, así que decidí quedarme con mi familia hasta tener un nuevo sueño que me hiciera cambiar de opinión.

»El sueño fue solo un fragmento: había un grupo de personas en una habitación, la tuya, de hecho, y alguien me decía: "Al quedarte junto a Wintervale, lo has salvado".

Aquello no era lo que Titus había esperado oír. Por algún motivo, porque se había enterado de los sueños proféticos de Kashkari a través de Fairfax y porque la Oráculo le había dicho a la chica que a quien debía pedirle ayuda era a Kashkari, él había supuesto que cualquier cosa que le dijera también giraría en torno a Fairfax.

Pero por supuesto que debería haberlo sabido. Desde el instante en que Kashkari comenzó su explicación, a pesar de que aún no lo había mencionado específicamente, cada palabra que había pronunciado había estado enfocada en una sola cosa: no en el gran mago elemental de la época de su tío, sino de la época de ellos.

Y a pesar de lo que Titus deseaba con fervor, ese mago era Wintervale, y no Fairfax.

—Entonces has venido a salvar a Wintervale —dijo el príncipe, con cuidado de mantener ausente la decepción de su voz.

—Sabía quién era el Barón Wintervale; la Insurrección de Enero fue tan exitosa durante un tiempo que su nombre se volvió sinónimo de esperanza en todos los reinos mágicos. Mi familia no dejaba de hablar de todas las nuevas victorias del Barón… supimos después que su estratega era la Baronesa Sorren; creíamos que el Barón hacía todo, que sin ayuda de nadie aventajaba y enfrentaba a Atlantis. Y recuerdo que mis abuelos hablaban entre susurros acerca de la posibilidad de por fin regresar a su hogar y dejar de ser Exiliados.

»Toda esa esperanza desapareció cuando la Insurrección de Enero fracasó. Y cuando comencé a tener aquel sueño en particular, el Barón Wintervale ya había muerto. Pero pensé: ¿y si esto significa que tengo que cumplir un rol más importante del que había imaginado? ¿Y si estoy destinado a rescatar al hijo del Barón Wintervale de un terrible peligro y a ayudarlo a reavivar el sueño de su padre?

—Y pensar que una vez creí que tu meta era ayudar a la India a lograr la independencia de Gran Bretaña.

—No, mi meta siempre ha sido derrocar al Bane —dijo Kashkari con calma, como si fuera la cosa más natural del mundo—. Quiero justicia para mi tío y toda su familia. Justicia para todas las otras familias que han sido sacrificadas en la cruzada del Bane en busca de más poder.

—¿Y tú crees que Wintervale es la clave para lograr todo eso?

—No lo sé con certeza. Al igual que no sé si pasar tiempo con Wintervale a lo largo de todos estos años ha afectado de algún modo mi decisión.

Titus había notado lo cerca que había estado Kashkari de Wintervale durante las últimas semanas. Pero al pensarlo mejor, los dos habían sido casi inseparables durante años.

—¿Se lo has dicho a Wintervale?

Kashkari negó con la cabeza.

—Ya sabe cómo es. Antes de que me arriesgue a contarle toda la verdad, él tiene que volverse mucho más discreto o la situación tiene que tornarse mucho más extrema.

—Entonces ¿por qué me lo cuentas a mí?

—Necesito un consejo.

Titus sintió una premonición extraña.

—Continúa.

—Hace poco tuve el sueño de nuevo y esta vez por fin vi el rostro de la persona que me habló, la que dijo "Al quedarte junto a Wintervale, lo has salvado".

—¿Quién es?

—La señora Hancock.

—¿Qué?

¿La señora Hancock? ¿La enviada especial del Departamento de Administración de Asuntos Externos de Atlantis?

—He estado en su salón. He visto el símbolo del remolino en las manijas de sus gavetas —dijo Kashkari—. Sé que es una agente de Atlantis. Pero Atlantis tiene muchos agentes, y no todos son leales al Bane.

—No he visto *nada* por parte de la señora Hancock que sugiera que ella no es extremadamente fiel al Bane.

—Esperaba que usted supiera algo acerca de ella que yo no. Que quizás ella apoyaba nuestra causa —el rostro de Kashkari se entristeció.

—Tu causa; no nuestra —le recordó Titus con énfasis.

—Pero Amara me dijo que Atlantis lo considera un adversario. Ella dijo que Atlantis también cree que está dándole asilo a un mago elemental que es tan poderoso como lo había sido mi tío.

Amara debía ser quien se había infiltrado en la fiesta en la Ciudadela; la que supuestamente estaba comprometida con el hermano de Kashkari.

Titus utilizó un tono despectivo.

—Fue un malentendido que se fue de las manos. Cuando el mago elemental hizo caer un rayo, monté a mi peryton y fui a echar un vistazo. Los agentes de Atlantis llegaron al lugar cuando yo aún estaba sobrevolándolo y desde entonces me han acosado.

—Ya veo —dijo Kashkari con cautela.

—Pero no necesitas preocuparte: nada de lo que digas aquí llegará a oídos equivocados. Puede que yo no tenga la misma meta que tú, pero no le tengo aprecio a Atlantis y no me interpondré en tu camino.

Titus estaba a punto de dirigirse a la puerta cuando recordó algo.

—¿Te molestaría decirme por qué regresaste tarde a la escuela? Sabiendo lo que ahora sé, imagino que no estabas atrapado en un barco nomágico en el Océano Indico.

—No, estaba en África, en la fiesta de compromiso de mi hermano.

La familia de su prometida se mudó al Reino Kalahari varias generaciones atrás y aun en el Exilio no quisieron reubicarse lejos de Kalahari.

–Entonces ¿la mujer es de verdad tu futura cuñada?

–Me temo que sí –la mirada de Kashkari se posó brevemente en la fotografía de la fiesta de compromiso–. De todos modos, allí estábamos, conversando. Amara relataba una noticia que le parecía alentadora, que Madame Pierredure había aparecido para repartir armamentos y conocimiento a los magos en varios reinos que planeaban en secreto atacar las instalaciones atlantes.

–Cuando en realidad Madame Pierredure se suicidó hace años.

–Ni más ni menos que en nuestro hogar: ella y mi abuela habían sido amigas en la escuela, y Madame había aparecido en nuestra puerta después de que las revueltas fracasaron. Le contamos todo a Amara. No recuerdo bien los días siguientes. Eso fue lo que retrasó mi regreso a Inglaterra.

Titus asintió.

–¿Y hay una razón particular por la que decidiste contarle a Fairfax acerca de tus sueños proféticos?

–Fairfax es un caso extraño. Esperaba que usted fuera capaz de contarme más, dado que siempre he creído que él era su amigo. Pero mientras sé que él nunca ha estado aquí antes del comienzo del último semestre, lo que no puedo decidir es si usted lo trajo aquí o si Atlantis lo hizo y usted debe hacer su mayor esfuerzo por soportarlo.

Titus miró fijo a Kashkari. Al príncipe le preocupaban muchas cosas y había elaborado infinitos escenarios posibles contra los que defenderse, pero nunca se le había ocurrido que alguien creería que Fairfax podía ser un posible agente de Atlantis.

–¿Por qué crees que Atlantis lo trajo aquí?

–Porque para dos personas que se supone que son amigos, a veces realmente parece que no se toleran el uno a otro.

A veces, Titus olvidaba la gran pelea que había tenido con Fairfax al comienzo del semestre de verano. La división entre ellos había parecido un abismo: completamente imposible de cruzar. Aunque de todos modos, habían logrado hacerlo.

¿Acaso eso implicaba que esta vez también había esperanza para ellos?

—¿Has compartido tus sospechas acerca de Fairfax con alguien, con quien sea?

—No. Sin importar cómo haya llegado a estar cerca de nosotros, no ha hecho más que ayudarnos siempre.

Belleza interior. Eso era lo que los chicos habían encontrado en Fairfax: su amabilidad, su compañía reconfortante, la manera en que aceptaba quiénes eran con facilidad.

—No diré nada más acerca de Fairfax —respondió Titus.

—Lo comprendo. ¿Y acerca de la señora Hancock?

La señora Hancock era otra clase de problema muy distinto. Titus no tenía intenciones de confiar en nadie que tuviera el símbolo del remolino en las manijas de sus gavetas.

—Déjame investigar un poco.

Se despidieron, y Titus caminó hacia la puerta. Sin embargo, cuando estaba a punto de salir, Kashkari habló de nuevo.

—Su Alteza.

Titus no volteó.

—¿Qué ocurre?

—Puede no decir nada acerca de lo que piensa, Su Alteza, pero recuerde mis poderes —dijo Kashkari; su voz era tranquila y relajada—. He visto quién es usted y esa es la única razón por la cual he arriesgado mi vida y las vidas de aquellos que amo contándole la verdad. Algún día, espero que me devuelva esa confianza.

CAPÍTULO 21

EL DESIERTO DEL SAHARA

HABÍA PASADO MEDIA HORA DESDE QUE FAIRFAX hizo caer el rayo y enterró los carros blindados; media hora sin que los molestaran los secuaces de Atlantis. El sol brillaba, blanco e implacable; la arena ondeaba, como la superficie de un mar bajo la influencia del viento. El guiverno de arena, una criatura resistente, ya se había recuperado por completo del impacto eléctrico que había recibido, y volaba, estable, a una velocidad que superaba los ciento veinte kilómetros por hora. Pero Titus no se atrevía a bajar la guardia y continuaba observando distintas partes del suelo con la ayuda del hechizo vistalejana. Cuando los habían hallado a él y a Fairfax, se tornó mucho más fácil para Atlantis la tarea de delimitar un campo de búsqueda. Sus fuerzas ya no necesitaban peinar cada centímetro de arena en todas direcciones desde el círculo de sangre original: podían enfocarse en un área mucho más reducida.

Como era de esperar, antes de que pasaran otros cinco minutos, Titus divisó un trío de guivernos albinos. Estaban a varios kilómetros de distancia, pero eran más rápidos: las criaturas más pequeñas y delgadas solían volar con mayor ligereza.

Además, el problema no eran esos tres guivernos, sino todos los otros que de seguro vendrían, ahora que él y Fairfax habían sido vistos nuevamente.

Sin embargo, después de observar con mayor atención a los jinetes, cambió de opinión: ellos no eran el menor de sus problemas. Los jinetes habían extendido una red detrás de ellos, la cual parecía una capucha poco práctica sobre una cabeza invisible. Un acelerador de hechizos: estaban a punto de utilizar hechizos a distancia.

Al lanzar hechizos a distancia, el grupo de los perseguidores estaba en desventaja, porque el objetivo no permanecía quieto; lo cual implicaba que el hechizo debía viajar más lejos. Si bien era necesaria cierta distancia para construir la fuerza del hechizo (en general, cinco kilómetros era considerada la distancia óptima), una lejanía mayor a esa haría que el hechizo comenzara a debilitarse de nuevo.

Pero un acelerador de hechizos incrementaba su poder y resistencia, lo cual presagiaba problemas para un par de fugitivos.

Titus extrajo su varita; los atlantes no eran los únicos que sabían hacer magia a distancia. Se concentró, se estabilizó y eligió su objetivo; los hechizos brotaban de sus labios uno tras otro.

Él veía lo que sus perseguidores hacían y ellos sin dudas estaban al tanto del accionar del príncipe. Pero ninguno de los grupos se escabulló: ambos estaban decididos a lanzar la mayor cantidad de hechizos posible, en caso de que la mayoría, por una milésima de centímetro, cayera en la nada, en alguna parte en lo alto de la atmósfera o contra la superficie desértica debajo de ellos.

En el último segundo posible, Titus obligó al guiverno de arena a zambullirse prácticamente en forma vertical.

Detrás de él, el trío de guivernos albinos que habían estado volando en formación cerrada respondieron al peso en picada de sus jinetes y se separaron en distintas direcciones.

EL GUIVERNO DE ARENA ABANDONÓ LA ZAMBU-llida y comenzó a ganar altitud nuevamente.

—¿Por qué hay turbulencia? —balbuceó Fairfax con los ojos cerrados.

—Esquivamos unos hechizos a distancia.

—Eres mi héroe. Pero ¿acaso una chica no puede dormir en paz aquí? —había un dejo de sonrisa en la comisura de su boca.

Él le dio un beso en la parte superior de la cabeza.

—Por supuesto que sí. Yo personalmente te garantizo que tendremos un vuelo tranquilo como el de una alfombra voladora de un kilómetro cuadrado.

Pero el guiverno de arena no quería cooperar. En cuanto apareció un oasis diminuto en el horizonte, la bestia se dirigió directo hacia el bosquecillo de palmeras datileras. Y Titus, a pesar de su mayor esfuerzo, no pudo hacerlo cambiar de curso.

Solo podía lanzarle un aluvión de hechizos tranquilizadores a la caravana de camellos que estaban de pie, uno tras otro, justo detrás de las palmeras. Los camellos rumiaban y observaban con calma al guiverno de arena, mientras las palmeras se balanceaban por la corriente de aire generada por las alas colosales de la bestia. Los humanos, sin embargo, no poseían aquella compostura. De los cuatro hombres barbudos bronceados por el sol, uno se desmayó de inmediato, dos tomaron sus rifles y el último, su Corán.

Titus desmontó y llevó a la bestia alta como una casa de dos pisos al charco en el centro del oasis.

—*Assalamu alaykum* —les dijo a los tres hombres que aún estaban conscientes.

"Que la paz esté con ustedes".

El hombre mayor que tenía el Corán abrió y cerró la boca muchas veces, pero no dijo ninguna palabra.

Un joven que vestía una *kufiyya* roja polvorienta dijo algo con voz ronca, pero dado que el conocimiento escaso que Titus tenía del árabe se limitaba solo a unas frases de cortesía, no se molestó en responder.

Otro joven que lucía un turbante color café inclinó su arma de fuego, pero el hombre mayor colocó una mano sobre su brazo. El guiverno bebió, bebió y bebió. Cuando terminó, Titus lo persuadió para que inclinara una rama de la palmera datilera para que él pudiera cortar un gran racimo de dátiles.

Les dijo de nuevo "Assalamu alaykum" a los hombres, que aún lo miraban boquiabierto, e incitó al guiverno de arena a alzar vuelo otra vez.

DESPUÉS DE APROXIMADAMENTE UNA HORA MÁS, Titus aterrizó al guiverno de arena a dos kilómetros de distancia de una baja colina rocosa. La colina parecía estéril, pero cualquier sombra en el desierto, cualquier lugar en donde el agua pudiese condensarse y juntarse, albergaba vida. Envió las dos cuerdas cazadoras que aún poseía en busca de una buena cena para el guiverno de arena y se agazapó para darle un poco de agua a Fairfax.

Ella bebió con los ojos cerrados.

—¿Me dormí *de nuevo*?

—Con la panacea, incluso cuando dejas de dormir todo el tiempo, aún dormirás bastante. Además, te esforzarte demasiado cuando Atlantis nos encontró.

Lo cual podía impedir que se recuperara. Idealmente, ella solo debería descansar hasta que su patrón de sueño regresara a la normalidad.

—¿Pasaron más cosas peligrosas después de los hechizos a distancia?

—No a nosotros, pero hay unos viajeros que tendrán una historia para contarles a sus nietos. Es probable que añadan detalles elaborados, como que el guiverno de arena comió la mitad de sus camellos mientras el jinete demoníaco y con cuernos reía.

Ella soltó una risita nerviosa.

—Eso *sí* que suena igual a ti.

—Estoy muy orgulloso de mi cola bifurcada, pero negaré la existencia de los cuernos hasta mi último aliento.

Ahora, ella tenía los ojos semiabiertos.

—Yo solo veo una aureola.

—Tu cumplido hizo que mi cola se cayera. Mira lo que has hecho.

Ella rio de nuevo, despacio.

—Entonces ¿el guiverno de arena bebió lo suficiente?

—Creo que sí. Y fue pura gula de parte del guiverno: pueden pasar hasta tres días sin una gota.

—Sería agradable que nosotros pudiéramos hacer lo mismo, aunque no estoy segura de querer que mi piel luzca así —el guiverno de arena era por poco invisible cuando estaba sobre el suelo del desierto: su exterior lucía exactamente igual que una pila de rocas pequeñas a medio enterrar en la arena.

—Odio decirte esto, pero así se ve nuestra piel ahora.

Ella cerró los ojos otra vez.

—Sin dudas tienes una apariencia terrible. Sin embargo, *mi belleza* es indestructible como las alas de los Ángeles.

—Bueno —dijo él—, es cierto que te ves divina... —ella agitó las pestañas—... mente arrugada.

Ella sonrió.

—¿Es necesario que te recuerde que estás hablando con alguien capaz de aniquilarte con un rayo?

—¿Cuál es el punto de coquetear con una chica que no es capaz de hacerlo?

—¿Así que esta es tu idea de coqueteo?

Él sujetó la mano de la chica para tomarle el pulso.

—Sin importar cómo lo llame, tu corazón está acelerado.

—¿Estás seguro de que no se debe a un efecto residual de la panacea?

Él frotó su pulgar sobre la muñeca de la chica. La piel de la muchacha era suave como la primera brisa de verano.

—Estoy absolutamente seguro.

La respiración de Fairfax se aceleró. Separó un poco los labios. Y de pronto, el corazón de Titus comenzó a latir rápido; la sangre resonaba en sus oídos.

Un segundo después, una cuerda cazadora que regresó lo tumbó de lleno al suelo, envuelta en una serpiente que aún se movía.

Ella rio y rio mientras él luchaba con la cuerda cazadora e intentaba aflojarla sin que lo mordiera la serpiente, mientras el hambriento guiverno de arena gruñía, impaciente.

Cuando el guiverno por fin pudo disfrutar de su aperitivo, Titus regresó junto a ella. La muchacha ya estaba casi dormida de nuevo.

—Bueno —dijo él—, al menos esta vez no nos interrumpió un guiverno de arena.

—Es cierto —respondió ella, su voz apenas era audible—. Creí que generaríamos chispas entre los dos. Pero ahora sé que nada que hagamos podrá compararse alguna vez al abrazo apasionado entre una cuerda cazadora y una serpiente.

Se quedó dormida con una sonrisa burlona en el rostro. Él la contempló un largo tiempo, sonriendo.

CAPÍTULO 22

EL EQUILIBRIO Y LA MOVILIDAD DE WINTERVALE se negaban a mejorar. Una semana después de despertar del largo sueño, aún no podía ponerse de pie sin ayuda, y ni hablar de deslizarse por el pasamanos de la escalera con un saltito triunfante, como solía hacer.

Para ir y regresar de clases, para comer en el comedor e incluso para ir al baño, alguien tenía que acompañarlo. Ese alguien era prácticamente siempre Kashkari, quien había tomado el hábito de sentarse en la habitación de Wintervale para que este último no tuviera que gritar con todas sus fuerzas en caso de necesitar una galleta del armario o querer abrir la ventana para que ingresara aire fresco.

Pero eso no era lo único distinto en Wintervale.

Él siempre había sido más abierto con Titus que con los demás chicos, más sincero acerca de las frustraciones de su vida: su frágil madre, la añoranza que sentía por el Dominio y, más indirectamente, el miedo que tenía de no estar a la altura del gran apellido Wintervale.

Eran destellos de una vida oculta. Destellos fugaces, dado que Wintervale estaba decidido a disfrutar lo máximo que pudiera y era bastante experto (o al menos eso sospechaba Titus) en enterrar cualquier tormenta emocional bajo una nueva ronda de diversión.

El nuevo Wintervale aún mantenía la apariencia externa de cordialidad jovial. Pero ahora, cuando estaban solos (algo que no sucedía frecuentemente, dado que Kashkari era su compañero casi constante) Titus lo veía más callado y curioso.

Su preocupación principal era su madre, y a Titus le alegraba decirle la verdad: no había noticias de Lady Wintervale. El muchacho también quería saber qué había sucedido con todos los otros magos que Atlantis había atrapado aquella noche en Grenoble; Titus también le dijo la verdad respecto a ese tema, que era que no tenía idea.

Cuando Wintervale preguntó acerca del estado de la resistencia en general, Titus no fue sincero con las respuestas. No quería que Wintervale perdiera el ánimo al enterarse del gran golpe que Atlantis le había propiciado a la resistencia, ni quería darle la impresión de que él tenía un interés personal en los sucesos que ocurrían.

Recién seis días después de despertar, Wintervale habló por primera vez del futuro. Dos oraciones sencillas y afirmativas.

—Encontraré a la resistencia. Y me uniré a ella.

—No puedes caminar por tus propios medios.

El problema desconcertaba a Titus. Wintervale podía mover los dedos de los pies. Era innegable que sus extremidades inferiores tenían sensibilidad: calor, frío, tacto; sentía todo. Con ayuda, se movía de un modo bastante efectivo y podía llegar a donde necesitaba ir. Pero sin la fuerza de otra persona para compensar su falta de equilibrio, aunque apoyara la espalda contra una pared, después de aproximadamente un minuto comenzaba a inclinarse a un lado, sin ser capaz de enderezarse.

Les dijeron a todos que Wintervale se había lastimado un músculo para mantener oculta la verdad; de otro modo, la señora Dawlish insistiría en conseguir atención médica adicional para el chico, y Wintervale no quería que lo toquetearan y lo pincharan.

—No necesito caminar para utilizar mis poderes elementales —dijo Wintervale—. Pueden montarme en un guiverno.

—Nunca has montado un guiverno.

—Puedo aprender, después de que encuentre la rebelión. ¿Estás seguro de que no tienes contactos que me ayuden?

—Estoy seguro —al menos en ese frente, Titus no necesitaba mentir. Su madre había muerto por su vinculación con los rebeldes; él no tenía planes de repetir aquel error—. Buena suerte localizando a la resistencia sin que Atlantis te atrape.

La apariencia del rostro de Wintervale no era de decepción: era más bien desesperación. Había sobrevivido a una persecución a manos de Atlantis, había descubierto que poseía una habilidad única y maravillosa y, sin embargo, aún permanecía anclado en esa escuela nomágica, sin ninguna forma de hallar a su madre o de contribuir con la resistencia.

En ese momento, Kashkari ingresó a la habitación; Cooper y Sutherland lo seguían. Titus partió, pero la angustia de Wintervale permaneció con él.

Por naturaleza y por necesidad, Titus se preparaba constantemente para el futuro. Sin embargo, después de descubrir que todo este tiempo su madre había hecho referencia a Wintervale, no pudo pensar en la próxima semana, o siquiera en el próximo día sin que una parte de él retrocediera. Sin Fairfax, ¿qué futuro había?

Pero no podía permitir que continuara aquella autocomplacencia peligrosa. Sus sentimientos personales no importaban: nunca lo habían hecho. Lo único primordial era la misión.

Lo que más necesitaba, obviamente, era que Wintervale recuperara su estabilidad y movilidad. Era imposible que arrastrara a Wintervale en su estado actual a través de la totalidad de Atlantis para llegar al Palacio del Comandante en las tierras altas; o al menos era algo extremadamente desaconsejable.

En algún momento, tendría que contarle todo a Wintervale, o como mínimo admitir ante el muchacho que él también estaba dispuesto a enfrentarse a Atlantis. Pero con el historial de indiscreción de Wintervale, Titus planeaba esperar hasta que fuera absolutamente necesario contarle todo.

Lo que podía hacer mientras tanto, para preparar a Wintervale y para mejorar el espíritu de su amigo, era llevarlo al Crisol. Atlantis ya sabía de la existencia del libro. Así que incluso si Wintervale hablaba sin querer al respecto, Atlantis no sabría nada nuevo.

Sin embargo, antes de que se atreviera a mostrarle el Crisol a Wintervale, Titus debía quitar todos los rastros de Fairfax del libro.

Tomó asiento en el laboratorio y observó las imágenes de la chica durante un largo rato en las ilustraciones de "La Oráculo de Aguas Calmas" y "La Bella Durmiente". Sin aquellas ilustraciones, después de que ella se fuera de la escuela, él quizás nunca podría verla de nuevo.

Deshizo los cambios que había hecho y les devolvió a las ilustraciones su estado original.

Cuando estaba a punto de cerrar el Crisol, recordó que debía revisar "La batalla del Bastión Negro", la historia de Helgira. Y allí estaba: el rostro de Fairfax. Él había añadido la imagen de la chica a las otras dos historias, pero no a esa. Un vistazo rápido al registro de modificaciones que tenía el Crisol le informó que habían alterado la imagen hacía veinte años.

Veinte años atrás, esa copia del Crisol le había pertenecido a su madre.

No lo hagas, se dijo a sí mismo. ¿Qué importaba ahora por qué la princesa Ariadne había hecho ese cambio?

Pero Titus tomó el diario y lo abrió.

---

5 de febrero, AD 1011

Muchas veces veo un lugar en mis visiones y no tengo idea de su ubicación. Esta vez, no. Esta vez reconozco de inmediato la silueta descomunal de Bastión Negro, uno de los escenarios más difíciles del Crisol.

Es de noche, pero la fortaleza está iluminada con antorchas. Y cerca de la mismísima cima del bastión, en un balcón que durante el día debía tener una vista magnífica, hay una joven de pie que luce un vestido blanco; su cabello negro ondea en el viento.

¿Es Helgira?

Mi padre había querido que practicara cómo ingresar a una de las recámaras internas de Bastión Negro para utilizar la alcoba de oración de Helgira como portal. Para cumplir ese objetivo, una vez me disfracé de criada que llevaba una jarra de vino, pero descubrieron que era una impostora casi de inmediato y a duras penas tuve tiempo de gritar "Y vivieron felices por siempre" para evitar que me hicieran trizas.

Cuando la visión terminó, busqué mi copia del Crisol y abrí la sección que contenía la historia de Helgira. La ilustración muestra a una mujer de unos treinta años, aún hermosa pero con cicatrices y marcada por la guerra; no se parece en nada a la joven bella y elegante que había visto en el balcón.

Entonces, ¿quién es ella?

---

3 de septiembre, AD 1011

Es Helgira.

La joven de vestido blanco con cabello ondulante alza las manos y causa que caiga el rayo más alucinante que jamás he visto; la energía de todo un cielo turbulento canalizada en un único haz de poder.

Helgira, la manipuladora del rayo. Nunca ha habido otra.

Entonces, así es cómo luce.

19 de septiembre, AD 1011

He cambiado el rostro de Helgira en mi copia del Crisol, en la copia del monasterio y en la de la Ciudadela. Espero que a mi padre no le importe, dado que considera a la de la Ciudadela como su copia personal.

Pero ahora que he hecho ese cambio, comienzo a preguntarme por qué siquiera he tenido esa visión. Las hazañas de un personaje folclórico que solo existe en la ficción, y en el Crisol, no deberían aparecer en una visión sobre el futuro, ¿verdad?

Pero su madre efectivamente había visto el futuro. Esa joven había sido Fairfax, de pie en el balcón de Helgira, invocando el rayo que mataría al Bane. Al menos temporalmente.

Debido a que la princesa Ariadne había alterado la imagen de Helgira dentro del Crisol, Fairfax había podido moverse con libertad en el Bastión Negro. Y cuando los atlantes habían exigido respuestas acerca de la chica que hizo caer un rayo, Titus había podido encogerse de hombros y decirles que aprendieran un poco de folclore del Dominio.

Fairfax había estado siempre presente en su vida.

Entonces, ¿por qué ella no podía continuar siendo la elegida?

EL LAGO SE ABRIÓ AL MEDIO.

Era un mar interior, de hecho, tan grande que las orillas más lejanas estaban debajo del horizonte. En el fondo de sus aguas, había un grupo de niños atrapado dentro de una burbuja de aire que se encogía sin cesar.

Fairfax había pasado bastante tiempo en ese cuento intentando rescatar a los niños. Nunca había tenido éxito por completo. Pero ahora que Wintervale estaba a cargo de la tarea, las aguas profundas del lago se separaron y dejaron descubierto un sendero lodoso de un kilómetro y medio que llevaba a la burbuja de aire.

Titus movió la cabeza de lado a lado lentamente. ¿Qué otra cosa podía hacer uno que no fuera maravillarse ante un poder de semejante magnitud?

Llevó a Wintervale a una historia diferente: "El otoño de las langostas". Wintervale miró la plaga de langostas que se acercaba al campo de un granjero pobre y, con una sonrisa voraz, alzó las manos. Creó un ciclón tan poderoso que la plaga entera desapareció sin dejar rastros.

En otra historia, Wintervale alzó rocas que pesaban cincuenta toneladas como si no fueran más pesadas que unas pelotas de tenis, y construyó con facilidad un muro alto alrededor de un pueblo que los gigantes estaban a punto de aplastar. Desde la cima del muro, los aldeanos atacaron los puntos suaves y vulnerables de las cabezas sin protección de los gigantes, y lograron una victoria emocionante.

—¡Este es el mejor sentimiento que jamás he tenido en toda mi vida! —le gritó Wintervale a Titus mientras los gigantes caían como fichas de dominó y aplastaban la muralla bajo los pies.

Titus debería estar feliz: había leído *Vidas y hazañas de grandes magos elementales* miles de veces, y Wintervale sin dudas estaba llegando a la altura de ellos. También debería estar aliviado de saber que había tomado la decisión correcta: sin contar su incapacidad para dominar el rayo, los poderes de Wintervale eran en todo sentido superiores a los de Fairfax.

Sin embargo, Titus se sentía... incómodo: nunca había sabido cómo era alcanzar una meta de pronto en lugar de a través de años de esfuerzo arduo. Movió la cabeza de lado a lado y se recordó a sí mismo que sería mejor disfrutar el momento, porque la parte más difícil aun estaba por llegar.

Siempre.

El entusiasmo de Wintervale no disminuyó cuando salieron del Crisol.

—No puedo decirte lo ansioso que estoy por enfrentarme a un escuadrón de carros blindados y darles la bienvenida con estas rocas enormes.

—Lo que puedes hacer solo si hay rocas semejantes en el lugar.

—O puedo arrancarlas de las profundidades de la tierra —replicó Wintervale con entusiasmo—. Imagínate si mi padre hubiera tenido a alguien como yo durante la Insurrección de Enero.

Titus tenía que admitir que el resultado habría sido distinto, al menos para algunas batallas. Con el Crisol en mano, Titus se levantó del catre de Wintervale, donde habían estado sentados hombro a hombro. Había sido un riesgo calculado traer el Crisol a la escuela, pero Wintervale nunca había sido bueno para la teletransportación, y Titus no estaba listo para divulgar la ubicación de la nueva entrada del laboratorio.

—¿Te importaría llevarme al baño antes de irte? —preguntó Wintervale.

Los poderes elementales de Wintervale habían explotado en amplitud, pero su vejiga parecía haberse encogido, al menos cuando Titus estaba cerca.

—Vamos.

Wintervale se puso de pie de golpe, no en dirección de la mano extendida de Titus, sino hacia la ventana… y por poco cae al suelo a pesar de su esfuerzo. Titus a duras penas evitó que se golpeara contra la esquina de una estantería.

—¡Ten cuidado!

Wintervale estaba de pie con la frente presionada contra el cristal de la ventana.

—Por un segundo… por un segundo creí ver a mi madre.

Pero lo único que Titus vio cuando echó un vistazo por la ventana, además de un vendedor ambulante que nunca había visto antes de ese semestre, fue la calle habitual que estaba fuera de la casa de la señora Dawlish.

CUANDO IOLANTHE LLEGÓ AL LABORATORIO, DESPUÉS de que apagaran las luces, el príncipe ya estaba allí. O mejor dicho, estaba en el Crisol, con la mano sobre el libro y la cabeza apoyada sobre la mesa.

Aun cuando estaba aparentemente dormido, parecía tenso y preocupado. A Iolanthe se le estrujó el corazón: desearía que aún fuera capaz de ayudarlo.

Entonces ¿por qué no lo haces?, le preguntó otra parte de ella. *Aunque no seas la gran heroína que imaginabas que serías, todavía hay muchísimo por hacer.*

Pero él no quiere mi ayuda.

Él solo dijo que tú no eras la elegida. ¿Cuándo dijo que ya no necesitaba tu ayuda?

Junto al Crisol, sobre la mesa, había una caja de dulces con una nota debajo. Ella tomó el papel para leerlo.

Dalbert me contó que la tienda de la señora Hinderstone también vende dulces francos, que son muy populares entre los clientes. Estos vienen de París. Espero que te gusten.

"Estos" hacía referencia a dos profiteroles de crema, una tarta frutal diminuta y un milhojas, que consistía en capas alternadas de suave crema pastelera y masa hojaldrada.

Estuvo a punto de empujar la caja lejos de ella, por miedo a que su contenido solo tuviera sabor a angustia y rechazo. Pero de algún modo, un trozo de tarta frutal se abrió camino hacia su boca. Resultaba increíble lo delicioso que era… y en lo único que podía pensar era en cuánto él la había cuidado siempre.

Apoyó la mano sobre la de él y la dejó allí varios minutos, antes de pronunciar la contraseña y la confirmación para ingresar al Crisol.

TITUS ESTABA SENTADO EN LA SALA DE LECTURA con los ojos somnolientos y la frente apoyada contra el libro grande como un armario que estaba ante él.

—¿Estás bien? —dijo la voz de Fairfax.

Él se enderezó.

—Odio ser repetitivo, pero no es seguro para ti salir de la casa de la señora Dawlish después de que apagan las luces.

—Ya lo sé.

Ella lo miró de un modo extraño. Titus no podía decidir si Iolanthe estaba molesto con él o si era todo lo contrario.

—No estás durmiendo lo suficiente —dijo ella.

—De todas formas, no duermo bien. Pero no tengo sueño; solo estoy abrumado por la cantidad de información.

—¿Qué información?

—Necesito que Wintervale sea capaz de caminar por sus propios medios antes de que podamos partir hacia Atlantis. Pero antes de eso, debo descubrir qué es exactamente lo que le ocurre —Titus golpeteó con un dedo el tomo que estaba sobre la mesa—. Este es el referente más completo acerca de cómo interpretar los resultados del calibrador. Algunas combinaciones reducen de inmediato las opciones a uno o dos diagnósticos posibles. Pero disfunción de la motricidad gruesa e inestabilidad mental abren un abanico infinito de posibilidades: todo lo que va desde el inicio de una nueva fobia a una fragmentación irreparable de la psiquis.

—¿Qué?

Él negó con la cabeza.

—Los casos de fragmentación irreparable de la psiquis datan de quince siglos atrás, cuando los magos aún debatían si el cáncer era un castigo divino por fechorías ilícitas. No les prestaré atención a esos.

—Entonces ¿qué te preocupa?

—Hoy, más temprano, él casi se cae para llegar a la ventana porque creyó ver a su madre afuera. Sin embargo, desde donde estaba sentado, no podría haber visto nada más que el cielo… y quizás un poco de los techos que están del otro lado de la calle.

—¿Crees que estaba alucinando?

—No, no lo creo. Estaba muy lúcido. Pero el incidente me hizo recordar que cuando utilicé el calibrador en Wintervale, él aún estaba bajo la influencia de la panacea y dormía todo el tiempo. En ese momento, había creído que el dispositivo dio como resultado que la motricidad gruesa estaba afectada porque él no podía moverse sin que lo trasladara alguien… si quieres, sería como decir que la panacea había engañado al aparato.

—Y esperabas que el resultado que indicaba inestabilidad mental también hubiera estado influenciado por la panacea —dijo ella—, porque no es normal que alguien duerma todo el tiempo.

—Salvo que el aparato resultó estar en lo cierto respecto a la dificultad de Wintervale para moverse.

Se preguntaba si ella le gritaría de nuevo por su falta de compromiso para con Wintervale, pero ella solo dijo en voz baja:

—Nunca nada ha sido fácil para ti, ¿cierto?

Algo en el tono de voz de Iolanthe le llamó la atención: la ausencia de ira. Desde el día del remolino, sin importar cuán cordial fuera Iolanthe al hablar, él siempre había oído, fuerte y claro, la furia subyacente.

Pero no ahora. Ahora, ella estaba siendo simplemente su amiga.

—No, te equivocas —dijo él—. He sido inmensamente afortunado, en especial con mis amigos.

Contigo.

Ella lo miró un largo momento, después introdujo la mano en su chaqueta y extrajo un sobre pequeño.

—Toma. Un regalo de cumpleaños.

Era su cumpleaños número diecisiete, un día que él había querido que pasara desapercibido, pero le entusiasmó que ella lo recordara. Sin embargo, cuando abrió el sobre, vio que contenía los vértices del cuasi teletransportador.

—No —dijo él, atónito—. No, no puedo aceptarlo. Son para mantenerte a salvo.

Ella dio la vuelta al escritorio y colocó el sobre en el bolsillo de Titus.

—Ya estoy lo suficientemente a salvo. Tú necesitas cuidarte.

Después de que él la acompañó de regreso a la habitación, Titus permaneció recostado en la cama durante un largo tiempo, con el sobre encima de su esternón, pensando en cuán inmensamente afortunado era de contar con sus amigos.

Con ella.

CAPÍTULO 23

EL DESIERTO DEL SAHARA

LAS CUERDAS CAZADORAS TUVIERON QUE HACER varios viajes para satisfacer el apetito del guiverno de arena. Mientras la bestia cenaba, Titus la inspeccionaba, como una cortesía por parte del jinete, para asegurarse de que el corcel no tuviera ninguna herida ni malestar.

Por poco pasa por alto una descoloración leve en la cresta de la columna del guiverno. Un escalofrío en su propia nuca lo obligó a mirar de nuevo: era un rastreador que habían modificado para que tuviera el mismo color que el guiverno, salvo que se había desvanecido levemente debido a la exposición de los elementos.

Prácticamente entumecido, Titus revisó el resto de las protuberancias extrañas de la cresta. Dos rastreadores más. ¿Cuántos más había que él no hubiera encontrado?

Destruyó todos los rastreadores y alzó la vista. Aún nada se avecinaba en el cielo. El grupo que él había eliminado antes con hechizos a distancia probablemente los encontró de casualidad; la clase de rastreadores que habían colocado sobre el guiverno de arena requerían de bastantes pruebas y errores para seguirlos.

La indecisión lo paralizó: una parte de él quería montar al guiverno y huir volando; la otra reconocía que no tenía sentido ir a ninguna parte a menos que se asegurara de que no quedaban rastreadores sobre el corcel.

Buscó e inspeccionó cada centímetro cuadrado del exterior escamoso de la criatura y la totalidad de su envergadura. Halló un rastreador en una garra y otro en la punta del hueso de una de las alas.

¿Eso era todo?

Estaba oscureciendo, pero era imposible confundir la nube tormentosa que se avecinaba desde el horizonte, que no era en absoluto una tormenta, sino cientos de guivernos volando en formación cerrada.

Que la Fortuna lo proteja, porque nada más lo haría.

En lugar de destruir la última tanda de rastreadores, los lanzó al suelo. Subió a la montura detrás de Fairfax, que ya estaba sujeta y dormida, e instó al guiverno de arena a volar lo más cerca del suelo posible sin que las puntas de sus alas golpearan la superficie.

Cuando hubo avanzado unos dos kilómetros, aterrizó al guiverno, lo hizo recostarse y le lanzó un hechizo hipnótico. El guiverno resopló algunas veces y cerró los ojos. Titus alzó a Fairfax para bajarla de la montura, quitó la montura del lomo del guiverno y la ocultó debajo de una de las alas de la criatura. Después, trazó un círculo insonoro y un escudo extensible un poco más lejos, para que no pudieran detectar la presencia del guiverno por su olor o por su respiración similar a un ronquido.

Se ocultó junto a Fairfax debajo de la otra ala del guiverno. Deberían mantenerse lejos del animal, pero si resultaba que aún podían rastrear a la bestia, estaban condenados de todos modos, dado que él no podía excavar en las dunas y la tienda camuflable no era algo en lo que él confiara cuando una luz brillante pudiera iluminarla por completo.

Con un ruido similar a miles de estandartes ondeando en un vendaval, sus perseguidores llegaron. Él contuvo el aliento y alzó el ala del guiverno levemente para espiar lo que sucedía. Los guivernos y los carros blindados oscurecían el cielo ya sombrío. Algunos volaban en círculos sobre ellos, otros se deslizaban en patrones cruzados y otros se dirigían directo al lugar en donde había dejado los rastreadores.

La magnitud de la cacería lo dejó sin aliento.

Un guiverno aterrizó a sesenta metros de ellos. Titus tomó la mano de Fairfax. Sostener su mano no hacía que tuviera menos miedo, pero hacía más tolerable la miseria de estar aterrado.

Otro guiverno aterrizó aún más cerca.

Un escándalo surgió entre los atlantes. Comenzaron a gritar:

–¡Están atacando la base!

–¡Debemos regresar!

–¡Debemos proteger al Lord Comandante!

El Lord Comandante. Fairfax gimoteó: Titus estaba apretando demasiado fuerte su mano. Se obligó a soltarla. ¿El *Bane* estaba en el Sahara?

–¡No iremos a ninguna parte! –ordenó una voz ronca y autoritaria–. Tenemos órdenes directas del Lord Comandante, y esa orden es atrapar a los dos fugitivos.

Algo atravesó el aire a toda velocidad. A continuación, oyó un grito ensordecedor, como si hubieran apuñalado a un jinete en el estómago.

Más proyectiles, un bosque de objetos largos y delgados, se precipitaron hacia los atlantes. Por un segundo, Titus creyó que estaba viendo cientos de cuerdas cazadoras. Pero no: eran lanzas hechizadas para perseguir y empalar enemigos.

Se quedó sin palabras. Debía haber pasado un milenio al menos desde que las lanzas hechizadas fueron consideradas el armamento más avanzado en una batalla entre magos.

Pero la ventaja de atacar con armas antiguas era que pocos de los soldados modernos habían entrenado para lidiar con ellas. Las lanzas buscaban jinetes en vez de guivernos, porque las escamas de las bestias eran demasiado gruesas y no podían perforarlas. Los jinetes les ordenaron a sus guivernos que agitaran las alas frente a las lanzas, pero una lanza que caía al suelo simplemente se incorporaba y atacaba al jinete más cercano.

Algunos guivernos escupían fuego sobre las lanzas, pero su fuego no tenía el calor suficiente para derretir las armas; solo las calentaban hasta tornarlas rojo resplandeciente, lo que las hacía aún más peligrosas.

—¡Vuelen! —ordenó una voz clara y aguda por encima del caos y la confusión. Titus reconoció que pertenecía al brigadier que había visto el primer día de cacería atlante—. El hechizo en esas lanzas no puede durar más de algunos kilómetros de distancia. ¡Podemos dejarlas atrás!

El estruendo se alejaba mientras los atlantes seguían el consejo del brigadier. Titus escuchaba, tenso. Podía ser una trampa para obligarlo a salir de su escondite. Pero no tenía demasiadas opciones. Huir era peligroso, pero permanecer quieto también lo era.

Susurró una plegaria rápida antes de ponerse de pie y colocar de nuevo la montura sobre el guiverno de arena. Alzó a Fairfax en brazos, la llevó hasta la montura y la sujetó al objeto.

—Vamos, viejita. Si tenemos suerte, veremos el Nilo antes del amanecer.

De lo contrario, quizás verían al Bane.

CAPÍTULO 24

—¿WINTERVALE ESTÁ MEJOR?

West hizo la pregunta al final del entrenamiento mientras Iolanthe colocaba un abrigo de lana sobre su equipo. Los veintidós habían practicado bajo una llovizna leve, mientras los espectadores se frotaban las manos y saltaban en el lugar para mantenerse calientes.

—Está igual que antes, más o menos —respondió Iolanthe mientras abrochaba su abrigo.

—¿Cómo se está tomando el no poder moverse solo?

—Debo admitir que con un estoicismo admirable.

El príncipe, que había acompañado a Wintervale dentro del Crisol, le había contado acerca de la facilidad que tenía el muchacho para ejercer su poder. Lo cual era probablemente la razón por la cual Wintervale, quien solía ser activo y casi incansable, había podido tolerar la pérdida de movilidad con tanta gracia. ¿Qué importaban las victorias y las pérdidas en el campo de críquet cuando el chico que siempre había temido llevar una vida mediocre ahora tenía la oportunidad de ser el héroe consagrado?

—Lo visitaré en unos días —dijo West—. No quiero que Wintervale piense que dejó de importar cuando dejó de formar parte de los veintidós.

West se había afeitado el bigote que llevaba al principio del semestre. Sin vello facial lucía bastante distinto. Y por primera vez, Iolanthe notó que él tenía cierto parecido con el príncipe; no lucían como hermanos, pero podrían pasar por primos.

—Estoy seguro de que a Wintervale le encantará tu visita —o al menos, al viejo Wintervale le hubiera encantado.

Iolanthe reunió su equipo y se dirigió a la casa de la señora Dawlish, con Cooper y Kashkari a su lado. Después de un minuto, notó que Kashkari estaba caminando con una leve cojera.

—¿Qué le ocurre a tu pierna? —preguntó ella.

—No me creerías si te lo dijera.

—Yo sí te creería —dijo Cooper con entusiasmo, mientras envolvía su cuello con la bufanda—. Mis hermanos siempre dicen que creería cualquier cosa.

Iolanthe negó con la cabeza con exasperación afectuosa.

—Wintervale y yo pasamos por la biblioteca ayer: como tiene que estar tanto tiempo recostado, quería algo para leer. Así que allí estaba yo, buscando libros, cuando un tomo enorme cayó del estante que estaba frente a mí y me golpeó en la parte trasera de la pantorrilla.

Los libros no caían por sí solos de las estanterías, aunque era bastante sencillo hacerlos caer. En la antigua escuela de Iolanthe, en Delamer, había un cartel notorio en la biblioteca: *Prohibido el uso de hechizos convocadores. Los infractores se reportarán directamente a la oficina del director.*

—¿Alguien lo empujó desde el otro lado? —preguntó Cooper.

—No había nadie del otro lado. Tuve suerte de que acababa de moverme, o podría haber caído sobre mi cabeza —Kashkari los miró—. ¿Ahora ya no me creen?

—No recuerdo que cojearas ayer —dijo Iolanthe. Kashkari había ayudado a Wintervale a ir y venir de la cena la noche anterior.

—Hoy me duele más. Y el entrenamiento ha empeorado todo.

—No crees que el libro te haya fracturado un hueso, ¿verdad?

—No, pero sin dudas dejó un gran magullón.

—A veces los poltergeist hacen esas cosas —dijo Cooper con absoluta seriedad—. No he oído decir que la biblioteca estuviera embrujada, pero es una escuela antigua. Debe haber fantasmas disgustados de alumnos mayores deambulando.

Un viento fuerte sopló. Iolanthe jaló de su gorro para evitar que saliera volando.

—Quizás la señora Dawlish tiene algo para tu golpe. Ya sabes cómo son las ancianas con sus músculos doloridos —prosiguió Cooper.

—Tal vez le pregunte —dijo Kashkari. No sonaba demasiado entusiasmado de tener que pedirle atención médica a la señora Dawlish—. Si empeora mucho más, no podré llevar a Wintervale a clases.

Cooper, quien siempre buscaba ser útil, aprovechó la oportunidad.

—Yo lo haré. Tú ya has hecho demasiado.

—Gracias —respondió Kashkari. Luego, después de un segundo—: Me temo que mi compañía le resulta aburrida a Wintervale estos días. Un cambio podría venirle bien.

Antes, Wintervale no solía tener restricciones: pasaba mucho tiempo con Kashkari, pero era igualmente feliz cuando pasaba el rato con otros chicos de la casa de la señora Dawlish. Ahora, parecía que solo ansiaba la compañía de Titus.

Era perfectamente comprensible: solo podía ser él mismo con el príncipe. Sin embargo, Iolanthe se sentía mal por Kashkari.

—No creo que sea cierto —dijo Cooper—. Creo que Wintervale está realmente agradecido de que siempre estés allí para ayudarlo. Dios sabe que yo lo estaría —aseguró el muchacho. Kashkari suspiró.

—Espero…

Algo llamó la atención de los sentidos de Iolanthe, la sensación de que había objetos avecinándose sobre ella. Balanceó su bate de críquet… y sintió el impacto repentino en los músculos del hombro.

Cooper gritó en medio del barullo compuesto de golpes secos y chasquidos.

Eran tejas del techo de la casa de la señora Dawlish, dado que estaban a punto de cruzar la puerta principal de la residencia.

Iolanthe había golpeado con su bate una de las tejas y había lanzado varios trozos de ella en medio de la calle. Kashkari parecía alterado, pero ileso. Sin embargo, otra teja había golpeado a Cooper, y al chico le sangraba un poco el lateral de la cabeza.

Iolanthe miró el tejado: no había nadie allí arriba. En la acera opuesta de la calle, un vendedor ambulante bastante sospechoso que había estado merodeando por la zona tampoco estaba allí. Ella comenzó a correr y dio la vuelta a la casa, pero no había nadie del otro lado del caballete del tejado y tampoco vio a nadie regresando al interior a través de una ventana o escapando a toda prisa.

Cuando regresó al bordillo de la acera frente a la puerta principal, Kashkari sostenía un pañuelo apretado contra el cráneo de Cooper.

—¿Sientes mareos? ¿O náuseas? ¿O cualquier cosa fuera de lo común?

Cooper observaba fascinado la mancha color rojo intenso en su mano.

—Pues, mis oídos zumban un poco, pero creo que estoy bien —el chico sonrió con picardía—. Tendré una historia que contar en la cena.

Kashkari movió la cabeza de lado a lado.

–Vamos. Primero, te llevaremos a la enfermería.

Después de que limpiaron y vendaron la herida de Cooper, Iolanthe le compró un cono de papel lleno de castañas asadas a un vendedor ambulante. Cuando regresaron a la casa de la señora Dawlish, lo llevaron a su habitación con una taza de té y un emparedado. Sutherland, Rogers y algunos chicos más invadieron el cuarto de Cooper.

Él relató su extraño accidente con gran entusiasmo. Sin embargo, Sutherland frunció el ceño.

–No creen que Trumper y Hogg estén detrás de esto, ¿verdad?

Iolanthe negó con la cabeza. Trumper y Hogg, dos alumnos que les habían causado bastantes problemas a los chicos de la señora Dawlish el semestre anterior y que habían sido humillados como repercusión, ya no asistían a la escuela. E incluso si hubieran regresado a Eton específicamente en busca de venganza, les faltaba la capacidad para organizar un golpe preciso desde lejos, dado que no había habido nadie sobre el tejado.

Sin embargo, un ataque semejante sería demasiado fácil para un mago.

Pero ¿a quién estaba dirigido el ataque? ¿A Iolanthe, quien aún era la maga más buscada del mundo, o a Kashkari, quien, según lo que le había dicho al príncipe, era enemigo implacable del Bane?

Más chicos fueron a visitar a Cooper. Iolanthe y Kashkari cedieron sus lugares y salieron al pasillo.

–Gracias –dijo Kashkari.

–No fue nada.

–Esa teja podría haberme golpeado si tú no hubieras reaccionado tan rápido.

–O quizás me habría golpeado a mí.

–Quizás –dijo Kashkari; no sonaba demasiado convencido–. Será mejor que vaya a ver cómo está Wintervale.

Y Iolanthe decidió que sería mejor que ella fuera a hablar con el príncipe.

EL PRÍNCIPE NO ESTABA EN SU HABITACIÓN. TAMpoco en el laboratorio. La otra entrada a ese último lugar era a través de un faro en Cabo Wrath, Escocia. Iolanthe se vistió con el impermeable del guardián del faro y salió a pesar del viento fuerte y la lluvia torrencial; al príncipe a veces le agradaba caminar por el cabo cuando había leído durante demasiado tiempo.

No había rastros de un alma en los alrededores. Confundida, regresó a la casa de la señora Dawlish. Desde allí, caminó hasta la calle principal, preguntándose si él había ido a comprar comida. En general, no lo hacía, ya que prefería teletransportarse a Londres en busca de provisiones y entrar cada vez en una tienda distinta para poder asegurarse de que los pasteles y las latas que compraba no habían sido alterados.

Un enemigo del Bane tenía muchas preocupaciones.

Compró un panecillo caliente en la pastelería y acababa de salir por la puerta de la tienda cuando alguien sujetó su brazo.

Lady Wintervale, pálida, demacrada y prácticamente esquelética.

Iolanthe por poco deja caer el panecillo. Pasó un largo momento antes de que pudiera alzar un centímetro su sombrero bombín.

–Buenas tardes, Milady.

Sin decir ni una palabra, Lady Wintervale llevó a Iolanthe a un callejón y se teletransportó. Ambas se materializaron en una habitación que tenía empapelado sedoso color marfil, una chimenea enorme y techo dorado. Una gran ventana tenía vista a...

Iolanthe se acercó unos pasos más. Era el Río Támesis, y del otro lado estaba el Colegio Eton.

—¿Estamos en la residencia de la reina inglesa?

—Así es —Lady Wintervale quitó los guantes de sus manos y los dejó a un lado—. Es un cuchitril.

Era cierto que el interior del castillo de Windsor era pesado, aunque se sentía lo suficientemente respetable. Pero también era cierto que se suponía que la propiedad de los Wintervale, antes de quedar destruida al final de la Insurrección de Enero, competía con la Ciudadela en magnificencia.

—¿El personal sabe que usted está aquí?

—Así es. Creen que soy uno de los familiares alemanes de la reina.

Lady Wintervale tomó asiento en una silla acolchonada color amarillo narciso.

—Ahora cuéntame, ¿cómo está Lee?

El nombre de pila de Wintervale era Leander, pero nunca nadie lo llamaba así ni usaba una variante de su nombre.

—No puede caminar por sus propios medios, pero más allá de eso, se encuentra bien. Pregunta mucho por usted.

—¿Qué preguntas hace sobre mí?

—Yo... Nunca las hace en mi presencia, así que solo puedo decirle lo que he oído de Su Alteza. El príncipe dice que Wintervale siempre está ansioso por recibir noticias suyas. Y Su Alteza ha estado feliz de no tener novedades de usted para no tener que mentirle a Wintervale.

Lady Wintervale colocó dos dedos contra su propia sien.

—¿Y por qué Lee no puede caminar por sí solo?

—No lo sabemos. ¿Quiere que le diga al príncipe que lo traiga para que se reúna con usted?

Lady Wintervale alzó la cabeza con rapidez.

—No. *No*. Eso sería demasiado peligroso. Por supuesto que no. Y no le digas nada a Lee acerca de mi presencia, ¿entendido? *Ni una palabra*.

La mujer siempre ponía nerviosa a Iolanthe.

—Sí, Milady, entendido. Wintervale no debe saber que usted está aquí.

—Bien. Puedes retirarte —dijo Lady Wintervale mientras cerraba los ojos como si la conversación la hubiera agotado—. Si te enteras de algo que yo debería saber, regresa a esta habitación y di *Toujours fier*.

ESA VEZ, ENCONTRÓ AL PRÍNCIPE EN EL LABORA-torio.

—¿Dónde estabas? —Iolanthe a duras penas podía contenerse—. Te he estado buscando por todas partes.

—Estaba en París.

París de nuevo.

—¿Qué estabas haciendo allí?

—Comprando cosas para ti, por supuesto —Titus señaló la bolsa de dulces que estaba sobre la mesa.

Ella no creía que él hubiera cruzado el Canal de la Mancha solo para conseguir masas horneadas, pero esa era una conversación para otro momento.

—Acabo de hablar con Lady Wintervale —dijo Iolanthe.

La expresión de Titus cambió de inmediato.

—¿Cómo escapó? ¿O la dejaron ir?

El corazón de Iolanthe dio un vuelco.

—No le pregunté.

Parte de ella siempre se paralizaba de miedo cuando estaba cara a cara con Lady Wintervale, dado que la mujer por poco la había asfixiado hasta la muerte cuando llegó a Inglaterra por primera vez.

—Me tomó por sorpresa. Ella nos teletransportó al castillo de Windsor, me hizo unas preguntas acerca de Wintervale, me dijo que no le mencionara en absoluto su presencia a su hijo e indicó que me retirara.

Y Iolanthe había estado feliz de que la dejara ir.

—Cuéntamelo todo de nuevo —pidió Titus—. Más despacio esta vez. Dame todos los detalles.

Iolanthe lo hizo, y él la escuchó con atención. Después, ella preguntó:

—¿Por qué crees que Lady Wintervale acudió a mí en vez de a ti?

—Sabe que me observan, ahora más que nunca.

El vendedor ambulante que siempre merodeaba frente a la casa de la señora Dawlish, la persona que podía o no estar escondida entre las arboledas detrás de la residencia… Todos ellos eran solo la punta del iceberg. Algunos días, cuando Iolanthe caminaba hasta la escuela con los otros chicos, sentía la vigilancia a lo largo de todo el camino.

—¿Y qué estabas haciendo en la calle principal? —preguntó el príncipe—. No es tu turno de comprar provisiones para el té.

La señora Dawlish proveía tres comidas al día, pero los chicos eran responsables de su propia merienda, que era esencialmente una cuarta comida. El príncipe, Wintervale, Kashkari y Iolanthe se turnaban para comprar lo necesario para el té de una semana para los cuatro.

Iolanthe se estremeció.

—Olvidé por completo la razón por la que estaba allí en primer lugar. Las tejas.

Relató el incidente de las tejas y el del libro que cayó de la estantería y golpeó a Kashkari.

—Son muchos objetos que caen solos para ser una coincidencia. Kashkari cree que el libro y las tejas estaban dirigidos a él.

La expresión de Titus era seria.

—Demasiados, particularmente las tejas. Antes de que me enviaran aquí, los magos del Dominio vinieron y mejoraron la casa de arriba abajo. ¿Has visto alguna vez en la residencia un desagüe tapado, escalones chirriantes o chimeneas rotas?

Ella tuvo que pensar al respecto.

—No.

Cuando las cosas funcionaban bien, pasaban desapercibidas.

—Y no debería haber ninguna falla del estilo, no mientras yo permanezca aquí; y quizás durante años después de mi partida. Así que es bastante imposible que las tejas hayan caído solas. Deberían haber permanecido en su lugar incluso si un tornado atravesara la casa de la señora Dawlish.

Titus abrió la bolsa que contenía los dulces, le entregó un *éclair* a ella y tomó uno para él.

—¿Hay algo más que necesite saber?

Algo perturbaba la mente de Iolanthe. Le llevó unos segundos darse cuenta de qué se trataba.

—West, el jugador de críquet. Parece más interesado en ti de lo que debería.

Titus frunció el ceño.

—Creo que no recuerdo cómo luce. Iré a verlo en tu próximo entrenamiento.

Pasaron unos minutos en silencio, comiendo. Se sentían cómodos, pero no del todo.

Cuando Titus terminó su *éclair*, miró a Iolanthe como si hubiera llegado a una conclusión.

—Respecto a Lady Wintervale, de hecho creo que es una buena noticia. Ella sabe quién eres, así que si Atlantis no está interrogándola, mucho mejor para ti. En cuanto a West, no sé lo suficiente para tener miedo. Pero las tejas voladoras son un tema aparte.

»Es probable que no estuvieran dirigidas a ti: Atlantis te quiere en una pieza; no mutilada. Pero cualquier cosa que suceda tan cerca de ti me preocupa. Sin importar si el responsable quiere lastimar a Kashkari porque él es parte de la resistencia o porque custodia el camino hacia Wintervale, el punto es que alguien sabe algo.

Él suspiró.

—Deberías marcharte. Pronto.

El pulso de Iolanthe redujo la velocidad; quizás se detuvo por completo.

—¿Quieres que me vaya?

—Cuanto más pienso en las tejas, más me perturba. Tal vez todos tengamos que partir, antes de que sea tarde. Sin embargo, una vez que tomemos caminos separados, no seré capaz de ayudarte a encontrar a tu tutor, y quiero hacerlo… o al menos quiero llevarte lo más cerca posible de él.

Una vez que tomemos caminos separados.

Algo por poco la ahogó, algo como la ira, pero no llegaba a ser eso. Contradicción. Ella se había resignado a su partida eventual de la escuela, de su vida. Pero ahora que él había pronunciado aquellas palabras, esa resignación se había evaporado como el rocío de la mañana.

Ella no quería partir.

Nunca quiso hacerlo.

QUINCE MINUTOS DESPUÉS, IOLANTHE FUE LA PRI-mera persona que entró a la habitación de Wintervale para tomar el té.

Antes de que Wintervale se convirtiera en el Elegido, ella y él rara vez habían pasado tiempo a solas: siempre habían interactuado como miembros de un grupo. Después, ella no vio por qué la situación debía cambiar. Era mucho mejor mantener la presencia de alguien más, o de muchos más, como un amortiguador entre ellos. Hacía que fuera más fácil actuar como si nada hubiera cambiado y comportarse como cualquier otro joven arrogante a quien se le habían subido los humos a la cabeza.

Iolanthe se acercó al fuego que ardía en la chimenea del cuarto y extendió la mano hacia el calor.

—Empieza a hacer frío.

—Oí que hoy bateaste una teja voladora —dijo Wintervale desde la cama.

Iolanthe se encogió de hombros.

—Ganar la admiración de West en el campo de juego. Salvar la vida de mi amigo de regreso a casa. Es solo un día más en la extraordinaria vida de Archer Fairfax.

El viejo Wintervale hubiera reído a carcajadas y después se hubiera quejado durante el resto del día porque no había podido ver tan excelente espectáculo. Pero el nuevo Wintervale solo sonrió… y apenas era una media sonrisa.

Iolanthe pensó que parecía cansado, tan cansado como estaba el príncipe a veces, un agotamiento que iba más allá del que podía repararse con una buena noche de largo sueño.

La puñalada de la culpa fue filosa. Más que cualquier otra cosa, ella lo envidiaba. Su poder. Su destino. Su posesión ahora inquebrantable de Titus. Cuando de todo el mundo, debería ser ella la que comprendiera lo aterradora que debía ser esa prueba. Y encima, perder la movilidad a causa de ello.

Y también a su madre, o al menos eso creía Wintervale.

–¿Está empezando a afectarte no ser capaz de moverte solo?

Él suspiró.

–Tantos planes, tantas visiones de grandeza y yo ni siquiera puedo orinar solo.

–¿Has mejorado aunque sea un poco desde que dejaste de dormir todo el tiempo?

–A veces creo que sí. Otras, estoy seguro de que sí. Pero luego, la próxima vez que me levanto, ocurre lo mismo una y otra vez.

–Bueno, no puedes rendirte –dijo ella en voz baja–. Aquellos planes y visiones de grandeza no ocurren solos, sabes.

Esta versión menos robusta y más seria de Wintervale asintió.

–Tienes razón, Fairfax. Puede que eso sea exactamente lo que necesito escuchar ahora mismo.

Cuerdo, muy cuerdo. Agotado quizás, pero indudablemente cuerdo y coherente. Y ahora, con pruebas de que su madre estaba cerca, ellos estaban seguros de que él nunca había alucinado, sino que de verdad había visto a Lady Wintervale, quien probablemente había estado sobre el tejado de la casa de enfrente para ver mejor la habitación de su hijo.

Entonces ¿por qué el calibrador estaba completamente en lo cierto respecto a la motricidad gruesa de Wintervale pero totalmente equivocado respecto a su estado mental?

Los alumnos menores ingresaron a toda prisa con bandejas llenas de huevos fritos y salchichas grilladas. Kashkari entró tras ellos; parecía tranquilo, aunque un poco sombrío. Y la conversación avanzó a temas que, en esencia, no le importaban a nadie.

CAPÍTULO 25

EL DESIERTO DEL SAHARA

LA CHICA DESPERTÓ DEBAJO DE UN CIELO PLAGA-
do de estrellas, con el sonido del aire acariciándole los oídos.

Estaba en movimiento, sujeta a la montura en el lomo de un corcel volador. Alguien la sostenía desde atrás con un brazo.

—Acaba de caer una estrella —dijo Titus.

Ella reclinó la cabeza sobre el hombro del muchacho.

—¿Viste un meteorito? —preguntó ella.

—Estoy comenzando a pensar que quizás tu admirador no estaba siendo hiperbólico, sino literal, respecto a lo que escribió: podrías haber nacido durante una tormenta de meteoritos y podrías haber hecho caer un rayo el día que él y tú se conocieron.

—Entonces ¿está perdonando por cometer ofensas atroces contra la literatura porque decía la verdad?

—Quizás las partes relacionadas a la magia elemental. Pero es lo más bajo de la virilidad gimotear "eres mi esperanza, mi plegaria, mi destino".

—¿Es necesario que te recuerde que esa es la única manera adecuada de hablarle a una chica que manipula el rayo? Cualquier cosa menos reverencial y, puf, tienes el cabello en llamas y el cerebro frito.

—De acuerdo, mi esperanza, pero no diré el resto de la oración: tengo algo que necesito que sientas.

Ella fingió un sonido de indignación.

—Pero ¡apenas nos conocemos, señor!

Él rio en voz baja.

—Pero debes sujetarlo en la mano y sentir cómo cambia —indicó él en el oído de la chica—. Insisto. No puedo esperar más.

Ella sabía que hablaban de algo serio, pero el golpeteo del aliento del chico sobre su piel, la pronunciación lenta de sus palabras... El calor recorrió todas las terminaciones nerviosas de Fairfax.

—¿Me gustará? —preguntó ella.

—Bueno, debo disculparme por su tamaño. Es bastante pequeño —y con esas palabras, él colocó algo en la mano de la chica.

Era un dije en una cadena. Mientras que la cadena estaba fría, el pendiente estaba cálido.

—¿Recuerdas el primer día, cuando me preguntaste qué era aquel frío debajo de mi ropa? Era esto.

En ese momento, había estado helado; ahora ya no estaba tan frío. Debía ser una de las mitades de un par de rastreadores de calor: la temperatura de esos objetos aumentaba a medida que la distancia que lo separaba de su otra mitad se acortaba. Ese rastreador en particular antes había estado bastante lejos de su compañero. Pero ahora, quien fuera que llevara la otra mitad del par estaba mucho, mucho más cerca.

—Antes de que pase demasiado tiempo, deberíamos aterrizar y colocar el pendiente lejos —continuó Titus—; así podremos escondernos y ver quién viene antes de que nos vean.

—¿Cuánto falta para que ese mago nos alcance? —la idea de Titus funcionaría mejor durante las horas del día.

—Depende de nuestra velocidad relativa. Solo mantelo vigilado.

Ella asintió y lo guardó dentro del bolso.

—Hay algo más que probablemente deberías saber —dijo él.

Ella no podía decidir en base al tono de Titus si hacía que un asunto tonto sonara serio o si estaba aligerando un tema grave.

—¿Hablaremos de tamaños de nuevo?

—Sí, del sorprendente e inmenso tamaño de mi... bueno, si es necesario que sea específico, de *nuestro* problema: el Bane está aquí, en el Sahara.

Ella tembló.

—¿Por nosotros?

—Por ahora, asumiría que sí hasta que descubra lo contrario.

—Y ¿cómo te enteraste de su presencia para empezar?

Le contó brevemente lo que sucedió con los rastreadores adicionales que había encontrado en el guiverno, y que habían guiado a las fuerzas de Atlantis sobre ellos antes de que los batallones atlantes fueran atacados.

—¿Lanzas hechizadas? —ella estaba boquiabierta—. ¿En qué siglo vivimos?

—Fue como observar la representación de una batalla histórica, sin dudas.

—¿Qué clase de magos llevan cientos de lanzas hechizadas encima?

—La clase que no quiere que Atlantis descubra quiénes son.

—¿Nos están ayudando?

—Accidentalmente, imagino. Es probable que estén causando problemas porque esa es su meta en la vida.

Ella asintió despacio mientras digería todo lo que él le había dicho.

—¿Y estamos sobre el mismo guiverno que antes?

—Sí.

—¿Estás seguro de que eliminaste todos los rastreadores atlantes?

—Es difícil saberlo. Pero no hemos tenido problemas en la última hora y…

Él miró su reloj y maldijo.

—¿Qué ocurre?

—Según la brújula que construí en mi reloj, estamos volando en la dirección equivocada. Marqué un curso con un canal veloz hacia el sudeste, pero ahora nos dirigimos casi al norte.

Un canal veloz era un hechizo utilizado para mantener a un guiverno en un camino lo más recto posible durante una prueba de velocidad. Un guiverno bajo el efecto de un canal veloz no tenía motivos para cambiar de curso asignado.

Él susurró y reseteó el canal veloz. Pero el guiverno que se dirigía al norte, gradualmente viró hacia el noroeste.

—¿Nos está llevando a la costa del Mediterráneo?

El brazo de Titus se tensó alrededor de la cintura de la chica.

—No, creo que nos está llevando hacia la base atlante.

—¿Qué?

—Un elixir hogareño.

Para la caballería, e incluso para los grandes establos privados, la práctica era bastante común. Alimentaban a las bestias criadas en aquellos establecimientos con pequeñas cantidades de elixir que las mantenían dóciles y felices. Aquellos elíxires, cuando estaban formulados específicamente para el establecimiento, también servían para evitar que las bestias perdidas o robadas fueran demasiado lejos, ya que si pasaban veinticuatro horas sin el elixir regresaban automáticamente hacia su hogar.

—Pero creí que este guiverno no era de aquí. Pensé que lo habían transportado desde Asia central. Además, aún no lo tenemos hace veinticuatro horas. Apenas pasaron doce.

—Los atlantes deben haber dejado un rastro pulverizado del elixir hogareño particular del guiverno para guiarlo a él y a nosotros en dirección a la base más cercana.

—Entonces, tenemos que bajar. ¡Hazlo aterrizar!

Él maldijo de nuevo.

—Se niega a seguir órdenes… y estamos a medio kilómetro del suelo.

Ella tragó saliva.

—¿Puedes teletransportarnos a ciegas hasta el suelo?

—Aún es demasiado pronto para que te teletransportes. No puedo correr ese riesgo.

Ella utilizó un hechizo vistalejana.

—Pero ¡hay carros blindados adelante!

—¡Ya lo sé! Y no quiero oír que te hagas la mártir y me digas que me teletransporte solo: no te he arrastrado tanto tiempo para entregarte a Atlantis.

Ella a duras penas podía respirar.

—Entonces ¿qué hacemos?

—Saltaremos.

—¿Qué?

Él ya estaba desabrochando el arnés que sostenía a Fairfax.

—Si puedes generar una corriente de aire con la fuerza suficiente para mantener a raya a un guiverno de arena pesado, entonces puedes crear una que amortigüe nuestra caída.

Él se puso de pie y la ayudó a hacer lo mismo. Ella a duras penas logró incorporarse con la fuerza del viento que los golpeaba.

—¿Y si no puedo crear la corriente de aire necesaria?

—Podrás —él tomó su mano; el tono de voz de Titus no admitía el disenso—. Ahora, a la cuenta de tres. Uno. Dos. Tres.

CAYERON A TODA VELOCIDAD HACIA EL SUELO, nueve metros por segundo.

La caída libre parecía empujar el corazón y los pulmones de Titus hacia arriba y los comprimía a la mitad de su tamaño contra la parte superior de la caja torácica. El aire que rugía contra ellos le humedecía los ojos, pero él no se atrevía a cerrarlos.

¿Dónde estaba la corriente de aire que los salvaría?

—¡Haz algo! —gritó él.

—¡Cállate! ¡Estoy intentándolo!

Se toparon con pequeños bolsillos de aire que no hicieron nada para desacelerar su zambullida, sino que los hicieron girar y dar vueltas. La noche estrellada y el desierto oscuro pasaban a toda velocidad ante sus ojos mientras él giraba en todas direcciones.

El suelo se acercaba hacia ellos a una velocidad espeluznante. Gritaron.

Y continuaron gritando.

CAPÍTULO 26

EN SU ESCRITORIO DE LA SALA DE LECTURA, Iolanthe observaba la imagen de la joven Comandante Rainstone, que lucía elegante vestida de pirata con un alfanje en la mano.

La fotografía era de otro artículo que Iolanthe había encontrado acerca del baile de disfraces para celebrar el tricentenario de Argonin, evidencia de que la Comandante Rainstone efectivamente había formado parte del dúo que asistió como la visualización de la cita argoniana: "Las ostras dan perlas, pero solo si estás armado con un cuchillo y dispuesto a utilizarlo".

Fue más fácil hallar información acerca de la juventud de la Comandante Rainstone que averiguar acerca de su vida presente. La Rainstone actual no llegaba a las noticias ni generaba controversias. Nunca contrajo matrimonio ni tuvo hijos; al menos ninguno que apareciera en los registros. Y llevaba una vida sencilla fuera de su trabajo: prefería las noches tranquilas en casa en vez de la vida glamorosa de la Ciudadela.

Que viviera sola podía deberse a que ella ya tenía una vida secreta. Aquella vida secreta también era más fácil de llevar gracias al hecho de que no tenía familia. Y las señales siempre habían apuntado a que la guardiana de la memoria tenía una buena posición en la vida y estaba cerca del centro de poder, lo cual era algo que aplicaba por completo a la Comandante Rainstone.

–Muéstrame todo lo que incluya a Penélope Rainstone y al Barón o a Lady Wintervale –le pidió Iolanthe a la recepción.

El día que había revelado sus poderes, el Maestro Haywood la había metido en un baúl portal. Ella había sido teletransportada hasta el baúl mellizo, ubicado en el ático de la residencia Wintervale en el Exilio, en una parte a la moda de Londres, lo cual implicaba que debía haber una conexión entre la Comandante Rainstone y los Wintervale.

Esto fue confirmado por una imagen que mostraba a la Comandante Rainstone de pie junto al Barón Wintervale, quien había sido el que le había entregado a la mujer el premio para los graduados distinguidos que ella había recibido al finalizar sus estudios en el Centro de aprendizaje militar Titus, el Grande.

Iolanthe frotó sus sienes. Todas las piezas que encontraba eran útiles, por supuesto. Pero ninguna la llevaba a un lugar preciso.

–¿Ningún avance? –preguntó el príncipe desde el lado opuesto de la mesa. Había estado ayudándola con la búsqueda la última hora, después de que regresó de su actividad misteriosa en Francia.

Ella suspiró.

–Es tan difícil encontrar… –ella dejó de hablar. La luz de entusiasmo en el rostro de Titus… *Él* había hallado algo útil–. ¿Qué encontraste?

–La segunda vez que mi madre tuvo una visión sobre mí, de pie en el balcón, mencionó a alguien llamada Eirene, quien había perdido su confianza al leer su diario sin el permiso de mi madre.

Iolanthe tenía un recuerdo muy vago de aquello. No había leído esas visiones en condiciones óptimas.

—Acabo de pedirle al asistente que busque cualquier texto que mencione a la Comandante Rainstone y a Eirene —prosiguió Titus—. Y esto es lo que encontré.

Su hallazgo era otra entrevista que había dado la joven Penélope Rainstone, también cerca de la época en la que la habían nombrado una de las graduadas sobresalientes de la escuela militar. Pero era una entrevista que le había concedido al periódico estudiantil de su antigua academia, ubicada en un área menos pudiente de Delamer.

Titus señaló un párrafo específico.

Pregunta: ¿Tienes un apodo?
Respuesta: Algunos de mis amigos me llaman Eirene a modo de broma.
Eirene es la diosa de la paz, pero yo estudio el arte de la guerra.

Iolanthe sentía cosquillas en la punta de los dedos. Lo que sí recordaba después de haber leído las visiones de Ariadne era que la primera vez aparecieron el día del nacimiento del príncipe y la segunda, en las horas inmediatas previas al nacimiento de Iolanthe.

—¿Recuerdas lo que estaba haciendo tu madre la segunda vez que tuvo la visión?

—Sí —respondió Titus—. Estaba en el trabajo de parto de alguien.

El parto de Eirene. Y Eirene había leído el diario de la princesa, una visión que probablemente no tenía sentido para Ariadne, pero que Eirene había reconocido que trataba sobre ella y su bebé, y que la había llevado a tales extremos para asegurarse de que su bebé no fuera hallado por Atlantis.

Y Eirene era la Comandante Rainstone.

–Lo busqué –dijo Titus–. En esa época, Penélope Rainstone había formado parte del personal privado de mi madre, pero en cuestión de semanas la reasignaron al personal militar de la Ciudadela: había perdido la confianza de mi madre.

Era extrañamente desalentador oír eso acerca de la Comandante Rainstone. Iolanthe suponía que sentía eso porque aún no podía conectar del todo a la Comandante Rainstone con la desleal guardiana de la memoria.

–La Comandante Rainstone no tiene hijos. Debería haber tenido que ocultar un embarazo entero. Y si hizo pasar a su propia hija como Iolanthe Seabourne, ¿qué hizo con la bebé de los Seabourne, la verdadera Iolanthe Seabourne?

–Ha sucedido antes que una mujer ocultara su embarazo de todos. Y podría haber encontrado padres adoptivos para el bebé.

La verdadera Iolanthe Seabourne había nacido en el Hospital Real Hesperia, cerca de fines de septiembre. Había nacido dos semanas y media prematura. Durante semanas, permaneció en el hospital y sus ansiosos padres la visitaban todos los días y se quedaban allí lo máximo posible.

Después de una visita en particular, mientras regresaban a casa conduciendo un carro prestado, habían chocado en pleno vuelo con un vehículo mucho más grande lleno de turistas ebrios. Según el Maestro Haywood, Jason y Delphine Seabourne habían muerto al instante.

Aquella fatídica noche de la tormenta de meteoritos, la verdadera Iolanthe Seabourne tenía seis semanas de edad, pero hubiera pasado con facilidad como una recién nacida. Y un intercambio había tenido lugar. Ella había ido… a alguna parte. Y el bebé de la Comandante Rainstone había sido criado por el Maestro Haywood como Iolanthe Seabourne.

Titus estaba nuevamente frente a la recepción.

–¿Qué estás buscando?

–Registros del Hospital Real Hesperia de esa época –él miró varios tomos–. No hay nada acerca de un parto bajo el nombre de Rainstone. Sin embargo, alguien pagó por la mejor suite maternal del hospital y pidió completo anonimato. Aquella madre embarazada ni siquiera utilizó el personal del hospital. Pero escucha esto: media hora después del nacimiento, llevaron al bebé a la guardería y no lo llevaron de nuevo con la madre hasta después de varias horas, al amanecer.

Cuando lo trajeron de regreso con su madre, ya no era el mismo bebé.

–Y tu tutor estaba en el hospital al mismo tiempo.

Titus le acercó un grueso libro de visitas a Iolanthe. Ella lo hojeó, el sonido de las páginas al pasar sonaba extrañamente alto en sus oídos.

El Maestro Haywood visitó la guardería del hospital en septiembre, poco después de que la verdadera Iolanthe Seabourne hubiera nacido. Los días subsiguientes, él asistió con frecuencia, el motivo de su visita siempre era "Relevar a los padres para que ellos pudieran descansar un poco". Después de la muerte de los Seabourne, él aún asistía varias veces por semana al hospital para "Visitar a la hija huérfana de mis amigos".

¿En qué momento él había comenzado a conspirar con Penélope Rainstone para planear un intercambio? ¿Penélope Rainstone, quien había descubierto lo que le ocurriría a su hija porque leyó sin permiso el interior del diario de visiones de la princesa Ariadne? ¿Acaso el Maestro Haywood había mencionado al pasar que había una huérfana en el hospital, una que estaba a punto de ser encomendada al cuidado de un familiar mayor que nunca la había visto antes? ¿De allí surgió la inspiración?

La última vez que el Maestro Haywood estuvo en el hospital fue la noche de la tormenta de meteoritos. Había ingresado a las siete de la tarde y había salido una hora después. Junto a la entrada, sin embargo, había una nota escrita por el personal administrativo del hospital: los guardias de seguridad lo habían encontrado a las tres y media de la madrugada y lo habían escoltado fuera del establecimiento.

Pero hubiera tenido tiempo suficiente para hacer el intercambio.

—QUIERO HABLAR CON LADY WINTERVALE —DIJO Iolanthe.

Cuando había llegado al ático de la casa de los Wintervale en Londres, Lady Wintervale por poco la había matado. No porque pensara que Iolanthe era una intrusa, sino porque creía que ella era responsable de que alguien perdiera el honor.

Iolanthe había escapado convencida de que Lady Wintervale estaba completamente loca. Pero ahora que sabía que la mujer solía estar la mayor parte del tiempo lúcida y solo ocasionalmente inestable, vio las palabras de Lady Wintervale desde otra perspectiva.

—No es mala idea; ella podría saber más de lo que creemos —concordó Titus—. Iré contigo.

Cinco minutos después, estaban en el salón del castillo de Windsor donde Lady Wintervale había llevado a Iolanthe.

—*Toujours fier* —dijo ella.

No tuvieron que esperar demasiado antes de que la puerta de la habitación se abriera y Lady Wintervale ingresara. Al ver al príncipe, la mujer hizo una reverencia.

—Milady, siéntese —pidió Titus.

—Gracias, Su Alteza. ¿Debería pedir té?

—No, no será necesario. Nos encantaría si pudiera responder algunas preguntas para mi amiga.

—Por supuesto, Su Alteza —dijo Lady Wintervale.

—¿Podría decirme, Milady, por qué me teletransportaron a su casa cuando salí del Dominio? —preguntó Iolanthe.

—Eres la hija ilegítima de mi fallecido esposo —respondió Lady Wintervale con calma—. Y él había prometido cuidarte y protegerte en caso de necesidad.

Iolanthe oyó un gong en su cabeza. Titus por poco parecía atónito.

La chica abrió y cerró los labios varias veces antes de que lograra emitir sonido alguno.

—¿Soy la hija del *Barón Wintervale*?

—Sí.

En su lecho de muerte me pidió que hiciera un juramento de sangre de que te protegería como si fueras mi propia hija, le había dicho Lady Wintervale una vez. En ese entonces debería haberlo sabido. Porque, ¿por quién más pediría un hombre eso si no fuera por su propia sangre?

—Y... —la voz de Iolanthe parecía resonar dentro de su propia cabeza—. ¿Usted también sabe quién es mi madre?

—Por supuesto. Pero no pronuncio el nombre de esa mujer.

—Entonces... ¿ellos tuvieron un amorío?

Iolanthe se hubiera pateado a sí misma en cuanto la pregunta brotó de sus labios. Por supuesto que habían sido amantes.

—Sí, un amorío que duró mucho tiempo. Incluso continuó durante el Exilio de mi esposo; solían reunirse en Claridge, en Londres.

—¿Ella también es una Exiliada? —eso implicaría que la guardiana de la memoria no era la Comandante Rainstone, sino alguien más.

–No, ella nunca fue una Exiliada. Era demasiado inteligente para que la asociaran con la rebelión. Cuando Atlantis restringió todas las formas de transporte instantáneas, ella logró obtener unos vacíos legales para su propio uso. Así que no le resultaba difícil escabullirse toda una tarde y reunirse con él.

Él renunció a su honor por ti, le había dicho Lady Wintervale a Iolanthe una vez. *Nos destruyó a todos por ti.*

¿Por ese motivo dijo que yo causé que él perdiera su honor?

Lady Wintervale alzó el mentón una fracción de centímetro. Y de pronto, ya no era la Exiliada de aspecto frágil, sino una maga de gran dignidad, y poderosa.

–Me casé con mi esposo completamente consciente de que él nunca le sería fiel a una sola mujer. Pero en ese momento, creía que él tenía las marcas de la grandeza y me enorgullecía ser su esposa.

»Pero vaya, sí que estaba engañada. Al final de la Insurrección de Enero, cuando el resultado fue evidente, la Baronesa Sorren tuvo el coraje y la convicción de enfrentar su ejecución, pero él no pudo tolerar la idea de perder su propia vida.

»Él se había convencido a sí mismo de que necesitaba vivir porque tú, su hija, serías algún día el mago elemental más grandioso de la Tierra, y debían protegerte de las fuerzas de Atlantis; aunque nunca comprendí del todo por qué Atlantis te perseguiría. Verás, él había despertado de una pesadilla, gritando de miedo por el juicio de los Ángeles. La historia brotó de sus labios. Pero después de un tiempo, yo me volví incapaz de escuchar adecuadamente, porque me di cuenta de qué era lo que estaba diciéndome: le había entregado la vida de mi prima a Atlantis a cambio de su propia vida.

Titus se puso de pie; su rostro estaba pálido como la muerte. La comprensión golpeó a Iolanthe como un mazo en la sien: la prima de la que hablaba Lady Wintervale no era otra más que la princesa Ariadne, la madre de Titus. Y el Barón Wintervale, el héroe de la rebelión, había sido quien la había traicionado.

—¿Por qué nunca me lo dijo? —la voz de Titus era ronca.

—Por el bien de Leander, guardé el secreto. Nunca quise que Lee supiera que su padre había sido semejante cobarde traidor —ella sonrió un poco, una sonrisa extraña y vacía—. Pero no tema, Su Alteza. Vengué a su madre.

Él negó con la cabeza.

—Atlantis le lanzó la maldición mortífera.

—No, Su Alteza, fui yo. No podía tolerar que él viviera después de lo que hizo. Él no intentó detenerme, sino que pidió que hiciera un juramento de sangre para que cuidara a su hija como si fuera de mi propia familia. No lo hice: solo lo maté.

Lady Wintervale abría y cerraba las manos.

—Un asesinato cambia a una persona. Yo solía ser tranquila, incluso serena. Pero después de eso, a veces... —se puso de pie con rigidez—. Espero haber respondido satisfactoriamente todas las preguntas, señor.

Titus movió la mandíbula.

—Gracias, Milady. ¿Hay algún mensaje que le gustaría que le entregáramos a su hijo? Estaría más aliviado si supiera que usted se encuentra sana y salva.

—No —su respuesta fue firme—. Él no debe saber que estoy aquí.

—Pero se ha vuelto más reservado. ¿No lo cree, príncipe? —comentó Iolanthe—. Realmente dudo de que...

—Jovencita, permíteme a mí decidir qué es mejor hacer en esta situación —Lady Wintervale la interrumpió. Ella hizo otra reverencia para Titus—. Su Alteza.

DESPUÉS DE QUE LADY WINTERVALE CERRÓ LA puerta al salir, ni Titus ni Iolanthe dijeron nada durante un minuto. Y después, prácticamente al mismo tiempo, se miraron y se abrazaron fuerte. Iolanthe no estaba segura de si él la estaba consolando o si era al revés. Lo más probable era que fueran ambas opciones.

—¿Estás bien? —preguntó ella.

—Sí —respondió él, y apoyó su cabeza en el hueco del hombro de la chica—. Es extraño, ¿no? Siempre he querido vengar a mi madre. Pero ahora que ya lo han hecho, desearía que no hubiera sido a costas de un padre para Wintervale… y un padre para ti.

—Y de la destrucción eterna de la tranquilidad mental de Lady Wintervale —ella suspiró—. Creo que nunca podré ver al Barón Wintervale como mi padre.

—Tal vez será más fácil después de que resurjan tus recuerdos reprimidos —le recordó él.

Ella guardó silencio por un minuto.

—¿Te molesta que mi padre sea el responsable de la muerte de tu madre?

Él negó con la cabeza.

—Soy el nieto de un hombre que asesinó a su hija… No soy quién para juzgar a alguien por su linaje. Además… —su voz se apagó.

—¿Qué ibas a decir? —ella pasó los dedos a través del cabello de él.

Titus respiró hondo.

—Que hace mucho sospecho que mi padre es un Sihar.

Ella se paralizó.

—¿Estás seguro?

—No un cien por ciento. Sin embargo, a pesar de contar con todos los recursos a su disposición y tener la promesa de una gran recompensa, ya que todos querían saber la identidad del hombre cuyo hijo sería el próximo heredero al trono, toda clase de detectives chismosos y periodistas investigadores no lograron averiguar nada.

»Eso me dice que mi abuelo estaba involucrado de algún modo. La Casa de Elberon no es en absoluto lo que fue alguna vez, pero dentro del Dominio, todavía tiene influencia y poder. Y si mi abuelo quería callar a los testigos, hubiera tenido formas de hacerlo.

»Los ciudadanos del Dominio disfrutan mencionar la cantidad y la relativamente tranquila existencia de los Sihar como un signo de sus aptitudes elevadas. Pero la verdad es que los Sihar son parias en el Dominio, al igual que en cualquier otra parte. Y mi abuelo nunca habría permitido que hubiera siquiera un indicio de insinuación que indicara que su hija pudiera haber estado con un Sihar.

Los libros de texto de Iolanthe habían remarcado enérgicamente que la magia de sangre, la especialidad de los Sihar, no era magia sacrificadora y que ellos siempre habían sido marginados injustamente a lo largo de la historia, como un chivo expiatorio fácil cada vez que algo salía mal y los magos deseaban señalar con el dedo a quienes habían despertado la ira de los Ángeles.

A pesar de la insistencia oficial, los Sihar aún eran los Otros. Los refugiados de los reinos francos, los reinos subcontinentales y los reinos subsaharianos se habían unido; ella había ido a la escuela y había sido amiga de sus hijos. Pero aunque ella se había detenido para escuchar músicos callejeros Sihar, había comprado pasteles de crema de pastelerías Sihar y una vez, cuando ella aún vivía en Delamer, observó una procesión Sihar de mitad de verano por la Avenida del palacio (una celebración que indicaba el inicio de su nuevo año y de sus vacaciones), ella nunca había asistido a la casa de un Sihar, nunca había conocido un Sihar en la escuela y nunca había oído que el Maestro Haywood tuviera un colega Sihar… Al menos no uno que admitiera serlo.

Hasta el Amo del Dominio.

Ella tomó el rostro de Titus entre sus manos.

—Aún eres tú. Nada ha cambiado.

Él la contempló un momento.

—Lo mismo aplica para ti, recuérdalo. Para mí, tú eres y siempre serás lo único por lo que vale la pena vivir.

Y para mí, tú eres y siempre serás lo único por lo que vale la pena luchar.

Ella no dijo las palabras en voz alta: solo lo acercó y lo besó.

WINTERVALE ESTABA EN SU CAMA, COMO SIEMPRE, apoyado sobre una pila de almohadas para mantenerse erguido. Sonrió levemente cuando Iolanthe entró.

—Fairfax, amigo, ¿has venido a ver al paciente? ¿Dónde está Su Alteza?

—Probablemente en el baño, limpiando su trasero principesco —o lo más probable era que estuviera en París, ocupándose de su asunto misterioso, el cual Iolanthe sospechaba que estaba relacionado con la condición de Wintervale. París albergaba una de las comunidades de Exiliados más grandes del mundo, con una población mágica más grande que algunos reinos más pequeños. Y ella había oído cosas buenas acerca de la reputación de sus doctores magos.

»¿Cómo estás?

—Supongo que podría estar peor —dijo encogiéndose de hombros—, pero no le desearía esto a nadie.

Había varios libros en la cama junto a él y la vista entristeció a Iolanthe: Wintervale prefería actividades enérgicas en vez de aquellas que requerían que estuviera quieto durante períodos largos de tiempo.

–¿Los libros son buenos?

Él encogió los hombros de nuevo.

–Ayudan a pasar el tiempo.

Wintervale se había vuelto más pálido, porque pasaba demasiado tiempo encerrado. Y más rechoncho: su contextura grande y atlética comenzaba a perder la fuerza muscular debido a la falta de ejercicio o de movimiento siquiera.

–Si fuera un mejor jugador de cartas, jugaría contigo; salvo que creo que a ti tampoco te interesan demasiado los naipes.

–No, nunca entendí el punto de las cartas –dijo él mientras golpeaba los dedos sobre un libro grueso encuadernado en cuero rojo.

Ella analizó el rostro del chico. ¿Se parecía en algo a ella? Si la madre de Wintervale tenía razón, entonces él era su medio hermano. Pero por más que lo intentara, no podía ver ninguno de sus propios rasgos en él.

Lo que necesitaba era una gota de la sangre de Wintervale. Con una gota suya y una gota de ella, Titus podría informarle a Iolanthe si ella y Wintervale realmente eran parientes.

Pero no podía simplemente acercarse a un mago y pedirle una gota de sangre. El estigma de la magia de sangre estaba arraigado, y la mayoría de los magos protegían su sangre como si fuera su propia vida.

–¿Crees que puedes pedirle a Titus que me lleve a la cena esta noche? –preguntó Wintervale.

La melancolía en la voz del muchacho la hizo sentir culpable: si no fuera por ella, Wintervale probablemente tendría la total atención de Titus.

–Si lo veo antes de la cena, se lo diré.

—Me pregunto por qué Titus está ocupado todo el tiempo —murmuró Wintervale.

No, pensó ella. No podía verlo como un hermano. Al menos, aún no. Quizás algún día, si eran capaces de trabajar juntos para alcanzar la misma meta…

Kashkari abrió la puerta y entró.

—Fairfax —dijo, un poco sorprendido—. ¿Llevarás a Wintervale a la cena?

—Lo haría si él quisiera. Pero creo que Wintervale desea con todo su corazón que el príncipe lo acompañe… que es lo que querría cualquier hombre de bien —agregó, mientras pasaba junto a Kashkari para salir—. Iré a buscar a tu príncipe para ti, Wintervale.

EN MEDIO DE LA NOCHE, TITUS DESPERTÓ SOBRE-saltado en su cama.

Había estado sumido en un estado entre sueños, pero ahora no podía recordar qué había causado que despertara de ese modo. Se levantó para beber un poco de agua y, con el vaso en mano, espió detrás de la cortina.

Por primera vez, vio a los observadores que Fairfax había sospechado que estaban allí: tres hombres, vestidos con prendas nómagas y parados juntos, con la atención fija en la casa de la señora Dawlish.

Mientras se alejaba de la ventana, la idea que lo había despertado de su sueño incómodo regresó: estaba relacionada con la visión de su madre acerca de la muerte del Barón Wintervale.

Y con *la malinterpretación que ella hizo de la visión.*

La mayoría de las veces, la princesa Ariadne no ofrecía su propia opinión acerca de la importancia de sus visiones; confiaba en que una visión lo suficientemente larga y detallada era explicación suficiente. Pero con la visión de la muerte del Barón Wintervale ella había inferido de inmediato que Atlantis había sido responsable de la maldición mortífera y nunca sospechó que su esposa en duelo, una maga habilidosa y poderosa, podía ser la asesina.

Y si la princesa Ariadne se había equivocado una vez, ¿quién diría que no pudiera haber cometido otro error en una visión que tenía un impacto mucho mayor en la vida de Titus?

IOLANTHE HABÍA QUERIDO IR AL CLARIDGE EL día que se reunió con Lady Wintervale, para ver si la guardiana de la memoria aún estaba utilizando el lugar. Titus la persuadió para que esperara a que Dalbert averiguara los horarios de la Comandante Rainstone, para que pudieran elegir un momento en el cual estuviera ocupada.

La oportunidad llegó unos días después: la Comandante Rainstone debía entregar premios en su *alma mater* durante toda la tarde, y Titus y Iolanthe tenían un día de escuela breve y no había entrenamiento de críquet que requiriera la asistencia de la chica.

El Claridge, un gran hotel ubicado en el área de Mayfair en Londres, rebosaba de honor e identidad inglesa. Mientras el príncipe hacía un reconocimiento del interior del hotel (todavía era reacio a permitir que la vieran a ella en otro lugar que no fuera la escuela) Iolanthe esperaba en el puesto de periódicos de la esquina mientras fingía mirar la variedad de revistas.

El día era frío y estaba nublado. Las hojas grisáceas que aún permanecían en los árboles se sacudían y temblaban. Un trío de músicos callejeros del lado opuesto de la calle tocaba una melodía alegre e incongruente con sus violines. Los peatones, vestidos casi invariablemente con abrigos negros o color café, iban de un lado a otro, prestándoles poca atención a los carteles que dos chicos pegaban sobre una farola o al hombre que cargaba una pizarra que anunciaba el tónico milagroso para adelgazar de la señora Johansson.

De pronto, el príncipe apareció junto al codo de Iolanthe.

—Encontré una suite a la que no puedo acceder desde el vestíbulo.

Ella sentía cosquillas en la planta de los pies. Le pagó al señor del puesto de revistas por un mapa de Londres y lo guardó en el bolsillo de su abrigo.

—Entonces, vamos.

—Déjame entrar primero para asegurarme de que no es peligroso —dijo él, después de que se alejaron del rango auditivo del hombre del puesto.

—Quiero ir contigo —la guardiana de la memoria se había tomado muchas molestias para mantenerla fuera de las garras de Atlantis, así que ella no debería estar en peligro por esa zona. Y de cualquier modo, si Dalbert estaba en lo cierto, la Comandante Rainstone estaría ocupada toda la tarde—. Tu seguridad es al menos tan importante como la mía: no estoy segura de que Wintervale pueda sobrevivir cinco minutos en Atlantis sin ti.

—De acuerdo —cedió él—. Pero no bajes la guardia.

Desde un callejón vacío cercano, él la teletransportó hasta el vestíbulo de la suite del hotel. El pequeño espacio estaba cubierto de empapelado carmesí: Iolanthe recordaba que alguien, probablemente Cooper, le había dicho que no tenía sentido hacer que las paredes internas en Londres fueran de otro color que no sea oscuro; la calidad del aire era tal que uno tenía garantizado que tendría paredes oscuras en unos años, sin excepciones.

El príncipe comenzó a trabajar deshaciendo los hechizos antintrusos. Ella no sabía las técnicas suficientes para ayudarlo, así que permaneció en una esquina, fuera de su camino, e intentó respirar despacio y parejo, para evitar entusiasmarse demasiado, o permitir que la ilusión...

Oyeron que unos pasos se acercaban desde el otro lado de la puerta.

Titus retrocedió de un salto y, de inmediato, comenzó a alzar escudos. Iolanthe había sacado su varita de repuesto y apuntaba hacia la puerta; el miedo y el vértigo se turnaban para acelerar su pulso.

Los pasos se detuvieron. La manija viró; lentamente, se abrió una hendija de la puerta y el rostro familiar del Maestro Haywood apareció.

AL MAESTRO HAYWOOD LE HABÍAN CORTADO EL cabello y lucía un bigote extraño, pero no había dudas de que se trataba de él.

Era él. Iolanthe apenas podía ver debido a las lágrimas en sus ojos. Se lanzó hacia el hombre.

—¡Perdóname! Perdóname por haber tardado tanto en encontrarte.

Él la envolvió fuerte con los brazos.

—Iola. Que la Fortuna me proteja, *eres* tú. Creí que nunca te vería de nuevo —dijo él; sonaba deslumbrado.

Las lágrimas caían sobre las mejillas de Iolanthe; puede que el Barón Wintervale hubiera provisto el comienzo biológico de su existencia, pero el Maestro Haywood era su verdadero padre, el que había permanecido junto a su cama cuando ella estaba enferma, quien había revisado su tarea y la había llevado a la tienda de la señora Hinderstone los días de verano para comer pinomelón y después al zoológico para observar los dragones y los unicornios.

—Me alegra tanto que estés bien —dijo él con voz ronca—. Estoy tan, tan feliz.

Solo entonces él alzó la vista y notó que no había venido sola. La soltó e hizo una reverencia veloz ante el Amo del Dominio.

—Su Alteza.

—Maestro Haywood —lo saludó Titus—. Si me lo permite, debería buscar portales en las instalaciones.

—Por supuesto, señor. ¿Debería pedir que preparen el té, señor?

—No, no es necesario. Puede hacer lo que le plazca.

Titus pasó al interior de la suite. El Maestro Haywood lo miró boquiabierto un segundo más y después miró a Iolanthe y la llevó hasta la sala de estar.

—Entonces ¿todo este tiempo has estado en esa escuela nomágica a la que me llevaron? ¿En la escuela del príncipe?

—Sí, sí, te contaré todo —respondió Iolanthe—. Pero primero dime, ¿cómo desapareciste de la Ciudadela aquella noche?

—Desearía tener una mejor idea de lo que había ocurrido. Toda la noche los guardias atlantes que me rodeaban hablaban entre susurros acerca del Lord Comandante. Me asustó bastante pensar que el Bane en persona tal vez me interrogaría.

»Estuve en la Ciudadela durante casi una hora antes de que me llevaran a la biblioteca. Mis rodillas temblaban. A duras penas sentía el suelo debajo de los pies. Y después, lo próximo que recuerdo es estar dentro de esta suite, con una nota sobre la mesa que me indicaba que nunca saliera del perímetro si quería permanecer fuera del Inquisitorio. Y aquí es donde he estado desde entonces.

—¿De verdad no has salido ni una sola vez?

La sala de estar, que tenía las paredes del mismo color carmesí que las otras, tenía un tamaño decente. Y la habitación, la cual ella podía ver a través de la puerta abierta, también. Pero aun así, no abandonar ese espacio limitado durante cuatro meses enteros...

—Comparado con el Inquisitorio, esto es el paraíso. Hay mucho lugar para que estire las piernas, no hay nadie que me cuestione y tengo todos los libros nomágicos y periódicos que pueda pedir a domicilio. Sin contar la falta de noticias tuyas, no puedo quejarme.

A Iolanthe se le estrujó el corazón al recordar la celda pequeña del maestro en el Inquisitorio.

—Pero ¿puedes salir del hotel si quisieras?

El Maestro Haywood empalideció.

—No... No quiero hacerlo. Es demasiado peligroso allá afuera. Estoy mucho mejor aquí, adentro.

—Pero si salieras de aquí, entonces nadie sabría dónde estás. Serías completamente anónimo y eso te protegería mejor que cualquier hechizo antintrusos.

—No, no. Eso es inconcebible —el Maestro Haywood sujetó el respaldo de una silla—. Tú invocaste el rayo porque yo destruí ese lote de elixir de luz... y ahora nunca estarás a salvo. Quedándome aquí al menos no te causaré más problemas.

La persistencia del maestro desconcertaba a Iolanthe. ¿Acaso era otro síntoma del daño que los hechizos de memoria le habían causado?

—Al parecer, Fairfax, yo diría que han introducido a tu tutor en un círculo de miedo —comentó el príncipe cuando salió de la habitación.

—¿Qué es eso? —Iolanthe nunca había oído algo semejante.

—Es un hechizo antiguo, del tiempo en que las guerras eran asuntos más íntimos. Si puedes colocar un círculo de miedo alrededor de tus enemigos, puedes prácticamente hacerlos morir de hambre dentro de él —explicó Titus.

Iolanthe miró al Maestro Haywood, quien estaba intentando asimilar la noticia de que lo que él más temía era el mismísimo miedo.

Ella volteó hacia el príncipe.

—¿Encontraste algún portal?

—Hay dos armarios y una tina; coloqué alarmas para…

La expresión de Titus cambió. Tomó a Iolanthe del brazo y la ocultó junto a él, detrás de las pesadas cortinas azules.

Iolanthe espió. El Maestro Haywood estaba volteando hacia la puerta abierta de la habitación. El borde de lo que parecía una túnica color café apareció por un momento cerca del suelo: del otro lado de la pared, alguien estaba ocultándose, esperando a hacer un reconocimiento de la situación que se desarrollaba en la sala de estar.

El príncipe abrió en silencio la ventana francesa que llevaba al balcón angosto. Iolanthe mantuvo al aire quieto para que las cortinas no se movieran con la brisa que ingresaba. Él desapareció del balcón. Pocos segundos después, Titus se materializó; lucía levemente aturdido.

—Ella está aquí —dijo el príncipe—. Le lancé un hechizo suspendetiempo desde afuera de la ventana de la habitación… pero no pude ingresar por allí porque aún tiene hechizos antintrusos.

—¿Te refieres a la Comandante Rainstone? —la voz de Iolanthe sonaba como un chillido.

—Ve a ver. Ahora no puede lastimar a nadie.

Un hechizo suspendetiempo duraba al menos tres minutos. Iolanthe respiró hondo e ingresó en la habitación… y por poco cae de espaldas por la sorpresa al ver el hermoso rostro de Lady Callista.

CAPÍTULO 27

EL DESIERTO DEL SAHARA

LAS ESTRELLAS CRUZABAN LA VISIÓN DE TITUS, como manchas brillantes y frías. La mano de Fairfax amenazaba con deslizarse de su mano. Instintivamente, él sujetó a la chica con más fuerza, incluso mientras caía al suelo.

Un segundo después, notó que ya no estaba cayendo tan rápido como antes. Había creído que, si ella tenía éxito, tendrían heridas al golpear una corriente de aire que estallaba en dirección opuesta a su aceleración. Pero ella había invocado múltiples corrientes de aire, así que él sentía que tenía un arnés (como si prácticamente lo abrazaran) y que iba a la velocidad suficiente para detener la caída en lugar de hacerlos frenar de golpe.

A medida que el suelo se acercaba, ellos perdían velocidad de modo estable y después más rápido cuando la distancia entre ellos y el impacto decreció. Cuando él cayó de cara sobre la arena fría y dura, fue como si hubiera saltado desde una altura de tres metros en vez de casi mil.

Mientras se ponía de rodillas, comenzó a reír. Ah, sentirse vivo era la sensación más maravillosa.

—Lo lograste. Que la Fortuna nos proteja, lo hiciste de verdad.

Ella también estaba de rodillas, aferrándose al pecho.

—Mi corazón va a estallar. Saldrá de mi pecho y regará sangre a un radio de quince kilómetros.

—Estamos bien. Estamos *bien*. Estuviste magnífica.

—Magnífica, sí claro. Tú no eras el responsable de salvarnos mientras estábamos en caída libre, maldito idiota. Al final, debemos haber estado cayendo a más de trescientos kilómetros por hora. ¿Cómo esperas que alguien simplemente contrarreste eso solo con aire? ¿Qué clase de estúpida suposición irresponsable esa esa? ¡Si no moría de miedo, hubiera muerto de vergüenza al fallar!

El enojo de Fairfax solo parecía aumentar a medida que ella despotricaba contra él.

—Fue la cosa más apresurada, estúpida y completamente irreflexiva que… —las palabras le fallaron. Pero su puño, no: se conectó con el estómago de Titus y lo golpeó de lleno.

Cierto. Uno nunca debía enfadar a un mago elemental, ya que le habían enseñado específicamente a utilizar la violencia como una válvula de escape emocional desde la infancia.

Pero él solo rio de nuevo, feliz de estar a salvo. El júbilo de Titus la enfadó más. Ella se lanzó sobre él, tomó el cuello de la prenda de Titus y alzó el puño.

En cambio, él jaló de ella y la besó. Un estremecimiento la atravesó.

Él alzó el rostro de ella y repitió:

—Estuviste magnífica.

Ella jadeaba como si hubiera corrido una maratón. Fairfax deslizó un dedo sobre el labio inferior de Titus. Tenía la otra mano aferrada al brazo de él. Los latidos del muchacho, que ya eran inestables, se volvieron completamente erráticos.

Titus hundió las manos en el cabello de ella, la acercó a él y la besó de nuevo.

—Y los carros blindados llegarán aquí en tres, dos, uno... —susurró ella, su respiración más agitada que nunca.

Los carros blindados no llegaron como esperaban.

—Bueno —dijo ella—, esto es problemático. Justo cuando creía que mis besos tenían el poder de advertirle a Atlantis de mi presencia en cualquier parte del mundo.

—Ahora estoy dispuesto a escribir versos muy malos para ti. ¿Acaso eso no da cuenta del poder de tus besos?

—¿Qué tan malos?

—La euforia se verá obligada a rimar con destino.

Ella rio y se puso de pie.

—Debo admitir que eso es satisfactoriamente atroz. Ponle un marco antes de dármelo.

Él aceptó la mano que ella le ofreció y también se puso de pie.

—¿Un marco? Haré que lo tallen en un bloque de cincuenta toneladas que incluso será difícil de mover para ti.

—Mmm, quizás tenga que construir una casa sobre ese bloque y llamarla la Casa de la mala poesía.

Tomados de la mano, hombro con hombro, observaron el cielo.

—Y allí vienen —dijo él—. ¿Puedes creerlo? Trajeron nuestro guiverno de arena para que nos rastree en caso de que nos ocultemos bajo tierra o dentro de una duna.

De todas formas, no era la mejor idea. Si ella se dormía de nuevo, quedarían atrapados dentro del lecho de roca. O peor, enterrados bajo una montaña de arena.

—¿Crees que el Bane está con ellos?

—Espero que n…

Un movimiento que captó con su visión periférica lo obligó a voltear hacia el oeste; ella copió el movimiento de Titus casi al mismo tiempo. Alguien estaba acercándose hacia ellos a toda velocidad en una alfombra voladora.

Ellos prepararon sus varitas.

La alfombra voladora se detuvo abruptamente.

—¿Acaso no ven lo que se acerca? —gritó el jinete—. ¿Por qué se quedan parados allí? ¡Muévanse!

Titus y Fairfax intercambiaron una mirada. No podían ver muy bien en la oscuridad, pero era la voz de un joven.

—No tenemos corcel y ella no puede teletransportarse —dijo Titus.

El jinete estaba atónito.

—¿Qué sucedió con la alfombra que les di?

El jinete bajó de la propia y se acercó a ellos.

—¿Puedes darme algo de luz, Fairfax?

Ella se sorprendió tanto de oír su nombre que por poco no hizo lo que le pidió. Pero se recuperó a tiempo para producir la llama más débil de todas, que iluminó a un joven delgado y apuesto de la misma edad que ella y Titus, vestido con las prendas y la *kufiyya* de las tribus beduinas.

Con un movimiento hábil y rápido, el joven le arrancó el exterior del bolso que ella llevaba colgado del hombro y Fairfax dio un grito ahogado.

El exterior del bolso, de hecho, no era parte de él, sino que se trataba de una cáscara con bolsillos. Y la cáscara era un trozo más grande de tela que había sido plegada, delgada y tensada, para que cupiera alrededor del cuerpo del bolso sin huecos ni bultos.

El jinete agitó las muñecas enérgicamente, y la cáscara se desplegó por completo. Murmuró una contraseña, y la tela se alzó del suelo: una alfombra voladora lista para usar.

Titus y Fairfax intercambiaron otra mirada, estupefactos.

—¡Rápido! —gritó el jinete mientras los empujaba hacia la alfombra voladora—. ¿Qué les ocurre? ¡Vámonos!

28

CAPÍTULO 28

—NO ENTIENDO —DIJO IOLANTHE, PASMADA—. ¿QUÉ está haciendo *ella* aquí?

¿Acaso *Lady Callista* era la guardiana de la memoria?

—Rápido —dijo el príncipe—. Necesito la ayuda de todos para crear un domo contenedor.

Un domo contenedor no protegía al mago dentro de él de las fuerzas externas, sino que funcionaba al revés: era para proteger a aquellos que estaban afuera del mago que estaba dentro del domo.

A duras penas lograron terminar el domo antes de que el hechizo suspendetiempo perdiera efecto. Lady Callista parpadeó y de pronto descubrió que estaba rodeada.

—Supongo que se reveló mi secreto —dijo ella. Parecía despreocupada, pero sus dedos apretaban la varita enjoyada en su mano, que era parecida a la que pertenecía a Iolanthe.

Lady Callista había sido la mujer que había dado a luz la noche de la tormenta de meteoritos. Lady Callista había sido quien había tenido un amorío con el Barón Wintervale. Lady Callista, la última que entró a la biblioteca de la Ciudadela antes que el Maestro Haywood, había sido la que había ubicado los vértices del cuasi teletransportador que lo hizo desaparecer.

—Es imposible que seas tú —Iolanthe se escuchó a sí misma decir esas palabras—. Has estado trabajando en nuestra contra todo este tiempo.

—Si te refieres a lo ocurrido el día que invocaste el rayo, cuando coloqué un rastreador en la manga del príncipe, eso fue hecho puramente por pedido de Atlantis. No tenía idea de que los llevaría hasta ti, hasta que yo misma llegué a la escena y vi a los agentes de Atlantis trabajando para deshacer los hechizos antintrusos que Su Alteza había colocado.

—¿Estabas allí?

—Por supuesto: yo convertí tu varita en un rastreador. Debería haberte recogido aquel día y terminado con todas estas tonterías hace mucho tiempo.

Pero no había sido capaz de hacerlo. Titus y Iolanthe habían escapado hacia el laboratorio. Desde entonces, la varita de Iolanthe había estado guardada allí, en un espacio plegado que no podía localizarse… y así Lady Callista había perdido el rastro de Iolanthe.

—No te creo —dijo Titus—. Me diste suero de la verdad en tu gala de primavera, justo antes de mi Inquisición. ¿Qué esperabas lograr? ¿Que la Inquisidora supiera el paradero de tu hija incluso antes?

—Por eso usted es el único culpable, Su Alteza —replicó Lady Callista—. Sí, hice que Aramia le diera el suero de la verdad: la Inquisidora me había pedido de modo muy claro que lo hiciera. Pero lo que la Inquisidora no sabía era que yo había sustituido su suero de la verdad por uno diferente, uno de acción lenta.

Titus entrecerró los ojos.

—Usted tendría la entrevista con la Inquisidora en cuanto ella llegara —prosiguió Lady Callista—. Ella vería el trago en su mano y sabría que se lo habíamos proporcionado. Pero el suero no surtiría efecto en usted hasta dentro de una hora, y en ese tiempo usted habría terminado de hablar con ella y no estaría peor que cuando empezó el interrogatorio. Entonces, yo podría hacerle preguntas cuando el suero de la verdad comenzara a funcionar y encontraría el paradero de mi hija.

»Pero usted no habló con ella en la Ciudadela. En cambio, en contra de las objeciones de todos, fue al Inquisitorio. Y no comenzó su Inquisición hasta después de que el suero de la verdad hubo surtido efecto.

Algo aún no tenía sentido para Iolanthe.

—Estabas en nuestra escuela el 4 de Junio. La Inquisidora podría haberme llevado. Tú solo permaneciste sentada. No hiciste nada.

—¿Qué podría haber hecho? Como dijiste, yo estaba allí. Tuve que reprimir todos mis recuerdos para no delatarme. Y arriesgué todo para que él saliera de la Ciudadela aquella noche, ¿no es así?

Lady Callista señaló al Maestro Haywood, quien parecía completamente anonadado por el desarrollo de los eventos.

—Solo porque tú misma corrías peligro de que te descubrieran —replicó Iolanthe, enojándose más con cada palabra—. Temías que si la Inquisidora realmente podía ver más allá de los hechizos de memoria, tu propia posición estaría en peligro. Si él siquiera te importara, no habrías bloqueado su memoria de un modo que él nunca pudiera acceder a ella.

Los rasgos de Lady Callista se endurecieron.

—A veces hay que tomar decisiones difíciles. Eres demasiado joven y no conoces a los hombres. Cuando te desean, dirán y harán prácticamente todo, pero no puedes esperar que sean constantes. ¿Cómo podía confiar en que si le permitía recordar, él aún guardaría mi secreto o te mantendría a salvo?

Iolanthe cerró los dedos en un puño.

—¿Así es cómo tratas a las personas que te aman, a quienes renuncian a todo por amor a ti?

—Sí. Porque él… —Lady Callista señaló de nuevo con el dedo al Maestro Haywood—… no me ama. Ama un producto de su propia imaginación. Mi verdadero yo usa a las personas, las descarta y no se arrepiente de nada en absoluto. ¿Acaso él ama eso?

Iolanthe no tenía palabras.

—Y tú, pequeña ingrata —Lady Callista solo se tornaba más violenta—. ¿Tienes idea de cuán difícil fue, cuán aterrador, descubrir cómo hacer todo lo que mi yo futuro le diría al Maestro Haywood que necesitábamos hacer?

Se oyó un *clanc*. El príncipe abrió la mano y su varita, la cual había caído al suelo, regresó a su palma. Iolanthe lo miró sorprendida: las probabilidades de que dejara caer su varita eran las mismas de que perdiera el diario de su madre.

—¿Y para qué? —continuó Lady Callista—. Nunca he recibido un agradecimiento de tu parte. Lo único que haces es quejarte de cómo no estoy ayudando a tu preciado Maestro Haywood.

No podía discutir con una autojustificación de semejante magnitud, y Iolanthe no se molestó en hacerlo.

—Rompe el círculo de miedo. Lo dejas ir, nosotros te dejaremos ir. Es un intercambio justo.

—Por supuesto que no. No permitiré que andes por ahí causándome más problemas. Vendrás conmigo. Mantendrás un perfil bajo. Y no oirán hablar de ti hasta que el mundo termine o hasta que yo vaya con los Ángeles.

El príncipe tocó el brazo del Maestro Haywood y susurró algo en su oído. El Maestro Haywood parecía vacilante. Pero Titus habló de nuevo y el Maestro por fin asintió.

Haywood se puso de pie frente a Lady Callista y comenzó a invocar una serie larga de hechizos.

—¿Cómo te atreves? —gritó Lady Callista.

Ella disparó varios hechizos para aturdirlo y callarlo, pero el domo de contención anuló su efecto.

—¡Cómo te atreves! —repitió.

Pero el Maestro Haywood prosiguió insistentemente con sus hechizos. Y cuando dejó de hablar, Lady Callista cayó al suelo, inconsciente.

Titus le lanzó otro hechizo suspendetiempo antes de deshacer el domo contenedor. La alzó tomándola debajo de los brazos y comenzó a arrastrarla hacia la puerta principal.

—¿Qué le hiciste? —le preguntó Iolanthe al Maestro Haywood.

—El príncipe me pidió que quitara todos sus recuerdos relacionados contigo. Cuando recobre la consciencia, ella sabrá cómo regresar a la Ciudadela. Pero no pensará en regresar y perseguirte.

—De todas formas, no lo haría —dijo Titus—. Todos sus recuerdos relacionados con los dos probablemente han estado reprimidos durante un buen tiempo, dado que Atlantis ha estado interrogándola sin cesar.

Iolanthe negó levemente con la cabeza.

—Entonces ¿cómo supo cómo venir aquí?

—Puedes tomar recaudos especiales. En mi caso, el recuerdo de leer la visión de mi muerte regresará por completo cuando ingrese a Atlantis —apoyó a Lady Callista contra la puerta y colocó su mano en la manija.

—¿Qué estás haciendo? —preguntó Iolanthe.

—Necesito su mano sobre la puerta para romper el círculo de miedo.

Gracias al cielo que ella no estableció un círculo de sangre: eso no habría sido tan sencillo de romper. Pero también la autoría de un círculo de sangre puede verificarse, así que es probable que ella no hubiera corrido esa clase de riesgo a menos que sintiera que no tenía otra opción.

Titus murmuró los encantamientos necesarios. Iolanthe lo observó con atención, preguntándose qué había dicho antes Lady Callista que causó que él soltara la varita. Titus parecía un poco sombrío, pero más allá de eso, lucía bastante normal.

Cuando terminó, él y el Maestro Haywood llevaron a Lady Callista hasta la *chaise longue* que estaba en la sala de estar.

—Maestro Haywood —dijo Iolanthe—. ¿Hay alguna posibilidad de que haya cambiado de opinión acerca de salir de este lugar?

El Maestro Haywood comenzó a mover la cabeza de lado a lado, pero de pronto se detuvo. Lentamente, una sonrisa apareció en su rostro.

—Ahora que me lo preguntas de nuevo, Iola, creo que ya he estado bastante tiempo en este lugar.

LADY CALLISTA PERMANECIÓ INCONSCIENTE DES-pués de que el hechizo suspendetiempo perdiera efecto.

—No se preocupen —dijo Titus—. Cuando un hechizo de memoria surte efecto, no es poco común que el mago permanezca inconsciente hasta durante una hora.

El Maestro Haywood suspiró.

—Vaya, había creído que ella era tan encantadora.

—Necesitamos asegurarnos de que no tiene en su cuerpo ningún rastreador —le dijo Titus al Maestro Haywood.

Mientras la inspeccionaban, Iolanthe preguntó:

—¿Cómo conociste a Lady Callista, Maestro Haywood?

—Por mi amiga Eirene. Quizás la conoce como la Comandante Rainstone, la consejera en jefe de seguridad, Su Alteza —respondió el hombre, haciendo una pequeña reverencia respetuosa hacia el príncipe.

Era extraño cómo ella conocía a ambos hombres tan bien y que, sin embargo, ellos fueran esencialmente extraños. Por fin el Maestro Haywood parecía decidido a acatar cada regla del protocolo.

—La conozco por ese nombre. Por favor, prosiga —dijo Titus.

—Me reuní con Eirene, la Comandante Rainstone, para un café y ella me contó que después se reuniría con su amiga Lady Callista en la tienda de libros de Eugenides Constantino, y me preguntó si quería acompañarla. Le dije que sí, y así fue cómo sucedió.

Iolanthe le quitó los zapatos y los calcetines al Maestro Haywood para asegurarse de que no tuvieran rastreadores.

—¿Y qué hacía Lady Callista en la tienda de libros? No me parecía que fuera alguien interesada en leer.

—Dijo que estaba allí para comprar un libro que una amiga de ella había garabateado. Su compañía era tan placentera que me ofrecí a comprarle el libro.

—*La poción completa.*

—Sí, ¿cómo lo supiste?

Iolanthe mordió el interior de su mejilla.

—Siempre llevabas ese libro con nosotros, incluso aunque decías que era terrible.

—Sí, tenía valor sentimental. Ella era hermosa, pero estaba deslumbrado por lo vívido de su presencia. Siempre creí que era una pena no haberla visto otra vez, aunque tenía todas las intenciones de hacerlo —el Maestro Haywood calló cuando se dio cuenta de que estaba hablando a partir de recuerdos incompletos–. Quizás, hubiera sido mejor si de verdad nunca la veía de nuevo.

–En mi opinión, hoy es lo más encantadora que la he visto jamás –dijo Titus–. Al menos por una vez fue sincera. Supongo que aún hay suero de la verdad en su cuerpo de su último interrogatorio.

Una vez que estuvieron satisfechos de que el Maestro Haywood no tenía ningún rastreador, y que ellos tampoco habían tenido ninguno, Iolanthe de pronto se dio cuenta de que no habían planeado adónde llevarlo.

–¿Deberíamos llevarte a un hotel diferente por ahora, hasta que hallemos un hospedaje más permanente? –preguntó ella.

–Tengo un lugar que con gusto pondré a su disposición –le dijo Titus al Maestro Haywood–. Si es que no le importa que esté del otro lado del Canal de la Mancha.

¿Del otro lado del Canal de la Mancha?

París.

EL OTOÑO EN PARÍS NO SE PARECÍA MUCHO A SU equivalente en Londres. El aire era frío, pero vigorizante; el cielo azul y las ventanas altas y limpias encendían el boulevard tranquilo con la luz del sol poniente. El apartamento que el príncipe había elegido tenía habitaciones amplias, techos altos pintados de un suave tono dorado y enromes cuadros de nómagos vestidos con prendas de una era diferente que retozaban en un paisaje campestre cargado de nostalgia.

Iolanthe, incluso con el dolor de cabeza que le había causado tele-transportarse aproximadamente doscientos cuarenta kilómetros (aunque dividieron el viaje en tres segmentos), estaba complacida.

—Es un lugar encantador.

Titus le dio otra dosis de refuerzo teletransportador.

—El conserje tiene la impresión de que somos una familia numerosa: un tío con una sobrina y un sobrino que son mellizos. Así que no se sorprenderá al ver venir a un joven o a una muchacha... o a un hombre mayor.

Abrió una gaveta y extrajo cajas con tarjetas de contacto para el señor Rupert Franklin, el señor Arthur Franklin y la señorita Adelia Franklin.

—La pastelería que está a la vuelta de la esquina es bastante buena. La *brasserie* también. Tres veces por semana hay un mercado en la plaza que está al final de la calle. Y la familia Franklin posee una cuenta en el Banco de París que debería durarle años.

—Con que esto es lo que has estado haciendo en París —dijo Iolanthe en voz baja, más que impresionada por todo lo que había hecho.

—En parte, sí.

—¿En parte? Entonces ¿qué más hiciste?

Él la llevó por el pasillo hacia otra habitación. Tenía un gran escritorio en el centro y estanterías en las paredes. Iolanthe reconoció que parte del equipo sobre el escritorio había venido del laboratorio.

—Cuando me di cuenta de que quizás tus recuerdos no resurgirían de nuevo, quise protegerte contra los daños causados por la represión permanente. Lo cual implicaba que debía hallar un modo de recuperar tus recuerdos.

»Decidí duplicar la clase de protección que habían colocado sobre mí. Si alguien toquetea mi memoria, y alguien que cumpla los requisitos de contacto del umbral aún podría hacerlo, mi memoria se recuperaría en semanas, si no es en días. Pero algunos ingredientes necesarios para la poción base no viajan bien: deben utilizarse muy frescos y pierden su efectividad si se los teletransporta.

»Así que necesitaba armar un laboratorio temporal aquí, en París: es la ciudad más cercana con un mago especialista en botánica que puede cubrir mis necesidades. Y mientras buscaba una ubicación apropiada, decidí que también sería mejor que lo convirtiera en un lugar donde ustedes dos puedan vivir juntos cómodamente, después de reencontrarse.

El Maestro Haywood hizo una reverencia profunda. Iolanthe no hizo nada: no sabía qué hacer.

Titus hizo una seña con la mano hacia la mesa.

—De todos modos, no te lo dije antes porque aún no tenía lista la poción base y no quería que pensaras que estaba facilitando tu partida de Eton. Es decir... —él se encogió de hombros—. Ya sabes lo que quiero decir.

Titus tomó dos vasos y los llenó hasta la mitad con una jarra que dijo que contenía agua de mar.

—Necesita agua del primer océano que han pisado; el cual asumo que es el Atlántico para ambos. Y después, deben añadir tres gotas de su propia sangre y tres de sangre donada voluntariamente de alguien que te ama. ¿Podría darnos un poco de fuego, señorita Seabourne?

Ella invocó una pequeña esfera de llamas.

El príncipe abrió su navaja, pasó la hoja a través del fuego y se la entregó a Iolanthe. Ella dejó caer tres gotas de sangre dentro de cada vaso, pasó el cuchillo a través del fuego otra vez y se lo entregó al Maestro Haywood.

Cuando el Maestro Haywood había introducido tres gotas de su propia sangre en un vaso y estaba a punto de hacer lo mismo con el segundo, el príncipe lo detuvo.

—Quisiera tener el honor para la poción de la señorita Seabourne.

La sangre de alguien que te ama.

El Maestro Haywood miró a Iolanthe; más que sorprendido, estaba pensativo.

Entonces, Titus tomó una ampolla de vidrio que contenía polvo gris, dividió el contenido entre los vasos y revolvió hasta que la poción se tornó brillante y dorada.

Sabía a luz de sol y té de manzanilla.

El Maestro Haywood hizo otra reverencia profunda hacia Titus, quien lo llevó a otra habitación más y le mostró dónde estaba guardada una provisión de dinero.

—Esto debería durar hasta que pueda ir al banco. También tiene crédito en la mayoría de las tiendas cercanas, si le interesa utilizarlo.

Titus volteó hacia Iolanthe.

—Estamos prácticamente a tiempo para recibir otro maldito ausente en la escuela. Será mejor que regresemos.

—El conteo —le explicó Iolanthe al Maestro Haywood—. Siempre cuentan cuántos chicos hay.

—Pero aún no he escuchado tu historia —protestó el Maestro Haywood.

—Otro día —dijo ella mientras lo abrazaba—. Vendré a visitarte tan seguido como pueda.

Cuando regresaron a la habitación de Iolanthe en la casa de la señora Dawlish, Titus volteó hacia ella.

—Estas son para ti —dijo.

"Estas" eran tarjetas de contacto para A. G. Fairfax, del rancho Low Creek en el Territorio de Wyoming.

—Antes de partir de la residencia de la señora Dawlish, entrégales estas tarjetas a tus amigos. Cuando escriban a esa dirección, las cartas irán al refugio. Y las que envíes desde allí llegarán hasta ellos como si las hubieras enviado desde el oeste estadounidense.

—Gracias —no había más palabras que expresaran mejor sus senti-mientos.

—No hace falta que me agradezcas —respondió él en voz baja—. Es una compulsión de mi parte dártelo todo, mientras aún pueda hacerlo.

CAPÍTULO 29

EL DESIERTO DEL SAHARA

EL RECIÉN LLEGADO ERA INCREÍBLEMENTE RÁPI-
do en su alfombra. Titus tuvo que esforzarse mucho para que la mitad
de su cuerpo no cayera fuera de la alfombra.

Y si bien Titus había acomodado su alfombra en un ángulo de aproximadamente diez grados, con el frente de la alfombra enrollado debajo, la alfombra del recién llegado estaba inclinada en un ángulo de al
menos treinta grados, con dos ondulaciones en el cuerpo, lo que hacía
que de perfil pareciera una Z alargada al revés.

Un dragón podía mantener su propio curso, pero una alfombra
solía depender de la distribución del peso del jinete para cambiar de
dirección. Un jinete nuevo, mientras aprendía, podía hacer que la alfombra cayera accidentalmente en picada solo por intentar mirar por
encima del hombro. Sin embargo, ese joven volteó de modo relajado
mientras con una mano mantenía la alfombra en curso y con la otra en
alto lanzaba hechizos.

Lanzaba hechizos a distancia, dado que los perseguidores más cercanos aún estaban a kilómetros de ellos, y con una precisión asombrosa. El chico era un francotirador digno de admirar.

Titus volteó hacia Fairfax, quien aún observaba boquiabierta al recién llegado, y dijo:

–¿Hay alguna posibilidad de que *él* sea tu admirador?

Ante su pregunta, ella entrecerró los ojos.

–Probablemente, no. Cuando bajó de su alfombra para subirnos a la nuestra, podría haberme dado un beso. Pero solo me mostró la alfombra como si fuera un costal de patatas.

–Pero ¿y si es él?

–Mmm –el tono de Iolanthe se tornó burlón–. ¿Me estás pidiendo que elija ahora mismo entre ustedes dos?

–Ahora me elegirías a mí, por supuesto. Pero ¿qué ocurrirá cuando recuerdes todo? –la pregunta lo puso más nervioso de lo que le gustaría admitir.

–¿Puedes hacer algo respecto a los carros blindados, Fairfax? –gritó el sujeto de su discusión previa–. Están acercándose rápido.

–¡De acuerdo! –respondió ella en el mismo tono–. Lo intentaré.

Después, le dijo a Titus en el oído:

–Creo que ni siquiera sabe, ni le importa, que soy una chica.

Titus tenía que darle la razón al respecto… y le alegraba que así fuera.

–Mantén la alfombra estable –le dijo ella y se dio media vuelta hacia atrás.

Después de un minuto aproximadamente, ella regresó a su posición original.

–No puedo desestabilizar a los carros blindados. Déjame probar otra cosa. ¡Sujétense fuerte!

Gritó las últimas palabras para que el otro chico las oyera. Un segundo después, un viento de cola por poco hizo que Titus cayera de la alfombra. Ambos vehículos aceleraron como si los hubieran colocado encima de un cohete. Y detrás de ellos, apenas visible en la oscuridad de la noche, la arena se alzó como una cortina que los ocultó de la vista de los atlantes.

EL CHICO NUEVO LES HIZO UNA SEÑAL PARA QUE descendieran.

—Mi alfombra ya casi ha alcanzado el límite de su rango.

Cuando una alfombra se aproximaba al límite de su rango de vuelo debía aterrizar, o caería del cielo como una roca. Y una vez en la tierra, necesitaba algo de tiempo antes de que pudiera volar de nuevo.

—¿Quieres un poco de agua? —preguntó Fairfax. La esfera de líquido que había invocado apenas resplandecía bajo la luz de las estrellas.

El chico extendió una cantimplora.

—Sí, me gustaría, gracias.

—¿Necesitas comida o una manta cálida? —preguntó Titus mientras colocaba un brazo sobre los hombros de Fairfax.

Si el chico era su admirador, entonces debería acercarse para luchar por el cariño de la chica o renunciar a él para siempre.

El chico los miró un momento, sin consternación ni celos, solo con cierta curiosidad.

—No, gracias. Esta ropa está preparada para el desierto, y el agua es lo único que necesito.

Se hizo un silencio breve. Titus estaba a punto de decirle al muchacho que no tenían idea de quién era cuando él habló de nuevo.

–El dije estaba tan frío al comienzo que tuve que quitármelo. Y dado que no estaba buscándolos específicamente, sino que estaba viajando a ver a mi hermano, no volví a prestarle atención. Imaginen mi sorpresa cuando me encontré con el colgante cerca del mediodía y estaba casi tibio.

»Llevaba conmigo un cuaderno recíproco, así que contacté a mi hermano y a su… prometida. Ellos respondieron de inmediato diciendo que habían visto las señales del fénix en el desierto pocas noches atrás y que sus exploradores ya estaban buscándolos. Y verán, pocas horas después, llegaron a un oasis, montados en un guiverno de arena.

Titus estaba boquiabierto.

–Esos hombres en la caravana, ¿eran magos?

–Por supuesto.

–Pero uno se desmayó y dos buscaron sus rifles cuando vieron el guiverno.

–Es una buena estrategia que al menos un miembro del grupo finja quedar inconsciente al ver a un mago. Y siempre creo que los rifles son una genialidad: cada vez que ves a alguien con un arma de fuego, tu instinto es catalogar a esa persona como un nómago.

–Debo recordar eso –susurró Fairfax.

–Y no solo los hombres de la caravana eran magos, sino que el oasis en sí mismo es un transportador –dijo el chico con orgullo evidente–. Hemos construido tres como ese. Atlantis no les presta demasiada atención a los nómagos y a sus camellos reunidos alrededor de un hoyo insignificante en el suelo. El oasis les permite a nuestros exploradores moverse con bastante libertad por el desierto.

»Como sea, los exploradores los reconocieron, a ti y a Fairfax. Se reportaron. Decidieron tomar cualquier medida necesaria para mantenerlos fuera de las garras de Atlantis. Por esa razón, cuando vieron el enorme contingente de bestias y carros blindados que abandonaban la base, decidieron atacar la base para obligar a los atlantes a regresar a defender sus instalaciones.

—¿Por qué tus amigos decidieron utilizar lanzas hechizadas? —preguntó Fairfax.

—¿Qué?

Fairfax volteó hacia Titus.

—Creí que habías dicho que quienes nos ayudaron usaron lanzas hechizadas.

—Hemos utilizando bastantes métodos poco ortodoxos, pero no esas armas —dijo el chico nuevo—. Aún no estamos tan desesperados.

—Los atlantes que estaban literalmente encima de nosotros no iban a regresar a la base a ayudar. Tenían órdenes de cazarnos y estaban decididos a obedecer esas órdenes hasta oír lo contrario —le explicó Titus al chico—. No sé qué habría sucedido si esa tormenta de lanzas hechizadas no hubiera llegado a tiempo para obligarlos a retirarse.

—Qué extraño. No conozco ningún grupo rebelde que utilice armas antiguas. ¿Hay algo más que pueda decirme acerca de ellos, príncipe?

Fairfax estaba a punto de rellenar de nuevo la cantimplora del chico. El río de agua que apuntó hacia el objetó falló y aterrizó con un *splash* en la arena.

Titus también sentía como si el suelo se hubiera movido debajo de sus pies.

—¿Me llamaste "príncipe"?

El chico sonaba sorprendido.

—Mis disculpas, Su Alteza. En la escuela no acatábamos estrictamente el protocolo. Pero me aseguraré de dirigirme a usted con el debido respeto que merece el Amo del Dominio.

El Amo del Dominio.

Tomó el brazo de Fairfax, sin estar seguro de si podía siquiera comprender aquellas palabras.

O si quería hacerlo.

El chico observó el cielo.

—Una patrulla nocturna que salió de la base... excelente. Puedo pedirles que nos lleven, así no tendremos que esperar hasta que mi alfombra esté lista de nuevo.

—¿Estás seguro de que podemos confiar en ellos? —preguntó Fairfax.

Él dobló su alfombra, la enrolló en un tubo apretado y la guardó en una bolsa delgada que cruzó diagonalmente sobre su espalda.

—Son las primas de Amara, así que sí, estoy bastante seguro de que no son atlantes disfrazados de rebeldes.

Cuando los rebeldes aterrizaron, el chico presentó a las dos mujeres como Ishana y Shulini. Cuando llegó el momento de mencionar el nombre de Fairfax, él le preguntó:

—¿Debería presentarte como Fairfax o debería usar tu nombre real?

Fairfax vaciló.

—Mi nombre real.

Sonaba un poco asustada. Titus estaba asustado. ¿Descubrir su identidad sería una experiencia tan infeliz para ella como lo había sido para él descubrir la propia?

—Iolanthe Seabourne —dijo el chico.

Iolanthe Seabourne: un nombre imponente y fuerte, pero uno que no reconoció, ni nombre ni apellido.

Ella tomó la mano de Titus. Él podía notar que estaba aliviada. Pero mezclada con su alivio había quizás también una leve decepción porque ella aún no tenía claro quién era.

—Un placer conocerlas —les dijo Titus a Ishana y Shulini.

Las mujeres inclinaron la cabeza respetuosamente.

—Es un placer ver de nuevo a Su Alteza —dijo Ishana. Y después, le habló a Fairfax—. A ti también te vimos antes, pero estabas dormida sobre el lomo el guiverno de arena.

Titus abrió los ojos de par en par.

—Nosotras fuimos quienes tomamos los rifles, señor. Es mucho menos sospechoso para nosotras movernos como hombres nómagos —dijo Shulini.

Quince segundos después, estaban en el aire. La alfombra que llevaba a Shulini, a Ishana y al chico era, si es que era posible, incluso más rápida que la que había utilizado el chico. Pero esa vez, a Titus no le importó. A propósito se dejó caer un poco hacia atrás. Fairfax sostuvo su mano y no dijo nada.

Los kilómetros pasaron. El aire nocturno del desierto cortaba con violencia la piel expuesta del rostro de Titus, pero él estaba prácticamente agradecido de sentir aquel dolor anestesiante por la distracción que le ofrecía.

—No quiero ser el Amo del Dominio —dijo, después de un largo rato. El Amo del Dominio no era alguien a quien envidiar la mayoría de las veces. El Amo del Dominio como fugitivo que escapaba de Atlantis era una posición insostenible—. ¿Sería posible que converse para convertirme en el mozo de cuadra del príncipe en vez del amo?

—Deberías intentarlo —dijo ella, mientras apretaba los dedos sobre los de él—. Me gustan mucho los mozos de cuadra, en especial cuando huelen al estiércol que han estado paleando todo el día.

Él estaba a medio camino entre la risa y las lágrimas.

—No puedo pensar en algo que quiera hacer menos que ser el responsable de un reino entero.

—Bueno, si cuidas del Dominio la mitad de bien de lo que me has cuidado a mí, tanto tú como el Dominio estarán bien.

—¿Eso crees?

—Sí, lo creo. Sin mencionar que ahora conoces al menos una chica que te besaría incluso si no fueras un príncipe: ¿acaso no es eso lo que todos los príncipes intentan encontrar?

—Esta ha sido una sorpresa terrible —dijo él en voz baja—. Necesitaré cientos de besos que me ayuden a lidiar con esto.

—Pensaba guardar mis besos hasta ver aquel bloque de cincuenta toneladas con poesía completamente detestable tallada en él. Pero las circunstancias extraordinarias exigen medidas extraordinarias, así que puedes recibir un beso ahora.

Él a duras penas logró que la alfombra no cayera en picada.

—¿Mejor?

—Uno más, y quizás pueda ser capaz de continuar.

Pero uno más no estaba en su destino. Adelante, Ishana gritó:

—Su Alteza, la base está cerca. Debemos comenzar el aterrizaje ahora. Por favor, síganos de cerca.

CAPÍTULO 30

—¿QUÉ OCURRE? —PREGUNTÓ LA VOZ DE FAIRFAX.

Titus se sorprendió: ni siquiera había notado que ella había llegado al laboratorio.

—Veo que aún estás decidida a no hacerme caso acerca de no aventurarte al exterior después de que apagan las luces.

Tomó asiento frente a él en la mesa.

—Nunca te escucho cuando sé lo suficiente para tomar mis propias decisiones.

El tono de voz de Iolanthe era relajado, pero la verdad en sus palabras afectaron mucho a Titus: ella confiaba en su propio juicio. Él, por otra parte, estaba habituado a llevar su vida según las indicaciones que su madre le había dejado. Que estaba bien cuando él no cuestionaba aquellas indicaciones. Pero cuando lo hacía, se sumía en un estado de parálisis.

—¿Es algo que dijo Lady Callista? —preguntó Fairfax.

Ella se había sorprendido al descubrir que Lady Callista era la guardiana de la memoria, pero después no había parecido particularmente afectada por ello; era probable que fuera porque a ella nunca le había agradado la guardiana de la memoria... y quizás porque todos sus recuerdos personales de Lady Callista como su madre aún eran inaccesibles.

—Ella gritó algo cuando estaba acusándote de ser desagradecida —respondió Titus—. No he logrado quitarlo de mi cabeza.

¿Tienes idea de cuán difícil fue, cuán aterrador, descubrir cómo hacer todo lo que mi yo futuro le diría al Maestro Haywood que necesitábamos hacer?

Él repitió aquellas palabras en voz alta para Fairfax.

—¿Notas algo?

—Sí —dijo ella en voz baja—. Siempre hemos supuesto que la guardiana de la memoria había estado trabajando para *evitar que se cumpla* una visión del futuro, lo cual era la razón por la que con el tiempo todo salió mal. Pero era al revés: Lady Callista había hecho todo lo que estaba en su poder para que la visión se hiciera realidad.

—Eso es una cosa. Y también está el hecho de que la visión que ella permitió que dominara su vida no era una visión de acción, sino una de habla: en esa visión, su yo futuro estaba *diciéndole* a tu tutor futuro qué necesitaban hacer.

Fairfax frunció el ceño.

—No estoy segura de comprenderlo.

—Nunca ha habido un acuerdo acerca de lo que los magos deben hacer cuando han previsto un evento que aún no ha sucedido. Algunos sienten que mientras que nadie esté intentando evitar ese futuro, no es necesario hacer nada más. Otros sienten lo contrario: el futuro ha sido revelado para que aquellos en el presente se esfuercen.

»Tú mencionaste la paradoja de la realidad creada hace un tiempo: un futuro que probablemente no se habría hecho realidad si no hubiera sido revelado y después no se hubiera actuado activamente para hacerlo posible. Por supuesto que no me molesta un poco de realidad creada. Pero incluso entre los magos que creen que uno debería trabajar para lograr un futuro revelado, hay enormes diferencias de opinión en cuánto debería hacerse.

»Por ejemplo, mi madre se vio a sí misma escribiendo "No hay un elixir de luz, por más estropeado que esté, que no se pueda revivir con un rayo" en los márgenes de una copia de *La poción completa*. No hay demasiado que discutir en este caso: ella sin dudas debía hacerlo cuando se encontrara en la situación que previó.

»Pero ¿qué habría pasado si ella se hubiera visto a sí misma *diciéndole* a alguien que eso es lo que había hecho? ¿Aún debería escribir acerca de elíxires de luz y rayos en el manual de pociones?

Fairfax parpadeó.

—Eso podría volverse complicado. Siendo estrictos, para cumplir la profecía ella solo necesita decir las palabras; no hace falta que realmente las escriba.

—Y se complica aun más. ¿Y si se hubiera visto a sí misma diciéndole a alguien que *planea* escribir aquellas palabras dentro de una copia de *La poción completa*?

—Y estás diciendo que eso es el equivalente a la visión en base a la cual trabajó Lady Callista; una visión de un plan dicho en voz alta.

Él asintió. Al igual que los videntes venían de calibres ampliamente distintos, las visiones, también.

—La visión de alguien conversando acerca de sus planes es mucho menos importante que la visión de los eventos concretos. Pero no es algo relacionado con Lady Callista lo que me preocupa... —Titus casi no podía decir las próximas palabras–. Es la visión de mi madre la que me hace reflexionar.

Ella se puso de pie.

–¿Qué?

–Las visiones de mi madre prácticamente siempre son sobre eventos. Mi coronación fue un evento. La muerte de la Inquisidora, también. Ella misma escribiendo las palabras que un día te inspirarían a invocar un rayo es una serie de acciones que constituyeron un evento –él colocó las manos sobre el diario, que había sido durante mucho tiempo su balsa salvavidas en un mar de incertidumbres–. Pero ahora, me doy cuenta de que algunas de las suposiciones más importantes de mi madre no se basan en una visión de acción, sino en una de habla.

Es probable que eso sea lo que Titus está presenciando: la manifestación de un gran mago elemental que será, como él dirá en otra visión, su compañero para la tarea.

Como *él dirá.*

–¿Puedes pedirle al diario que te muestre esa visión para que sepas si es de un modo u otro?

–Puedo, pero me da miedo hacerlo –él alzó la vista hacia ella–. ¿Te he dicho que ella previó la muerte del Barón Wintervale? Pero interpretó mal lo que vio y pensó que Atlantis había sido el responsable de la maldición mortífera. Ella era una vidente precisa, pero no era infalible a la hora de interpretar sus visiones.

Sin embargo, las indicaciones de toda la vida de Titus habían sido basadas en la fuerza de aquellas interpretaciones.

Ella rodeó la mesa, se detuvo junto a él y colocó una mano sobre el hombro del muchacho.

Él ubicó su mano sobre la de ella.

–¿Soy un cobarde?

—¿Porque tienes miedo? No. Solo los tontos nunca temen.

Él miró fijamente el borde dorado de las páginas del diario.

—¿Y si todo cambia?

—A veces, ocurre.

—Odio los cambios así.

—Lo sé —dijo ella con dulzura—. Yo también.

Él inhaló profundo y abrió el diario. Pidió en silencio que le mostrara la visión en la que hablaba acerca del gran mago elemental que sería su compañero para la tarea.

24 de abril, 1021 AD

Apenas pocos días antes de la muerte de la princesa Ariadne.

Es Titus… O al menos creo que es él, quizás alrededor de diez años mayor que ahora: un chico de unos dieciséis o diecisiete años, esbelto y apuesto. A su lado, hay otro chico de la misma edad, bien parecido, pero de un modo que es casi demasiado bonito para un joven. Parecen estar junto a la orilla de un lago o de un río, lanzando guijarros, pero no reconozco el lugar como si fuera uno que yo haya visitado.

—Derrotaré al Bane —dice Titus.

Tengo que alejarme de mi escritorio un momento para recobrar la compostura. Así que esto es a lo que han estado llevando las otras visiones. Por milésima vez, desearía nunca haber sido maldecida con este "don".

—¿Por qué? —pregunta el otro chico; suena tan asustado y sorprendido como yo me siento.

—Porque eso es lo que estoy destinado a hacer —responde Titus, con una seguridad implacable.

————————————————————

Titus cerró el diario con fuerza. *Era* la conversación que él y Fairfax habían tenido en la orilla del Támesis, cando él le había contado acerca de su destino.

—Recuerda que esto no disminuye el poder de tu madre como vidente —dijo Fairfax de inmediato.

No, pero hacía que dudara de la interpretación que la princesa Ariadne había hecho de todo. Su madre escribió que habría un compañero para Titus porque el Titus del futuro lo había dicho. Pero el Titus del futuro había dicho eso porque la princesa Ariadne lo había escrito. Era una paradoja completamente interminable.

—Que la Fortuna me proteja, ¿qué significa esto? —Titus oyó que él mismo murmuraba esas palabras—. ¿Hay un Elegido, o no?

Había sido la cosa más devastadora decirle a Fairfax que ella no era parte de su destino, pero él lo había hecho sin vacilar porque, como ella le dijo, uno no discutía con la fuerza del destino. Sin embargo, ahora, la fuerza del destino estaba probando ser nada más que un misterio inestable.

—¿Acaso importa? —preguntó ella.

—¿Cómo puede no tener importancia? Si no hay un Elegido, entonces ¿qué se supone que debo hacer yo, que soy quien tiene la tarea de entrenar y guiar al Elegido?

Ella volteó la silla de Titus para que él la mirara de frente.

—Escúchame. Olvida cómo ella interpretó todo: las visiones siempre han sido escurridizas. En cambio, concéntrate en lo que sus visiones te han llevado a lograr: me salvaste dos veces y derrotaste a la Inquisidora, la teniente más hábil del Bane.

»Tu madre murió porque Atlantis la quería muerta. Siempre ibas a ser enemigo jurado de Atlantis. Siempre ibas a hacer tu mayor esfuerzo por terminar con el reinado del Bane. La única diferencia era que la princesa Ariadne se aseguró de que estuvieras listo mucho antes de lo que hubieras estado de otro modo.

»Wintervale no necesita ser el Elegido para alzar su varita contra Atlantis. Yo tampoco necesito ser el Elegido: si puedo hacer una diferencia, entonces estoy dispuesta a dar lo mejor de mí. Pero sin dudas te necesitamos a ti: tú estás mejor preparado para derrocar al Bane que cualquier otro mago sobre la faz de la Tierra. Así que no me digas que ya no sabes qué debes hacer. Tu rol no ha cambiado en absoluto. Recobra la compostura y vuelve al ruedo.

—Entonces ¿no crees que todo lo que he hecho fue en vano? —él la miró a los ojos y sintió que parte de su desesperación se desvanecía.

—No, no creo que nada de lo que hayas hecho en tu vida ha sido en vano. Todo tendrá sentido algún día. Y además, estoy convencida de que vivirás para verlo.

Él tomó las manos de la chica.

—Cuando llegue el momento, ¿vendrás a Atlantis con Wintervale y conmigo?

—Lo haré —ella le dio un beso en la cabeza—. Ahora, ve a dormir un poco. Aún nos queda un largo camino que recorrer.

—NO PUEDO CREERLO —DIJO COOPER, MIRANDO LA tarjeta de contacto—. Rancho Low Creek, Territorio de Wyoming. ¿De verdad nos dejarás?

Iolanthe se acercó a la ventana de Cooper.

—No falta mucho para que lo haga. Y realmente extrañaré mucho esta vida sencilla.

Cooper se acercó y permaneció de pie junto a ella.

—¿Sabes qué? Quizás algún día huiré y me reuniré contigo en el Territorio de Wyoming. Al menos, no tendré que ser un abogado si estoy arreando el ganado.

—Buena suerte encontrándome. Apuesto a que ese rancho en el medio de la nada está a cuatrocientos ochenta kilómetros sin calles de la estación de tren más cercana. Estarás mejor si te postulas para ser el asistente del príncipe.

—¿Sabes qué me gustaría? Quisiera ver mi futuro para poder dejar de preocuparme al respecto.

Iolanthe dio un respingo y negó con la cabeza.

—Ah, mira, allí está West. Creo que está a punto de entrar a la casa de la señora Dawlish.

Cooper abrió la ventana, su temible futuro como un abogado involuntario quedó momentáneamente en el olvido.

—West, ¿entrarás a la casa? ¿Has visto dónde me golpeó una teja voladora?

El chico ya no necesitaba llevar el vendaje, pero aun así disfrutaba mostrar la costra.

—Sí, iré adentro —respondió West, ya vestido con su equipo de críquet—. Aunque tendría que visitar a Wintervale, pero felizmente observaré también tu herida de guerra, Cooper.

—Primero tienes que ir a la oficina de la señora Hancock para firmar un registro de visitas. Ella está decidida a mantener las influencias dañinas fuera de esta casa —le dijo Iolanthe.

—Entonces ¿qué están haciendo adentro?

–Obviamente, su vigilancia no es rival para mi astucia.

La visita del futuro capitán del equipo de críquet resultó ser un asunto mucho más grande de lo que Iolanthe había imaginado. La señora Hancock en persona acompañó a West al piso de arriba; parecía tan nerviosa como una joven en su primer baile. Wintervale, quien Iolanthe había creído que no se vería afectado por cosas como el críquet y los equipos de la escuela, después de un momento de sorpresa comenzó a sonreír con tanta satisfacción que Iolanthe hubiera creído que ya había derrotado al Bane.

Otros alumnos mayores estaban apoyados contra las paredes del cuarto de Wintervale, mientras que los chicos más jóvenes se apiñaban fuera de su puerta.

Iolanthe tuvo que abrirse camino a los empujones cuando notó que aún no se había vestido adecuadamente para la práctica de críquet. Fue a la habitación de Titus a buscarlo: esa era una buena oportunidad para que él viera a West de cerca y que quizás descubriera por qué estaba interesado en él.

Pero Titus no estaba allí.

DESDE EL LABORATORIO, TITUS REGRESÓ A SU habitación para buscar un abrigo. Le había dicho a Fairfax que iría al entrenamiento de críquet a evaluar a West, y tenía intenciones de estar cálido y cómodo mientras cumplía con su promesa… o al menos lo más cálido y cómodo posible en otro día gris y frío.

Mientras abotonaba su abrigo, asomó la cabeza en la habitación de Wintervale, para ver cómo estaba. El cuarto del muchacho se encontraba

vacío. Pero al mirar rápidamente a través de la ventana, vio que Wintervale y Cooper no estaban lejos en la calle y que avanzaban en dirección
al campo de juego.

Salió de la casa y los alcanzó.

—¿Vienes a ver el partido de críquet con nosotros, príncipe? —preguntó Wintervale.

—Esa es mi intención.

—Excelente —respondió Wintervale—. Entonces, puedes ser mi muleta.
Lo siento, Cooper, pero Su Alteza tiene una altura que es mejor para mí.

Cooper cedió su lugar y dio un recuento completo de cuán espectacularmente se había desarrollado la visita que West le hizo a Wintervale. Y
Titus estaba estancado allí, obligado a escuchar la historia plagada de detalles, dado que el chico avanzaba a la velocidad de un caracol dormido.
Les llevó una cantidad de tiempo ridícula llegar al campo de juego, donde la mitad de los chicos de la casa de la señora Dawlish (junto a la señora
Hancock) estaban como espectadores.

Agazapado detrás de Fairfax, custodiando el aro, estaba un chico
cuyo rostro inmediatamente le pareció familiar.

West.

Aunque uno tuviera muy poco interés en la élite deportiva de la
escuela, aun así terminaba conociendo quiénes eran. Pero esa no fue
la razón que causó el reconocimiento que resonó en Titus y produjo
ondulaciones de lo que solo podía identificar como miedo.

Fairfax golpeó la pelota, anotó dos carreras y regresó a su posición
original. West abandonó su lugar, se acercó a ella y le habló brevemente.

Cuando regresó de nuevo a su posición, él miró rápido en dirección
a Titus, prácticamente inspeccionándolo, antes de enfocar otra vez su
atención en el juego.

Titus sentía como si hubiera caído en agua helada.

Cuando vio un atisbo breve del Bane la noche del 4 de Junio, recordaba haber creído que el Bane lucía vagamente familiar. Ahora sabía por qué. Había un parecido escalofriante entre West y el Bane.

Tenían al menos treinta años de diferencia, y el Bane usaba una barba recortada a la perfección. Pero no había duda al respecto, la similitud entre las facciones de ambos era inquietante.

Si el Bane podía resucitar, ¿quién sabría si no sería capaz de lucir unas décadas más joven? ¿Y si hubiera ido a Eton a cazar a Fairfax en persona, donde sus tenientes fallaron?

Fairfax anotó dos carreras más y de nuevo comenzó a hablar con West: con el Bane en persona, posiblemente. Titus tuvo que tomar asiento un minuto para intentar mantener la calma.

¿Y si West simplemente extendía el brazo y sujetaba a Fairfax? ¿Cuán rápido podría reaccionar ella? ¿Cuán rápido podría reaccionar Titus? ¿Y cuán rápido podía hacer que Wintervale, quien también estaba sentado en el suelo disfrutando ávidamente del partido a juzgar por la expresión en su rostro, comprendiera que debía desplegar todo su poder a voluntad para mantener a Fairfax fuera de peligro?

Sí, estaba dispuesto a exponer los poderes elementales de Wintervale por ella. Sí, incluso estaba dispuesto a arriesgar la vida de Wintervale por ella. Debería estar avergonzado, pero no le importaba.

Sin embargo, el partido prosiguió con plácida calma. Cuando el sol tocó la línea oeste del horizonte, West indicó que habían terminado por el día. Fairfax se alejó sin saber en absoluto que durante dos horas seguidas había estado muy cerca del Lord Comandante del Gran Reino de Nueva Atlantis.

EL PRÍNCIPE ERA CAPAZ DE EXHIBIR UNA INMENSA
cantidad de sangre fría: podía sentarse y lucir aparentemente despreo-
cupado sobre el respaldo de una silla durante su propia Inquisición,
podía mantenerse completamente quieto y comportarse como si estuviera aburrido cuando creía que estaban a punto de secuestrar a
Iolanthe; pero durante el entrenamiento tomó asiento y se puso de pie
al menos tres veces.

Era el equivalente a que alguien como Cooper corriera por la calle
gritando y arrancándose la ropa.

No se acercó a ella de inmediato cuando la práctica terminó. De
hecho, desapareció de vista.

—Así que Su Alteza viene a ver un entrenamiento de vez en cuando
—le dijo West a Iolanthe mientras juntaba sus pertenencias.

—Su Alteza, como siempre, hace lo que le place.

Wintervale estaba decepcionado porque Titus se había escabullido
sin decirle nada a nadie. Kashkari se ofreció para ser su muleta de regreso, una oferta que Wintervale aceptó con gratitud poco entusiasta.

En general, cuando Iolanthe compartía una caminata con Wintervale, bajaba la velocidad para caminar junto a él. Pero ese día necesitaba
hablar con Titus para averiguar qué lo había inquietado de ese modo.

Utilizó su sed como excusa y pasó junto a Kashkari y Wintervale caminando tan rápido que el pobre Cooper apenas podía seguirle el paso.

En la puerta de Titus, antes de que pudiera tocar, una mano se posó
sobre su hombro. Ella se sobresaltó. Pero solo era Titus.

—He estado a tus espaldas todo el tiempo —dijo él en voz baja.

Él la obligó a entrar de prisa. Y una vez que cerró la puerta, trazó un
círculo insonoro y aplicó la clase de hechizos antintrusos que podrían
matar a un rinoceronte a la carga, lo que hizo que Iolanthe alzara aún más
las cejas.

Él la abrazó, besó su mejilla, su oreja y sus labios.

—Toma una dosis de refuerzo teletransportador. Te llevaré a París ahora mismo. No necesitas empacar nada. Cualquier cosa necesaria puedes comprarla allí.

—¿Qué? —exclamó ella—. ¿Qué está sucediendo? Estás temblando como una hoja.

Ella estaba exagerando, pero los dedos de Titus sí temblaban.

—West podría ser el Bane.

Ella lo miró fijo.

—Estás diciendo incoherencias. ¿Dijiste que West podría ser el *Bane*?

—Vi al Bane de cerca, ¿recuerdas? Créeme cuando te digo que West se parece al Bane de un modo casi exacto, si no tienes en cuenta los efectos del paso del tiempo.

—Pero West no apareció de la nada. Ha estado en Eton tanto tiempo como tú. No puedes esperar que crea que durante cuatro años el Bane ha estado caminando entre los estudiantes de una escuela nomágica.

—No sé cómo explicarlo. Lo único que sé es que no puedes quedarte aquí ni un minuto más.

—Pero estuve junto a él durante dos horas y no me sucedió nada.

—Aun así. Cualquier cosa puede ocurrir en cualquier momento.

Ella no lo dudaba, aunque continuaba sin estar convencida de que Titus tuviera razón sobre West.

—No me opongo a ser cautelosa. Pero que yo desaparezca sin decirle nada a nadie y sin todas mis pertenencias sería sospechoso, ¿no lo crees?

Él frunció el ceño pero no respondió.

—Además, si se ha tornado demasiado peligroso que yo permanezca en la escuela, entonces también es demasiado peligroso para ti y para Wintervale. Y probablemente para Kashkari también.

Titus frotó su sien.

–¿Qué sugieres que hagamos?

–Deberíamos hablar con Kashkari y Wintervale.

–No, con Wintervale no. No todavía.

–¿No crees que estás siendo exageradamente cauteloso?

–No más que su madre.

Iolanthe no podía reprochar eso.

–De acuerdo, entonces. Hablaremos con Kashkari. Él es excelente para guardar secretos. Y he oído que ya tiene planes para partir de la escuela de prisa en caso de emergencia.

Sin embargo, no encontraban a Kashkari en ninguna parte. Él ni siquiera apareció en la cena: Sutherland fue quien ayudó a Wintervale a bajar al comedor.

–¿Dónde está Kashkari? –le preguntó Iolanthe a Sutherland.

–Está ayunando. Y hay ciertos rituales que debe seguir mientras ayuna. Tiene permiso para permanecer en su cuarto esta noche.

Iolanthe intercambió una mirada con Titus. El reino nativo de Kashkari no era uno que estuviera bajo el estandarte del Anfitrión Angelical. Pero aun así, era extraño que hubiera creencias mágicas que vieran el ayuno como una forma de acercarse más a lo divino.

La señora Hancock tampoco asistió a cenar, lo cual causó un revuelo mayor que la ausencia de Kashkari: la señora Hancock nunca faltaba a la cena.

–Sé que no es lo habitual, pero la señora Hancock no se siente muy bien esta noche –explicó la señora Dawlish.

Iolanthe no había estado particularmente nerviosa antes, cuando Titus por poco había quedado destrozado por creer que West era el Bane. Pero la ausencia inesperada y simultánea de dos magos la pusieron tensa. Ella habló poco y escuchó solo a medias a Cooper.

Después de la cena, como solía ocurrir, Cooper regresó con Iolanthe a la habitación de la chica para que lo ayudara un poco con la tarea. Cooper abrió un cuaderno y lo hojeó.

—Ah, aquí está. ¿Esta es la palabra en griego que significa "veloz"?

Iolanthe echó un vistazo.

—¿*Okeia*? Sí.

—Pero ¿cuándo han descripto a Afrodita como veloz?

A Iolanthe le llevó dos segundos comprender a lo que se refería el chico: la mayor parte de su atención estaba centrada en los pasos del pasillo, esperando el regreso de Titus. El príncipe había ido a buscar a Kashkari de nuevo y ella comenzaba a preocuparse por su amigo.

—Espera un minuto. Déjame ver mis apuntes —ella abrió uno de sus propios cuadernos—. Creo que lo copiaste mal. En realidad, la palabra es *okeanis*; significa que proviene del océano, como Afrodita.

Las dos palabras eran bastante parecidas en griego, así que era un error comprensible.

—Ah, eso está mejor —Cooper cerró su cuaderno—. ¿Estás seguro de que debes ir al Territorio de Wyoming?

—Por desgracia, sí. Y me temo que pronto.

En ese momento, el príncipe entró. Miró una sola vez a Cooper y dijo:

—Déjanos solos.

Como siempre, era un placer para Cooper que Su Alteza lo echara. Titus miró la puerta un segundo más después de que el chico la había cerrado.

—Algún día, de hecho, quizás extrañe a ese idiota.

—¿Encontraste a Kashkari?

—No, no pu…

Alguien llamó tres veces a la puerta, no a la de ella; a la de Titus, seguido de un:

—¿Está allí, príncipe?

Kashkari.

Titus inmediatamente abrió la puerta de la habitación de Iolanthe.

—Quisiera hablar con usted, Su Alteza.

—Entra.

Kashkari entró en la habitación de la chica. Titus cerró la puerta.

—Discúlpame, Fairfax —dijo Kashkari y miró a Titus—, pero ¿puedo hablar con usted en privado?

—Soy el custodio personal de Su Alteza —dijo Iolanthe. Desde el momento en el que supo que Kashkari había notado hacía tiempo que había algo extraño respecto a Archer Fairfax, ella había estado pensando en qué podría decirle que explicara todo pero que aún mantuviera su secreto a salvo—. Hay otros en esta casa y en la escuela dedicados a protegerlo, pero a principios de este año han decidido que, debido al aumento de peligro que rodea a Su Alteza, yo tomaría la identidad que había sido creada hacía tiempo en caso de que fuera necesario que alguien lo defendiera incluso más de cerca.

—Ya veo —dijo Kashkari despacio—. Ahora lo entiendo.

Titus le siguió la corriente.

—No estaría vivo hoy si no fuera por Fairfax. Cualquier cosa que quieras decir, puedes decirla frente a él. Por cierto, él ya sabe quién eres y cuáles son tus ambiciones.

Kashkari observó a Iolanthe un momento, extrajo un anotador del bolsillo y garabateó algo en él. Apenas un segundo después, la señora Hancock se materializó en la habitación. Iolanthe se sorprendió bastante y dio un paso atrás; al hacerlo se golpeó contra el borde de su escritorio.

Titus se ubicó delante de Iolanthe.

—¿Qué significa esto, Kashkari?

—Permítame establecer un círculo insonoro —respondió el muchacho. Cuando terminó, volteó hacia la señora Hancock—. Fairfax es el custodio personal de Su Alteza. Podemos hablar con libertad delante de él.

—Ah, tiene sentido —dijo la señora Hancock—. Siempre pensé que había algo inexplicable respecto a ti, Fairfax.

—Kashkari, ¿qué estás haciendo con la enviada especial del Departamento de Administración de Asuntos Externos de Atlantis?

—Vine hoy como quien soy en realidad: una enemiga declarada del Bane —dijo la señora Hancock.

Titus bufó.

—Dudo que esta residencia, que contiene en su mayoría nómagos que nunca han oído hablar de Atlantis excepto como un rumor antiguo, pueda albergar tantos enemigos declarados del Bane. Es estadísticamente poco probable.

—Pero ninguno de nosotros está aquí de casualidad —replicó la señora Hancock—. Kashkari vio su propio futuro. La madre de Wintervale envió a su hijo por usted, Su Alteza. Y usted y yo, Su Alteza, estamos aquí a causa de un hombre llamado Ícaro Khalkedon.

Iolanthe nunca antes había oído aquel nombre, pero al parecer, Titus sí.

—¿Te refieres al antiguo vidente del Bane?

—Al antiguo *oráculo* del Bane —respondió la señora Hancock.

Titus y Iolanthe intercambiaron una mirada de asombro. Los videntes eran considerados poseedores de un talento único, pero eran receptores y estaban limitados por lo que el universo decidiera que era adecuado mostrarles. Sin embargo, los oráculos eran capaces de responder preguntas específicas. La mayoría de los oráculos en el mundo mágico eran objetos inanimados, custodiados celosamente por los devotos y los peregrinos que podían viajar miles de kilómetros aunque existiera la posibilidad de que se les negara la oportunidad de hacer la única pregunta que los perturbaba.

Era inaudito que una persona fuera un oráculo.

—¿Dónde lo encontró el Bane? —preguntó Iolanthe.

—No lo sé, e Ícaro tampoco lo sabía: aunque supongo que fue en el reino Kalahari. Hay magos de todo el mundo que se han asentado allí y han contraído matrimonio entre las distintas nacionalidades. Eso a veces causa que sus hijos posean una belleza despampanante, distinta a cualquier otra que uno está habituado a ver.

La señora Hancock suspiró.

—Lo conocí cuando me otorgaron el honor de acceder a una formación de verano en Royalis[14]. Hoy en día, el Bane rara vez abandona el Palacio del Comandante en las tierras altas, pero aquel verano, él se quedó en la capital. Y por supuesto, a donde fuera que iba el Bane, Ícaro siempre estaba cerca.

»El Bane le hacía una pregunta por mes. A Ícaro le llevaba dos semanas recuperarse de una pregunta, y el Bane en general le permitía tener dos semanas más de… normalidad, supongo. Para que no estuviera tan cansado que apenas podía mover un párpado.

»Los días que Ícaro tenía la fuerza suficiente para levantarse y caminar, venía a la biblioteca donde yo trabajaba. Nos hicimos amigos… muy buenos amigos. Y eso era todo lo que nos permitían ser. Él no podía hacer más que hablar con una chica, dado que se creía que el contacto carnal podría arruinar su don.

»Parte de mí desearía que nuestra historia solo fuera acerca de dos amantes desdichados… Mi vida habría sido más sencilla. Pero no, resultó que ambos estábamos en medio de una crisis de fe en relación a la devoción que sentíamos por el Bane. Y en ese sentido, yo fui la mejor y la peor amiga que él pudiera haber tenido: y viceversa.

»Me horrorizó enterarme de que el Bane no hacía preguntas acerca de cuál era el mejor rumbo para el reino, o quién era la persona más calificada para llevar a cabo una iniciativa determinada. En cambio, muchas de sus preguntas eran parecidas a *¿Quién será mi mayor amenaza el año próximo?*

»Pero mi consternación recién comenzaba. Cuando Ícaro era un niño, solía quedar inconsciente al final de una sesión oracular y no recordaba ni la pregunta ni la respuesta que daba. A medida que creció, obtuvo un mayor control sobre su don, pero comenzó a recordar lo ocurrido durante sus sesiones con el Bane.

»Por la noche, en la cama, solía decir en silencio aquellos nombres que había dado como respuestas a lo largo de los años. Me repetía la lista de nombres que pesaban en su consciencia. Y cuando mencionó un nombre en particular, yo…

La señora Hancock cerró los ojos momentáneamente.

—Oí el nombre de mi hermana. Ella tenía diecisiete años cuando desapareció de un viaje de acampada que hizo con sus amigos. La vieron ingresar a su carpa aquella noche, pero en la mañana ya no estaba allí. Sus amigos la buscaron y la buscaron. Mis padres y yo, y todos nuestros conocidos más muchos magos que nunca conocimos rastrillamos todo el lugar de arriba abajo, pero no había rastros de ella. El área era conocida por haber albergado serpientes gigantes en el pasado y nadie en mi familia toleraba mencionarlo, pero todos estábamos convencidos de que mi hermosa hermana se había convertido en la cena de una bestia terrible, dado que no podía haber otra explicación posible para su desaparición.

»Pero en ese momento, Ícaro mencionó su nombre. Le pregunté si recordaba la pregunta. Me dijo que sí. La pregunta fue: *¿Quién es el mago elemental más poderoso que aún no ha llegado a la adultez?*

»Mi hermana era una maga elemental. Y mi madre solía decir que ella era la maga elemental más poderosa que jamás había visto. Ella debía saberlo con certeza: había sido directora durante muchos años.

»Ícaro y yo nos miramos, atónitos, casi paralizados, por las posibles implicaciones de nuestro descubrimiento. Pero ¿cómo podíamos saber si era una coincidencia que el nombre de mi hermana brotara de sus labios y que una semana después ella desapareciera, o si había sido el accionar de unas fuerzas siniestras?

»Ícaro tuvo la idea. Estaba cerca del final de su mes y el Bane pronto lo utilizaría de nuevo. Pero en dos semanas, cuando él hubiera recuperado su fuerza, él quería que yo me hiciera esta pregunta: *La próxima vez que el Bane pregunte acerca de cuál es el mago elemental más poderoso que aún no ha alcanzado la adultez, ¿qué le ocurrirá a ese mago elemental?*

»Seguimos el plan. Yo hice la pregunta temblando sin parar y él se sumió en un trance profundo. Después de casi quince minutos, Ícaro habló con una voz grave y espeluznante: *a ese mago lo utilizarán para hacer magia sacrificadora.*

Iolanthe sentía que le habían atravesado el pecho.

—Pero la magia sacrificadora… está *prohibida.*

—No —murmuró Kashkari, como si estuviera hablando solo—. No. No. No.

—Ya piensan lo peor acerca del Bane —dijo la señora Hancock—. ¿Pueden imaginar lo duro que fue el golpe para dos jóvenes que aún no habían perdido por completo la ilusión? Fue como un terremoto, como si los pilares de una vida entera hubieran sucumbido.

»El mes siguiente le pregunté a Ícaro qué era lo que el Bane esperaba lograr la próxima vez que hiciera magia sacrificadora. *Prolongar su vida* fue la respuesta que recibimos. Aquello no tenía sentido. Si el Bane hubiera estado al final de su vida, quizás uno podría haber comprendido la desesperación sórdida que lo llevó a un sacrificio mágico. Pero era un hombre en la plenitud de la vida. Así que el mes siguiente, preguntamos cuántos años tendría el Bane en su próximo cumpleaños. La respuesta fue ciento setenta y siete.

»Recuerdo las náuseas que sentí, y el sudor. La mera idea de ello era repugnante y aterradora: que él había conseguido tener esa vida antinaturalmente larga al sacrificar magos elementales jóvenes como mi hermana.

»Fue la última pregunta que pude hacerle a Ícaro antes de que lo llevaran de regreso al Palacio del Comandante al final del verano. Pero me habían ofrecido un puesto permanente en la biblioteca, así que ambos hicimos un pacto para averiguar lo máximo posible y reunirnos de nuevo el verano siguiente.

»Cuando Ícaro no estaba en modo oráculo, las personas solían verlo como un niño grande, porque lo mantenían a propósito en un estado de ignorancia: solo le permitían leer libros de biología y cuentos de hadas, pero no tenía acceso a las noticias por miedo de que su conocimiento del mundo actual contaminara sus respuestas. Ícaro siempre respetó las reglas. Así que durante aquellos diez meses, fue capaz de utilizar a su favor aquella percepción de su persona y el hecho de que era una de las posesiones más preciadas del Bane.

»Y descubrió que, de hecho, durante los años de ejercicio como el oráculo del Bane, tres magos elementales habían tenido audiencias privadas con el Bane. Los guardias con los que él había hablado eran cuerpos de seguridad menores y eran casi tan ignorantes como él: solo que mucho menos curiosos. Simplemente, suponían que después de las audiencias, los magos elementales jóvenes habían sido transportados de regreso a la capital a través de algún transporte rápido y que por eso nadie los había visto de nuevo.

»También averiguó respecto de los niveles más bajos del Palacio del Comandante. Había creído que el palacio tenía tres niveles subterráneos, pero en realidad poseía cinco. Solo el Bane en persona y ocasionalmente uno de sus tenientes más confiables, tenían permitido ingresar a los niveles más bajos.

»Yo busqué información acerca de los otros nombres que Ícaro le había dado al Bane a lo largo de los años, aquellos que eran amenazas para él. La mayoría eran nombres que nunca había oído. Algunos los hallé en unos periódicos extranjeros que teníamos en la biblioteca: pertenecían a magos de muchos otros reinos que habían sido arrestados poco después de que Ícaro hubiera dicho sus nombres y quienes después fueron en su mayoría ejecutados, acusados de asesinatos, corrupción e incluso indecencias graves.

»Tuvimos que habituarnos a la monstruosidad del Bane durante diez meses. Pero aun así, cuando por fin nos reunimos de nuevo e intercambiamos todo lo que habíamos descubierto, ninguno de los dos podía dejar de temblar. Ahí fue cuando Ícaro me dijo que ya no podía vivir de ese modo. Que incluso el verano anterior había pensado en quitarse la vida.

»Le rogué que no pensara más en ello. La idea de que en la otra vida su alma hermosa no pudiera elevarse con los Ángeles… No podía tolerarlo. Pero él ya había tomado la decisión. Dijo que era el único modo. Pero antes, dijo que aún debíamos hacerle unas preguntas más.

»La pregunta que él quería que le hiciera me asustaba tanto que por poco no pude decirla en voz alta. *¿Cómo matarán al Bane?* La respuesta: aventurándose en el nivel más profundo del Palacio del Comandante y abriendo su cripta.

»No fue una buena respuesta para nosotros. Más allá de sus poderes oraculares, Ícaro no estaba entrenado en ninguna otra clase de magia. Y yo era una simple bibliotecaria, lejos, en la capital. La desesperación de Ícaro por poco amenazaba con hundirnos a ambos, pero le dije que él debía continuar siendo fuerte y aparentar normalidad, dado que yo haría una pregunta diferente el mes siguiente.

»Mi pregunta fue: *¿Qué puedo hacer para ayudar a matar al Bane?* Era la primera vez que me había incluido a mí misma en una pregunta; lágrimas de pavor caían de mis ojos incluso mientras hablaba. Recuerdo su respuesta, palabra por palabra. "Cuando el gran cometa haya aparecido y partido, el Bane entrará en la casa de la señora Dawlish en el Colegio Eton".

—El gran cometa ya ha aparecido y partido —dijo Kashkari; su tono de voz era inestable.

Los magos astrónomos habían descubierto al cometa por primera vez en agosto del año anterior. En su punto más brillante, el cometa por poco competía con el resplandor del halo del sol: un augurio que, si bien también era levemente malo, era hermoso y dominaba el cielo nocturno; incluso podía ser visto durante el día.

—Tuve que buscar el Colegio Eton y la casa de la señora Dawlish. Encontré el primero, pero no la última, e Ícaro y yo estábamos desconcertados: no comprendíamos por qué el Bane se dignaría a visitar aquella escuela nomágica completamente insignificante. Entonces, decidimos que no tenía importancia. Yo estaría allí, en la casa de la señora Dawlish en el Colegio Eton, lista, esperando el momento en el que el Bane ingresara, sin importar cuándo fuera.

»El Dominio aún era un reino adinerado con un gobernante relativamente fuerte y una estructura de poder centralizada: el Bane siempre lo había considerado una fuente potencial de problemas. La princesa coronada del Dominio estaba embarazada y las dos preguntas más recientes que el Bane le había hecho a Ícaro eran acerca del género del bebé y si el bebé algún día asumiría el trono. Así que supimos sin duda alguna que el futuro del heredero de la Casa de Elberon estaba presente en la mente del Bane.

»De vez en cuando, le preguntaba a Ícaro qué debía hacer como medidas preventivas. Ícaro decidió que la próxima vez que le hicieran la pregunta, él solo fingiría entrar en trance: había sido tan confiable durante tanto tiempo, que el Bane ya no verificaba si sus trances eran verdaderos o no. Entonces, le diría al Bane que debían enviar al heredero de la Casa de Elberon a esa escuela nomágica y que debían enviarme a mí como enviada especial del Departamento de Administración de Asuntos Externos para que lo vigilara.

»Ícaro planeaba continuar siendo el oráculo del Bane durante medio año más... para que sus palabras acerca de Eton y de mí no llamaran la atención. Y después, se quitaría la vida de un modo que hiciera que pareciera que había muerto por causas naturales.

La señora Hancock exhaló con lentitud.

—Esa fue la última vez que lo vi y que hablé con él. Él regresó al Palacio del Comandante tres días después, y la primavera siguiente, estaba muerto. Su muerte no levantó sospechas: todos siempre habían supuesto que él no viviría mucho; aquellos poderes parecían simplemente demasiado milagrosos para continuar existiendo.

»Pedí que me transfirieran al Departamento de Administración de Asuntos Externos. Por fin me enviaron a hacer un reconocimiento de Eton. La señora Dawlish acababa de comenzar con su propia residencia para los chicos. Me postulé para el puesto. Ella primero eligió a otra persona, pero resultó que la mujer no era adecuada para el trabajo. Logré ingresar pocas semanas antes de que Su Alteza viniera a la casa.

»Ahora, solo era cuestión de esperar. El cometa llegó el año anterior. Los nómagos estaban tan entusiasmados como los magos. Sus periódicos anunciaban que podrían ver el cometa hasta febrero de este año. Yo creí que estaba lista; sin embargo, cuando Fairfax llegó aquel abril, la primera noche estaba tan nerviosa que apenas pude dar las gracias antes de cenar.

Sus palabras tomaron a Iolanthe por sorpresa.

—¿Creía que yo era *el Bane*?

—Creía que quizás eras un espía. Pero después, esta tarde, West vino.

Titus le lanzó a Iolanthe una mirada que decía "te lo dije".

—He visto al Bane bastantes veces en mi vida. Cuando West entró a mi oficina para firmar el registro de visitas, creí que mis rodillas y mi corazón fallarían. Fue exactamente como Ícaro lo había dicho: *Cuando el gran cometa haya aparecido y partido, el Bane entrará en la casa de la señora Dawlish en el Colegio Eton.*

»Lo observé en el entrenamiento de críquet para asegurarme de que no había permitido que una primera impresión errónea nublara mi juicio. Cuanto más lo miraba, más segura estaba de que debía ser él. Decidí que no tenía sentido seguir esperando. Procedería de inmediato.

»Imaginen mi sorpresa y mi consternación cuando llegué a su residencia y me enteré de que él se había marchado hacía pocos minutos: según el amo de la casa, su padre lo había enviado a buscar porque su madre no se sentía bien. Me teletransporté a las tres estaciones de tren más cercanas. Él no apareció por ninguna parte. Sin saber qué más hacer, me escabullí en su habitación y revisé sus pertenencias. Y de pronto, Kashkari apareció en la habitación con una varita en la mano.

—Si el príncipe te dijo lo que yo le he contado —le dijo Kashkari a Iolanthe—, entonces ya sabes que vine a Eton por algo que alguien dijo acerca de Wintervale en uno de mis sueños. Pero no descubrí hasta hace poco tiempo que la persona que hablaba en mi sueño era la señora Hancock.

»El príncipe estaba convencido de que la señora Hancock era una agente leal de Atlantis. Yo esperaba que fuera lo contrario, pero no tenía pruebas. Pero hoy, la señora Hancock vino a observar el entrenamiento de críquet, lo cual me pareció extraño dado que ella casi nunca sale de la casa…

—No quería estar ausente cuando el Bane llegara —dijo la mujer.

—Entonces, la vi a través de mi ventana, marchándose de nuevo. La seguí, lo cual me llevó a la residencia de West. Cuando ella ingresó a la habitación de West, decidí que lo mejor sería confrontarla allí mismo.

—Kashkari dijo: "Soy enemigo del Bane. Si tú también lo eres, dilo ahora". Después de recuperarme de la sorpresa y del miedo, exigí que hiciéramos un pacto de la verdad[15]. Con el pacto en funcionamiento, procedimos bastante rápido. Y cuando disolvimos el pacto quince minutos después, sugerí que inspeccionáramos las oficinas escolares en busca del archivo de West.

—Su padre es profesor en la Universidad de Oxford. Ninguno de los dos ha ido a Oxford, así que no podíamos teletransportarnos. Kashkari ofreció su alfombra voladora. Inventamos algunas excusas, salteamos la cena y volamos a Oxford.

—La familia estaba a punto de sentarse a cenar. Nos ocultamos en la habitación contigua, pero era bastante obvio que la señora West no estaba enferma en absoluto. Luego, una niña preguntó si su hermano estaría en casa para su cumpleaños. Y el profesor West respondió que había recibido una carta de West hoy que decía que efectivamente él estaría en casa el próximo domingo.

—Ya nada tenía sentido. ¿Por qué West desapareció? ¿Alguien lo secuestró con argumentos falsos? Y si él no es el Bane, entonces ¿a qué se refería Ícaro cuando dijo que el Bane entraría a la casa de la señora Dawlish?

—Sentí que debíamos hablar con usted, príncipe —dijo Kashkari—. La señora Hancock estuvo de acuerdo porque había oído que su difunta madre era vidente. Si Su Alteza la princesa Ariadne ha dejado alguna visión que pueda sernos de ayuda, por favor, háganoslo saber.

Iolanthe podría haber adivinado con precisión lo que Titus diría, y él no se alejó del protocolo.

—Antes de ayudarlos, necesitaré que ambos hagan un juramento de sangre que indique que ambos dicen la verdad y que no buscan lastimarnos a Fairfax ni a mí de ningún modo, ni ahora ni nunca.

Kashkari asintió. La señora Hancock tragó saliva antes de asentir de modo inestable. Titus invocó la llama verde de la verdad y llevó a cabo el juramento.

—Ahora nos separaremos y nos reuniremos de nuevo aquí quince minutos después de que apaguen las luces.

QUINCE MINUTOS DESPUÉS DE QUE APAGARAN las luces, cuando la señora Hancock y Kashkari se teletransportaron de nuevo a la habitación de Fairfax, Titus apoyó el Crisol sobre el escritorio.

—El diario de mi madre, que contiene un archivo de todas sus visiones, no me mostró nada respecto a West o al Bane. Pero puedo llevarlos con la Oráculo de Aguas Calmas.

El jardín de la Oráculo era bastante distinto de la última vez que Titus lo había visto en plena primavera. Esa ocasión también había sido de noche, pero el aire había estado fragante con el aroma de los árboles en flor y animado con el sonido de los insectos apasionados. Ahora, la luz de las farolas resplandecía sobre las ramas desnudas, y las hojas caídas crujían debajo de sus pies.

—Solo pueden hacer una pregunta que ayudará a otra persona —les dijo Titus a Kashkari y a la señora Hancock.

—¿Podemos hacer una pregunta cada uno? —indagó Kashkari.

—No. Ella solo responderá una pregunta por semana, si es que es una buena. Y solo tendrás una pregunta respondida por ella en tu vida. Aunque a veces, quizás da un poco más de información si le caes bien.

—Me gustaría hacer una pregunta —dijo la señora Hancock. Subió los peldaños y miró el estanque, pero entonces volteó hacia los otros—. No tengo idea de qué preguntar que cumpla con los requisitos de la Oráculo. Cada noche pienso en los muertos, en todos los muertos… En mi hermana, Ícaro, y todos los otros que el Bane ha asesinado y torturado todo este tiempo. La necesidad de justicia me ha guiado todos estos años. Creo que no puedo decir con honestidad que esté intentando ayudar a alguien con vida.

Antes de que cualquiera de los magos presentes pudiera decir algo, la Oráculo rio en voz baja con tono suave.

—Gaia Arquímedes, también conocida como la señora Hancock, bienvenida. No he visto tanta honestidad como la tuya. Al menos tú comprendes que tu motivación es la venganza en nombre de los muertos —habló.

—Gracias, Oráculo. Pero eso no me ayuda con mi pregunta, ¿verdad?

—¿Qué es lo que buscas comprender?

—Quiero saber si Ícaro tenía razón. Si el Bane ha venido a la casa de la señora Dawlish. Y cómo puedo aprovechar la oportunidad para hacer la diferencia. He dedicado la mayor parte de mi vida adulta a la misión y no quiero fallarme ni fallarles a los muertos que cuentan conmigo.

—Estoy segura de que al menos hay un alma viva que se beneficiaría de ello —dijo la Oráculo amablemente.

—Creo que todo el mundo mágico se beneficiaría de ello. Pero no logro nombrar a una persona en particular.

—¿Qué hay de West? —preguntó Fairfax—. Si descubrimos quién está detrás de su secuestro, eso podría ayudarlo.

La señora Hancock frunció el rostro con indecisión agonizante. Titus comprendía la reticencia de la mujer: si solo podía hacer una pregunta, West parecía ser un participante demasiado periférico en aquellos eventos para darle un rol tan central.

—Hay otra opción —le dijo Titus a la señora Hancock—. Pregúntale a la Oráculo cómo puedes ayudar a quien más necesita tu ayuda.

Esa había sido la pregunta de Fairfax la primavera pasada. Él había creído que ella había preguntado acerca de su tutor; pero después ella le había contado cuál había sido su pregunta.

Ayúdame a ayudar a quien más lo necesita.

Y la respuesta que le habían dado lo había salvado a él.

La señora Hancock vaciló otro minuto. Finalmente, con la mandíbula apretada, le dijo a la Oráculo:

—Debe haber alguien a quien pueda ayudar en particular, incluso si no puedo decir su nombre. Dime cómo puedo ayudar a esa persona.

El agua en el estanque se transformó en un espejo brillante. Cuando la Oráculo habló de nuevo, fue como si las sílabas brotaran del mismísimo suelo debajo de sus pies, áspero y resonante.

—Destruye lo que queda del Bane, si deseas salvar los restos.

La señora Hancock miró hacia atrás: tenía la incomprensión dibujada en su rostro. "Agradécele", dijo Titus sin emitir sonido, moviendo sus labios. La señora Hancock lo hizo, con tono sumiso.

El agua silbó y echó vapor antes de tranquilizarse y retomar el aspecto de un estanque calmo. Cansada, la Oráculo dijo:

—Adiós, Gaia Arquímedes. Y sí, lo has visto antes.

—¿A QUÉ SE REFERÍA LA ORÁCULO CON "LO HAS visto antes"? —preguntó Iolanthe una vez que regresaron a su habitación.

—Creo que se refería a este libro —respondió la señora Hancock—. Pero por supuesto que lo he visto muchas veces; el príncipe lo guardó en su habitación durante años y me ordenan inspeccionar su cuarto periódicamente, tanto como parte de mis deberes en la casa de la señora Dawlish, como por mi rol de vigilante de Atlantis.

—Lo que queda del Bane —reflexionó Kashkari—. Lo que *queda* del Bane. ¿Qué le falta al Bane?

—Su alma —respondió la señora Hancock; no era una pregunta, era una afirmación—. Dicen que a una persona que se involucra en la magia sacrificadora no le queda alma.

—Al Bane no parece importarle demasiado su alma, ¿cierto? —comentó Iolanthe.

—O quizás sí le importa. Tal vez comenzó a preocuparse por su alma cuando ya era demasiado tarde —dijo Titus—. Quizás esa es la razón por la que está completamente decidido a prolongar su vida por cualquier medio posible: para no tener que descubrir qué le ocurre después de la muerte a alguien que ya no tiene alma.

A veces, Iolanthe olvidaba que Titus había pensado durante mucho tiempo acerca de la vida y la muerte.

—¿Y a qué creen que se refería con "los restos"? —preguntó la señora Hancock—. ¿Por qué querríamos salvarlos?

—No sé por qué —dijo Kashkari—, pero estoy pensando en ese libro acerca del doctor Frankenstein. ¿Alguno de ustedes lo ha leído?

Todos negaron con la cabeza. Iolanthe recordaba que Kashkari tenía el libro con él el día que Wintervale había creado el torbellino.

—Es sobre un científico que ha armado un monstruo con restos de cuerpos humanos —explicó Kashkari.

Iolanthe sintió que una tuerca en su cerebro había comenzado a funcionar de pronto.

—¿Reutilizará a West en partes? —preguntó. Titus la miró.

—¿Crees que por "restos" se refiere a *West*?

—Tiene sentido, ¿no es así? Si quisieras restos, ¿no preferirías utilizar unos que se parecieran a ti, en lugar de a alguien...? —la sorpresa y el horror la golpearon y tuvo que aferrarse al borde del mantel antes de que pudiera hablar de nuevo—. Restos. *Restos.* Que la Fortuna me proteja: ¿creen que así fue cómo él...? ¿Cómo él...?

Titus lucía igual de abrumado que ella.

—Sí, debe serlo.

—¿Debe ser qué? —preguntó la señora Hancock, su tono de voz apenas era más alto que un susurro.

—Debe ser cómo resucita.

Kashkari se desplomó sobre una silla.

—Hemos oído rumores, pero nunca creí que fueran ciertos.

—Nunca he oído tales rumores —respondió la señora Hancock confundida—. ¿Por qué nunca oí esos rumores?

—Imagino que el Bane hizo su mayor esfuerzo para asegurarse de que su propio personal nunca los escuchara: cualquier cosa remotamente conectada a la magia sacrificadora pondría en riesgo la legitimidad de su reinado.

Iolanthe recuperó la voz.

—Por eso secuestraron a West. No para reutilizarlo en partes, sino para utilizarlo por completo —volteó hacia Titus—. ¿Recuerdas lo que dijeron en la Ciudadela cuando el Bane resucitó el último verano? Dijeron que regresó con un aspecto más joven y fuerte que antes.

—Porque regresó en un cuerpo diferente, pero que lucía similar —concordó Titus—. Y así fue cómo, a pesar de que le habían volado los sesos en el Cáucaso, él aún fue capaz de regresar al día siguiente, sin verse deteriorado.

—Tomar otro cuerpo por completo… es un poder aterrador. ¿Han oído alguna vez otro uso de él? —preguntó la señora Hancock con la voz débil.

Kashkari negó con la cabeza.

—Solo en historias.

—Entonces, no tenemos que preocuparnos por la primera vez que West ingresó a la casa de la señora Dawlish. Debemos preocuparnos por la *próxima* —dijo Iolanthe.

—¿A qué te refieres? —preguntó la señora Hancock.

—La próxima vez que lo veamos, bien podría tratarse del Bane utilizando el cuerpo de West.

Se hizo silencio.

—Me pregunto cuánto tiempo le lleva al Bane tener listo un cuerpo para su uso —murmuró Kashkari.

—Algo como eso debe requerir contacto —dijo Iolanthe—. Al menos setenta y dos horas.

—Asumamos lo peor —propuso Titus—. Pensemos que regresará mañana.

La señora Hancock emitió un sonido similar al de un animal herido.

—¿Qué podemos hacer? ¿Lo atacamos directamente? —preguntó la mujer.

Titus negó con la cabeza.

—No tendría sentido. Ahora todos sabemos que no es posible matar al Bane a menos que sea en su propia guarida, donde está su cuerpo original. A menos que mis conocimientos acerca de la magia sacrificadora sean incorrectos, cuando sacrifique a otro mago, el Bane también deberá sacrificar algo de sí mismo. Por esa razón siempre quiere al mago elemental más poderoso que esté disponible: dado que sí o sí debe sacrificar una parte de sí mismo, debe querer aprovechar lo máximo posible cada sacrificio. Y yo diría que lo que obtiene a través del sacrificio de un mago elemental verdaderamente asombroso debe ser cien veces más poderoso que lo que podría lograr con un mago más ordinario.

–¿Cómo sabe eso el Bane con seguridad? –preguntó Kashkari–. Asesinaron a mi tío antes de que el Bane pudiera atraparlo. La chica que invocó el rayo aún evade sus garras, hasta donde sabemos. Antes de ellos dos, no ha habido otro gran mago elemental en siglos.

–Hubo uno durante la vida del Bane: debe haber habido uno, y en Atlantis ni más ni menos –dijo Iolanthe–. Hace poco encontré un viejo diario de viajes. Unos viajeros rumbo a Atlantis, en la época en que cualquiera podía visitar el reino, había descripto el gran torbellino de Atlantis que acababa de surgir no hacía mucho. Poder crear un torbellino que aún existe casi dos siglos después es una muestra de magia elemental estupenda. Pero nunca he oído hablar de ese mago. ¿Alguien quiere apostar que quizás ese pobre mago elemental haya sido el primer sacrificio del Bane?

–Y quizás, cuando lo había hecho, no necesitó más sacrificios durante un largo tiempo, porque había sido un sacrificio muy poderoso –dijo Kashkari–. Y después, cuando el efecto por fin comenzó a menguar…

Titus asintió.

–De todos modos, el Bane está aquí porque necesita con desesperación al próximo gran mago elemental: hay una cantidad limitada de partes del cuerpo a las que puede renunciar antes de que no quede nada de él. Nuestra misión es asegurarnos de que nunca atrape a ese mago elemental.

—Pero ni siquiera sabemos dónde está la chica del rayo.

—No la chica del rayo —dijo Titus—. Wintervale.

—¿Qué? —gritaron Kashkari y la señora Hancock al unísono.

Titus describió brevemente la visión de su madre y después su cumplimiento en la casa del tío de Sutherland.

Una luz casi sagrada iluminó el rostro de Kashkari.

—¡Por fin! Me he preguntado durante años cuál era el propósito exacto por el que protejo a Wintervale. Deberíamos tomar a Wintervale y marcharnos. Ahora mismo.

—Tú puedes hacerlo —dijo Titus—, pero yo no, por desgracia. Debo informar mi paradero cada veinticuatro horas. Si desaparezco durante setenta y dos horas, deben poner a alguien más en el trono. Así que no puedo marcharme hasta absolutamente el último minuto.

—Yo tampoco —añadió la señora Hancock—. Si lo hago, mis superiores sabrán de inmediato que algo anda mal.

—Pero yo les he estado diciendo a los chicos que me iré a Estados Unidos —dijo Iolanthe—. Nadie se sorprendería ante mi partida. Así que si lo necesitan, yo puedo llevar a Wintervale a un refugio.

—Tengo una alfombra de repuesto que puedes usar si no quieren viajar por medios nomágicos —ofreció Kashkari—. Puede transportar hasta ciento ochenta kilos, viajar a ciento noventa y cinco kilómetros por hora y andar durante ochocientos kilómetros sin tocar el suelo.

—Esperen un minuto —dijo la señora Hancock—. ¿Por qué Wintervale no está incluido en ninguna de nuestras conversaciones?

Kashkari miró a Titus.

—No estoy seguro de cuál es la razón del príncipe, pero le diré la mía. Tres semanas después de conocernos, Wintervale me mostró un truco. Juntó las manos, y cuando las abrió, había una llama diminuta suspendida en el aire. Yo no fui el único al que le enseñó el truco: estoy seguro de que la mitad de los chicos de este piso lo han visto, al menos cualquiera que juegue al críquet, claro.

»Después de eso, tuve una pequeña crisis. ¿Viajé mil trescientos kilómetros y dejé a mi familia para mantener a *ese* chico a salvo? A ese chico que no podía dejar de alardear delante de los nómagos porque necesitaba su aprobación y su admiración con desesperación.

»No me tome a mal. Wintervale me cae muy bien, pero no creo que él haya cambiado tanto en todos los años que lo conozco, y no me atrevo a confiarle secretos que deberían permanecer ocultos.

–Entonces ¿planeas simplemente tomar a Wintervale al último segundo posible sin decirle nada antes de tiempo? –preguntó la señora Hancock; parecía dubitativa.

–Su madre está aquí, pero ella no quiere que él lo sepa –dijo Titus–. Todos deberíamos actuar con cautela semejante.

Y esa fue la última palabra acerca del asunto.

DESPUÉS DE QUE LA SEÑORA HANCOCK Y KASHKARI se marcharon, Titus tomó a Iolanthe entre sus brazos.

Ella lo abrazó fuerte.

–¿Asustado?

–Aterrorizado.

–Yo también –admitió ella.

Las revelaciones de aquella noche giraban sin cesar en la cabeza de la chica. Quería ir a la cama y olvidar todo por un rato, pero temía que si realmente se quedaba dormida y algo sucedía en medio de la noche, la tomaría desprevenida.

—Y pensar que la señora Hancock es la responsable de que te educaran fuera del Dominio en esta escuela nomágica —prosiguió ella—. Es cierto lo que dicen: los hilos de la Fortuna se entretejen de maneras misteriosas.

—Tenías razón acerca de mí, que mi vida siempre estaría ligada a la del Bane —él exhaló—. Pero ¿y si fallamos?

—Lo más probable es que así sea. Ya lo sabes. Al igual que yo... y que cualquiera de los otros magos que han alzado sus varitas contra Atlantis —ella besó la mejilla del muchacho—. Así que olvídate de eso y concentrémonos en lo que necesitamos hacer.

—Tienes razón... de nuevo —asintió él despacio.

Ella puso la tetera sobre el fuego. No dormirían demasiado esa noche, así que para el caso podían tomar un poco de té.

—La última vez, Atlantis colocó una zona anti teletransportación en la escuela. Tranquilamente podrían hacer lo mismo de nuevo... y esta vez no tendríamos el armario de Wintervale para usar como portal —dijo Iolanthe.

—Pero sí tenemos bastantes alfombras: Kashkari tiene dos y yo tengo una, lo que en total debería ser suficiente para transportarnos a todos. Tengo el Crisol, que puede funcionar como portal en emergencias. Sin mencionar que tú posees el cuasi teletransportador.

—Entrégale a Wintervale los vértices del cuasi teletransportador —necesitarían tres días junto al chico antes de que él pudiera utilizarlo—. Él será el más difícil de transportar de todos nosotros: es mucho mejor si él puede usar el cuasi teletransportador.

Titus abrió el armario de Iolanthe y tomó la lata con hojas de té de la chica.

—Yo me encargaré de eso. Estoy seguro de que puedo pensar en algo para decirle sin revelar todo.

Una vez más, su falta de confianza en Wintervale.

–¿Es posible que tu juicio esté nublado debido a que conoces a Wintervale desde hace mucho tiempo? Siento que él ha estado mucho más reservado y mucho menos indiscreto después del torbellino.

–Es bastante probable que tenga prejuicios contra el viejo Wintervale y no con su nueva versión. Pero recuerda, nadie está buscando a Wintervale, pero cada agente de Atlantis aún te busca a ti.

Él le había dicho eso varias veces, y ella siempre lo había aceptado sin dudarlo. Pero ahora no estaba tan segura.

–¿Tienes la certeza de que nadie está buscando a Wintervale? Hundió el barco atlante. Incluso si nadie a bordo logró enviar una señal de auxilio o sobrevivió para contarlo, ¿Atlantis no investigaría la desaparición absoluta de un barco?

–Dalbert está vigilando la situación. No ha oído nada acerca del *Lobo de mar*.

La conversación que había tenido antes con Cooper apareció en la mente de Iolanthe. Cooper había copiado mal una palabra; ¿y si ella había leído mal el nombre del barco? Después de todo, el griego siempre le había causado problemas.

–Quizás me equivoqué con el nombre del barco. ¿Puedes preguntarle a Dalbert si hay alguna noticia acerca de un barco llamado *Feroz*?

Escrito en letras mayúsculas: **ΛΑΒΡΑΞ** (Lobo de mar) y **ΛΑΒΡΟΣ** (Feroz) se hubieran parecido lo suficiente para causar confusión.

–Lo haré esta misma noche –dijo él.

–Bebe un poco de té antes de partir.

Ella añadió más fuego a la chimenea, para que el agua hirviera más rápido. Titus la envolvió con los brazos desde atrás. Ella se reclinó sobre él.

–¿Por qué tengo la sensación de que la situación está a punto de salirse de control?

—Probablemente porque así será —él le dio un beso en la sien—. Una parte de mí quisiera que estuvieras lejos, apartada del peligro y la locura. Pero el resto de mí no podría estar más agradecido de que aún estarás aquí, conmigo, cuando todo se vaya al demonio.

31

CAPÍTULO 31

EL DESIERTO DEL SAHARA

UNA PENDIENTE SE ALZÓ DE PRONTO DESDE EL suelo del desierto. Parecía como si Titus y Iolanthe estuvieran dirigiéndose directo hacia el acantilado, cuando la alfombra mágica delante de ellos desapareció. Iolanthe se aferró con fuerza al frente de la alfombra mientras esta se lanzaba dentro de una fisura angosta. La fisura se retorcía y giraba... o al menos eso supuso Iolanthe, porque estaba completamente oscuro pero la alfombra zigzagueaba a toda velocidad.

—¿Cómo estás conduciendo? ¿Puedes ver algo?

—No estoy conduciendo —respondió Titus—. La alfombra conoce la disposición del terreno.

De pronto, la fisura se ensanchó y se transformó en un espacio cavernoso iluminado por una luz cálida y brillante. A lo largo de los muros internos del lugar, había cientos de cuevas más pequeñas y nichos que habían sido tallados en la roca, pero Iolanthe no veía escaleras de ninguna clase para acceder a ellos... Hasta que recordó que, por supuesto, todos los que vivían en la base rebelde probablemente poseían una alfombra voladora.

La mitad del suelo de la caverna estaba ocupado por la horticultura: torres llenas de hojas verdes ubicadas de modo tal que recibieran la máxima cantidad de luz posible y que no proyectaran sombras una sobre otra; se alzaban hasta casi alcanzar la altura del techo. La otra mitad del suelo estaba dedicada a la producción y al mantenimiento de las alfombras voladoras. Y a pesar de que ya era tarde, había al menos cien magos trabajando: recolectando frutas y vegetales, operando en los telares que hacían alfombras nuevas o reparando alfombras que lucían deshilachadas.

Aterrizaron sobre una saliente a sesenta metros del suelo de la caverna. Una mujer de una belleza cautivadora los esperaba en la plataforma: vestía una túnica sencilla color beige y unos pantalones a juego.

La mujer abrazó al chico que había traído a Titus y a Iolanthe.

—Qué bueno verte a salvo. Me temo que tu hermano no está aquí. Pero no te preocupes, él está bien: era miembro del grupo que atacó la base atlante y no pueden regresar hasta al menos dentro de cinco días más, en caso de que Atlantis esté siguiéndoles el rastro.

El chico volteó hacia Titus y Iolanthe.

—Les presento a Amara, comandante de la base y mi futura cuñada.

Iolanthe percibió algo extrañamente desolado en el tono de voz del muchacho. Ella lo miró y después miró a Amara.

—Por aquí también se la conoce como Durga Devi: es tradición nuestra adoptar un *nom de guerre* para tiempos de guerra —prosiguió el chico—. Quizás escuchen que se refieran a mí como Vrischika, pero siéntanse libres de continuar llamándome Kashkari.

Así que ese era su nombre.

Titus asintió con seriedad hacia la joven.

—Un placer conocerla.

—Nos honra su presencia, Su Alteza. Y la suya, señorita Seabourne —Amara sonrió y ella por poco estuvo enceguecida por su belleza—. Su Alteza, ¿por fin ha traído a la señorita Seabourne a nuestro refugio?

—No —respondió Titus decidido—. Solo importunaremos su hospitalidad brevemente; Atlantis está demasiado cerca. Si tiene un trasbordador en las instalaciones, nos gustaría utilizarlo, en especial si puede llevarnos cerca de una gran ciudad nomágica o dejarnos dentro de una.

Iolanthe estaba completamente de acuerdo. Una ciudad atestada de personas era un escondite mucho mejor para ellos. El Cairo era su primera opción. Pero incluso Jartum con su inestabilidad política serviría si no había más remedio.

—Tenemos dos portales, pero por desgracia ninguno ha funcionado durante los últimos tres días.

Kashkari se alarmó.

—¿Estás segura de que Atlantis no nos ha encontrado?

Una sombra oscureció el rostro de Amara.

—Nos preguntamos lo mismo, pero todo lo demás ha estado funcionando normalmente.

—¿Tienes una alfombra rápida y de largo alcance que puedas prestarnos? —preguntó Titus—. Debemos marcharnos de inmediato: el Bane en persona está en el Sahara.

Esas palabras causaron una oleada de conmoción en Amara y Kashkari.

—¿Por qué no me dijeron nada al respecto antes? —preguntó Kashkari.

—He querido decírtelo —respondió Iolanthe—. Pero no teníamos ni la menor idea de quién eras y...

—¡Durga Devi! —Ishana se acercó volando rápidamente en una alfombra y por poco chocó contra Iolanthe—. Durga Devi, el personal de mantenimiento halló un rastreador en Oasis III.

—¿Qué? —exclamó Amara—. ¿Cómo es posible? Creí que dijiste que *no* se toparon con nadie durante todo el tiempo que estuvieron fuera.

—Es cierto. Nadie vino al oasis a excepción de Su Alteza y la señorita Seabourne.

Titus maldijo.

—El guiverno de arena. No sabíamos en ese entonces que aún tenía rastreadores. Es más que posible que uno haya caído cuando el guiverno rozó las palmeras datileras.

Iolanthe sujetó el brazo de Titus.

—Entonces Atlantis creerá que estamos aquí… y así es.

—Busquemos alfombras nuevas; los llevaré a Lúxor —dijo Kashkari—. Si partimos ahora, podemos llegar allí antes del mediodía.

Ishana los llevó abajo, donde guardaban las alfombras nuevas. Iolanthe no vio nada que luciera como una alfombra tradicional, gruesa y lanuda. En cambio, aquellas alfombras colgaban de varas de acero y lucían como mantas de pícnic, toallas y cortinas… incluso como capas.

—Estas son las mejores que tenemos —dijo Ishana, deteniéndose delante de una hilera de alfombras que parecían sábanas—. Tienen un alcance de aproximadamente mil seiscientos kilómetros y vuelan a doscientos cuarenta kilómetros por hora con un cargamento de hasta doscientos veinticinco kilogramos.

—Necesito alfombras que no puedan regresar, en caso de que invadan la base —dijo Kashkari.

Ishana exhaló, era evidente que estaba nerviosa de pensar en que algo podría salir tan mal.

—Cierto. Entonces mejor lleven estas: alcance de mil trescientos kilómetros, ciento ochenta y cinco kilómetros por hora, y toleran un peso de noventa kilogramos.

—¿Puedes manejar una alfombra tú sola? —le preguntó Titus a Iolanthe.

–Controlo el aire… Me las arreglaré.

El redoble de un tambor invadió el aire, seguido de una voz femenina agradable.

–Todos los jinetes guerreros presentarse ante los líderes de su escuadrón. Avistaje de carros blindados. Avistaje de guivernos. Avistaje de lindorms.

Los lindorms eran los dragones voladores más grandes: no eran demasiado rápidos, pero resultaban letales. Iolanthe había tenido la impresión de que eran imposibles de domesticar, pero aparentemente a Atlantis le gustaba innovar en la cría de animales.

Una alfombra bajó a toda velocidad y se detuvo abruptamente detrás de ellos. Era Shulini, y parecía agitada.

–Su Alteza, Durga Devi pide que usted venga conmigo… y los demás también. Hay algo que necesita que todos vean.

La siguieron hasta el techo de la caverna y atravesaron una abertura que llevaba a un túnel con dirección hacia arriba. El aire se hacía cada vez más frío y, de pronto, estaban bajo las estrellas.

–¡Miren! ¡Miren! –gritó Shulini.

Iolanthe no podía distinguir nada fuera de lo ordinario. Por un momento breve, se preguntó si debía utilizar un hechizo vistalejana, y entonces, un movimiento cerca del límite del cielo le llamó la atención: una distorsión en el aire que hacía que las estrellas lejanas se estiraran y desaparecieran. Cuando la siguió con la vista, notó que la distorsión era como una suerte de enorme anillo desparejo que rodeaba todo… y que caía de pronto hacia el suelo.

–Que la Fortuna me proteja –dijo Titus–, un domo campana.

Un domo campana era un arma de asedio, casi tan antigua como las lanzas hechizadas. Pero una vez que se colocaba en el lugar, sería casi imposible de atravesar para aquellos dentro de él.

—¡Rápido! —gritó Kashkari—. Quizás aún podamos lograr que Fairfax salga.

Como si lo hubiera oído, el domo campana bajó con rapidez.

—Ya es tarde —dijo Titus.

La voz de un hombre, dorada y poderosa, sonó.

—El Lord Comandante del Gran Reino de Nueva Atlantis busca a la fugitiva Iolanthe Seabourne. Entréguenla, y les perdonaremos la vida a todos los demás.

De inmediato, Titus tomó la mano de Iolanthe.

—Nadie te hará daño.

Ella le apretó la mano al muchacho.

—Y yo no soy tan fácil de dañar.

Pero aun así, estaba completamente aterrorizada.

Ishana aterrizó la alfombra. Estaban en la cima de un macizo montañoso que brotaba del suelo del desierto. De pie sobre él, vigilando el domo campana, estaba Amara.

—Parece que tenemos un dilema entre manos —dijo ella con tranquilidad.

—No, en absoluto —replicó Kashkari, cuando Iolanthe había creído que Titus sería el primero en negarse—. No la entregaremos al Bane, ni siquiera si el precio es diez veces las vidas de todos los de esta base.

—Por supuesto que no —dijo Amara—. Permitir que el Bane la tenga en sus manos sería terrible. Pero la verdad es que somos pocos y la fuerza de Atlantis es grande. Es posible que no seamos capaces de evitar que el Bane se la lleve, aun si hacemos nuestro mayor esfuerzo.

Para mayor sorpresa de Iolanthe, Kashkari se puso frente a ella.

—No, ni siquiera pensarás en eso.

—Estamos en guerra, amigo mío. Debo pensar en cada posibilidad.

—Entonces reflexiona y descártala.

De pronto, Iolanthe se dio cuenta por fin de que estaban hablando de un modo de hacer que fuera imposible para el Bane atraparla: pensaban matarla ellos mismos. A juzgar por la manera en la que la mano de Titus se tensó sobre la de ella, él también lo comprendía.

—Sé lo que le sucedió a tu tío, Mohandas —dijo Amara—. Y si bien fue una tragedia, evitó que el Bane se tornara inconcebiblemente fuerte.

Kashkari tenía su varita en mano.

—¿Y cómo nos ayudó eso? Ya sea con fuerza inconcebible o no, el Bane aún está en el poder después de todos estos años.

—Pero si la familia de tu tío no hubiera hecho lo que hizo…

—Entonces quizás estaríamos viviendo en un mundo muy diferente. La ayuda llegó a ellos poco después de que mataron a mi tío… Veo que no sabías eso, ¿cierto? Ni siquiera mi hermano lo sabe. Si tan solo ellos no se hubieran desesperado de modo prematuro, mi tío habría sido capaz de alcanzar la totalidad de su poder y habría podido marcar la diferencia en las batallas más decisivas que ocurrieron hace diez años.

Kashkari respiró hondo.

—Además, ya he soñado con el futuro: mi amiga se acercará al Palacio del Comandante por sus propios medios y por voluntad propia para aniquilar al Bane; no para convertirse en la próxima víctima de sus rituales con sacrificios. Eso significa que ella aventaja al Bane hoy y que logra conservar no solo su vida, sino también su libertad.

A Iolanthe se le aflojó la mandíbula. Amara hizo una pausa.

—¿Estás seguro de que eso es lo que soñaste?

—Sin duda alguna. Y créeme, nuestra resistencia contra el Bane será bastante inútil si no podemos atacar directamente dentro de su guarida.

—Muy bien entonces, Mohandas —Amara apretó el hombro de Kashkari—. Es hora de que baje y les dé valor a los jinetes. Cuida de nuestros invitados por mí.

Ishana y Shulini partieron con ella y dejaron a Kashkari, Titus y Iolanthe solos sobre el macizo.

—¿Es verdad lo que dijiste acerca de Fairfax? ¿Y acerca de tu tío? —preguntó Titus; sonaba indeciso.

—No; lo inventé todo.

—Oh —dijo Iolanthe. No había creído por completo en Kashkari, pero él lo había dicho con tanta vehemencia, con tanta seguridad en sí mismo, que ella había deseado con todas sus fuerzas que lo que había dicho fuera verdad.

—Al menos, por ahora estás a salvo —Kashkari apoyó una mano sobre su propio pecho—. Mi corazón no ha latido tan fuerte desde aquel asunto con Wintervale.

Iolanthe y Titus intercambiaron una mirada rápida.

—Estoy más que un poco avergonzada de decirte esto —comenzó a decir Iolanthe—, pero Su Alteza y yo estamos bajo el efecto de un hechizo de memoria y no recordamos nada antes del desierto.

—¡¿Qué?! —exclamó Kashkari. Su mirada iba de Titus a Iolanthe sin parar—. ¿Cómo es posible que no recuerden a Wintervale?

Ambos se encogieron de hombros.

Kashkari estaba boquiabierto.

—No puedo creerlo. ¿De verdad olvidaron *todo*?

CAPÍTULO 32

EL DÍA SIGUIENTE ERA DOMINGO, Y LA MISA MATUTINA era obligatoria para todos los alumnos.

La capilla de Eton, si bien tenía un aspecto impresionante, se había vuelto demasiado pequeña para la población estudiantil. En general, a los chicos más grandes solían ubicarlos en las bancas, y los más jóvenes debían permanecer de pie en los pasillos, detrás de todo, e incluso estaban en hileras hasta la puerta del santuario. Ese día, Titus y Fairfax se aseguraron de estar de pie detrás de toda la multitud y, cuando nadie los miraba, se escabulleron.

Fairfax fue a visitar a Lady Wintervale: creía que la mujer debía saber que su hijo no permanecería en la escuela durante mucho tiempo más.

Titus regresó al laboratorio para hacer una última búsqueda de los artículos que quizás desearía guardar en el bolso de emergencia.

Encontró una bolsa en una gaveta vacía: eran las medicinas que él había sacado del laboratorio para darle a Wintervale, cuando el estado de este último había empeorado repentinamente aquel día en la casa del tío de Sutherland con vista al Mar del Norte. Por desgracia, cada remedio que Titus le había dado, había empeorado la situación; la última medicina hizo que Wintervale comenzara a convulsionar y que necesitara una dosis doble de panacea para detenerse.

Por lo general, Titus nunca dejaba medicinas sin guardar. Pero cuando regresó del laboratorio aquella noche, había estado completamente desesperado. En lugar de guardar los remedios en el lugar adecuado, había dejado la bolsa entera a un lado para no tener que mirarla de nuevo.

Pero ahora que él y Fairfax habían reparado su distanciamiento, no había más motivos para evadirlo. Abrió la gaveta que contenía las medicinas abdominales y guardó las ampollas de vidrio que estaban en la bolsa en sus lugares respectivos, una tras otra. *Mareos. Apendicitis. Malestares digestivos. Infecciones relacionadas al vómito. Inflamación del revestimiento del estómago.*

El último, *expulsión foránea*, era el mismo que había hecho que Wintervale comenzara a convulsionar. Titus lo hizo girar entre sus dedos mientras negaba con la cabeza al pensar en el caos que aquella medicina había causado.

Se paralizó. Había elegido aquella medicina porque había creído que le provocaría la expulsión de sustancias dañinas del cuerpo, pero ese era el efecto de un remedio llamado *extracción foránea*. En cambio, la expulsión de un cuerpo extraño se utilizaba para librarse de parásitos y cosas por el estilo.

¿O no era así?

Titus tomó un grueso libro de referencias farmacológicas y buscó la medicina.

Expulsión foránea: un remedio antiguo que ya no es común. Bueno para purgar parásitos. También puede utilizarse para expulsar objetos tragados y elementos atascados en varios orificios corporales. Puede ayudar a contrarrestar una tenencia intangible.

¿Qué rayos era una tenencia intangible?

Quería buscarlo. Pero un pulso rápido de su reloj de bolsillo le recordó que la misa de esa mañana estaba a punto de terminar. Kashkari llevaría a Wintervale hasta la casa de la señora Dawlish y Titus le daría a Wintervale los vértices del cuasi teletransportador para que el chico los llevara consigo, y también le haría un informe adecuadamente urgente acerca de los peligros que los rodeaban, sin mencionarle nada en específico.

Hizo una nota mental de buscar "tenencia intangible" después, y salió del laboratorio.

—TODO AVANZA TAN RÁPIDO QUE NO SABEMOS qué ocurrirá la próxima hora. Ni siquiera el próximo minuto —dijo Iolanthe, sentada en la sala de estar del Palacio de Windsor, el cual Lady Wintervale se había apropiado para su uso personal—. Es probable que tengamos que llevarnos a su hijo de la escuela... y pronto... por su seguridad. Creí que le gustaría saberlo.

Lady Wintervale miró por la ventana hacia Eton, justo del otro lado del Río Támesis. Su voz sonaba lejana.

—¿Quieres decir que después de esto quizás no lo vea durante un tiempo, o nunca más?

—Es bastante probable.

Iolanthe esperó a que Lady Wintervale ejerciera su derecho materno y dijera algo parecido a que si se llevarían a Wintervale de la escuela entonces lo mejor sería que estuviera bajo la protección de su madre. Pero la mujer solo continuó mirando a través de la ventana.

—¿Quisiera verlo antes de que parta? Podemos asegurarnos de que nadie rastree sus movimientos físicos hasta llegar a usted. Y me atrevería a decir que él no mencionará su paradero ante nadie. Últimamente, se ha vuelto más reservado: de hecho, ha logrado mantener en secreto que ahora es un gran mago elemental.

Lady Wintervale abrió y cerró la mano sin dar respuesta alguna.

Iolanthe contaba las horas hasta que ella y Titus hubieran tomado todas las precauciones posibles, para que él pudiera teletransportarla a París para visitar al Maestro Haywood, quien debía estar ansioso por tener noticias de ella. Después de eso, no sabía cuándo volvería a verlo. O si lo haría de nuevo.

La distancia que Lady Wintervale insistía en mantener no tenía sentido en absoluto.

—¿Puedo preguntarle, señora, por qué no quiere ver a su hijo?

Lady Wintervale cambió de ventana. Su mandíbula se movía, pero permaneció en silencio. En contraste con las cortinas rojas opacas, ella era pálida como un fantasma y casi igual de etérea.

El desconcierto de Iolanthe se convirtió en incomodidad: ahora podía sentir el miedo que emanaba de aquella mujer.

—Por favor, Milady, se lo ruego. Si hay algo importante, por favor no se lo guarde. Hay vidas en juego, muchas vidas.

—¿Crees que no lo sé? —gruñó Lady Wintervale.

Pero, después, no dijo nada más. Luego de un intervalo tenso e interminable, Iolanthe tuvo que aceptar que no obtendría nada más de Lady Wintervale.

–Gracias por reunirse conmigo, señora. Que la Fortuna camine con usted siempre.

Cuando se puso de pie, Lady Wintervale habló:

–Espera.

Iolanthe tomó asiento de nuevo, tensa por la expectativa... y llena de pavor. Pasó otro minuto antes de que Lady Wintervale continuara.

–Perdí a Lee en nuestro último viaje –dijo. Iolanthe parpadeó.

–Creo que no comprendo.

–Entre las comunidades de Exiliados, hemos construido nuestra propia red de portales. Pero desde la primavera, Atlantis ha interferido activamente con el funcionamiento de esos portales. A principios de septiembre, cuando Lee y yo partimos, todos los portales de los Exiliados en Londres con los que habíamos contado durante años estaban fuera de servicio.

»Teníamos que optar entre usar alfombras o tomar el barco que cruza el Canal de la Mancha. A Lee no le agradaba ninguna de las dos. Pero hoy en día hay remedios excelentes contra los mareos, así que decidió que usaríamos el barco. Una vez que lo acompañé a su cama porque el remedio le permitía dormir durante el cruce, fui a cubierta para tomar aire fresco, dado que disfruto viajar por mar.

»Cuando el barco se detuvo en Calais, fui a despertarlo. Él ya no estaba en la cama y su maleta también había desaparecido. Creí que nos habíamos desencontrado, que él ahora estaba en la cubierta buscándome. Pero no, tampoco estaba allí. Y tampoco se encontraba en el muelle esperándome. Le pedí ayuda al personal del barco y al del supervisor del puerto, pero nadie pudo hallarlo.

»Escribí frenética en mi cuaderno recíproco, pero no respondió. Finalmente, fui a la estación de tren, y allí alguien recordaba haber visto a un joven que encajaba con su descripción, que había comprado un pasaje para Grenoble. De inmediato, viajé hacia Grenoble y pregunté por él en todas las estaciones que estaban de camino. Y cuando llegué allí, pregunté en todos los hospedajes posibles e impensados, en vano.

»Sin saber qué más hacer, regresé a casa. Solo para recibir un sorpresivo telegrama de parte de Lee, desde Grenoble, preguntándome dónde estaba. Así que regresé de prisa y allí lo encontré, sano y salvo. Me dijo que cuando no pudo hallarme en el barco, pensó que debía tener prisa por tomar el tren así que corrió hasta la estación. Pero en París, donde debía cambiar de tren, se dio cuenta de su error y regresó a Calais solo para descubrir que efectivamente yo había tomado el tren hacia Grenoble. Así que de nuevo partió hacia Grenoble y probablemente llegó a la ciudad justo después de que yo me hubiera ido a casa.

»Me alivió terriblemente verlo. Ya conoces los eventos que ocurrieron después. Terminamos en un barco en el Mar del Norte, perseguidos por Atlantis. Él no tenía su alfombra encima: al igual que no llevaba su cuaderno recíproco. Así que tuve que ponerlo en un bote salvavidas. Mi intención era subirme al bote con él, pero estábamos bajo ataque y no pude escapar de inmediato. Cuando logré huir en mi alfombra, me persiguieron todo el camino hasta Francia. Y me habrían atrapado, de no ser por la tremenda niebla que brotaba del Canal.

»Me llevó muchos días regresar a Inglaterra. Si él había sobrevivido, habría regresado a casa o a Eton. No me atrevía a ir a casa, así que probé suerte en Eton. Y descubrí que la casa de la señora Dawlish estaba custodiada permanentemente.

—Son los atlantes que vigilan al príncipe —dijo Iolanthe.

—Yo también creí eso. Pero después recordé que Lee había estado lejos de mí durante setenta y dos horas en ese viaje.

Lady Wintervale miró a Iolanthe, como si la chica debiera llegar a una deducción importante a partir de lo que ella acababa de decir.

–No estoy segura de que comprenda el significado de sus palabras, señora –Iolanthe estaba en blanco.

–Yo tampoco estoy segura de comprender lo que digo. Creo que no quiero hacerlo –Lady Wintervale atravesó la habitación y se detuvo frente a la chimenea ardiente como si las ráfagas que ingresaban a través de las ventanas la hubieran helado–. Pero tienes razón. Debería ir a ver a Lee. Puede ser mi última oportunidad de hacerlo.

Iolanthe esperó a que dijera algo más, pero Lady Wintervale solo movió una mano.

–Por favor, vete.

IOLANTHE INGRESÓ A TODA VELOCIDAD EN EL laboratorio. La conversación que había tenido con Lady Wintervale la había perturbado profundamente y necesitaba hablar con Titus.

Él no estaba allí, pero su esfera de escribir estaba tipeando. Cuando se detuvo, extrajo el mensaje.

Su Alteza Serenísima:

Respecto a la pregunta que realizó acerca de la nave atlante llamada Feroz *(ΛΑΒΡΟΣ en griego original), un navío perteneciente a la Defensa Costera atlante una vez llevó ese nombre.*

Por los archivos que pude desenterrar, fue retirada de servicio hace tres años, y recientemente desechada.

Su fiel sirviente,
Dalbert

Iolanthe leyó el mensaje de nuevo por tercera vez, y su confusión aumentaba con cada lectura adicional. No había oído nunca que a Atlantis le faltaran naves en buen estado para navegar. ¿Por qué enviaban un barco retirado cuando había naves suficientes en servicio activo?

Ella respondió el mensaje de Dalbert. *¿Puedes confirmar nuevamente que no exista una nave atlante llamada* Lobo de mar?

La respuesta de Dalbert llegó de inmediato.

Su Alteza Serenísima:
Puedo confirmar que no existe una nave atlante, militar o civil, con el nombre Lobo de mar *(o ΛΑΒΡΑΞ en griego original).*
Su fiel sirviente,
Dalbert

Algo apareció en su memoria. ¿Qué había leído en aquel diario de viajes la primera vez?

Ingresó en la sala de lectura y corrió hacia el escritorio. El diario de viaje estuvo en sus manos en cuestión de segundos. Hojeó las primeras páginas con dedos repentinamente torpes.

Los turistas de hacía casi doscientos años atrás habían navegado hasta Atlantis para ver la demolición de un hotel flotante que había sido condenado. El método de condena no había sido otro que la caída del hotel flotante dentro del torbellino de Atlantis.

A pesar de lo espectacular que fue la destrucción, al abandonar Atlantis nos encontramos con la vista no tan atractiva de las ruinas del hotel en nuestro camino; una corriente de basura. Pero al menos, a diferencia de un verdadero desastre marítimo, no había cuerpos sin vida que flotaran junto a los restos del casco y la cubierta.

Una vena latía en su sien. Cuando había inspeccionado el mar después de que el torbellino hubiera cesado, ella también había visto restos, pero ningún cadáver.

Si el barco que había caído en el torbellino de Wintervale había estado fuera de servicio y vacío, entonces debía haber habido una conspiración entre algunos de los involucrados. Implicaría que alguien envió a propósito un navío inútil tras Wintervale, para no desperdiciar personal ni barcos activos en servicio porque sabían que en algún momento, terminaría destruido.

¿Quién podría haber sabido que destruiría el barco? Wintervale, según el príncipe y Kashkari, había sido hasta antes del incidente uno de los magos elementales más débiles, apenas capaz de mantener vivo el fuego de una chimenea. ¿Quién podría haber previsto antes de tiempo que él solo llevaría a la ruina a un barco atlante?

Ella mordió sus labios y buscó el bolso de emergencia.

NADIE HABÍA REGRESADO DE LA MISA AÚN, NO era extraño que el sermón durara más de lo previsto. Titus ingresó a la habitación de Fairfax y echó un vistazo.

Él había decorado el cuarto años antes de que ella llegara, con fotografías de la reina en la pared, postales de trasatlánticos e imágenes que representaban Bechuanalandia, su supuesto hogar. Ella había reemplazado la fotografía de la Reina Victoria con una de una belleza de sociedad y había colocado cortinas nuevas, pero más allá de eso, había dejado la habitación más o menos como estaba.

La mirada de Titus se posó en la fotografía de ella, que no se parecía en absoluto a la chica. Ella había mostrado la imagen el día que Sutherland los invitó a todos a la casa de su tío, lo cual parecía haber sucedido hacía muchísimo tiempo.

Ella se materializó junto a él, con el bolso de emergencia colgado sobre el hombro. Una sensación de alarma lo atravesó.

—¿Por qué tienes el bolso? ¿Qué ocurre?

—¿Qué opinas de mi vista? —preguntó Fairfax con tono tenso.

Esa no era la pregunta que él había esperado.

—Que está en perfectas condiciones. Ahora dime por qué ya estás cargando el bolso de emergencia.

Ella hizo caso omiso de su pregunta.

—¿Qué opinas de mi comprensión del griego?

Él hubiera gritado a todo pulmón para pedirle que primero le diera una respuesta, pero era Fairfax, quien nunca hacía nada sin una buena razón. Él se contuvo.

—Que no está mal.

—¿Crees que es posible que haya leído completamente mal el nombre del barco que Wintervale hundió?

—Pero apenas anoche me dijiste que era posible que te hubieras equivocado al leerlo.

—Confundí la palabra por una similar… o eso creí. ¿Es posible que el nombre verdadero no sea nada parecido a lo que creí que era ambas veces?

—Todo es posible —él recordaba el barco, girando en el borde externo del torbellino antes de que lo hundiera por completo—. Pero si ya estabas prestando atención, no hay motivo para que te hubieras equivocado tanto.

Ella tomó el brazo de Titus con fuerza.

—Si tengo razón acerca del nombre del barco, entonces debe llamarse o *Lobo de mar* o *Feroz*. Dalbert te había confirmado a ti, y hoy a mí de nuevo, que no existe un navío atlante bajo el nombre de *Lobo de mar*. Pero hay uno llamado *Feroz,* y lo han retirado de servicio hace tres años.

»No vi ningún cadáver cuando inspeccioné el mar aquel día. Había restos, pero ningún cuerpo. ¿Crees que es posible que el barco haya estado vacío? ¿Que... —ella tragó saliva—... haya sido solo para aparentar?

Él la miró, y comenzó a sentir como si a él también lo hubieran atrapado en una trampa enorme, con una marea demasiado fuerte como para escapar.

—¿A qué te *refieres*?

—No estoy segura, y no sé si quiero saberlo —ella llevó una mano hacia su propia garganta—. Que la Fortuna me proteja, eso es casi exactamente lo que Lady Wintervale dijo.

—¿Qué? ¿Cuándo?

—Cuando visité a Lady Wintervale hoy, me dijo que ella y Wintervale se habían separado de camino a Grenoble durante más de setenta y dos horas.

Con la discusión acerca del Bane aún fresca en su memoria, Titus oyó que un gong sonaba fuerte en cabeza: setenta y dos horas era el límite para los hechizos más poderosos que requerían contacto.

—Uno tiene que estar en contacto físico con otra persona durante ese tiempo para poder... para poder...

Una desaparición de setenta y dos horas.

Y cuando regresó, el chico que apenas podía encender una vela con sus poderes elementales se había vuelto tan poderoso que logró crear un torbellino impresionante.

Que la Fortuna lo proteja.

—La medicina que le di a Wintervale, la que lo hizo convulsionar... ¿Sabes qué significa "tenencia intangible"?

Un sonido ahogado brotó de la garganta de Iolanthe.

–He oído algo al respecto antes… El Maestro Haywood tenía un colega en el conservatorio que investigaba las ciencias ocultas. ¿Decir que alguien está bajo una tenencia intangible no es solo una forma más elaborada de decir que esa persona está poseída?

Poseída.

–Que la Fortuna nos proteja a todos –la voz de la chica era ronca–. ¿Le diste a Wintervale un remedio para *exorcismos*?

¿Acaso lo había hecho?

–¿Qué ocurre si le das a alguien un remedio para exorcismos por accidente?

–Nada. Así era cómo solían descubrir si alguien realmente estaba poseído o si solo fingía. Pones un poco del remedio en la comida y, si no hay una reacción, es solo un acto. Pero si comienzan a convulsionar…

Intercambiaron una mirada horrorizada, boquiabiertos. Eso era exactamente lo que le había sucedido a Wintervale.

Titus recordaba la señal de emergencia náutica que recibió y que le advirtió de la presencia de Wintervale. También recordaba lo que ella le había dicho: *Si yo fuera Lady Wintervale, habría anulado el pedido de auxilio en el bote salvavidas. Eso fue probablemente lo que le permitió a Atlantis rastrear a Wintervale.*

¿Y si la señal de auxilio había sido *activada* a propósito para asegurarse de que Titus viera todo?

Ya habían deducido que el Bane era capaz de "controlar" otros cuerpos parecidos al suyo. ¿Quién diría que él no podía controlar uno que no se pareciera a su cuerpo original?

–La inestabilidad mental que el calibrador sabelotodo detectó en Wintervale –dijo él con voz casi inexpresiva–. ¿Y si el aparato tenía toda la razón?

–Y la incapacidad de Wintervale de caminar sin ayuda… eso debe ser porque no se parece en nada a quien está manejando su cuerpo –dijo Fairfax–. Hay un motivo por el cual hasta ahora el Bane solo ha utilizado cuerpos similares al suyo: la mente probablemente no puede auto engañarse lo suficiente para controlar todo por completo si el rostro es demasiado distinto.

–Y los guardias afuera de la casa de la señora Dawlish: no estaban allí al comienzo del semestre. Solo aparecieron después del torbellino de Wintervale.

No los habían colocado allí para vigilar a Titus, como él había supuesto, sino que probablemente era para garantizar la seguridad de alguien más.

Fairfax jaló del cuello de su camisa como si se hubiera vuelto demasiado ajustado.

–Siempre creí que era un milagro que Atlantis te permitiera regresar a la escuela este semestre. Yo no lo hubiera hecho.

Ícaro Khalkedon había tenido razón. Después de que el gran cometa tuvo lugar, el Bane efectivamente había ingresado a la casa de la señora Dawlish, y lo había hecho en el cuerpo de Wintervale. Y West había desaparecido porque por desgracia era parecido físicamente al Bane… y al Bane siempre le venía bien tener a alguien de repuesto.

–Lo que aún no comprendo es cuál es su objetivo –prosiguió Fairfax–. ¿Qué es lo que el Bane está intentando obtener al hacer todo esto?

Titus la sujetó.

–Es todo por *ti*, ¿no lo ves? Él había fallado en encontrarte antes, así que todos estos engaños son para *afectarme*, porque si puede hacer eso, todos mis secretos estarán disponibles para él. Después de lo que ocurrió la última vez, no hay forma de que pueda someterme a una Inquisición de nuevo sin primero causar una guerra… y ahora tampoco tiene un mental tan poderoso a su disposición desde que maté a la Inquisidora. Y los hechizos de memoria comunes y corrientes o los hechizos de control mental no funcionan en mí, porque los herederos de la Casa de Elberon están protegidos desde su nacimiento contra semejantes trucos. La única forma que él tenía de entrar en mi mente era a través de un medio que requiriera contacto.

Ella se estremeció.

—Por esa razón siempre quería que *tú* lo ayudaras cuando él se dirigía a alguna parte a pie. Y por ese motivo atacó a Kashkari con el libro y con las tejas, porque él entorpecía sus esfuerzos de intentar acumular horas suficientes de contacto directo *contigo*.

—Pero aún no ha acumulado todas las horas. Así que aún estoy a salvo. Y tú también. Y…

La puerta se abrió de golpe. Titus casi abrió un agujero a través de la casa antes de que notara que solo era Kashkari.

—Sé quién eres —le dijo Kashkari a Fairfax.

Ella vaciló, pero se recuperó rápido.

—Ya te dije quién soy. Soy el custodio del príncipe.

Kashkari cerró la puerta.

—Eres la chica que invocó el rayo.

Titus se puso de pie frente a ella con la varita en mano.

—Si tú…

—Por supuesto que no. Solo estaba sorprendido y quería confirmarlo.

—¿De pronto lo adivinaste? —preguntó Titus de modo cortante—. ¿Y dónde está Wintervale? ¿Está aquí?

—No, aún está dando vueltas fuera de la capilla —respondió—. La señora Hancock está cuidándolo. Y supongo que es porque Robert estaba mostrando unas fotografías que tomó varias semanas atrás.

—¿Quién es Robert y a qué fotografías te refieres? —exclamó Titus.

–Un jugador de críquet. Nunca clasificó entre los once. Quería falsificar la evidencia fotográfica para la posterioridad, para que pareciera que era parte del equipo escolar. A mí me incluyeron en algunas de las fotos en la periferia y junto a mí había alguien con… –Kashkari miró a su alrededor en la habitación, tomó la fotografía de Fairfax, la que no se parecía en absoluto a ella– este rostro. Al principio, no comprendía lo que veía. Recordaba que Fairfax había estado sentado a mi lado ese día. No había motivo para que luciera tan distinto… hasta que recordé la fotografía que estaba en su habitación.

»Entonces, recordé que a Atlantis le resultaba difícil hallar a la chica que invocó el rayo porque su imagen no podía retratarse ni reproducirse. Y en ese instante, también recordé que el día que Fairfax llegó por primera vez a esta escuela fue el día que la chica manifestó sus poderes.

Fairfax dio un grito ahogado.

De inmediato, Titus rodeó los hombros de la chica con un brazo.

–¿Qué ocurre?

–Wintervale. Alguien le dará esas fotografías, tarde o temprano.

–¿Y? –dijo Kashkari.

–*Wintervale* es el Bane, o lo ha sido desde el día que fue a la casa del tío de Sutherland.

Kashkari se estremeció.

–No. Por favor, no.

La señora Hancock se materializó entre ellos. Antes de que alguien pudiera preguntarle por qué no estaba custodiando a Wintervale, ella dijo:

–Algo anda mal con Wintervale. Estaba mirando unas fotografías y de pronto comenzó a reír… y no dejaba de hacerlo.

–Wintervale es el Bane. Y yo soy quien invocó el rayo. Él ha estado intentando acumular las horas necesarias de contacto con el príncipe para poder descubrir dónde estoy –dijo Fairfax–. Pero aquellas fotografías que él observaba le hicieron saber que ya me ha encontrado y que he estado frente a sus narices todo el tiempo.

La señora Hancock retrocedió con paso inestable.

–Ahora por fin lo comprendo –dijo, mirando a Kashkari–. "Al quedarte junto a Wintervale, *lo* has salvado". A Su Alteza, no a Wintervale.

Kashkari la miró boquiabierto, atónito.

–Debemos irnos –le dijo Titus a Fairfax–. Ahora mismo.

Ella aferró el bolso de emergencia que ya tenía sobre los hombros.

–Vámonos.

Pero no podían teletransportarse. El Bane debía haber llegado a la misma conclusión que Kashkari. Y si había estado en Eton durante tanto tiempo, la zona anti teletransportación debía haber estado lista durante casi el mismo tiempo, esperando a que él diera la orden para activarla.

Kashkari se acercó rápidamente a la ventana.

–Tampoco pueden usar una alfombra voladora. Hay carros blindados afuera.

Los carros blindados estaban en lo alto del cielo, volando en círculos, como una bandada de pájaros. Bajarían en un instante si Titus y Iolanthe se atrevían a escapar en la alfombra extra de Kashkari. Sin mencionar que la máxima velocidad de un carro blindado superaba ampliamente la velocidad de la alfombra, que era de ciento noventa y cinco kilómetros por hora.

–Entonces, utilizaremos el cuasi teletransportador –dijo Fairfax.

–Lo reservaremos hasta que no tengamos otra opción. Por ahora, aún tenemos esto –Titus apoyó el Crisol sobre la mesa.

–Será mejor que ustedes dos salgan de la habitación –les dijo Fairfax a Kashkari y la señora Hancock–. Ustedes aún no están en peligro. El

Bane no sabe que están involucrados con nosotros, así que hagan lo que puedan para mantenerse a salvo.

—¿Nos veremos de nuevo? —preguntó Kashkari.

Titus desenrolló la mitad de su colgante y se lo dio a Kashkari.

—Podemos tener esperanzas de que sea así.

Kashkari y la señora Hancock partieron. Titus y Fairfax apoyaron respectivamente una mano sobre el Crisol; la de ella encima de la de él.

Titus comenzó a pronunciar la contraseña.

—¿QUÉ TAN LEJOS ESTÁ LA ISLA PROHIBIDA? —GRITÓ Iolanthe por encima del ruido que hacía el viento mientras la alfombra avanzaba a ciento noventa y cinco kilómetros por hora.

—A ciento cuarenta y cinco kilómetros —gritó a su vez Titus.

Entonces, llegarían en cuarenta y cinco minutos.

Entraban apretados en la alfombra, la cual no tenía más de un metro de ancho y un metro y medio de largo. A esa velocidad, solo había una forma de volar: sobre el estómago de uno con las manos aferradas con fuerza al frente de la alfombra y un arnés de seguridad sujeto en el torso.

Abajo, el suelo pasaba a toda velocidad. Ella reconoció el Valle de los Gigantes. Y en alguna parte del norte, divisó el Abismo de Briga, que apenas era visible por el vapor desagradable que brotaba de las profundidades del desfiladero: un vapor que se retorcía y se movía casi como la niebla bajo el sol.

También había un portal en el Abismo de Briga, pero ese llevaba a la copia del Crisol que se había perdido y, sin saber dónde estaba aquel ejemplar, Titus no estaba dispuesto a correr el riesgo. Así que se dirigieron hacia la Isla Prohibida para acceder a la copia del Crisol que estaba en el monasterio, el cual aún era un lugar seguro para el Amo del Dominio; si lograba llegar a él.

—Desearía que hubieran seleccionado historias más fáciles para utilizar los portales —dijo ella; sabía muy bien que el punto de seleccionar ubicaciones difíciles era disminuir la probabilidad de que a uno lo siguieran de un Crisol a otro—. Puedo hacer polvo al Gran Lobo Feroz cualquier día.

—Y me atrevo a decir que los siete enanitos no son rivales para mi destreza —dijo Titus mientras volteaba con cuidado para mirar detrás de ellos.

—¿Alguien nos persigue?

—Aún no.

—Supongo que nunca más podremos regresar a la escuela.

—Así es.

Probablemente, era la última vez que vería a los chicos. Esperaba que Cooper aún la recordara cuando él fuera un corpulento abogado de mediana edad y regresara a la escuela cada año el 4 de Junio para conmemorar los recuerdos de su juventud.

Y el Maestro Haywood. Ella tenía una de las tarjetas de contacto del Territorio de Wyoming en el bolsillo: en caso de que no pudiera ir a París en persona, ella se la enviaría a él para hacerle saber que no esperara verla por un tiempo. Se preguntaba si aún podría enviarla desde alguna parte, para que él se preocupara menos.

Ella le habló a Titus.

—Espero que Kashkari y la señora…

La alfombra comenzó a girar violentamente a lo largo de su eje y el mundo se transformó en un caleidoscopio de cielo y tierra que le revolvió el estómago. Ella gritó. Él maldijo y se aferró a la esquina de la alfombra. Con un jalón repentino, la alfombra se estabilizó… cabeza abajo.

Pero no se había detenido: aún volaba a toda velocidad, aunque de cabeza. La vista del cielo estaba obstruida, pero cuando Iolanthe inclinó la cabeza hacia atrás, el suelo debajo de ellos se acercó y le causó mareos.

—A la cuenta de tres —gritó Titus—, mueve los pies hacia arriba y lanza todo tu peso hacia tu cabeza. Uno, dos, tres.

El movimiento combinado de ambos dio vuelta la alfombra. Ya no estaban de cabeza, pero la alfombra se había detenido con un chirrido, dado que ahora avanzaban en la dirección opuesta.

Y acercándose hacia ellos, en el cuerpo de Wintervale, estaba el Bane volando en su propia alfombra.

Por desgracia, el Bane ya sabía cómo ingresar al Crisol cuando alguien estaba utilizándolo como portal, y no había nadie en la escuela que tuviera la capacidad de detenerlo.

La alfombra de Titus y Iolanthe se sacudió para reiniciar el vuelo. Ellos inclinaron su peso hacia un lado: hubieran caído de ella si no fuera por los arneses de seguridad que los mantuvieron en el lugar.

—No permitas que el Bane juegue con nosotros —gritó Titus.

Ella invocó un rayo y le apuntó al Bane. Pero el rayo solo cayó sobre un escudo y el Bane no sufrió daño alguno. Ella continuó invocando más rayos que brillaron y chisporrotearon como si estuvieran en medio de una tormenta eléctrica.

Hábilmente y con facilidad, el Bane avanzó entre las corrientes eléctricas mientras evadía los ataques de Iolanthe.

Y él era demasiado rápido. Ellos no llegarían a la Isla Prohibida antes de que él los alcanzara.

Ella lanzó varias bolas de fuego enormes y encendió en llamas el paisaje debajo de ellos.

—¿Qué estás haciendo? —gritó Titus.

—Hago que al menos tenga que avanzar en medio del humo. Si tan solo Wintervale tuviera asma.

En cuanto terminó de hablar, la alfombra viró hacia el norte.

—¿Adónde vamos? —preguntó ella, sorprendida.

—A Asma —dijo Titus, tenso—. O quizás a un lugar aún mejor.

LA ESTACIÓN DENTRO DEL CRISOL SIEMPRE REFLEJABA la del exterior: no había flores en los árboles del huerto, ni tampoco una sola fruta. En la distancia, había una casa con forma de colmena de mimbre: pequeña abajo, más amplia en el medio y luego se reducía de nuevo hacia la cima.

Titus había llevado a Iolanthe allí pocos días después de conocerla, antes de que ella pudiera controlar el aire. En esa casa, él la había presionado y ella por poco se había ahogado en miel.

O en realidad, había tenido la sensación de estar a punto de ahogarse, pero nunca había estado en peligro verdadero: la gran mayoría del tiempo ellos utilizaban el Crisol como campo de prueba, y las heridas, o incluso la muerte, dentro del Crisol no tenían relevancia en el mundo real del exterior.

Pero ahora que utilizaban el Crisol como portal, todas las reglas cambiaban: las heridas causaban daño real, y la muerte era irreversible.

Volaron bajo entre las hileras adecuadamente podadas de los manzanos. Iolanthe, con una rama en la mano, volteaba cada colmena de paja que encontraban en su camino y liberaba enjambres de abejas agitadas que zumbaban. Detrás de la alfombra, las abejas formaban una masa nebulosa: las mantenía juntas y lejos de ellos con corrientes de aire que las atrapaban como si fueran peces en una red.

El Bane se acercaba. Iolanthe dividió a las abejas en dos grupos y, después de obligarlas a volar cerca del suelo, las envió a la periferia del huerto.

Lanzó otro rayo en dirección al Bane. Y, para distraerlo aún más, arrancó unas ramas más pequeñas con vientos fuertes, las hizo arder y las lanzó hacia él.

Todo mientras alejaba a las abejas fuera de vista.

El Bane destruyó las ramas ardientes como si fueran miles de mondadientes. Y devolvió el golpe arrancando de raíz los árboles que estaban en el camino de Titus y Iolanthe, para obligar al príncipe a volar por encima del límite forestal, para que el Bane pudiera verlos sin dificultades.

—Solo un poco más —imploró Iolanthe en voz baja.

Titus gritó y viró la alfombra abruptamente hacia la izquierda. Algo pasó tan cerca de la cabeza de Iolanthe que rozó su pelo. Era el tablón de una cerca, y su punta triangular era letal a semejante velocidad.

Un tablón se dirigía hacia ellos desde atrás, otro por la derecha y otro por la izquierda, mientras que un árbol de cuyas raíces aún caían bloques de tierra, salía disparado en el aire y se avecinaba a ellos desde el frente.

Con un grito, Iolanthe invocó otro rayo y partió el árbol a la mitad justo a tiempo para que ellos lo atravesaran volando; por poco queda ciega en el proceso.

—¿Las abejas están listas? —preguntó Titus.

—Casi.

El suelo se hinchó y por poco los hace caer de la alfombra voladora. Una inmensa bola de fuego apareció alrededor de ellos. Iolanthe apenas tuvo tiempo de abrir un hueco en el gran incendio para que ellos pasaran por él. Su propia chaqueta estaba en llamas, pero ella las extinguió antes de que pudieran lastimarla.

Era ahora o nunca.

Miró hacia atrás. Sí, había logrado elevar el enjambre de abejas a la altura de la alfombra del Bane. Con la corriente de aire más poderosa que pudo generar, las envió hacia él.

El Bane rio, y una oleada de fuego atravesó el aire que lo rodeaba. Las abejas cayeron como gotas de lluvia. Pero en medio del enjambre había un grupo reducido de abejas que Iolanthe había protegido. Ellas atravesaron el fuego y aterrizaron sobre el cuerpo de él.

El Bane dejó de reír. Miró con algo semejante a la incomprensión su mano, sobre la cual había no una, no dos, sino tres abejas. La mano se hinchó ante los ojos de Iolanthe.

Él tocó su propia garganta. La alfombra perdió altura y se atoró en las ramas de un árbol antes de caer al suelo.

Era posible que la mente que controlaba el cuerpo de Wintervale fuera increíblemente poderosa, pero el cuerpo del muchacho tenía una gran debilidad: era alérgico al veneno de abeja.

Titus aterrizó la alfombra y hurgó en el bolso de emergencia. Había preparado antídotos para Wintervale, en caso de que recibiera picaduras de abejas en el futuro. Extrajo una caja pequeña que contenía algunas ampollas de vidrio.

–¡No! –gritó alguien–. ¡No lo ayudes!

Lady Wintervale.

Ella bajó torpemente de su propia alfombra y se interpuso entre Titus y Wintervale.

—¡No podemos verlo morir! —gritó Iolanthe.

—¿Acaso crees por un instante que el Bane lo abandonará antes de que muera? No, mientras exista la posibilidad de que él pueda hacerles creer de nuevo que él es Leander Wintervale, el Bane permanecerá en su cuerpo y será la ruina de todo.

En el suelo, Wintervale se sacudía y se retorcía. Iolanthe tembló. Hundió el rostro en la espalda de Titus. Pero aún oía a Wintervale haciendo gárgaras, como un mudo intentando hablar.

Finalmente, silencio.

—No, no *asuman* que está muerto —les advirtió Lady Wintervale—. ¿Tiene algún instrumento?

El príncipe halló el calibrador sabelotodo. Con un hechizo levitador lo colocó sobre el cuerpo de Wintervale. La punta del calibrador se tornó verde.

Los tres alzaron escudos al mismo tiempo: Titus para Iolanthe, Iolanthe para Titus y Lady Wintervale para ambos. Sin embargo, Titus retrocedió tambaleándose y apretándose el pecho.

—Estoy bien —dijo mientras apuntaba su varita para crear un nuevo escudo.

El Bane se retorció de nuevo. Su mano cayó sobre el calibrador. El verde lentamente se convirtió en gris oscuro. El gris oscuro cambió a rojo.

Wintervale estaba muerto.

LADY WINTERVALE SUJETABA LA MANO DE SU HIJO con la suya. Los labios le temblaban.

—Mi Lee tenía un alma tan hermosa. Le preocupaba no llegar a ser un hombre tan grandioso como su padre, pero siempre fue un hombre mucho mejor que el Barón.

Ella echó un vistazo en el huerto.

—Cuando éramos niñas, Ariadne a veces me traía aquí para jugar. Nunca imaginé que aquí sería donde mi hijo encontraría su final.

Titus se arrodilló y le dio un beso en la frente a Wintervale.

—Adiós, primo. Nos has salvado a todos.

Tenía lágrimas en los ojos. Las lágrimas ya rodaban sobre las mejillas de Iolanthe. Wintervale, al ser tan abierto, confiado e ingenuo toda su vida, había hecho que sus amigos, más cínicos que él, guardaran sus propios secretos. Y al hacerlo, se habían protegido a sí mismos del Bane.

El cuerpo de Wintervale desapareció. El Crisol no conservaba ningún muerto.

—¿Quiere venir con nosotros, señora? —le preguntó Iolanthe a Lady Wintervale.

—No, estoy aquí solo por mi hijo —negó ella con la cabeza—. Organizaré un funeral adecuado y ofreceré sus cenizas a los Ángeles. Que su alma se eleve durante toda la eternidad.

—Sobre las alas de los Ángeles —dijeron Titus y Iolanthe al unísono.

—Por poco me mata decir esto —murmuró Lady Wintervale; mientras por fin sus propias lágrimas caían de sus ojos—. Pero… Y vivieron felices por siempre.

Y ella, también, salió del Crisol.

TITUS FUE QUIEN SEÑALÓ QUE LA ROPA DE IOLANTHE estaba hecha jirones. Ella cambió su atuendo por unas túnicas que tenía en el bolso de emergencia y comenzaron a volar de nuevo. Había más perseguidores montados en guivernos o pegasos cerca de ellos: los atlantes debían haber asaltado los establos de algunas de las historias.

—No llegaremos a la Isla Prohibida a tiempo —dijo Titus con tristeza.

Lo cual solo dejaba como opción el Abismo de Briga.

Aterrizaron al límite del Abismo de Briga con los atlantes apenas a sesenta metros detrás de ellos. La niebla espesa que invadía el abismo entero se retorcía y flotaba mientras cubría todo lo que estaba debajo.

—¿Podemos colocarnos gafas antiniebla y volar a través de ella? —preguntó ella mientras corrían hacia la entrada de los túneles que llevaban al fondo del abismo.

Él dobló la alfombra y la enganchó en el bolso de emergencia del modo que Kashkari les había enseñado. La alfombra, que en realidad era un lienzo con bolsillos, cambió de color para camuflarse con el bolso.

—Lo intenté una vez. Eso no es niebla y es completamente impenetrable, incluso con gafas antiniebla.

Ella se estremeció cuando pisó el suelo extrañamente esponjoso de los túneles. Una luz débil ingresaba a través de las grietas en el techo de piedra sobre ellos. Todas las superficies parecían húmedas. Lodosas.

—Asegúrate de no tocar nada —dijo Titus y colocó los vértices del cuasi teletransportador en la mano de la chica.

Ella nunca había utilizado aquel sitio para entrenar, pero había leído la historia del Abismo de Briga hacía mucho tiempo. Unas criaturas repugnantes vivían en los túneles, pero no tanto para custodiarlos, sino simplemente para cazar cualquier cosa o persona que ingresara en ellos.

Alguien gritó. Ellos se detuvieron un momento y escucharon. Probablemente, era alguien que no sabía que uno nunca debía tocar los muros de los túneles porque segregaban una sustancia corrosiva.

Adelante, algo se deslizó en el suelo. Podría haber sido una serpiente pequeña… o la extremidad removible de una de las repugnantes sierpes destructoras que había sido enviada a hacer un reconocimiento.

Otro grito provino detrás de ellos.

—Idiotas —susurró Iolanthe, sumamente consciente de que las heridas y la muerte allí eran demasiado reales. Algunas familias atlantes extrañarían a sus amados hijos e hijas los días festivos de ese año.

Ninguno de ellos merecía morir a causa de la megalomanía de un anciano.

Una sierpe destructora, del diámetro de un tren y casi igual de largo que uno, pasó a toda velocidad por un túnel que cruzaba el que ellos recorrían. Iolanthe sujetó el brazo del príncipe e intentó no vomitar.

—Algo viene detrás de nosotros —dijo él.

Pero el camino aún estaba bloqueado por el monstruo serpenteante frente a ellos. Y por lo que sabían, detrás de ellos se avecinaba una criatura idéntica a esa. Se acercaron al túnel cruzado lo máximo que se atrevieron. Iolanthe no sabía qué era peor: si mirar el tubo de carne arrugado, enorme y peludo que se deslizaba ante ellos, u observar la cabeza que tenía seis pares de ojos multifacéticos y brillantes que se acercaba desde atrás.

La boca debajo de los ojos se abrió. No había dientes dentro de ella: todo era aterradora y asquerosamente suave… y estaba empapado con lo que parecía que eran montones de saliva negra.

Iolanthe lo miró, petrificada.

El príncipe jaló de ella y la obligó a tomar el túnel cruzado: la otra criatura, o quizás la parte trasera de aquella, por fin había pasado. Pero la que estaba detrás de ellos, a pesar de viajar a una gran velocidad, logró virar a tiempo en el mismo túnel que ellos.

Corrieron; sus botas se hundían en el suelo esponjoso.

Solo para ver otro juego de docenas de ojos acercándose hacia ellos. Esa vez, no había túneles cruzados.

—Rompe un muro —la instó Titus—. Puedes hacerlo.

Ella obedeció, aunque el sonido del muro derrumbándose no sonaba como rocas quebradas, sino como el ruido espeluznante de huesos partiéndose. Corrieron a través de un túnel adyacente.

—Bastión Negro es un complejo de lujo en comparación, ¿no lo crees? —de algún modo, ella logró decir eso mientras huían.

—Los ocupantes allí son sin dudas más bonitos, te lo garantizo —respondió él.

El túnel llevaba a una suerte de espacio abierto.

—Esto no me agrada. Todos los túneles llevan hacia arriba. Debería al menos haber uno que lleve hacia abajo.

Ella maldijo: de cada uno de los cinco túneles que llevaban al espacio abierto, salió una pequeña criatura serpenteante.

—Espero que esto no signifique que cinco grandes nos están siguiendo —dijo.

La esperanza de Iolanthe se arruinó cuando cinco cabezas enormes y monstruosas ingresaron al espacio abierto casi al mismo tiempo.

Ella dejó los vértices del cuasi teletransportador en el suelo.

—Saldremos de aquí. Ahora.

Titus no se opuso, solo quitó el bolso de su propia espalda y lo colocó sobre la de ella.

—En caso de que nos separemos.

Tomados de la mano, ingresaron al cuasi teletransportador, justo cuando la criatura más cercana disparó un río de saliva negra en dirección a ellos.

CAPÍTULO 33

EL DESIERTO DEL SAHARA

LA LUNA HABÍA SALIDO, CRECIENTE Y ENORME EN lo bajo del cielo. El primer grupo de defensores rebeldes comenzó a volar en círculos sobre ellos, y unos escuadrones pequeños se alejaron para investigar el domo campana.

—Entonces ¿tampoco me recuerdan a mí? —preguntó Kashkari mientras aceptaba el cubo nutricional que Titus le ofreció—. ¿Todo este tiempo no sabían quién era yo?

—Me temo que así es —dijo Iolanthe mientras rellenaba la cantimplora de Kashkari.

Ella intentaba mantener a raya el miedo, pero no estaba segura de que estuviera teniendo éxito. Una cosa era que Atlantis la cazara, y otra muy distinta era saber que incluso magos que debían ser sus aliados podían tener interés en ella.

—Seguidores de Durga Devi —la voz resonante y cálida habló de nuevo—, entreguen a Iolanthe Seabourne y no tendrán que sufrir bajas esta noche.

Ella tragó saliva.

—Cierra la maldita boca —replicó Titus, con tono casi relajado—. La única vez que la verás, será con tus ojos fríos e inertes.

—Gracias, Su Alteza —ella le sonrió, aunque de un modo poco convincente.

—Es lo menos que puedo hacer por ti, mi destino.

En ese instante, ella no pudo evitar sonreír al recordar la promesa anterior que él había hecho de no llamarla nunca "mi destino". Agradecida por esa fracción de humor íntimo, ella le besó la mejilla.

—Es casi mejor que un verso malo.

Él la sostuvo contra su cuerpo por un momento.

—Nada te ocurrirá, no mientras aún pueda envainar una varita.

La cantimplora de Kashkari estaba llena. Ella la cerró y se la devolvió al chico.

—Entonces... —dijo Kashkari—. ¿No recuerdan nada más, pero se recuerdan mutuamente?

—No —respondió Iolanthe—, pero nada crea compañerismo como huir de...

La chica sentía que su cabeza estaba extraña, y no debido a lo tarde que era. Se sobresaltó: destellos brillantes atravesaron el interior de su cráneo, como meteoros que cruzan el cielo, ardientes pero helados en el centro.

Apretó los dientes y presionó sus sienes.

Titus la sostuvo de los hombros.

—¿Estás bien?

Ella se tambaleó. Un segundo después, estaba apoyada sobre las manos y las rodillas, temblando.

—¿Quieres que te llevemos abajo, Fairfax? —preguntó Kashkari con urgencia—. Tenemos muchos médicos buenos.

Ella alzó una mano.

—Estoy... Estoy...

Sentía más que náuseas ante la imagen que atravesaba su mente, aquella que mostraba una criatura similar a un gusano enorme y desagradable que babeaba saliva negra y serpenteaba hacia ella.

Lady Wintervale, con lágrimas cayendo sobre sus mejillas huecas.

Wintervale, muerto en el suelo.

Y después, los recuerdos regresaron como agua a través de un dique que se derrumbaba, en inmensos torrentes y aluviones; temió que inundaran su cráneo. Pero parecían encajar en su cabeza adecuadamente, y la incomodidad ya estaba desapareciendo mientras dejaba atrás solo una sensación débil de desorientación.

Titus estaba a su lado, con un brazo alrededor de su cintura. Kashkari también estaba agazapado, mirándola ansioso. Ella se incorporó hasta quedar sentada sobre sus talones y colocó momentáneamente una mano sobre la manga de Kashkari.

—Te recuerdo.

Volteó hacia Titus y apoyó una mano sobre la mejilla del príncipe.

—Y te recuerdo a ti. Y me temo que no tienes manera de escapar de la vergüenza de escribir aquellas palabras acarameladas en la tira de mi bolso... Nunca podrás hacerlo.

El alivio atravesó el rostro del muchacho. Y después, la frustración.

—Pero ¿por qué yo no recuerdo nada?

—Lo harás. Las precauciones que hemos tomado garantizan que nunca tengamos que sufrir los efectos de un hechizo de memoria durante demasiado tiempo... pero el tiempo exacto que tarde probablemente varía un poco en cada persona.

Ishana voló hacia arriba y les entregó a todos una máscara de oxígeno delgada y flexible.

—Durga Devi quiere que las tengan, en caso de que Atlantis coloque algo peligroso en el aire.

Iolanthe colocó la máscara en su rostro; era mucho más cómoda de lo que había esperado.

—Entonces ¿qué ocurrió con Wintervale? —preguntó Kashkari mientras ajustaba su propia máscara.

—Ya no está entre nosotros —él hubiera sido un rebelde devoto y les habría dado ánimo a todos los que pelearan a su lado… Ella parpadeó para contener las lágrimas—. Lo siento mucho.

Kashkari deslizó una mano sobre su rostro.

—Me lo temía.

Iolanthe secó la esquina de sus propios ojos.

—Cuéntame qué ocurrió después de nuestra partida. ¿Todos en la casa de la señora Dawlish están bien?

—Esperé en el baño hasta vi que el Bane ingresó a la habitación de Fairfax —respondió Kashkari—. Después, convencí a los otros chicos para que jugaran al fútbol: alumnos menores contra alumnos mayores. No quería que estuvieran en la casa, en caso de que colapsara o sucediera algo similar.

»Aún debíamos cambiarnos antes de jugar: yo estaba demasiado nervioso para recordar que todos vestían sus prendas de domingo. En ese momento, llegó Lady Wintervale. Le susurré en el oído que su hijo era el Bane y le indiqué dónde estaba tu habitación. Un minuto después, un equipo de agentes atlantes subió las escaleras. Varios tomaron el Crisol y se marcharon de inmediato. El resto comenzó a llevarse todo lo que estaba en las habitaciones de ambos.

—¿Frente a ti?

—Frente a todos. Cooper, bendito sea, comenzó de inmediato a hablar acerca de lo que el príncipe había dicho durante nuestra fogata aquella noche en la playa: que un bastardo traicionero en Saxe-Limburg quería quitarle el trono. Y por supuesto que, dado que tú eres conocida como su amigo más cercano entre los chicos, era evidente que también inspeccionaran tu habitación en busca de pruebas de los crímenes con los que querían culpar al príncipe. Y cuando comenzaron a extraer cosas del cuarto de Wintervale, Cooper hizo la conexión de que Wintervale de hecho provenía de la misma área que el príncipe, y que por lo tanto debía también estar involucrado en aquella intriga palaciega; la cual era exactamente la razón por la cual su madre había llegado de pronto a la casa de la señora Dawlish: porque ella sabía que el peligro se aproximaba y quería advertirle a su hijo para que huyera.

—No puedo decidir si Cooper es un idiota o un genio —dijo el príncipe.

—De todas formas, estaba bastante decidido a viajar hasta Saxe-Limburg algún día, para asegurarse de que todos estuvieran bien. Le dije que incluso si estaba en peligro, no lo encerrarían en la prisión, sino que tendría arresto domiciliario en una mansión lujosa con jardines y un parque de tiro. Espero que me crea… o si no, se frustrará mucho al intentar hallar Saxe-Limburg.

—¿Y cómo escapaste? —preguntó Iolanthe.

—Iba a esperar unos días. Pero después de que hubieran vaciado sus cuartos y el de Wintervale, un hombre llegó a la casa de la señora Dawlish y dijo que era el asistente del príncipe. Pidió hablar con algunos de sus amigos. Después de su partida, encontré un trozo de papel dentro del bolsillo de mi chaleco. Puede ser un mensaje para usted, príncipe. No pude descifrarlo, pero me puso nervioso que él me hubiera descubierto.

»Los atlantes también habían inspeccionado los cuartos de los otros chicos en busca de artículos sospechosos. Se llevaron una alfombra de mi cuarto, una nomágica, que vuela tanto como habla. Pero ahora me pregunto si ese hombre había notado que mi cortina de hecho era una alfombra voladora... y si algún agente de Atlantis había notado lo mismo o no.

»Aquella noche, hechicé todos los cojines de los asientos y los hice salir volando por la ventana de la sala común para crear una distracción. Mientras los atlantes se ocupaban de eso, me escabullí y tomé el último tren —Kashkari extrajo un trozo de papel de un bolsillo interno y se lo entregó a Titus—. Y este es aquel mensaje que mencioné.

Titus invocó una pequeña esfera luminosa, inspeccionó el mensaje y se lo entregó a Iolanthe.

—¿Quieres echarle un vistazo?

La nota decía: *Lady Callista fue interrogada bajo los efectos del suero de la verdad en un momento coincidente con el resurgimiento de ciertos recuerdos. Aparentemente, ella ha entregado información crucial para la captura potencial del mago elemental que puede controlar el rayo.*

Entonces, después de todo, habían atrapado a Lady Callista.

Era posible que su memoria estuviera protegida, lo cual implicaba que el hechizo del Maestro Haywood que reprimía todos los recuerdos que la mujer tenía de Iolanthe solo había tenido un efecto temporario... Y había expirado en un momento inconveniente, en medio de una entrevista con los investigadores atlantes.

También era posible que mientras interrogaban a Lady Callista bajo el efecto del suero de la verdad, Iolanthe y Titus utilizaron el cuasi teletransportador, cuyo uso funcionaba como una provisión especial para disparar el regreso de los recuerdos reprimidos de Lady Callista.

Eso implicaba que Lady Callista había sido quien colocó el objetivo del cuasi teletransportador en el Desierto del Sahara y quien había adjuntado un hechizo de memoria a la activación del cuasi teletransportador;

y Iolanthe, al no saber su propia identidad, sería más fácil de engañar y de controlar. El círculo de sangre debía haber sido una medida preventiva para que Iolanthe no se alejara antes de que Lady Callista pudiera encontrarla. Por más desfavorable que fuera la opinión que ella tenía de la mujer, Iolanthe no había creído que ella en realidad quisiera matarla.

Una iluminación mucho más brillante que la luz mágica azul resplandeció sobre el mensaje. Iolanthe alzó la cabeza y vio una señal de luz plata blanquecina expandiéndose.

—¡Bien! —dijo Kashkari—. Amara está indicándoles a mi hermano y a los otros que atacaron la base atlante que regresen.

Iolanthe sintió un destello de entusiasmo.

—¿Y ese no es el modo en el que rompes un domo campana? ¿Al hacer que los aliados se aproximen desde el exterior?

Pero la señal desapareció en cuanto tocó la parte superior del domo. Kashkari gruñó.

—Necesita alzarse mucho más alto. O no la verán.

Titus tomó la mano de Iolanthe.

Aun con la máscara puesta, ella podía ver que él sonreía. Sostuvo el peso de él justo cuando se tambaleó.

—Ahora… recuerdo todo —dijo él, apoyándose en ella—. Y he tomado una decisión: Cooper es indudablemente un idiota, pero uno invaluable.

Ella sonrió de oreja a oreja.

—Si lo vuelvo a ver alguna vez, le diré que dijiste que era invaluable.

Él rio en voz baja y tocó la frente de la chica con la suya.

—Tú, y solo tú.

Ella tomó las manos de Titus.

—Vive para siempre.

No necesitaban decir nada más.

Él alzó su varita. Una señal del color de las llamas cobró vida en lo alto del domo campana.

–¿Qué es? –preguntó Kashkari.

–El fénix de guerra –dijo Titus–, que se utiliza cuando el Amo del Dominio está bajo ataque.

–¿Servirá de algo? –preguntó Iolanthe–. Estamos a miles de kilómetros del Dominio.

–Es cierto, pero tenemos amigos cerca. La primera noche que estuvimos en el desierto, los carros blindados se acercaban demasiado, así que lancé dos señales en forma de fénix para distraerlos, sin saber exactamente qué estaba haciendo. Y una de las señales era un fénix de guerra. Cuando eso ocurre, mi ubicación exacta se revela ante el consejo de guerra en casa. ¿Recuerdas que te dije la segunda noche que había jinetes a pegaso? Las fuerzas atlantes no utilizan pegasos, pero nosotros, sí. ¿Y recuerdas las lanzas hechizadas? ¿Adivina quién posee tantas lanzas hechizadas?

Iolanthe estaba boquiabierta.

–¡Por supuesto! Incluso dijiste que era como ver la representación de una batalla histórica. El Museo Conmemorativo de Titus, el Grande posee miles de ellas para ese propósito.

–Así que solo tenemos que resistir lo suficiente para que los refuerzos lleguen aquí. Y entonces, te haremos desaparecer en la multitud de una ciudad nomágica hasta que el peligro cese.

–¿Cuánto tiempo crees que falta para que los refuerzos lleguen?

–Cuanto antes, mejor –dijo Kashkari, con voz tensa–. Observando lo que se aproxima, no estoy seguro de que podamos resistir demasiado.

Dos grupos más de defensores rebeldes alzaron vuelo en ese instante y obstruyeron la vista del cielo de Iolanthe. Y entonces, ella lo vio: un enjambre colosal de bestias aladas ingresó al domo campana; debajo de la señal del fénix de guerra, sus escamas brillaban con un resplandor ominoso similar al fuego.

—Que la Fortuna me proteja —murmuró ella—. ¿Todo el batallón de los guivernos está aquí?

—El Bane está en el Sahara; ¿dónde más estaría el batallón de los guivernos? —dijo Titus mientras desplegaba la alfombra que los había llevado a la base rebelde—. Ahora, ¿vamos?

LOS GUIVERNOS FLOTABAN EN EL AIRE, EL BATIR de sus alas sonaba como miles de sábanas húmedas sacudidas a la vez. Incluso sin el aliento de fuego, su presencia invadía el aire de un hedor sulfúrico, uno que por suerte era mitigado por las máscaras.

Las alfombras de los rebeldes también alzaron vuelo. Iolanthe y Titus estaban sentados hombro con hombro en su alfombra, la mano de ella sobre el cuello de él.

Titus golpeó dos veces su varita contra la palma de la mano. Las siete coronas incrustadas de diamantes a lo largo de la varita comenzaron a brillar.

—Toma esta y dame la tuya.

—Pero esa es Validus —el gesto la conmocionó: Validus había pertenecido una vez a Titus, el Grande. Sin mencionar que era una de las últimas varitas espada: un amplificador mucho más poderoso para el poder de un mago que una varita ordinaria.

—Sí, lo sé… También sé cuál de los dos puede derrotar la mayor cantidad de guivernos —colocó su invaluable varita en la mano de la chica—. Tú aprovecharás mejo a Validus.

—El Lord Comandante del Gran Reino de Nueva Atlantis saluda a Su Alteza Serena, el Amo del Dominio —la voz sonora volvió a hablar—. Atlantis y el Dominio actualmente disfrutan de una asociación pacífica y mutuamente beneficiosa. Entregue a Iolanthe Seabourne al cuidado de Atlantis y esa amistad continuará.

—¿Acaso no disfrutas el modo en que lo dijo? —comentó Titus en voz baja.

—Me encantaría hacerlo. Pero cada vez que esa voz habla, me ahogo de miedo.

Ni siquiera el poder de Validus en la mano era suficiente para desterrar aquel pavor.

—Y yo me enfurezco aun más de que alguien todavía crea que te entregaré —susurró un hechizo. Cuando habló de nuevo, su voz, aunque no era más alta que antes, llegaba hasta kilómetros de distancia—. El Amo del Dominio solo consideraría entregar al cuidado de Atlantis un metro cúbico de excremento de elefante, pero nada más. Y extiende su saludo más cordial al Lord Comandante. Pronto, el Lord Comandante partirá hacia el Vacío, donde debería estar hace tiempo.

Iolanthe estaba atónita: Titus acababa de decirle al Bane que se fuera al infierno. Gritos enfurecidos brotaron de los jinetes montados en guivernos. Los rebeldes, al igual que Iolanthe, estaban intimidados.

La voz sonora ahora era más sombría y áspera.

—El Amo del Dominio es un niño impulsivo. Pero el Lord Comandante está dispuesto a dejar de lado las tonterías de la juventud en pos del bien mayor. Renuncie a Iolanthe Seabourne y podrá conservar su turno.

—El Amo del Dominio es sin dudas el chico más estúpido que ha existido —replicó Titus—. Pero se enorgullece de no ser un vil anciano que ejerce magia sacrificadora como el Lord Comandante.

Iolanthe habría caído de su alfombra si no hubiera tenido el arnés puesto. Esa vez, los atlantes estaban atónitos y en silencio; los rebeldes gritaron, atónitos.

—Cada palabra que el príncipe dice es verdad —la voz de Kashkari se oyó—. Doy fe de ello con mi vida.

Lo que Iolanthe había llegado a pensar que era la voz de Atlantis habló de nuevo, y sonaba como piedras chocándose entre sí.

—Atlantis siempre está a favor de la paz y la amistad. Pero usted es quien ha causado esta guerra, Titus de Elberon.

La mano de Titus descansó sobre la de Iolanthe. Él tenía miedo… su miedo latía dentro de la sangre de ella. Pero cuando ella contempló el perfil de Titus, recordó el día en que se conocieron, aquella conversación profética junto al río Támesis. Ella había creído que en ese entonces él era increíblemente valiente, como si hubiera nacido bajo las alas de los ángeles… pero ahora sabía que definitivamente lo era.

—Estoy contigo —dijo ella en voz baja—. Siempre.

La mano de Titus apretó la de ella, y luego les dijo al Bane y a todos sus secuaces:

—Que así sea.

Pero aún no había terminado. Con su voz, aún audible por kilómetros a la redonda, añadió:

—La Fortuna favorece a los valientes.

Otro momento de completo silencio. Y entonces, Iolanthe comenzó a gritar a más no poder, su voz por poco se ahogó debajo del bramido de los rebeldes presentes:

—¡Y los valientes hacen su propia fortuna!

El grito unificador de la Insurrección de Enero había vuelto a resonar después de todos esos años.

Las lágrimas desenfrenadas rodaron sobre las mejillas de Iolanthe. Acercó a Titus a ella y lo besó apasionadamente.

—Perdóname —dijo él entre besos—, por haberme equivocado en todo este semestre.

—No hay nada que perdonar. Y no estabas equivocado acerca de que yo no era la Elegida, dado que no existe un elegido.

—Pero aun así, cuando pienso en cuán cerca estuve de perderte...

—Pero no lo hiciste. Estoy aquí... y te amo. Siempre te he amado. Él la besó de nuevo.

—Y yo te amaré hasta el fin del mundo.

Con un rugido, un guiverno escupió una llama ardiente. Cientos de guivernos más lo imitaron a continuación. De inmediato, el aire se tornó caliente y punzante. Los guivernos se lanzaron sobre los rebeldes con una lluvia de fuego.

Iolanthe alzó la varita que una vez había pertenecido a Titus, el Grande, e invocó un rayo, un destello ardiente y blanco que iluminó el cielo.

La guerra contra Atlantis por fin había comenzado.

NOTAS

1. (pág. 20). El Dominio es el término común que denomina al Principado Unido de los Pilares de Hércules, llamado así porque los dos extremos de su territorio en el momento de la unificación, la Roca de Gibraltar y la Torre de Poseidón (una columna de basalto que sobresale en el Atlántico, a aproximadamente cincuenta kilómetros al norte de la punta del extremo norte de la Isla de las Sirenas), eran conocidos colectivamente como los Pilares de Hércules.

—De *El Dominio: una guía de su historia y tradiciones.*

2. (pág. 29). Como reacción ante las restricciones que Atlantis impuso en los canales de viaje, los magos pertenecientes a los reinos bajo su dominio optaron por modos de transporte más antiguos y menos avanzados, que habían sido abandonados por completo en pos de la velocidad y la conveniencia de medios más modernos. Los diques secos volvieron a utilizarse en los reinos sin salida al mar. Se construían grandes cantidades de armazones para este medio de transporte en talleres secretos. Y las alfombras voladoras, en pleno resurgimiento, alcanzaron un nivel de desarrollo que superó la gloria de su apogeo anterior.

—De *Estudio cronológico de la última Gran Rebelión.*

3. (pág. 39). Un error común en relación a la magia de sangre se desprende de su propósito original: había sido concebida para obligar a los magos a actuar en contra de su propia voluntad. La verdad es mucho más

compleja: la magia de sangre, desde sus comienzos, ha sido utilizada para mantener unidas a las tribus y los clanes, y para asegurarse de que los miembros individuales no dañaran el bien mayor del grupo.

¿Acaso eso significa que a veces se ha utilizado para usos coercitivos? Sin dudas. Es un arma de doble filo, al igual que todas las ramas de la magia.

—De *El arte y la ciencia de la magia: manual básico.*

La excursión constó de siete días terribles en los que caminamos sin rumbo por la tierra salvaje. Si no nos hubiéramos topado accidentalmente con una salida, habríamos muerto en aquellas despiadadas montañas.

Pero qué hermosas eran las montañas, tan inmaculadas y vívidas como el primer día del mundo.

—De *Las Montañas Laberínticas: guía para senderistas.*

4. (pág. 49). Recomiendo fervientemente que los magos que tengan intenciones de visitar la sección de las cimas medianas de las Montañas Laberínticas sean cautos. Hay dos motivos. Primero, gran parte de la zona es una reserva principesca que no está abierta al público. Segundo, toda la región cambia y se mueve sin seguir un patrón discernible (es una táctica defensiva implementada siglos atrás por Hesperia, la Magnífica para proteger su castillo), lo que dificulta que incluso los habitantes cercanos a la zona sirvan como guía.

Una vez, hace veinte años, logré convencer a un joven local para que me llevara a una excursión rápida.

5. (pág. 96). Los hechizos levitadores son uno de los logros más antiguos de la magia sutil. Al igual que todos los hechizos que buscan imitar la magia elemental, ningún hechizo levitador jamás ha poseído la magnitud grandiosa de la magia elemental: solo los magos elementales pueden mover rocas inmensas a voluntad. Pero si bien la magia elemental mueve solo tierra y aire, los hechizos levitadores han sido adaptados para una amplia variedad de usos.

—De *El arte y la ciencia de la magia: manual básico.*

6. (pág. 113). Hace tiempo era habitual encontrar diques secos en los reinos sin salida al mar. Con ellos, uno podía botar un barco directo al mar incluso si la costa más cercana estaba a miles de kilómetros. Pero con el avenimiento de medios más instantáneos que desplazaron por completo los viajes marítimos, los diques secos se volvieron obsoletos como medio de transporte.

—De *Transporte mágico a través de los siglos.*

7. (pág. 130). Dado que la magia de sangre está muy ligada a los conceptos de familia y consanguineidad, está sometida al privilegio del parentesco. Por ejemplo, una hermana puede modificar ciertos hechizos lanzados por su hermano, al igual que en la vida real ella puede persuadirlo para que cambie de opinión.

Pero si el sujeto que participa de una instancia particular de magia de sangre es el hijo del hermano, entonces la influencia de la tía queda limitada: un padre tiene mucho más poder sobre su propio hijo.

—De *El arte y la ciencia de la magia: manual básico.*

8. (pág. 136). En varios momentos de la historia de Nueva Atlantis, sus gobernantes habían intentado instalar el griego clásico como lenguaje oficial del reino, porque se suponía que era el idioma de la mítica Vieja Atlantis. El último rey de Atlantis aprobó un decreto que establecía que toda la comunicación oficial, tanto escrita como oral, debía ser en griego. La ineficacia y la falta de comunicación que causó esa política tuvieron un rol central en la caída de la Casa de aquel monarca.

Uno de los legados de aquellos intentos variados de alcanzar la helenización fue que los barcos atlantes, tanto los de la marina como los comerciales, prefirieran llevar nombres en griego. Cerca de la Insurrección de Enero, los navíos que realmente pertenecían a reinos helenísticos habían pintado sus nombres con el alfabeto latino, para que no los confundieran con un barco atlante y los atacaran.

—De *Un estudio cronológico de la última Gran Rebelión.*

9. (pág. 203). La regulación de la magia suele rezagar su desarrollo. Hechizos que se implementaron de modo entusiasta en el mundo mágico y que fueron recibidos con el mismo entusiasmo, bien podían desaparecer una o dos generaciones después.

Ese había sido el caso de la magia de la memoria, la cual no estaba bien vista, y muchos de sus hechizos fueron declarados ilegales debido a su carácter intrusivo y al daño potencial que inflige.

Hoy en día, la magia de la memoria suele ser utilizada por criminales que no quieren que sus víctimas recuerden quién les ha robado, y ocasionalmente la utilizan médicos matriculados para borrar ciertos recuerdos relacionados con un trauma atroz; pero solo lo hacen después de que la persona que sufrió el trauma haya pasado por un proceso de aprobación exhaustivo.

–De *El arte y la ciencia de la magia: manual básico.*

10. (pág. 231). El cuasi teletransportador no había sido inventado para eludir zonas de anti teletransportación, sino que lo habían creado para que los magos que no podían teletransportarse parecieran poseedores de dicha habilidad. Los cuatro bultos pequeños, llamados vértices, se activaban cuando los colocaban en el suelo para delimitar las esquinas del cuadrilátero. Cuando el mago ingresaba dentro de ese cuadrilátero se teletransportaba de inmediato hasta llegar a un lugar predeterminado, y los vértices se desintegraban sin dejar rastros.

Cuando los magos notaron que los cuasi teletransportadores podían atravesar zonas de anti teletransportación, le exigieron a la inventora que les diera la fórmula para que pudieran formular los nuevos hechizos anti teletransportación, de modo tal que desactivaran los cuasi teletransportadores. La inventora, una anciana excéntrica, prefirió retirar sus productos del mercado antes que divulgar sus secretos registrados, los cuales se llevó con ella a la pira.

No es necesario decir que de inmediato los magos comenzaron a buscar cuasi teletransportadores en el mercado negro… y esa búsqueda se incrementó aún más cuando Atlantis comenzó a construir sus Inquisitorios en las capitales mágicas del mundo.

–De *Un estudio cronológico de la última Gran Rebelión.*

11. (pág. 245). El anuncio de hoy que reveló que la princesa Ariadne ha bautizado a su primogénito Titus ha causado revuelo entre los espectadores del palacio.

Después del reinado de Titus VI, uno de los soberanos más denigrados en la historia de la Casa de Elberon, la población del Dominio por poco ha dejado de utilizar por completo el nombre Titus. La Casa de Elberon se ha mostrado vacilante de reutilizar el nombre que una vez había estado asociado a muchos de sus miembros más ilustres: el príncipe recién nacido es el primer varón nacido en la Casa que lleva el nombre de Titus en doscientos años.

–De "Las reacciones ante el nombre del príncipe son mínimamente contradictorias", *El Observador de Delamer*, 28 de septiembre, 1014 AD.

12. (pág. 245). Me entristece profundamente que los escritores de *El Observador de Delamer* se refieran a Titus VI, uno de los magos más honrados y valientes que jamás ha-

yan respirado, como un mago "denigrado" en el artículo "Las reacciones ante el nombre del príncipe son mínimamente contradictorias". Me entristece aún más que el público de *El Observador de Delamer* acepte ese término sin dudarlo.

Sí, todos hemos aprendido en la escuela que Titus VI tuvo que abdicar al trono a favor de su hermana pequeña después de que él utilizó fuerzas letales contra sus propios súbditos. Pero ¿acaso nadie fuera de la comunidad Sihar recuerda el contexto de las decisiones que debió tomar Titus VI?

Aquellos habían sido unos de los días más oscuros para los Sihar del Dominio: destruyeron sus asentamientos en todas las grandes ciudades, golpeaban a los niños Sihar en plena luz del día y obligaban a muchos de ellos que se atenían perfectamente a la ley a huir de sus hogares. Grupos rebeldes se reunían en Frontera Inferior Marítima y proclamaban con orgullo que no se detendrían hasta que hubieran empujado a todos los Sihar al mar.

Titus VI ordenó que dispersaran a esos grupos con cualquier medio necesario. Hubo 104 muertes antes de que por fin disolvieran los grupos, pero la cantidad de Sihar que había muerto debía haber llegado a la cifra incalculable de diez mil bajas.

Y no hay que permitir que digan que la población mágica del Dominio ya no utiliza el nombre Titus. Nosotros, los Sihar, conformamos el nueve por ciento de la población del Dominio y llamamos a muchísimos de nuestros hijos Titus, en conmemoración y eterna gratitud.

–De "Cartas al editor", *El Observador de Delamer*, 30 de septiembre, 1014 AD.

13. (pág. 245). La población de Sihar más grande vive en el Dominio, y está concentrada principalmente en la Frontera Inferior Marítima, aunque hay comunidades más pequeñas en la mayoría de las ciudades grandes y los pueblos.

Los Sihar históricamente han sido apartados de las comunidades mágicas más grandes porque practican la magia de sangre. Las persecuciones, en especial en los reinos continentales, alcanzaron su punto más alto durante el reinado de Hesperia, la Magnífica. La historia a menudo contada de la llegada de los Sihar al Dominio suele comenzar con el pedido dramático que la Gran Matriarca de los Sihar le hizo a Hesperia y cómo la última, que en ese entonces era madre primeriza, se compadeció ante la desesperación de la matriarca y les garantizó a los Sihar un refugio.

Hesperia accedió al pedido de la matriarca. Les ofrecieron a los Sihar un estatus especial como invitados de la princesa y les entregaron tierras en la Frontera Inferior Marítima para su uso; las fronteras del área estaban custodiadas por los guardias de la propia princesa para asegurar la protección de los Sihar.

Sin embargo, la protección también separó a los Sihar del resto del Dominio. No fue hasta después de doscientos años que un decreto real aprobado por Titus V les otorgó a los Sihar libertad de movimiento a través del reino. Titus VI, durante su reinado, anuló el requerimiento de que los Sihar debían vestir marcas distintivas mientras viajaban fuera de la Frontera Inferior Marítima.

Pero aun así, el estatus de los Sihar permaneció como invitados y, por lo tanto, podían ser desalojados en cualquier momento.

–De *Un análisis etnográfico del Dominio*.

14. (pág. 416). Suelen decir que la construcción de Royalis derrocó al último rey de Atlantis. Aquella afirmación solo es cierta a medias. Fue su padre quien comenzó y finalizó la construcción de un nuevo palacio mientras la hambruna arrasaba afuera con la ciudad capital de Lucidias.

Así que si bien no es posible culpar al rey por haber erigido un complejo grande y espléndido mientras muchos de sus súbditos sufrían, sí es posible culparlo completamente por decidir destruir la mitad de Royalis y reconstruirla porque no le agradaba cómo lucía.

—De *Imperio: el surgimiento de Nueva Atlantis.*

15. (pág. 424). Los magos han creado muchos medios diferentes para persuadir a alguien a decir la verdad o para asegurarse de que así sea. Muchos de esos métodos son de legalidad cuestionable. El pacto de la verdad es uno de los pocos considerados aceptables, porque requiere la participación por voluntad propia de los involucrados al inicio y no inclu-

ye castigos para detectar una mentira: el halo que rodea a las partes involucradas en el pacto se disuelve en cuanto alguien miente: sin dolor, sin sufrimiento y sin nada más que cortesía y educación.

—De *El arte y la ciencia de la magia: manual básico.*

AGRADECIMIENTOS

A Donna Bray, por ser una bendición como editora.

A todos los que trabajan en HarperCollins Childrens, por su amabilidad y su ayuda.

A Kristin Nelson, por ser mi campeona incondicional.

A Colin Anderson, por el fantástico diseño de la cubierta.

A la doctora Margaret Toscano, por su generosidad y amistad.

A Justine Larbalestier, por sus consejos expertos sobre terminología de críquet.

A Srinadh Madhavapeddi, por los nombres.

A mi familia, por su apoyo incondicional.

Y si estás leyendo esto, gracias. Gracias desde lo profundo de mi corazón.

SOBRE LA AUTORA

SHERRY THOMAS
escribe tanto romance histórico como fantasy juvenil.

Es una de las autoras más exitosas del género romántico; sus libros suelen recibir excelentes críticas y aparecer en en las listas de "los mejores del año". Además, Sherry ganó dos veces el RITA® Award (Romance Writers of America).

Por otro lado, escribió la trilogía **Los Elementales**, una serie de fantasy para jóvenes lectores.

¡QUEREMOS SABER QUÉ TE PARECIÓ LA NOVELA!

Nos puedes escribir a vrya@vreditoras.com

con el título de esta novela en el asunto.

Encuéntranos en

 facebook.com/VRYA México

 twitter.com/vreditorasya

instagram.com/vreditorasya

COMPARTE
tu experiencia con
este libro con el hashtag
#loselementales